LA BALLADE
DE RIKERS ISLAND

Régis Jauffret

LA BALLADE
DE RIKERS ISLAND

ROMAN

Éditions du Seuil

TEXTE INTÉGRAL

ISBN 978-2-7578-4995-8
(ISBN 978-2-02-109759-7, 1re publication)

© Régis Jauffret / Éditions du Seuil, 2014

Le roman, c'est la réalité augmentée.

R. J.

Le sommeil est tombé avant la nuit. Un homme corpulent au visage masqué étendu sur le matelas efflanqué d'une cellule de la prison de Rikers Island. L'appareil soupire à peine en soufflant l'air dans ses poumons.

Son sommeil pulse un rêve indulgent. Le clin d'œil à la dessinatrice judiciaire dont il venait d'apercevoir le regard comme deux optiques braquées sur lui. Un contact fugitif, une invite qu'elle aurait peut-être acceptée avant son arrestation. Elle a aussitôt baissé la tête afin de peaufiner cette paupière lasse prête à tomber, tandis que l'autre s'était contractée autour de l'iris noir comme un trou de serrure pour mieux la viser.

Un instant de silence. L'avocat venait de prononcer une dernière parole inutile. La juge prenait son élan avant de lui signifier son refus de le libérer sous caution.

L'audience s'était achevée à l'heure du déjeuner. Il a dit au revoir d'un sourire à sa fille qui disparaissait dans la foule des gens de médias se pressant de quitter la salle d'audience pour aller abreuver leur rédaction du contenu de leurs disques durs et de leurs cartes mémoire.

On l'a introduit dans une cage de verre au soubassement d'acajou. À travers les orifices percés dans la vitre, ses avocats l'ont assuré de leur chagrin et de sa rédemption prochaine. On lui a remis les menottes, on l'a évacué par une porte dérobée, et tandis qu'ils improvisaient une conférence de presse sur les marches du palais, il descendait l'escalier abrupt qui menait au centre de détention du tribunal.

On l'a poussé dans la cellule minuscule meublée d'un mètre de banc qu'il avait partagée avant l'audience avec un Noir en manque de crack encore plus volumineux que lui.

À présent, il était seul. La solitude dans un local trop étroit pour contenir sa rage. Pas le moindre fauteuil à renverser, la moindre chaise, ni vase ni lampe ni animal en porcelaine à jeter par la fenêtre avec quelque chance d'atteindre le crâne d'un bouc émissaire.

On lui avait pris ses cachets, ses barres chocolatées, ses pastilles de menthe. Il aurait tout avalé, montrant son érection aux murs, gerbant les sucreries à la figure du gardien qui viendrait le chercher pour l'emporter sur l'île. On ne lui avait même pas laissé son brûle-gueule pour s'enfumer comme une abeille, tousser, s'étouffer un tant soit peu pour quitter cet état de lucidité qu'il fuyait comme l'enfer.

Portée à ébullition, la haine devient un stupéfiant comme un autre. Il s'est mis à renifler, elle flottait dans l'air. Chaque bouffée le revigorait comme un trait de cocaïne, lui donnait l'impression de pouvoir remonter le temps, retrouver le couloir où son éjaculation dans la bouche d'une femme de chambre avait sonné le glas de sa carrière.

Une Négresse, une de ces femmes dont on se résignait autrefois à s'attacher les services quand on n'avait pas trouvé de Bretonne. Ils étaient si fiers les Senghor, les Césaire, d'avoir inventé la notion de négritude, il pouvait bien par dépit employer ce mot désuet dont le délicieux parfum d'esclavage lui mettait un peu de baume au cœur.

Il regrettait de n'avoir pu la froisser dans sa main après usage pour s'en débarrasser dans la corbeille de la salle de bains. Sa haine, un couteau à la lame assez effilée pour la peler comme un fruit, la découper en quartiers, en petits cubes, et puis la faire disparaître d'un coup de chasse d'eau avec les pépins de son squelette.

À quelques enjambées de la cellule, il y avait un petit bureau. La table et les chaises avaient été fournies par l'administration, mais l'occupant avait dû apporter cette lampe Art déco et ce tableau représentant une poire bleue à queue blanche dans un cadre en acier brossé pendu au mur.

On l'avait menotté pour le faire voyager dans le couloir. Puis on l'avait détaché, laissé en tête à tête avec ce type affectant la moue bienveillante du curé prêt à tout entendre du pécheur, celle que font les psys de toute obédience avant de commencer une consultation.

L'homme cherchait à lui faire avouer ses penchants suicidaires. Un violeur emprisonné pour la première fois qui voit sa vie s'effondrer et ses crimes passés pleuvoir sur sa carcasse comme autant de poutres et de parpaings.

Il hurlait sa soif inextinguible de vivre afin de faire la lumière sur son innocence et la braquer dans la gueule de la domestique pour la contraindre à avouer le complot dont elle avait été la cheville ouvrière. Il était empli du désir sauvage de pulvériser les coupables et l'opinion internationale, toute cette racaille qui ne cessait de défiler sur les plateaux et se raclait la gorge entre chaque invective pour mieux cracher sur lui. Il n'avait jamais à ce point craint la mort qui lui aurait

11

fait exhaler en vain sa dernière bouffée de haine avec son dernier soupir.

L'homme insistait. Il devait rêver de disparition, de noyade, que sa psyché dévastée s'abîme, que son petit moi atteigne enfin les hauts-fonds et soit grignoté par les crustacés. Éviter de revoir son épouse, ses enfants, s'épargner la vision de leur désespoir, de leurs larmes, et leurs sanglots dont le bruit fissurerait la carapace qui le protégeait déjà si mal de la méchante réalité.

La nuit carcérale est propice au remords, la statue du commandeur lui tendrait la main pour le précipiter dans le néant. Il devait admettre sa panique. Il entendait déjà le tic-tac, il n'était plus qu'un compte à rebours, il attendait l'explosion comme une délivrance.

L'homme a déposé une gélule rose sur la table.

– Un anxiolytique pour vous permettre de mieux supporter le transfert.

D'ordinaire ce genre de substances lui était plutôt sympathique, il ne les dédaignait pas davantage qu'un petit verre de cognac à la fin d'un copieux dîner. Mais aujourd'hui, il préférait la drogue que secrétait sa colère.

– Vous avez le regard d'un furieux.

L'homme a gribouillé sa sentence sur une feuille de papier jaune, l'a glissée dans une chemise transparente qui contenait le dossier médical établi au commissariat.

Il ne le retenait plus. À la prison, on lui ferait peut-être une intraveineuse de neuroleptique qui ralentirait le flux de ses pensées au point d'ensabler son désir de mort. Que la pénitentiaire en hérite, le préserve de son mieux, lui trouve une sépulture provisoire à Hart Island si s'obstinant à refuser les bienfaits de la chimie, il succombait à la tentation dans la nuit.

On l'a ramené dans la cellule. Après cette consultation éprouvante, le praticien a avalé sa salive, s'est mis à inspirer profondément pour rétablir l'harmonie entre sa respiration et le rythme de son beau muscle cardiaque dont il avait décidé de préserver la fraîcheur bien au-delà du cap de sa centième année qu'il franchirait avec la grâce d'un pur-sang la rivière des tribunes.

Dès la porte claquée, il s'est assoupi comme un mioche épuisé après un caprice. Un sommeil trop bref pour avoir le temps de lui monter un rêve.

On a rouvert la porte, on l'a emmené dans un autre bureau. Il avait déjà donné par deux fois ses empreintes, on les lui a réclamées à nouveau. Et de lui faire parapher une quantité de papiers en plusieurs exemplaires où on lui signifiait ses devoirs et ses droits dans la résidence où il allait passer la nuit.

Il ne prenait pas la peine de les lire. Il portait depuis plus de quarante-huit heures les mêmes lentilles. Le décor et les gens n'étaient pas vraiment flous, plutôt une image aux couleurs fatiguées, un vieux tirage aux colorants délavés par le temps. Le son était correct, mais le silence était perturbé par les acouphènes de l'insomnie.

Depuis son interpellation, il avait l'impression parfois de respirer des effluves de kérosène, comme si un avion le suivait, prêt à décoller aussitôt que la justice américaine l'aurait jeté dedans. Ses mains l'agaçaient de se frotter nerveusement l'une contre l'autre, son pantalon lui collait aux cuisses, ses chaussettes étaient moites, ses poignets rougis par les menottes.

Il avait beau vider d'un trait les bouteilles d'eau qu'on lui apportait à la demande, c'était toujours pâteux dans sa bouche. On lui refusait la bière, les gardiens lui concédaient un soda quand ils étaient assez généreux

14

pour abandonner la moitié d'un de leurs beaux dollars dans la fente du distributeur.

On lui avait pris la pochette remplie de devises qui ne quittait jamais sa mallette. Les monnaies changent d'un pays, d'un continent à l'autre, et souvent il ne pouvait même pas prévoir dans quelle capitale il dormirait le surlendemain. Il éprouvait la sensation désagréable d'être cloué au sol, comme un de ces pauvres types harponnés par les douaniers avec un kilo de poudre glissé dans leur sac par une pouffiasse rencontrée la veille dans un bar interlope de Bangkok.

Au pays des mormons, son écart de conduite pouvait lui valoir soixante-dix ans de prison. Il mourrait avant, mais mieux vaut rendre l'âme dans la chambre à salle de bains de marbre que l'hôpital du Val-de-Grâce réserve aux anciens présidents de la République quand l'actuel ne l'occupe pas, plutôt que dans un coin d'infirmerie où on lui plaindrait la morphine.

La France est plus humaine envers les pointeurs. Pour un pareil délit, avec les remises de peine que lui aurait valu sa conduite exemplaire d'hétérosexuel jamais partant pour une de ces parties de jambes en l'air entre codétenus dont certains matons prudes châtient les protagonistes de huit jours de cachot, on l'aurait libéré au bout de quatre ou cinq ans.

On lui a rendu son imperméable. Comme il le mettait sous son bras, on lui a donné l'ordre de l'enfiler. On lui a passé les menottes, on lui a entravé les pieds. On lui a fait signe de s'asseoir. Dans ces locaux où tout était métallique, c'était une chaise en bois qu'on lui montrait du doigt. Elle s'est effondrée sous son poids. Une cocasserie qui n'a fait rire personne. Il s'est relevé, il a patienté appuyé contre le mur.

– On attend quelqu'un ?

Un des flics lui a demandé s'il était si pressé d'aller à Rikers.

– Ce n'est pas un très bon hôtel.

Un type en civil lui a enjoint de se taire d'un signe de la main. Il s'est même excusé pour les propos tenus par son collègue. De temps en temps, un personnage faisait une apparition pour lui rappeler qu'il était encore un des grands de ce monde.

Deux policiers larges et hauts ont surgi alors que pris de vertige il s'était accroché à un radiateur. Des fonctionnaires choisis pour leur gabarit dont la seule fonction était d'accompagner les criminels dangereux du tribunal à leur lieu de détention. Ils l'ont invité très poliment à les suivre.

– Je ne me sens pas bien.

Le civil a posé la main sur son bras.

– Quand avez-vous mangé pour la dernière fois ?

– Peut-être hier.

Il lui a mis dans la bouche deux morceaux de sucre pris dans le panier de la machine à café.

– Vous allez mieux ?

Il a opiné. Les sbires l'ont emmené, les entraves tintant comme des clochettes fêlées. Un boyau de béton brut éclairé par des ampoules encastrées dans le plafond, une cour avec un toit de grillage, un fourgon noir à meurtrières. L'un d'eux a pris place au fond sur la banquette, l'autre l'a enfourné avant de passer une chaîne entre ses menottes qu'il a fixée à un mousqueton rivé dans son dos.

Il a retrouvé son autorité d'antan pour exiger d'une voix de stentor qu'on desserre l'étreinte.

– Je ne peux plus respirer.

Il ne lui fut pas répondu. Le flic s'est assis à côté

de lui et le véhicule a démarré. Une première porte en métal plein s'est levée à leur approche, puis un sas obscur, une autre porte semblable à la première qui laisse passer le fourgon, une grille qu'un garde ouvre à l'aide d'une télécommande après avoir demandé au chauffeur de lui présenter son laissez-passer.

La ville, le bruit de la sirène du fourgon et de celles des autres véhicules de la police new-yorkaise qui cavalcadent en panique de jour comme de nuit. Depuis quarante-huit heures, New York était devenu une nasse. Il pensait aux homards des restaurants qui se cognent aux vitres de l'aquarium en attendant de se faire ébouillanter aux cuisines.

Il aurait voulu soulager la démangeaison de la piqûre du moustique qui venait de planter sa trompe en plein milieu de son front. Un insecte tapi depuis la nuit dernière dans l'habitacle qui était sorti de sa léthargie en flairant son odeur de fauve. Les flics avaient de trop gros doigts, et puis ces bouches serrées, sans lèvres, dans ces visages raides morts, ne lui laissaient espérer aucune compassion.

Les buildings dont il apercevait des bribes à travers les meurtrières, des aquariums empilés jusqu'au ciel. Au sommet, des animaux costumés, allant, venant, parmi un archipel de tables luisantes, de vestales et de divans. Des bêtes couronnées qui réfléchissaient, trituraient leur caillou de cerveau, afin de trouver la meilleure stratégie pour envahir de leurs œufs la planète. Les aquariums plus bas nichés, où la piétaille maintenue dans un état d'excitation morbide par les gardes-chiourmes de la chefferie, vivait huit heures par jour la tête dans le bocal de son ordinateur, défendant le picotin de la compagnie comme des fantassins mercenaires prêts à périr sous les balles, à subir une amputation pour la plus grande gloire d'une patrie étrangère.

Le soir, toute cette population prenait le train, s'exaspérait de se retrouver prisonnière des encombrements pour rejoindre sa maison de banlieue, ou se traînait *pedibus* à son domicile aux fenêtres sur cour, sur un garage, sur les cuisines d'une trattoria du quartier italien. Seuls les plus prospères disposaient de baies vitrées surplombant la ville.

Ces humains se déplaçaient du frigo au canapé, du canapé à la douche, et de la douche au lit. Le bonheur difficile, un travail de chaque jour, un appât, et pourtant parfois ils parvenaient à l'attraper avec les dents, à le croquer, s'enivrer de sa saveur, s'élever au-dessus du sol, survoler leurs tracas, leurs angoisses de mourir à l'instant, de disparaître trop tôt, de trop durer, de traîner leur obésité sur des pattes accablées, d'oublier leurs clés, leurs souvenirs, jusqu'à leur nom à consonance irlandaise qu'ils rechercheraient dans une liste de footballeurs caucasiens.

Parfois aussi la peur du bonheur, cette poignée de pépites qui attire les voleurs, se dessèche et vous laisse au creux de la paume un peu de sable gris.

Depuis sa renaissance génitale, il tutoyait sans cesse du bout du gland le bonheur. Un ami fugace, il passait son temps à lui courir après pour une rencontre fugitive comme une accolade. Un orgasme à la brièveté désespérante, quelques secondes aussitôt oubliées, une lichette de plaisir qui jamais ne l'avait rassasié.

Il jouissait d'avouer sa souffrance de posséder cette libido magnifique qui ne lui laissait pas un instant de repos. Des érections à humilier Dieu, ce flot qui aurait pu éteindre un incendie.

– Je souffre d'hypersexualité.

Un mal dont les hommes sont plus flattés d'être atteints que de mollesse, ou d'être affublés d'un sexe de garçonnet.

Un mois plus tôt, il avait été à peine ému quand il avait vu cette femme enchaînée à un poteau dans une boîte du nord de Paris. Le poteau lui semblait à présent plus confortable que cette banquette spartiate avec ce crochet heurtant son coccyx à chaque coup de frein.

Ému, il l'avait été assez cependant pour perdre sa semence entre les lèvres de la banquière entre deux âges qui l'avait amené là pour le distraire un soir où il avait essuyé une mercuriale de son épouse assez excédée par ses écarts pour le menacer d'une rupture.

Il avait été si peu d'années ministre, ses émoluments de député et d'élu local ne lui auraient pas permis d'assumer les frais de son ascension. Sa nomination à la présidence de l'institution financière lui avait été échue en fin de cinquantaine, et de toute façon un salaire mirifique ne vaudra jamais une fortune.

Une image, rien de plus fragile et de plus périssable. Il coûtait cher, celui qu'avec son épouse ils avaient surnommé le grand chambellan. Un stratège, un communicant, et ces derniers temps un homme de ménage qui nettoyait les traces des frasques qu'il laissait à chaque pas derrière lui.

Son épouse n'était pas seulement l'indispensable mécène de sa carrière, il éprouvait aussi une réelle affection pour elle. Il l'aimait, une mère coléreuse, un peu jalouse, bonne, indulgente, douloureuse d'être si souvent humiliée, même si elle avait recours à la secourable berlue qui permet de refuser d'en croire ses yeux quand on aperçoit dans le lointain d'un corridor la tête d'une amie sous les pans de la veste de son mari, comme celle d'un photographe d'autrefois faisant le point derrière le jupon noir protégeant la plaque sensible de la lumière qui tombe à flots de la verrière de l'atelier.

À Washington, il découchait souvent. Une capitale réjouissante comme un trou de province. Des immeubles bas pour ne pas faire d'ombre au Capitole, des quartiers résidentiels aux pavillons à dix millions de dollars qui vous ont un air déprimant de cottage.

Il se relevait la nuit, un irrépressible désir de quitter la couche conjugale. Le silence de la maison, les arbres dehors enracinés dans une terre humide bonne à planter des tombes. Le calme, le vide, et il lui fallait prêter l'oreille pour entendre un bruit de voiture qui rappelle la civilisation.

Il rejoignait un hôtel de la périphérie. D'un coup de téléphone, il agrémentait la chambre d'une de ces irrégulières toujours disponibles au moindre appel dont il avait une collection dans son carnet d'adresses. Des pirouettes en buvant un verre, puis ils s'endormaient tous les deux en chien de fusil.

Elle dormait encore quand il filait vers neuf heures. La joie solitaire de boire quelques cafés en mangeant des muffins dans un *Starbucks*. Il répondait à ses mails, haut-parleur de l'appareil activé pour pouvoir en même temps téléphoner la bouche pleine. D'ordinaire, l'épouse vexée n'avait laissé aucun message. Quand il l'appelait, il se cassait le nez sur sa boîte vocale.

Une femme devenue coriace qui ne lui faisait pas confiance. Elle doutait même de la réalité de ses déplacements. Elle avait beau le voir pérorer en direct sur une chaîne française, elle ne pouvait s'empêcher de l'imaginer en train de se trémousser à trois cents mètres de la maison dans une garçonnière grouillante de filles de joie.

Quand il partait sans elle à Paris elle frémissait en pensant au chahut qui devait régner à son domicile, la domestique ne sachant plus où donner de la tête pour réparer les dégâts, sans compter les brûlures de cigarettes infligées aux tapis persans, au cuir recouvrant la tablette de son secrétaire, jusqu'à une statue haïtienne dont le sexe était devenu une espèce de cendrier vertical aux mégots formant un petit tas sur le socle les soirs de bringue.

Deux ans plus tôt, quand il s'était laissé aller à fauter avec une jeune économiste de l'institution alors que ses statuts interdisaient les idylles avec un subordonné, il lui avait pourtant promis de se tenir désormais sage comme une image.

Elle aurait pu le croire, d'autant que l'affaire avait fait grand bruit et qu'il avait dû demander pardon *urbi et orbi* devant le personnel et les médias internationaux réunis. Elle lui avait pardonné publiquement, mais sa méfiance avait redoublé, et il la soupçonnait de n'avoir pas oublié cet affront.

Il avait avalé le calice jusqu'à la lie, puis il avait éprouvé une certaine fierté à passer dans le monde entier pour un homme dont la vigueur était désormais légendaire jusqu'au fin fond de la Patagonie.

Mardi dernier, il avait rencontré dans l'ascenseur une jeune Japonaise qui travaillait depuis la semaine passée à l'étage des statistiques. Elle avait fait mine de ne s'apercevoir de rien quand il avait évalué sa croupe d'une tape comme on s'assure de la fermeté de celle d'un bovin. Peut-être une coutume dans ce pays de France, ce grand lupanar où le coït généralisé fait osciller les immeubles comme à Tokyo les secousses telluriques. Il lui avait proposé de venir prendre un café avec lui au coin de la 22e Rue et de Pennsylvania Avenue. Elle l'avait remercié en filant précipitamment quand l'ascenseur avait atterri.

Il était allé boire tout seul son cinquième café de la matinée. Il s'attablait à peine, qu'une jeune fille portant chignon avait fait son entrée. Une rousse, visage à peine taché de son, lèvres pâles, de grands yeux clairs derrière les verres de ses lunettes en écaille mordorée. Elle a commandé un chocolat au comptoir avant d'aller s'asseoir au loin sous une affiche.

Il rédigeait des mails comme une secrétaire aguerrie qui n'a pas besoin de regarder son clavier, comme un homme coupé en deux dont une moitié est au four et l'autre au moulin. Elle lui cachait ses seins et son dos derrière son pull rose, sans compter le bas de sa personne qu'elle occultait sous des collants noirs et une jupe bleu marine. Elle a sorti un miroir de son sac. Elle devait s'en servir de rétroviseur pour l'observer.

Il a décroché. Un appel de la présidente de Lituanie. Elle causait un anglais exaspérant, frappant chaque mot sur son tympan comme avec un maillet. Encore une mendigote jamais rassasiée, une quinquagénaire au mufle taillé dans un bouledogue qui n'hésitait pas à l'enguirlander comme au bon temps de l'Europe de l'Est un militant de base lors d'une réunion de cellule.

– À plus tard.

Le plaisir de raccrocher au nez de la représentante d'un pays lilliputien en suivant la jeune fille jusqu'aux toilettes. Elle s'est enfermée prestement dans une cabine sans l'avoir vu. Il a toqué à la porte, elle lui a répondu que l'autre était libre.

Quand elle est sortie, il lui a dévoilé en silence son joyau. Elle a poussé un cri si faible que la musique d'ambiance l'a couvert et elle s'est catapultée hors des lieux.

Il a fait irruption dans la salle. Elle était déjà dans la rue. En s'en allant, il a bousculé le gérant qui s'obstinait avec une éponge sur une tache qui déshonorait son parquet.

Il l'a appelée, elle s'est mise à courir. Il a fait quelques enjambées, mais déjà une femme arrêtée au feu rouge riait de ce gros bonhomme candidat à la chute et à la crise d'apoplexie.

Il aimait se comparer à ses camarades de classe perdus de vue, qui la soixantaine dépassée n'avaient peut-être ni les moyens ni le statut de pouvoir comme lui bambocher. Ils devaient se contenter d'une épouse depuis longtemps amortie. Deux corps assortis se croisant tristement devant le miroir de la salle de bains sans même un linge pour dissimuler leurs toisons grevées de fils blancs. Des vieux au sexe en voie de disparition, tellement ils en avaient peu l'usage dans leur couple éculé.

Certains devaient encore rêvasser, prendre à l'occasion une cuite de plaisir solitaire, ralentir en longeant les roulottes des prostituées piétinant dans le froid sur le bord de la route, faire un compliment à une condisciple rencontrée à une réunion d'anciens élèves à qui la rumeur du lycée prêtait en ces temps stricts une sexualité avancée. En gardant à l'esprit le souvenir de son corps d'autrefois, mystérieux sous le kilt et le chemisier blanc, elle aurait fait l'affaire même si ses charmes avaient été fracassés par les années.

Mais les moyens leur manquaient pour la sortir, la restaurer dans une brasserie de luxe, l'étourdir de champagne avant de l'emmener dans une auberge pour la consommer comme des voleurs avant le douzième coup de minuit. S'ils commettaient une folie, le relevé de leur carte de crédit les trahirait. Il faudrait passer aux aveux, avouer l'incartade à l'épouse pleurant davantage son argent que la semence dilapidée du mari dont elle n'avait depuis longtemps plus l'emploi.

Même s'ils avaient tenté de la prendre en goujat dans un cagibi attenant à la salle où se déroulaient les retrouvailles, ils auraient probablement essuyé l'humiliation de ne pouvoir s'exécuter aussi précipitamment. Les pilules coûtaient cher, il ricanait en pensant que selon leurs moyens les seniors durcissaient ou restaient pantois. Une érection à deux vitesses, tant que le brevet du remède ne serait pas tombé dans le domaine public.

Souvent il tapait le nom de l'un d'entre eux sur un moteur de recherche. Certains fréquentaient les réseaux sociaux et affichaient leurs photos de famille. De jeunes vieux déjà réduits à jouer les grands-pères, à traîner au square leurs petits-enfants, à se déguiser en clown à la mi-carême, à leur donner des cours de mathématiques des mercredis entiers sur l'ordre de leur bru, de leur gendre, auxquels ils obéissaient avec leur femme comme des employés pour n'être pas privés des mioches aux grandes vacances, cette corvée supplémentaire qu'ils redoutaient d'avoir à accomplir face à face dans la sinistre salle à manger de leur maison de campagne à la lumière verdie par les feuilles du chêne qu'ils n'avaient jamais osé faire abattre à cause des cabanes fagotées dans les branches par deux générations de salopiots, et qu'ils entendaient léguer à leur descendance comme des reliques.

Une fin misérable comparée à sa vie de jeune homme dans une position éternellement ascendante, courtisé par les chefs d'État, adulé par la France, qui avec le secours de la pharmacopée administrait à tout va la preuve de sa virilité.

Son épouse se vengeait parfois. Elle lui promettait un week-end en compagnie de vieux amis dont il pourrait séduire les filles, de jeunes ménages dont l'ambitieux époux lui prêterait sa femme, de servantes du cru engagées pour promener sur un plateau de cuivre le thé à la menthe, les cornes de gazelle, et les serviettes chaudes pour que les mains des hôtes ne soient jamais poisseuses.

Au dernier moment, elle lui annonçait qu'elle avait annulé la nouba. Elle le tenait cloîtré dans cette maison mauresque entourée de remparts où elle représentait la seule possibilité de culbute.

Il s'enfermait dans le dressing d'une des chambres d'amis, appelant un voisin armateur qui possédait une propriété à quelques encablures. Une relation rencontrée dans le sauna d'un club de sport de Versailles loué l'espace d'une soirée par un publicitaire pour fêter ses soixante-dix-sept ans.

Une pléthore d'hommes guère frais se frottant à la peau d'ange de filles payées rubis sur l'ongle et de bénévoles espérant un rôle dans une réclame, étalées sur les bancs de musculation, accrochées aux agrès des machines, subissant les réprimandes de ces faux maîtres de gymnastique les contraignant après la séance à faire des pompes sous la douche comme des conscrits égarés dans un film pornographique à l'usage de badernes détraquées.

– Ma piscine est en réparation, je peux venir faire quelques longueurs dans la tienne ?

Il attendait qu'elle s'éclipse un instant à la salle de bains pour prendre la poudre d'escampette. Il quittait l'enceinte tête basse afin de ne laisser trace de son visage sur les vidéos prises par les caméras de surveillance, espérant peut-être pouvoir nier si pour le confondre elle brandissait les images à son retour.

L'armateur l'attendait au coin de la rue. Il l'enlevait dans sa Jaguar. Sa villa était toujours garnie, une boîte de friandises remplie de corps noirs comme du chocolat, dorés comme des dattes, et ceux débarqués le matin même, encore pâles comme des dragées.

Elle avait fini par découvrir la villa des délices. Elle débarquait, fouillait les chambres, les pergolas, et le ramenait au logis penaud.

Quand elle l'avait rencontré, il était encore un petit monsieur à peine dégrossi. Un professeur d'économie devenu député grâce au réseau de sa deuxième épouse dont il avait eu une fille complétant sa descendance déjà riche de trois enfants nés de son premier mariage. Elle l'avait évincée d'une chiquenaude, d'un billet doux glissé dans la poche de sa veste que l'employée du pressing avait scrupuleusement restitué à la légitime tombant des nues.

Les hommes ne résistent pas aux stars. En ce temps-là, elle régnait sur une émission télévisée où se succédaient les coqueluches de la politique, du show-business, du football, et aussi de la cuisine dont les chefs commençaient à être adulés, des alchimistes qui, faute de découvrir la pierre philosophale, se révélaient capables d'accomplir le miracle de transformer une tomate en coulis.

Elle avait aussi le charme d'avoir acquis la citoyenneté américaine en naissant aux États-Unis. Une enfance, une jeunesse françaises, mais durant son adolescence elle avait passé là-bas une année scolaire et parlait l'anglais sans cette pointe d'accent français dont il n'avait jamais pu se défaire. Il enviait ce passeport d'un bleu profond dont elle se servait de préférence, n'utilisant l'affreux livret grenat que pour passer la douane des pays du Maghreb.

Il était ébloui, mais l'argent lui manquait pour payer les week-ends au soleil, les petits cadeaux, les factures des restaurants en vogue, et quelques années plus tard il fut soupçonné d'avoir plongé la main dans la caisse d'une mutuelle étudiante dont certains membres de son parti se servaient de nourrice. En définitive le tribunal eut la délicatesse de l'absoudre, mais cette interminable affaire lui coûta son poste de ministre.

Il l'avait poussée à sacrifier sa carrière. Du temps de sa splendeur on lui avait offert le poste de secrétaire d'État à la Communication, et le président de l'époque, émoustillé par son regard turquoise, lui avait même laissé entrevoir un soir de lyrisme un apogée vertigineux.

– Après quelques années d'apprentissage, vous accéderez peut-être à la plus haute fonction de l'État.

Son mari la suivant lors des voyages officiels quatre pas en arrière, comme un prince consort. Cette position l'aurait humilié.

– Tu me vois trotter derrière toi comme un corniaud ?

Elle avait envoyé un mot charmant au président pour décliner son offre. Quatre ans plus tard, prenant prétexte de l'érosion de l'audience, elle avait sabordé son émission. Elle mettait désormais ses relations et sa fortune à ses pieds.

– Je serai fière de devenir première dame de France.

Une ambition lamentable pour cette femme brillante, contrainte de modérer les ardeurs de son intelligence pour permettre à la sienne de scintiller. Elle mènerait désormais la vie d'une épouse d'autrefois, trompée, soumise, accroupie.

Au-dessus de la moyenne, son quotient intellectuel frôlait à peine les cent quinze. Sa mémoire lui permettait d'apprendre par cœur une multitude de chiffres, de tirades concoctées par l'équipe du chambellan, de raisonnements pêchés dans la presse allemande, une langue opaque à la majorité des politiciens français dont les plus polyglottes avaient des notions d'anglais.

Elle devait batailler pour mettre au travail ce potache paresseux toujours prêt à faire l'école buissonnière pour courir le guilledou ou jouer avec l'ordinateur dernier cri offert la veille par un gourou de Seattle.

Il avait l'intelligence d'un joueur d'échecs capable d'assimiler toutes les parties de championnat jouées depuis un siècle, mais qui se trouve fort dépourvu face à un maître sortant pour la première fois de son chapeau un coup de Jarnac. Dans un monde où les maîtres sont rares, où ils se terrent pour ne pas compromettre leur génie en barbotant, elle réussissait à lui faire franchir les obstacles.

Un joueur d'échecs en réalité médiocre quand il s'agissait de remuer les pièces pour de bon. Ses collaborateurs devaient ruser pour laisser gagner leur patron quand il leur infligeait une partie afin de tromper l'ennui d'un trop long voyage. Ils le traitaient de pousseur de bois dans son dos.

Il se souvenait avoir vu la chaîne des bagnards dans une adaptation des *Misérables*. Drôle de Jean Valjean, et cette fellation d'une valeur marchande à peine supérieure à celle du pain que le gueux avait dérobé. Quinze années de bagne contre soixante-dix ans de pénitencier, en guise de port de Toulon un horizon de barbelés et un rectangle de ciel qu'il apercevrait en levant la tête dans la cour de promenade.

S'il n'avait pas sombré dans l'addiction, son sexe aurait eu le plus grand mal à décoller l'avant-veille et il aurait évité ce crash. Il s'est même un instant demandé s'il ne valait pas mieux perdre son apanage que sa liberté. L'image d'un couperet tranchant l'arme du crime a traversé son esprit.

Le fourgon a été stoppé par une moto qui, après avoir percuté un kiosque où survivait une Portoricaine en vendant des glaces et des cigarettes, avait fait un vol plané par-dessus un groupe d'adolescents qu'un professeur à lunettes rondes emmenait visiter le MoMA. Le motard ne s'est pas relevé, à travers la visière de son casque on voyait ses yeux fixes de victime du coup du lapin. Le fourgon a contourné l'obstacle et a filé vers Memorial Bridge.

Il regrettait que le contre-espionnage n'ait pas profité de cet incident pour surgir, percer le véhicule, l'emporter vers des catacombes où des nymphes l'auraient accueilli comme l'enfant prodigue. La France l'avait abandonné. Le désespoir du prisonnier qui ne peut plus se servir dans le grand magasin de la réalité, en est réduit à pressurer ses méninges pour se remémorer ses rayons remplis de tétanisées, de subjuguées, de mijaurées prêtes à franchir le pas, et toutes ces putains en tête de gondole disposées à se soumettre à n'importe quelle lubie pour quelques dollars de plus.

Il ne perçoit pas les stations du chemin de croix. Le premier arrêt, la barrière qui se lève à l'orée du pont. La traversée rectiligne de l'East River, deux minutes au-dessus des flots et s'ouvre la porte de l'île.

Une petite ville revêche, des arbres parfois, du gazon maigre, des terrains de sport dans des cages grillagées, des blocs de bâtiments posés çà et là, éloignés l'un de l'autre comme s'ils se détestaient. Le dernier portail, l'extraction sous des projecteurs qui luttent contre le soleil.

Le chanteur fêtait son demi-siècle. Une maison dans le 16e arrondissement. La petite rue impraticable à cause des véhicules en stationnement. Harcelée par un voisin qui ne pouvait plus sortir sa Mercedes de son garage, la police a commandé trois dépanneuses pour les mettre en fourrière. Un travail de fourmi, une mission impossible car les voitures qui partaient étaient aussitôt remplacées par celles des arrivants.

Il était minuit. La maison se remplissait à gros goulot. Des invités écœurés par ces enlèvements intempestifs. Un coup de téléphone au ministre de l'Intérieur, et dix minutes plus tard les dépanneuses faisaient demi-tour pour aller rechercher au dépôt les voitures qu'elles avaient enlevées.

Elle avait été ralentie au Châtelet par une vingtaine de taxis qui tournaient autour des fontaines en klaxonnant pour protester contre la prochaine fermeture des voies sur berges. Vers minuit, elle a garé en épi sa petite voiture bleue sur l'avenue contiguë. La rue était en émoi, certains devaient se rendre à une autre soirée et ne parvenaient pas à extraire leur véhicule de cet imbroglio.

Quand elle est entrée dans la maison, le chanteur soufflait les bougies sur une scène. Derrière lui, l'orchestre jouait en boucle l'intro du *Temps des cerises*, et la dernière flammèche éteinte il a pris la musique au vol et s'est mis à chanter.

Elle avait passé une journée mouvementée. Les Monuments historiques avaient commencé à gratter la façade de son immeuble à huit heures du matin. Elle avait ouvert ses rideaux sur un bonhomme qui lustrait la brique et la pierre avec un tampon de toile émeri et la délicatesse d'un ébéniste chouchoutant les frises d'une armoire Louis XIV.

À neuf heures trente, son professeur de gymnastique avait débarqué avec une lueur sadique dans le regard. Des exercices abdominaux douloureux, une interminable série de flexions, et des mouvements destinés à l'assouplir qui lui avaient froissé le nerf sciatique. Il ne s'était même pas excusé, il lui avait simplement dit *à lundi* en empochant ses cent euros.

Elle s'était rendue clopin-clopant chez son ostéopathe. Il l'avait manipulée sans grand succès. En sortant, elle était passée à la pharmacie acheter des anti-inflammatoires qui l'avaient rapidement soulagée mais lui avaient mis la tête dans le coton.

Elle avait écrit à midi un billet d'humeur sur les fautes de syntaxe que ses stratèges en communication obligeaient le président français à commettre tant et plus pour lui donner un côté populacier censé séduire les plus primaires de ses concitoyens. Elle a hésité au moment de le balancer sur son blog. En définitive, elle s'est abstenue.

Une salade de riz complet au fromage de brebis, un jus de pamplemousse, une sieste. Un thé au réveil. Un tendre appel de son ex-mari qui a exprimé de la compassion quand elle a évoqué sa sciatique. Même remarié et pourvu d'une nouvelle descendance, il l'aimait toujours et éprouvait une immense affection pour son remplaçant dont il ne doutait pas de l'excellence puisqu'elle l'avait préféré à lui.

Son actuel mari l'avait appelée de New York vers seize heures. Il lui a parlé de son portable.

– On l'a piraté. Mes mails circulent dans Paris, et tout le monde se fout de ma gueule.

– Quel genre de mails ?

Il avait toussé, s'était plaint d'un début de bronchite.

– Des mails de poufs ?

Il lui avait demandé de convoquer le chambellan le lendemain matin. Il se chargerait de faire examiner l'objet par un informaticien.

– Je suis traqué.

Elle a eu un petit rire morne.

– Si tu fermais la bouche, les guêpes ne te piqueraient pas la luette.

Il lui a dit qu'il déjeunait à midi avec sa fille.

– Tu l'embrasseras.

– J'ai un appel de Moscou. À demain.

Il n'avait pas menti. Le chef de cabinet du tsar de la République de Russie l'appelait pour lui demander de passer au Kremlin avant l'été. Rien de particulier, les affaires courantes se réglaient sans problème par téléphone.

– Une rencontre amicale.

Il tergiversait, arguant d'un voyage à Sidney, à Séoul, à Madagascar, sans compter les sempiternelles escales à Bruxelles et Berlin où il était contraint de planter sa tente tous les quatre matins.

– Pour que vous puissiez vous détendre, il vous

recevra si vous préférez dans sa résidence de Yalta. Il vous emmènera à la pêche au gros dans la mer Noire.

– Vous lui transmettrez mes amitiés.

La conversation s'était arrêtée là. Il avait croqué la corne d'un croissant en regardant New York qui l'avait toujours ému. Une ville hérissée de bâtiments raides et hauts comme les follicules d'une étrange toison. Le fantasme parfois de demander la nationalité américaine pour tenter sa chance aux élections. Maire de New York, une fonction à son avis plus festive que la sienne et celle qu'il briguait, sans compter le plaisir de pouvoir comme sa femme jeter le passeport bleu à la gueule des douaniers.

Il évitait le tsar autant que faire se pouvait. Il l'effrayait comme un épouvantail. Un homme qui n'hésiterait pas à employer les moyens les plus vils pour peser sur ses décisions quand il dirigerait la France. Un félin qui pour l'heure faisait patte de velours à chaque entrevue, sans manquer pourtant de lui montrer ses griffes à l'occasion.

Lors de leur dernière rencontre à la fin du mois de janvier, après une longue harangue sur la grandeur cachée du rouble qui écraserait le dollar avant la fin du siècle, il s'était tu en le montrant du doigt. Un silence absolu régnait dans l'immense pièce où autrefois le vieil Andropov à bout de souffle mettait deux longues minutes pour se traîner de la porte jusqu'au bureau.

Il craignait le silence, ce guet-apens. On s'apprêtait à fondre sur lui, à passer autour de son cou des paroles meurtrières, un nœud coulant. Les doubles-fenêtres l'empêchaient d'entendre les bruits de pas des soldats, les allées et venues des berlines des dignitaires. Le

35

reste de l'espèce humaine avait disparu, il était seul avec son bourreau.

Le tsar a cliqué, puis il a tourné vers lui l'écran de son ordinateur. Il devait y avoir des artistes parmi le personnel de son service de renseignements. Une brève vidéo montée comme un clip de rock. On assistait à des prouesses génitales dans des chambres d'hôtel, des salons bourgeois, des studios de passe, un escalier d'immeuble, ne manquait que la bande sonore. Le visage était flouté, il lui semblait qu'il n'était tout de même pas si gros, si velu, mais il reconnaissait certains décors de ses fredaines. Une reconstitution digne d'Hollywood avec une pléiade d'acteurs qui semblaient avoir été formés à l'Actors Studio.

Il l'a raccompagné jusqu'à la porte sans un mot. Il a quitté le Kremlin la queue basse. Durant le trajet jusqu'à l'ambassade de France où il logeait, il a essayé de se persuader qu'il s'agissait d'une supercherie destinée à entretenir sa paranoïa. Mais cet ancien du KGB devait sans doute conserver dans un coffre les prises de vue originales dont il saurait faire un instrument de chantage quand il serait élu.

La veille, il avait trouvé un garde dormant tout habillé sur le lit de la suite en rez-de-chaussée où on loge les présidents. Il l'avait réveillé d'un ramponeau.

– Qui vous êtes ?
– Je suis de service.
– Qu'est-ce que vous foutez là ?
– Je croyais que vous n'arriviez que demain.
– Foutez le camp.

L'homme s'était levé, avait pris sa casquette posée sur la table de nuit et il était parti en l'ajustant sur son crâne.

Il avait passé une heure à grimper sur les chaises, ramper sur les parquets, démonter les meubles pour s'assurer qu'un employé félon n'avait pas dissimulé un micro quelque part. Il avait jeté par la fenêtre le grand bouquet de fleurs du salon dont les pistils lui semblaient luire comme des objectifs sous le lustre de bronze doré.

Les fêtes l'ennuyaient. Elle n'aimait pas cette hystérie collective qui lui rappelait les manifestations de Mai 1968. Une foule folâtre prête à danser en dépavant les rues avant de se faire matraquer et pleurer dans un nuage de gaz lacrymogènes. Elle pressentait un danger tapi derrière la moindre réjouissance.

Depuis qu'elle partageait sa vie, elle n'éprouvait plus de joie pure, transparente, qui ne soit pas ternie par un voile de culpabilité. Il avait la malignité de la rendre responsable de ses échecs électoraux, de la moindre tracasserie judiciaire, et même de son ascension qu'il jugeait poussive. Elle avait pris les commandes de sa carrière. Il lui attribuait tous ses dérapages, ses sorties de route, jusqu'à la résistance du temps qu'elle ne parvenait pas à pulvériser.

La permanente inquiétude des ambitieux, il s'en était déchargé sur elle. Il avait réussi à la persuader que ses victoires seraient autant de preuves d'amour. Il gagnerait tous les prix d'excellence pour assouvir son orgueil d'épouse. Elle devait le protéger comme un ange gardien, une prêtresse, une pythie, une déesse aux commandes du navire qui voit s'approcher les icebergs avant même qu'ils ne se soient détachés de la banquise.

Les avertissements ne comptaient pas. Il attendait d'elle une intervention magique. Elle devait avoir la faculté d'arrêter le temps à l'instant où l'incident allait se produire. Plus qu'à faire un pas de côté pour éviter l'ornière, avant qu'elle n'autorise le balancier de l'horloge à se remettre à battre.

En cas d'anicroche, il lui supposait la faculté d'effacer les moments funestes, de jeter au vent les secondes, les jours, les longs mois d'égarement, d'incurie, de désinvolture, et de leur substituer un passé propre et brillant comme le Formica d'une table de café après le coup de chiffon du serveur.

Il y avait presque quinze ans qu'elle s'était assuré les services du grand chambellan, un publicitaire reconverti dans la communication des personnalités politiques. Un homme dirigeant l'armée des ombres chargée d'apporter la bonne parole aux gens de médias. Il suscitait des articles écrits de bonne foi par des rédacteurs qu'il avait su convaincre de l'inéluctable ascension de son client. Il avait su rembourrer ses épaules de bossu, lui donner la carrure d'un grand économiste, français, européen, puis celle d'un de ces Keynes capable d'imaginer de nouveaux rouages pour remettre en route les marchés mondiaux crottés par la finance.

Il avait fait appel aux plus brillants journalistes payés des ventrées de piastres pour l'entraîner au débat. On l'avait livré aux coiffeurs, aux tailleurs, aux dentistes, pour sublimer son apparence. Des échantillons étaient chaque mois prélevés dans la population générale comme on jette un seau dans la mer pour en déterminer la température et la salinité. Dans l'intimité de son bureau, il en tirait des formules, des slogans, des petites phrases profilées.

Le lendemain, il les glissait dans la bouche de son ouaille qui n'avait plus qu'à les souffler comme des dards de sarbacane. Le plus chaud de sa mission consistait à faire du couple un emblème, la face resplendissante du louis patiemment coulé, sculpté, peaufiné pour être adoré par le peuple comme un veau d'or. Menue monnaie, un couple bancal, l'épouse trop riche et le mari ingrat qui collectionnait les infidélités sans éprouver envers elle la plus élémentaire reconnaissance du ventre.

Un homme imprudent, insouciant, au sentiment d'impunité d'autant plus ancré que le manitou se chargeait d'étouffer les affaires courantes en décourageant les offusquées de se répandre, de franchir la porte du commissariat, qu'il raisonnait les maîtresses bafouées prêtes à s'épancher sur les réseaux, contactait ses confrères en politique pour les prier de cesser de colporter des anecdotes sexuelles dont il était le balourd, et prêchait aux fureteurs l'absolu tabou de la vie privée, même quand les incidents s'étaient produits dans les couloirs du Parlement, d'une radio nationale, dans un restaurant, sur le divan d'un établissement public où les couples permutent et voltigent.

Elle avait dû accepter une coupe de champagne et un morceau de gâteau bizarre qui sentait la violette et la capucine. Troublée par l'alcool mélangé au médicament dont elle s'était gavée tout l'après-midi, les hommages incessants des invités résonnaient à ses oreilles, et leurs visages lui semblaient faits de fruits et de légumes comme des portraits d'Arcimboldo.

On l'a transportée évanouie dans une chambre. À son chevet, trois médecins trouvés au pied levé dans la foule des invités. Ils l'avaient examinée rapidement l'un après l'autre, et avaient conclu à mi-voix qu'elle était ivre.

Sitôt revenue à elle, elle est allée vomir. Elle s'est rafraîchie, remaquillée, a passé ses doigts dans ses cheveux pour les remettre en place. Elle est sortie radieuse de la salle de bains. Elle a remercié les trois hommes d'un sourire et d'un imperceptible geste de la main. Elle a traversé le couloir, suivant à la trace le vacarme de la fête pour ne pas se perdre dans ce bâtiment labyrinthique qui quatre années plus tôt était encore une clinique.

À présent, les visages et les voix avaient retrouvé leur réalité. Elle s'est dirigée vers le chanteur. Elle a mouillé son index pour effacer la trace de chocolat qu'il avait sur le nez. Il l'a serrée dans ses bras et lui a demandé pourquoi il ne l'avait pas accompagnée.

– Il est à New York.

– Pour quoi faire ?

Elle a rougi discrètement sous la poudre.

– Voir sa fille.

Il descendait souvent dans cet hôtel proche de Times Square. Des escapades sans véhicule blindé ni garde du corps entre deux voyages officiels. Il en profitait parfois pour voir sa fille, étudiante à l'université.

– Bon anniversaire.

Elle a sorti de son sac un petit paquet. À l'intérieur d'un coffret, une cuillère en vermeil installée sur une parure de satin gris. Ils ont éclaté de rire tous les deux. Il s'était plaint un jour de devoir tourner son café avec un crayon dans ce studio où il avait emménagé sur un coup de tête après une dispute avec sa fiancée d'alors, et depuis elle lui offrait le même cadeau à chaque anniversaire.

– Ce sera la vingt et unième.

Elle l'a embrassé à nouveau.

– Je vais filer, il arrive à Roissy à six heures.

Il l'a escortée jusqu'à la porte d'entrée. Un type cherchait à extraire sa moto du tas de voitures qui encombraient toujours la rue. Elle a respiré profondément l'air de la nuit qui sentait le lilas. Elle a rejoint le boulevard.

Rentrée à la maison, elle a feuilleté un reportage publié par un magazine belge où on les voyait maltraiter patates et côte de bœuf devant le grand fourneau de leur cuisine de Washington. Elle se souvenait que sitôt le photographe et l'équipe de télévision envolés, ils étaient allés dîner au restaurant.

Elle était couchée quand à une heure trente sa belle-fille l'a appelée en sortant du poste de police.

— Le commissariat de Harlem. Il va passer la nuit là-bas. Je n'ai pas pu le voir. Il a dû appeler son avocat américain. Le consul a dit qu'il avait le moral. Ce n'est pas un violeur. Une magouille de l'Élysée. Les flics vont la faire craquer. Ils vont tous payer ça très cher. Je t'embrasse.

Elle composait déjà le numéro du grand chambellan tout en achevant la conversation avec sa belle-fille. Il a décroché aussitôt.

— C'est la procédure habituelle en cas de plainte aux États-Unis. Surtout se taire. Attendre. Il ne peut pas être libéré avant son passage devant le juge. Je vais contacter l'avocat, et aussi nos compères habituels du barreau de Paris. S'il avait l'immunité diplomatique, on ne l'aurait pas arrêté dans l'avion. On doit pouvoir exiger qu'il accomplisse sa peine en France.

On aurait dit qu'il était déjà sur le pied de guerre depuis un moment. Elle s'est toujours demandé par quel canal il avait pu être prévenu avant elle.

— Oui, il est innocent. Les erreurs judiciaires. Les

42

faux témoignages. Les imbroglios. *You never know what you're in for*, comme on dit dans ce pays de procéduriers. Ne reste pas chez toi. Dès que la nouvelle va tomber, les journalistes vont rappliquer. Tu ne pourras même plus sortir. Pars immédiatement. Surtout, ferme ta gueule si on réussit à te débusquer. Je suis à Rome. Je rentre par le premier vol. Tu m'enverras l'adresse. Je te rejoindrai directement en taxi de l'aéroport. Ne pleure pas. Fais ton sac. De toute façon on se battra à coups de dollars. On discutera le prix. Une chance que ce soit une pauvre Black. Pas la fille d'un WASP du Kentucky envoyée par son père faire un stage de misère avant d'entrer à l'université de Richmond. On s'en tirera peut-être avec un chèque à quatre chiffres. Je sais, elle doit mentir. Elle ment. Pour qu'elle avoue, ça risque de coûter beaucoup plus cher. On se contentera d'un arrangement. Aucun problème pour les élections. Les Français aiment les hommes qui ont du tempérament. Oui, il ne s'est peut-être rien passé du tout. Dépêche-toi de déguerpir. À demain.

Elle a réservé calmement un billet d'avion pour New York sur une application de son téléphone. Il était trop tard pour partir aujourd'hui, elle décollerait lundi en début de matinée.

Elle s'est fait couler un bain, s'est enfoncé la brosse à dent dans la bouche et l'a serrée entre ses dents comme un fume-cigarette. Elle a allumé la télévision. Les chaînes d'info françaises parlaient du match de foot de l'après-midi. Les anglaises causaient *stock exchange*. Outre-Atlantique, on se passionnait pour un téléphone solaire et un tournoi de golf.

Elle a vérifié sur son ordinateur qu'aucun internaute n'était encore au courant de rien. La mousse du bain débordait. Elle a fermé l'eau, attrapé ses affaires de toilette, dans un vaste sac de cuir elle a jeté trois poignées de lingerie, une brassée de jupes, de chemisiers, des paires d'escarpin, un survêtement et des chaussures de sport. Elle a dévalé le grand escalier.

Elle a glissé sur le trottoir. Elle a rejoint sa voiture garée deux cents mètres plus loin dans un parking souterrain sans s'être aperçue que la chute avait réveillé son nerf et qu'elle avait couru en chaloupant.

Elle s'est fait flasher en brûlant un feu. La photo de son visage en déroute est arrivée quinze jours plus tard à son domicile avec une amende.

Un immeuble du 15ᵉ arrondissement. Elle a laissé longtemps son doigt sur le bouton de l'interphone avant qu'on ne décroche.

– Je suis poursuivie.
– Mais, par qui ?
– Je viens passer la nuit chez vous.
– Tu aurais dû nous téléphoner.
– Ouvre-moi.

Un dernier étage. Le salon donnait sur un jardin suspendu. Un ménage au crépuscule de la soixantaine. Il avait enfilé un peignoir, elle portait un gilet de laine sur sa chemise de nuit.

Elle a fait irruption au milieu du salon. Ils l'ont rejointe à grands pas du fond du vestibule. Elle a refusé de s'asseoir. Une femme errante sur le tapis, piétinant les fleurs et les arabesques.

– Tu veux un café ? Un alcool ? Un verre de lait ? Un anxiolytique ? Tu as mal au cœur ? Tu veux prendre l'air sur la terrasse ?
– Je vais aérer la chambre d'amis. Toujours cette odeur de parquet ciré qui pique le nez.

– Qu'est-ce qui t'arrive ? Vous avez eu des mots ? Il va sûrement t'appeler. Il va s'excuser. Vous vous excuserez tous les deux.

– Je ne t'ai jamais vue dans un état pareil. Arrête de tourner en rond, tu vas finir pas te casser la figure avec ces talons hauts.

Elle est allée à la cuisine lui préparer une verveine. Il l'a prise par l'épaule. Il l'a assise sur le canapé blanc. Elle s'est laissé faire. Elle se tenait droite, remuait les lèvres, cherchant à se composer un sourire. Un trait de rimmel débordait sous l'orbite gauche, un maquillage hâtif comme un réflexe dans le rétroviseur avant de quitter la voiture.

Elle a bu une gorgée de tisane.

– Tu as mis trop de sucre.

– Je n'ai pas mis de sucre.

Un sourire un peu bancal avec trop de dents en exposition.

– Tout va bien. J'avais du vague à l'âme. Les nuits sont tellement longues, on dirait l'hiver. Je dois prendre l'avion pour New York.

– Tu as l'air d'aller mieux.

– Tu étais pâle en arrivant, tu as retrouvé tes pommettes.

– J'ai oublié mon sac de voyage dans la voiture.

Elle s'est levée.

– On va me le voler.

Elle s'est trompée de porte. Il l'a rattrapée dans le couloir des chambres.

– Donne-moi la clé. Je vais descendre le chercher.

Elle a fouillé son sac à main.

– Je crois que je l'ai oubliée sur le tableau de bord.

– Ne t'inquiète pas, je m'en occupe.

Il l'a guidée jusqu'au salon comme une aveugle.

– Tu peux me lâcher. Je ne suis pas une vieille dame.

Il l'a abandonnée. Elle a retrouvé sa place sur le canapé. Elle souriait trop fort. Son visage était en panique. Elle serrait les paupières, rouvrait trop grand les yeux.

– Ton avion part quand ?

– Demain matin.

– Tu vas aller te coucher. Je te réveillerai à onze heures pour que tu ne sois pas trop déphasée.

Elle l'a suivie dans la chambre d'amis. Elle s'est posée sur l'édredon à ramage.

– Il fait à peine frais. On va laisser la fenêtre ouverte pendant cinq minutes.

Il est arrivé avec le sac.

– J'ai croisé le jeune du premier qui rentrait complètement bourré avec un garçon décoloré. Ils se sont fichus de moi à cause de ma robe de chambre.

– Pose-le sur la chaise.

Il a obtempéré.

– Laisse-nous, tu veux ?

Il a refermé la porte derrière lui. Il était excité par cette mystérieuse visite. Elle saurait la faire parler, et tout à l'heure elle lui raconterait. Il n'avait jamais trompé son épouse, une habitude casanière. Il écoutait le récit des infidélités des maris audacieux aussi émerveillé qu'un gosse un conte de fées.

Elle est venue un moment plus tard le rejoindre sur la terrasse où loden sur les épaules il lapait un verre de cognac.

– Alors ?

– Elle s'est endormie tout habillée.

– Qu'est-ce qu'elle t'a dit ?

– Rien.

– Elle parlera demain.

Elle s'est assise sur la balancelle. En face, une façade. Elle a levé les yeux pour voir le ciel. Elle a secoué la tête.

– Elle n'est vraiment pas bien.

– Encore faut-il savoir pourquoi.

Il a soupiré. Elle a donné une impulsion d'un coup de pied sur le pavé. Elle a attendu le dernier va-et-vient de la nacelle pour aller se recoucher. Il a vidé d'un trait le fond de son verre. Il a rejoint frustré leur chambre. La tête enfoncée dans l'oreiller, il grognait pour l'empêcher de se rendormir.

À sept heures, le vieux radio-réveil en Bakélite a déclenché à fort volume une station sur laquelle il était réglé à la même heure depuis la fin des années 1960. La voix du journaliste martelait d'un ton funèbre la nouvelle tombée à cinq heures trente-six du matin.

On avait sorti du lit une de ses thuriféraires, une femme à la voix saccadée, et deux célébrités assez obscures pour s'être précipitées afin de saisir à la volée leurs trois minutes de gloire. Une cacophonie, les voix grimpant les unes sur les autres, les phrases absurdes d'être commencées par un supporter et terminées par un imprécateur.

Il a sauté d'un bond dans ses pantoufles de veau verni. Il s'est précipité à la cuisine, allumant l'écran au-dessus du buffet pour jouir du spectacle en mâchant ses tartines.

Même quand on parlait sport, une bande déroulante rappelait le forfait. On bâclait le reste de l'actualité, le chômage semblait suspendu, les guerres n'existaient plus. Tout le monde se disputait l'aubaine, les bouches arrachant sans vergogne un fragment de l'ogre. Un préposé à la présomption d'innocence évoquait parfois la décevante hypothèse du consentement de la domestique.

Étant donné sa couleur, on avait l'impression de la connaître, de l'avoir croisée dans les transports en commun, avec son nez épaté, son vêtement de pauvresse, sa tête de proie prête à finir la journée dans un carquois.

Au fil des éditions, les invités des radios ont déboulé des taxis qui avaient foncé dans le désert parisien du dimanche matin. Deux députés de son parti requis par un valet du chambellan qui avait carillonné à leur porte et s'était précipité vers leur penderie, jetant au visage de ces hallucinés encore dans les limbes un costume et une paire de mocassins, leur nouant une cravate au cou, passant un peigne dans leurs cheveux pour les rendre vaguement présentables, sont ainsi arrivés tour à tour le casque de travers à califourchon sur des motos pilotées par de jeunes stagiaires imbibés de vodka bipés à leur sortie de boîte.

Des défenseurs redevenus carnassiers dans l'ascenseur en humant l'odeur exaltante des studios. Eux aussi connaissaient cette femme, une Congolaise, une Zambienne, une Kenyane née au Togo, élevée en Algérie, dans le Kosovo, une probable Soudanaise mâtinée de sang rwandais débarquée brûlante de sa brousse éthiopienne.

Si un contact physique avait eu lieu, elle avait dû parlementer longtemps, le supplier, tirer longtemps sur la corde avant qu'il se laisse supplier d'une fellation dont il avait dû sortir tuméfié sous la langue râpeuse comme de la paille de fer.

Mais ils n'osaient pas. Ils se faisaient violence pour respecter les droits humains toujours plus contraignants d'année en année. Ils se sont bornés à tirer un portrait flamboyant de l'accusé, ponctuant leurs éloges du mantra sorti dans la nuit des méninges du grand chambellan.

– Celui dont nous parle la police new-yorkaise n'est pas l'homme que nous connaissons.

Il raclait le fond du pot de miel quand sa femme est apparue, toute pomponnée après une demi-heure de salle de bains.

– Elle risque d'entendre.

Elle a baissé le son.

– On n'entend plus rien.

Il a repris en main la télécommande pendant qu'elle préparait son petit déjeuner. Le téléviseur gueulait encore plus fort que tout à l'heure. On diffusait une sorte de nécrologie. Un homme enjoué dans son grand bureau de Washington, un piéton hilare portant tablette sous le bras, un pauvre gars flanqué de son épouse aussi figée que sa copie de cire du musée Grévin s'excusant devant son personnel d'avoir commis l'adultère avec une subordonnée, un conquérant sur une estrade en train de copiner avec le dalaï-lama.

Elle a coupé le son. Elle a sauvé la télécommande d'un geste agile quand il a voulu s'en emparer. Il est allé allumer l'écran du salon. Le son courait dans le corridor, parvenant à ses oreilles tandis qu'elle fixait l'image muette. Il lui a fallu quelques instants pour s'apercevoir qu'il regardait une autre chaîne et comprendre que la journaliste parlait avec un acteur appelé à la rescousse pour donner à la contre-offensive une tournure artistique.

On a sonné. Il s'est précipité pour ouvrir. Le chambellan en costume à rayures, flanqué de deux acolytes en tenue de week-end.

– Elle dort encore.

– Je dois la voir tout de suite.

L'épouse est allée la réveiller. Elle avait laissé son rouge à lèvres sur le coussin où elle avait dormi, mais le reste de son maquillage avait tenu bon. Elle est arrivée au salon dans sa robe à peine froissée, le regard brillant, prête au combat, sereine comme un samouraï. Son nerf s'était calmé pendant la nuit, elle se déplaçait sans à-coups.

Une vidéoconférence avec les avocats américains sur l'ordinateur du couple. Le chambellan était assis devant l'écran, ses acolytes l'encadraient debout. Ils n'avaient pas voix au chapitre, elle ne disait rien non plus.

– Nous ne l'avons pas encore vu. Il est bien traité. Il a mangé un sandwich au thon.

– Il faut plaider non coupable.

– *Of course.*

Une conversation brève, et la décision d'attendre le soir pour intervenir.

Elle s'était éclipsée. Une douche, des vêtements tirés du sac, un long séjour devant la coiffeuse de la chambre, trois sanglots, une goutte de collyre dans chaque œil. Elle a éteint son téléphone qui vibrait en permanence depuis l'aube. Elle n'écoutera jamais tous ces messages compassionnels, bouleversés, certains hypocrites, insidieux, indiscrets, et ceux mêlés d'une pointe d'amertume d'avoir misé sur le mauvais cheval.

Elle s'est regardée fixement dans le miroir. Un instant de méditation. Dissiper les doutes. Éteindre la vision en elle de la grimace de son mari au moment suprême. Cet orgasme qu'il lui semblait porter comme un crachat dissimulé sous le fard. Le chagrin, la honte, toutes les scories dont elle devait se débarrasser pour réduire l'intensité de la douleur. Qu'au moins la souffrance ne se voit pas. On se sent moins humilié quand on donne l'impression de n'avoir pas senti les coups.

Une femme battue qui plaint l'homme de s'être endolori sur sa chair coriace. Au lieu de panser ses plaies, elle court au congélateur remplir un seau de glace pour soulager les poings rougis de la petite frappe qui partage sa vie. Une femme battue qui attribue ce bleu à sa manie de se frapper le front sur un coin de la cuisinière et supplie le policier de libérer une fois encore son mari.

Ne plus garder en elle que le souvenir de l'euphorie des premiers mois, déglutir la lie, donner l'impression d'être encore une amoureuse grisée par son haleine de tribun.

Elle écrit sur un carnet. Pas d'hésitation, de rature. D'abord, des mots isolés entre deux tirets, des phrases courtes, puis une tirade qui semble interminable, un long chemin, les virgules rares, et un point brutal qui perce le papier.

Elle détache le feuillet, elle le plie. Un billet doux qu'elle pose sur la coiffeuse. Elle ferme les yeux, elle s'en saisit comme si on venait de le lui apporter. Elle s'envoyait souvent des courriers. Le lendemain elle guettait le facteur, impatiente de lire les pensées de la femme qu'elle était encore vingt-quatre heures plus tôt.

Les particules en suspension du passé. La mémoire, et sa suie. La suite de l'hôtel, une charogne déjà pourrie dans les hauteurs de New York. Les mauvais souvenirs salissent, on les déchiquette comme un vieux vêtement qui vous sort des yeux.

Elle a déplié la lettre. La poussière noire de sa rancœur dont elle avait transcrit chaque grain. Son ressentiment tombé sur le papier, elle n'avait plus qu'à souffler dessus. Il s'en irait sur le tapis. On l'aspirerait, on l'incinérerait avec les ordures, on enterrerait ses cendres et la terre les boufferait.

Les toubabs ont atterri sans encombre. Le vieux Russe blanc né en 1941 à Paris dans le 16ᵉ arrondissement, criait sur le tarmac. L'hôtesse ne savait plus où elle avait rangé sa valise trop volumineuse pour entrer dans le coffre à bagages. Je contemplais l'hélicoptère vert comme une grosse grenouille, abandonné dans un coin avec son chapeau de bâche qui protégeait ses pales des intempéries.

– Pas trop tôt, la prochaine fois je la prendrai sur mes genoux.

Le rampant préposé aux bagages souriait en regardant ce chrono à cheveux gris furieux d'avoir été carotté de cinq minutes de sa vie qu'il se hâtait de rattraper en traînant son bien comme si une guerre atomique venait d'être annoncée.

Un commando de chauffeurs de taxi barrait la sortie de l'aéroport. Un bâtiment minuscule comme une maisonnette de garde-barrière. Nous passons au travers, nous montons au hasard dans une des voitures jaunes comme des cabs new-yorkais.

Des Peugeot ancestrales qui avaient traversé l'océan après avoir trimballé en Europe pendant deux décennies des VRP, des familles, des gens de plus en plus démunis au fur et à mesure que le véhicule passait de main en main et finissait par s'être assez dévalué pour pouvoir être exporté dans le tiers-monde.

Le chauffeur arrive d'un pas nonchalant.

– Hôtel *Le Flamboyant*.

– D'accord.

– Tu nous prends combien ?

– Deux milles.

– Tu as de l'essence ?

– Oui.

La voiture démarre miraculeusement. Le moteur est le seul organe à fonctionner dans cette épave dont le compteur a perdu son aiguille. La ville arrive à nous au bout d'un quart d'heure. Elle s'avance, un écran dans lequel on pénètre peu à peu. Des maisons maçonnées, des boutiques qui semblent profondes d'être si obscures, le long des rues souvent goudronnées, grevées de nids-de-poule. Il y a des infirmes en chaise roulante, des pauvres qu'on reconnaît à leur maigreur cadavérique, d'autres plus épais, mais pas le moindre gros.

Partout des enseignes Orange qui aspirent la monnaie de toute cette population misérable mais connectée, et de loin en loin les pompes à essence neuves, chromées, plantées dans des stations rutilantes dans le paysage mat comme une peinture à l'eau, qui débitent une essence plus chère que la bière, dont de mémoire d'habitant personne ne se souvient avoir jamais fait le plein.

– J'espère au moins qu'on ne va pas se faire enlever par des indépendantistes.

Les sourcils de Dimitri se mettent à trembler pour la première fois depuis notre départ de Paris.

– On est en pleine Casamance, la ville est entourée de rebelles.

Dimitri, cet ancien directeur pour la zone Afrique d'une multinationale d'électroménager. Il avait vendu pendant des décennies machines à laver et grille-pain aux autochtones, voyageant en première classe, dormant dans les palaces des capitales, sans jamais s'aventurer dans les provinces qu'il imaginait grouillantes de tribus prêtes à le jeter dans une marmite. Il commençait à regretter d'avoir accepté de cornaquer ce raconteur d'histoires inconscient comme un bambin courant après le soleil sur le bord d'un toit.

– En Afrique, tout peut arriver.

À coups d'index, il martèle cette sentence sur le bout de son nez.

Un hôtel construit autour d'un petit jardin. Près de la réception, une minuscule piscine en forme de bottine. Des chambres aux fenêtres fixes, collée sur la table une pancarte signalant qu'à dix-neuf heures on passera arroser la pièce avec un produit antimoustiques.

Je claque la porte derrière moi, déballe mes affaires sur le lit, retrouve mon Russe déjà frétillant devant le porche avec son chapeau de paille enfoncé sur le crâne.

– Si on allait tout de suite à l'hôtel du Perroquet ?

– Du Perroquet ?

– Voir ce Peul qui boite ?

Je sors de ma léthargie. Il se souvient du moindre renseignement que je lui ai donné avant de partir. Le nom des lieux, le signalement de cet homme qui d'après l'écrivain franco-guinéen Tierno Monénembo pourra nous conduire jusqu'à la tante de notre héroïne.

Son bras se lève, une flèche qui pointe l'horizon. Le marchand de bimbeloterie dont l'étal jouxte l'hôtel lui a indiqué la direction tout à l'heure.

– Au bout de la rue, et puis on enfile à droite jusqu'à l'embarcadère.

En chemin un jeune homme l'interpelle.

– Bonjour papa, donne-moi un billet.

– Pas d'argent sur moi, mon fils. Une autre fois.

L'enseigne du Perroquet. Des arbustes cacochymes en guise de barrière, un portillon à claire-voie. On s'assoit sous la tonnelle. On commande des bières.

– Je vais te filmer.

Il prend la caméra dans la poche de ma saharienne.

– Autrement, personne ne croira que tu es venu jusqu'ici.

Vraiment une performance d'avoir volé jusqu'à Dakar et d'avoir subi cinquante minutes de vol pour atteindre Ziguinchor. Il change de lunettes pour me voir net.

– Tu es à contre-jour.

Je montre mon profil. Derrière moi l'estuaire, les barques des pêcheurs, une volée de pélicans survoltés qui foncent en escadrille dans le ciel sans nuages.

– Je ne veux pas être filmé.

Un vieux à cheveux blancs en train d'écrire sur un cahier. Il est attablé à quelques mètres de nous. Je le rassure.

– Ne vous inquiétez pas, on respecte.

J'entreprends le vieillard. Je me dis que malgré ses cheveux blancs, il est peut-être plus jeune que moi.

– Vous connaissez un guide peul qui s'appelle Diallo ?

– Tous les Peuls s'appellent Diallo.

– On m'a dit qu'il se déplaçait avec des béquilles.

– Jamais entendu parler.

– Vous connaissiez Nafissatou ?

– Elle n'était pas d'ici.

– Elle a séjourné à Ziguinchor avec sa tante.

– Je ne sais rien.

Le jeune homme du bar apporte les bières. Il a un

corps athlétique, porte un débardeur, intervient d'une voix qui me semble résonner dans les airs malgré l'absence de murs et de plafond.

– Sa tante habite toujours dans le quartier chinois.

Je n'avais pas vu d'Asiatique. J'imaginais un Chinatown grouillant d'anciens dissidents arrivés là au terme d'un voyage d'un an et demi pour échapper aux massacres de la Révolution culturelle. En réalité, pas l'ombre d'un Chinois dans toute la ville. Une famille pékinoise échouée peut-être au XIXe siècle, décimée par la malaria, les trois survivants de sa descendance ayant depuis longtemps perdu leur couleur à force de mariages avec les gens du terroir.

– C'est où ?

– Par là-bas.

Il me montre le levant.

– Mais Diallo doit le savoir mieux que moi, je vais vous le chercher.

Il s'en va lentement, disparaît derrière les arbustes.

Le vieux retire un instant ses lunettes pour me regarder au fond des yeux.

– Qu'est-ce que vous faites ici ?

Je suis venu en Afrique pour visiter les lieux où elle a vécu.

– Les employés des avocats de l'homme sont venus chez nous après l'affaire.

– Ils ont rencontré la tante ?

– Je ne sais pas.

Il pince la bouche avec dégoût, penche la tête sur son cahier.

– Vous leur avez parlé ?

Il relève le nez.

– Ce n'est pas bon tout ça. Elle va toucher beaucoup d'argent, ce sera un argent impur.

– Vous pensez qu'elle a été violée ?

– Elle n'aurait pas dû faire toute cette histoire. Sa fille aussi est déshonorée.

Le type du bar revient.

– Il va arriver.

– Elle n'aurait pas dû.

Le jeune homme a opiné.

– C'est à cause des lois. Il y a trop de lois. Les femmes ont trop de droits. Maintenant les Sénégalais ont peur des femmes. Des prostituées aussi. Elles peuvent aller dire à la police que le client les a prises de force sans payer. Il est obligé de donner de l'argent, autrement il va en prison. Il y a six mois, un journaliste africain a été obligé de donner trois millions de francs CFA pour qu'on le libère. La fille l'accusait.

Le vieux a levé les yeux au ciel.

– Elles sont perfides. Surtout les Guinéennes, elles couchent avec tout le monde. La misère, vous comprenez ? Elles pensent à chaque fois qu'elles vont pouvoir obtenir quelque chose. Nafissatou l'a accusé parce qu'elle savait qu'il était très riche.

– Elle est excisée ?

– Sans doute. C'est une coutume. C'est comme la circoncision. Ça n'empêche rien.

– Nafissatou a dit qu'elle avait fui la Guinée pour éviter à sa fille de subir le même sort.

– Et les homosexuels ? Chez nous, si quelqu'un est homosexuel, il doit partir. Il n'y en a dans aucune famille.

Il s'est mis à rire.

– En France, vous voulez qu'ils se marient.

Il a secoué la tête, refermé sa bouche, a repiqué du nez sur son cahier. Un dernier sursaut.

– Où est la morale ?

Il a définitivement replongé dans ses phrases.

Le guide Diallo est apparu à l'entrée du jardin. Un petit bout d'homme, de squelette, aux joues creusées, à la mine inquiète de gosse affamé. Il sautille sur ses béquilles comme un piaf. Il s'assoit à notre table.

– Vous êtes le Diallo dont Tierno m'a parlé ?

– C'est un ami. Je l'ai emmené visiter toute la région. Même en pirogue.

– Vous savez où habite la tante de Nafissatou ?

– Non. Mais je connais quelqu'un qui la connaît. Demain, je vous conduirai chez elle.

Il a commandé une Gazelle, double fillette de bière brassée à Dakar. Je lui donne un billet de dix mille francs. Il sourit. On se lève.

– Alors, à demain.

On se carapate jusqu'à l'hôtel en se congratulant comme des larrons qui viennent de chiper la combinaison du coffre de la Banque de France, à présent que nous avons acquis la certitude de rencontrer la tante le lendemain.

Quand nous descendons de nos chambres vers neuf heures du matin, notre oiseau nous attend déjà devant la porte.

– Je vais vous emmener chez elle.

– C'est loin ?

– Je ne peux pas marcher longtemps, il faut prendre un taxi.

Le taxi nous dépose devant un portail de fer fendu par la rouille. Derrière, une sorte de terrain vague avec un arbre et plusieurs maisons à l'abandon. Impression d'un petit domaine sudiste évacué en catastrophe pendant la guerre de Sécession.

Un homme d'une quarantaine d'années nous accueille.

– Non, je ne connais pas la tante. Je n'habite pas ici. De toute façon, elle est morte.

– C'était sa maison ?

– Oui. Il y a un locataire. Il a vécu ici du temps où elle vivait encore. Il sera là cet après-midi.

J'arpente les lieux. Diallo me dépasse. Il me montre un ancien poulailler.

– Il n'y a plus de poules.

Je filme avec le sérieux d'un pèlerin sur les traces d'un Père de l'Église. On revient sur nos pas, on longe le cul de la maison principale. Il me montre un trou.

– C'est un ancien puits.

Dimitri s'approche à tomber dedans.

– Il est asséché.

– Manque d'entretien.

Diallo nous commente un muret effondré, un tabouret à deux pattes sur le flanc à moitié disparu sous la mauvaise herbe, un seau rouillé, percé, sans anse.

– Il suffirait de nettoyer un peu.

On dirait un agent immobilier qui voudrait nous vendre les baraques.

– Asseyez-vous.

Diallo nous montre deux chaises cadavériques échouées sous l'arbre. Du plastique blanc usé par le soleil, la pluie, les clairs de lune, des pattes longues et poreuses comme des fémurs. On s'assoit. Il continue à se déplacer autour de nous, une barque qui dérive, puis revient peu à peu en cercles concentriques. L'autre homme traîne son corps en face de nous comme un fardeau.

Dimitri s'impatiente.

– Il vaudrait peut-être mieux qu'on revienne cet après-midi ?

Dimitri se dresse. Il arpente le jardin avec eux. J'imagine à leur place Nafissatou en train de regarder les nuages, rêvant de s'accrocher à un cumulo-nimbus ou de grimper sur un oiseau. Elle s'était assise souvent sur cette chaise, surveillant les enfants de la famille, écoutant la tante énumérer les femmes de son mari en riant.

Dimitri soudain prend une décision.

– On reviendra après le déjeuner.

La caravane s'ébranle. Il démarre au quart de tour, notre taxi dont couinent les cardans.

On commande des brochettes dans un restaurant en face de l'hôtel. Diallo nous raconte l'histoire de Nafissatou que le puits abandonné a dû lui chuchoter à l'oreille.

– Elle était très sérieuse, une fille qui ne sortait pas la nuit. Elle s'occupait de la cuisine, elle faisait ses prières à l'ombre de l'arbre. Elle ne bougeait jamais de la maison.

Il buvait des Gazelle. Dimitri trouve la viande dure. Je demande à Diallo s'il pense que la tante accepterait de nous recevoir. Dimitri me fait remarquer qu'on la dit morte. Diallo n'en est pas si sûr.

– Elle doit être vivante. Ici, les femmes vivent très longtemps. On va la trouver.

Dimitri a appelé le chauffeur. Deux minutes plus tard, le taxi se trouve devant le restaurant.

Un homme aux joues rebondies remplace le svelte de ce matin. Il nous dit que le locataire arrivera bientôt. Quant à lui, il a connu la tante, mais surtout l'oncle.

– C'était un juge. Quelqu'un de très important. Il a été ministre. On l'appelait Greffier Diallo.

Notre Diallo se souvient soudain de mieux en mieux.

– Oui, les parents de Nafissatou l'ont amenée ici quand elle était toute petite.

Il baisse sa main jusqu'à quatre-vingts centimètres du sol. J'en déduis qu'elle devait avoir un an ou deux.

– Greffier l'a adoptée. À l'africaine. Elle est devenue sa vraie fille. Ils l'ont élevée avec sa femme. Elle est retournée dans son village pour se marier. Quand l'homme est mort, elle est revenue ici. Elle était tellement triste que Greffier l'a emmenée à Dakar pour l'envoyer aux États-Unis. Il est mort, maintenant. Ses filles se sont mariées, ses fils sont partis.

Il me montre une des maisonnettes. Il s'avance prudemment, pousse la porte d'entrée.

– C'est là.

Je le rejoins.

– Voilà.

Une grande pièce vide et bouillante.

– Elle dormait ici avec sa tante et les filles.

Il me montre le carrelage poussiéreux. Il me semble voir la trace du lit de la femme au beau milieu, et la marque du matelas de Nafissatou sous la fenêtre close aux carreaux grevés de bribes de toiles tissées par des araignées crevées depuis longtemps.

J'essaie de voir son visage, de deviner la forme de son corps d'adolescente bientôt livré à un vieux mari qui la croquera. Je gratte le carreau du bout de la chaussure, des arabesques vertes et ocre, mais même pas le souvenir d'une des larmes qu'elle a dû verser la veille du départ.

Diallo est déjà dehors. Avec ses béquilles qui tournoient, on dirait une sorte de motoculteur qui aurait perdu son conducteur. Il vient de franchir la barrière du temps, il nous fait visiter le passé de Nafissatou. Là-bas, il y avait des oies, des faisans, et peut-être une goutte de mare où nageait un canard minuscule. La fillette courait après les poussins, chassait les chats faméliques, les renvoyait à grands cris aux rues où ils errent à la recherche d'un tas d'ordures assez gras pour tromper la faim.

Il stoppe, fixe la terre, fouille du regard les cailloux. Il ramasse une petite bille de verre dépolic par le roulis des semelles qui ont dû lui passer sur le dos depuis l'époque où elle était tombée de la poche d'un gamin. Il l'exhibe comme une pépite.

– Vous voyez ?

Il voudrait que je reconnaisse l'œil fatigué de sa poupée. Une poupée qu'elle portait sur son dos du matin au soir comme un bébé véritable, la couchant au crépuscule sous un toit de feuilles de bananier. Elle doit trôner à présent, borgne et dépenaillée, sur une étagère de son appartement du Bronx.

Dimitri secoue la tête.

– On ferait mieux de voir le locataire.

Diallo glisse la pièce à conviction dans son paquet de cigarettes.

– Je vais aller le chercher.

– Non, on vient avec toi.

– On ferait mieux de l'attendre à l'ombre.

– Si on le laisse partir tout seul, on risque d'attendre longtemps.

Le taxi arrive dans un quartier rempli d'échoppes. L'homme aux joues rebondies fait signe au chauffeur de s'arrêter. Il s'en va parlementer de l'autre côté d'un étal de légumes. Il revient avec un type d'une trentaine d'années vêtu d'une chemise hawaïenne.

– C'est Léon.

– Je ne connais pas Greffier.

Diallo tente de couvrir sa voix.

– Il faut retourner là-bas.

Cinq minutes plus tard, le taxi stoppe devant le portail.

– Mais puisqu'il ne le connaît pas ?

Diallo assure à Dimitri qu'il doit connaître quelqu'un qui le connaît.

– Bien sûr, quelqu'un qui doit être depuis longtemps aussi mort que sa femme.

On se retrouve dans le jardin pour la troisième fois. Diallo tire de nulle part un banc de bois afin que nous puissions tous nous asseoir pour tenir conseil. Le locataire est de bonne volonté, mais il ne voit jamais personne. Sa femme travaille à Fété Bowé, il vit seul trois semaines par mois.

– Mais à qui vous payez le loyer ?

– À une femme qui habite Dakar.

Diallo établit tout de suite un lien de parenté.

– C'est la fille de Greffier.

Le joufflu s'en souvient.

– Oui, elle touche l'argent et elle l'envoie aux autres.

Le locataire semble désolé de n'en savoir davantage.

– Je peux vous donner son numéro de téléphone.

Dimitri essaie de l'appeler. Il tombe sur un répondeur anonyme.

– Personne.

Diallo se redresse, sautille d'indignation.

– Il faut laisser un message.

– Elle verra bien que quelqu'un a essayé de la joindre.

Il raccroche en haussant les épaules.

Le locataire ferme de temps en temps les yeux. Il est debout depuis le lever du jour, ce doit être l'heure de sa sieste. Je suis abasourdi. Tant de kilomètres parcourus pour entendre parler d'une tante morte, dont personne n'est vraiment sûr qu'elle ait jamais existé. Dimitri a envie de rentrer à l'hôtel, de retourner à Dakar.

– On nous raconte n'importe quoi depuis ce matin.

Diallo démarre à grands pas, puis se retourne en atteignant le portail.

– Je me souviens de quelqu'un qui la connaît.

Il disparaît dans la rue de terre desséchée dont les sabots de ses béquilles lèvent des nuages.

Après une demi-heure d'errance, il nous revient flanqué d'un vieillard.

– Il sait où elle habite.

Dimitri soupire.

– Quel cimetière ?

– Elle est vivante. Elle est là-bas.

Il pointe son doigt vers le puits.

– Il faut y aller tout de suite, après ce sera l'heure de la prière.

On dit au revoir au locataire et au joufflu qui s'est mis à discuter avec lui.

Le vieil homme nous abandonne devant la maison. Il ne parle que peul. Il a dit à Diallo qu'il ne connaissait pas assez cette femme pour pénétrer chez elle. Il s'enfuit en courant à petits pas.

De l'autre côté d'une porte en fer, une cour où jouent des enfants. Des bassines d'eau posées à terre devant des tabourets. Vêtue d'un boubou vert empire, une femme d'une soixantaine d'années sort de la maison. Diallo parle avec elle en peul. Les enfants nous entourent, nous sourient. Dimitri leur distribue des stylos à bille dont il a une provision dans la poche de son pantalon.

– C'est bien sa tante, elle accepte de vous parler.

Diallo semble joyeux de nous escorter jusqu'au sanctuaire.

– Il faut entrer.

Elle est déjà assise sur l'unique fauteuil. Une pièce vaste, des pêle-mêle de photos au mur, une page du Coran dans un cadre argenté, un grand frigo neuf, dans le fond un enfant de deux ans endormi sur un coussin.

Diallo nous fait signe de nous asseoir sur un canapé. On dirait déjà qu'il fait partie de la maisonnée et qu'il va aller vers l'évier tirer de l'eau pour le thé. Il y a un homme d'une trentaine d'années encore jeune, renfrogné, assis en tailleur dans un coin, un autre presque souriant posé sur un pouf à côté de la douairière.

Diallo se poste à ma droite en appui sur ses béquilles. Elle commence à parler d'une voix lasse. Un discours monocorde, mélodieux, à dominante grave avec de rares inflexions dans l'aigu. Un regard indifférent, hautain, détaché. Je ne perds pas contact avec le son, pourtant mes yeux sont attirés par l'enfant endormi. Une beauté étendue. Peut-être au fond de lui tout un destin qui l'emportera loin d'ici où l'avenir radieux ne court pas les pistes.

Je me tourne parfois vers Diallo. Je lui touche le bras, il continue à se laisser emplir religieusement du monologue de la femme. J'essaie de la déchiffrer, de détecter des signes sur son visage, faute de pouvoir la comprendre d'interpréter le moindre pli de son front à la fin d'une phrase. Une tête de statue, d'automate dont seule la bouche s'entrouvre pour laisser s'écouler le langage.

Dimitri remue à côté de moi, se demande sans doute comment il peut rester encore dans le siècle des îlots étanches aux idiomes des médias. Une femme impénétrable aux discours de l'Occident, aux slogans des publicités, à toutes ces guerres aperçues au moment des infos, avec ces soldats dont elle ne sait que la couleur, ces bombes dévastant des paysages sans nom, et les acteurs jacassant dans un baragouin grotesque à longueur de fictions. Notre civilisation lointaine, ridicule. Elle voit sa progéniture tomber dedans, avide d'en avoir le goût sur la langue, frustrée de demeurer en lisière, loin de l'orgie consumériste.

Elle cesse de parler sans coup férir.

– Demandez-lui si elle a revu Nafissatou ?

La lubie qui ne me quittera jamais tout au long du voyage de la voir surgir à l'improviste comme une parente fantasque qui débarque sans prévenir les bras chargés de cadeaux pour le plaisir de faire une surprise.

La vieille secoue la tête. Elle se lève majestueusement de son fauteuil comme d'un trône.

– Elle doit faire les ablutions avant d'aller à la mosquée.

Elle quitte la pièce après nous avoir adressé un signe à peine perceptible pour nous dire au revoir. J'imagine qu'il a traversé l'espace et le temps. Un geste dont Marie-Antoinette fut la dernière reine de France à user pour signifier la fin d'une audience à un marquis, un ministre, un simple bijoutier venu la tenter en lui présentant une rivière de diamants.

La pièce est soudain envahie par les enfants. De la gaieté, de l'enthousiasme, une sorte de bienveillance pour ces envahisseurs venus arracher un témoignage à leur aïeule. Une gamine à qui Dimitri a offert un stylo tout à l'heure vient lui demander pourquoi la bille ne sort pas quand on appuie sur le bouton.

– Il y a un cran d'arrêt sur le côté. C'est comme un couteau.

Elle lui sourit et gribouille la paume de sa main pour s'assurer qu'il ne l'a pas roulée.

– J'espère que tu travailles bien à l'école.

Le type renfrogné dans le coin traverse la salle, se plante mécontent devant lui. Il met son bras autour du cou de la fillette.

– C'est ma femme.

Diallo me harcèle. Il veut que je filme la maison.

– Elle est d'accord.

Je finis par sortir la caméra. Je fais un panoramique furtif, m'attardant sur les pêle-mêle dans l'espoir de découvrir la photo de Nafissatou en visionnant le rush.

– Ici, c'est ici qu'elle dormait.

Diallo a tiré un rideau dans le fond de la pièce. Il me montre un étroit lit métallique. Une courtepointe soyeuse, bleue, festonnée de pourpre.

– Elle a dormi là.

Une princesse, une héroïne, une madone. Il se penche, touche la soie du bout des doigts. Je pourrais la gratter de l'ongle et serrer dans une fiole les fibres subtilisées pour les faire analyser afin de rechercher des bribes de son ADN qui auraient traversé intactes les années. Dévisser un pied, l'emporter sous ma chemise pour le ranger dans un reliquaire scellé dans la pierre d'une crypte.

Sonné par la déclaration du mari, Dimitri me pousse dans le dos vers la sortie. Dehors, la tante et une jeune femme que nous n'avions pas vue jusqu'alors se lavent les pieds dans une des bassines.

Les enfants nous raccompagnent jusqu'au taxi. Certains surgis de nulle part, des préadolescents, des petits trottant autour de nous en éclatant de rire. Dimitri leur distribue des porte-clés publicitaires dont il a retrouvé la veille de notre départ un stock datant de la fin des années 1960 au fond de la penderie du vestibule de son appartement parisien.

On claque les portières, on les regarde par la lunette arrière se réjouir tandis que s'éloigne la voiture.

Alors qu'est-ce qu'elle a dit la tante ?

Diallo prend une grande inspiration.

– Nafissatou est venue la voir. Elle ne se souvient plus en quelle année. Elle était déjà mariée. Elle est venue toute seule. Elle était serviable, pieuse. Tout le monde l'aimait. Elle est restée trois mois. Elle est retournée dans son village pour revoir son mari qui était mourant. Elle ne l'a plus jamais revue.

– Elle n'a rien dit d'autre ?

– Non.

Comme si le peul était une langue précieuse, pleine de périphrases, de circonvolutions, de métaphores en cascades. Un langage indolent, rêveur, qui prend son temps, pas pressé de délivrer les nouvelles, de tomber dans l'hystérie, de dévider sa pelote sans se promener au hasard de la syntaxe, sauter nonchalamment sur chaque mot comme sur un trampoline.

Une bière avec Diallo après la bataille. Il nous parle de son enfance.

– On est huit enfants. Aujourd'hui, je suis le seul à travailler. Je ne pouvais pas aller à l'école à pied, elle était à dix kilomètres de chez moi. J'ai commencé l'école à onze ans, j'y suis resté jusqu'à vingt-deux ans. Donnez mon mail en France. J'ai besoin de clients. Maintenant, vous êtes mes amis.

Notre avion partait le surlendemain. Puisque nous avions vu la tante de Nafissatou, nous voulions avancer d'un jour la date de notre départ.

– Il faut aller à l'aéroport. C'est mon cousin le chef.

Nous embarquons dans le taxi. Diallo demande au chauffeur de faire un détour. Il fait stopper la voiture devant une maison neuve, coquette, avec des jardinières de fleurs sur le rebord des fenêtres. Une jeune femme habillée à l'européenne se montre sur le perron.

– On se verra demain. Je vais au boulot.

Le taxi repart.

– C'est ma sœur.

Dimitri fait un bond sur la banquette.

– Mais, tu nous avais dit que dans ta famille personne ne travaillait ?

– Il faut se dépêcher, l'aéroport va fermer.

Un aéroport où les seuls vols réguliers sont ceux qui relient chaque jour Dakar à Ziguinchor et Ziguinchor à Dakar. Pas âme qui vive dans le hall. Nos voix résonnent dans le vide. Nous nous aventurons sur le tarmac. Toujours l'hélicoptère de l'armée dans un coin. Un chien maigre court à perdre haleine sur la piste d'envol. Un chien sûrement daltonien qui prend le ciel pour de la viande bleue. Il finit par comprendre que ses pattes ne sont pas des ailes et disparaît dans la campagne.

On cherche un employé jusque dans les toilettes. Nous n'avions pas vu l'aquarium claquemuré près du bar où une rampante officie derrière un écran. Diallo la sous-titre.

– C'est une secrétaire.

Celle du cousin. Il prête l'oreille, nous montre le plafond.

– On l'entend marcher.

– On n'entend rien.

Dimitri soupire en s'asseyant devant le bureau. Il reste deux places pour le lendemain.

Nous prenons congé de Diallo devant l'hôtel.

– Je ne veux pas d'argent. C'était par amitié.

Il accepte les billets.

– Vous parlerez de moi chez vous ?

– Bien sûr.

Il nous tend une feuille imprimée où figurent son mail et un descriptif des excursions qu'il propose à ses clients.

– Si j'obtiens un visa, je pourrai venir en France parler du Sénégal à la radio.

Il nous quitte, ange déchu condamné à claudiquer en rêvant d'un paradis perdu d'avance.

Nous dînons tôt. Chacun enfermé dans sa chambre après neuf heures du soir. La télé brumeuse, les livres que pour tromper l'ennui on lit jusqu'à la trame. Ma peur imbécile des insectes, je pulvérise et m'endors asphyxié dans les effluves.

Nous étions arrivés à Dakar trois jours avant. Un hôtel appartenant au même groupe que celui où travaillait Nafissatou à New York.

Dans les hôtels de beaucoup de capitales africaines, il y a une boîte de nuit remplie d'une provision de filles dont un employé est chargé de relever l'identité quand elles arrivent des bas quartiers, douchées à l'eau froide, vêtues de clinquantes contrefaçons, gaies à la perspective de passer une demi-heure dans la chambre d'un client qui pour leur prestation glissera dix euros dans leur pochette en faux lézard avec par-dessus les échantillons de la salle de bains.

À l'entrée du lobby, l'employé assis sur une chaise. Plus loin un escalier de marbre, deux volées de marches et on pénètre dans la boîte de nuit. Beaucoup de filles vêtues de jupes courtes, comprimées dans des tee-shirts luisants.

– On boit un verre ?
– Tu restes longtemps ici ?
– Donne-moi le numéro de ta chambre, je te ferai un bon massage.

Des corps comme des jouets en ébène. Leur poitrine qui nous effleure, leurs fesses bombées, leur parfum acheté au marché. La jeunesse sortie bichonnée des logements pleins à ras bord des bas-fonds de Dakar. L'espérance d'un cadeau, et par-dessus tout de l'Occidental qui l'emportera.

Un avenir siglé, une vie signée Dior, une joie de

chez Chanel, et les souvenirs merveilleux de la fête perpétuelle qu'on visionne sur un écran grand comme le *Ritz*. Un immeuble sur les Champs-Élysées, un ascenseur profilé comme un tube de rouge à lèvres, un appartement assez vaste pour poser les grands canapés des films, les baignoires immenses à ras du sol des séries, les frigos spacieux où s'ennuient les victuailles dans leurs emballages luxueux comme des œufs Fabergé, les lits aux draps blancs, tendus, immaculés.

Sur le toit, une piscine bouillante qui fume dans l'hiver, la vapeur qui s'élève dans le ciel, et les nuages à la subtile odeur de chlore qui donnent l'eau des rares orages de Paris, cette ville devenue un peu vulgaire à force d'apposer son sceau sur le cuir des sacs à main, les couvercles des boîtes à chaussures, sur les tailleurs, les bas, les boléros, les culottes à dix mille euros le kilo.

– On prend un avion de nuit dans une heure.

Les filles se détachent de nous déçues. On remonte boire un verre au bar. Il n'y a personne derrière le comptoir. On retrouve nos chambres. Je regarde un reportage sur l'expédition de l'armée française au Mali.

Rikers Island, l'île privée d'un riche Hollandais que ses héritiers ont bradée à la municipalité de New York à la fin du XIXe siècle. Une prison où on ne fait que passer en attendant d'être jugé. À soixante-quinze mètres du rivage, la piste de décollage de l'aéroport de La Guardia lèche l'île. Même la nuit les avions frôlent les bâtiments, et beaucoup de gardiens deviennent sourds quand leurs oreilles préfèrent ne plus rien entendre plutôt que de subir le bruit des réacteurs.

À l'horizon, le cimetière pour indigents de Hart Island où des prisonniers viennent creuser des sépultures chaque semaine. Parfois, ils creusent le trou d'un de leurs confrères mort dans une rixe entre deux ethnies quand il n'a laissé ni argent ni famille pour le réclamer. Puis ils reviennent passer la nuit dans leur cellule sise quelque part dans la myriade de bâtiments constituant les dix prisons de Rikers. Des bâtiments qu'ils appellent des *ombes*.

Par les soupiraux entrouverts, battant les vitres, s'immisçant à travers les pores du béton, la tempête, les lames déferlant sur les rives, comme un chœur de basse, une plainte destinée à empêcher le silence l'espace d'un instant, quand dans ce minuscule hôpital au nom de femme, même les télés des gardiens en sourdine font une pause imperceptible entre un tunnel de réclames et la deuxième période d'un match de hockey sur glace.

Anna M. Kross Center, un de ces lieux qui vous attendent patiemment pendant des décennies et dont vous n'aurez jamais entendu parler jusqu'au jour où il vous absorbera. Hôpital, mouroir, prison, ou appartement avec vue sur le mont Blanc acheté sur un coup de tête un jour de novembre où par le plus grand des hasards vous lâcherez vingt ans plus tard votre dernier soupir.

Cette Anna devait être une dame de charité, une bigote ne sachant qu'inventer pour faire le bien en vue d'obtenir une maisonnette avec jardinet quand elle s'installerait au paradis, à moins que ce ne fût une de ces vieilles filles qui tombent amoureuses des criminels, lèguent leur fortune à la pénitentiaire pour adoucir leur sort, leur jeter un baiser par-delà la mort.

Il apprendrait plus tard qu'elle faisait partie d'une commission chargée d'étudier les conditions de détention au sein des prisons fédérales à la mitan du siècle dernier.

Il est extrait du fourgon. Il aperçoit le chauffeur au visage immobile, les yeux fixant le tableau de bord comme s'il s'apprêtait à envoyer un missile à tête nucléaire sur La Havane. On l'a délivré de la chaîne qui l'arrimait au véhicule. On lui en a mis une autre qui unit les menottes aux entraves et l'oblige à marcher courbé.

– Vous allez me casser le dos.

Ils semblent avoir la faculté de ne pas entendre. Leurs oreilles sont perchées si haut, des corps sans fin, des cous longs, larges, des stèles où ils ont chevillé leur tête ossue. Une boule d'alpaga froissé qui ripe sur le sol entre ces deux uniformes.

Un guichet. L'un des flics glisse la chemise qui

contient son dossier. Trois gardiens apparaissent pour prendre livraison du prisonnier. Les flics récupèrent leurs chaînes et leurs menottes tandis que les matons les remplacent par une quincaillerie appartenant à la pénitentiaire.

On l'enfourne dans la prison par une porte basse. À l'intérieur, il distingue de minuscules triangles de soleil au travers des croisillons d'une lucarne grillée, puis il se rend compte que c'est la lumière jaunâtre d'un néon. On le pousse vers l'escalier. À côté, un ascenseur neuf à la cabine de verre blindé. Deux infirmiers dedans, et l'un qui le montre du doigt avec un rictus.

– Pourquoi on ne prend pas l'ascenseur ?

Des paroles qui tombent à terre comme cendres de mégot.

Foin des chambrières, des maîtres d'hôtel, des hôtesses, des journalistes briefés par le grand chambellan, muets, complices, et maintenant moralistes, délateurs, louant la vertu, la famille, la paix des ménages, attablés dans leurs rédactions où l'on sélectionne les stagiaires à leur arrière-train comme des juments. Foin de cette vie où objets et gens obéissaient dès qu'ils reconnaissaient l'empreinte de la voix du maître.

Une vie de plus en plus irréelle. Une vie en l'air, il gambadait sur le planisphère. Il ne croyait plus aux pays, aux frontières, sa patrie était devenue un tarmac. Il confondait les villes, les capitales se ressemblent, les populations s'emmêlent. Elles se reconnaissent à leur teinte, mais il y a des Noirs dans tout l'Occident, des Blancs au fin fond de l'Afrique, les Asiatiques sont à peine colorés et les Indiens d'Amérique trop rares pour servir de repères.

Des rivières d'ambitions exaucées, de corps possédés, d'intelligences instrumentalisées, tombées au fil du temps dans son escarcelle. Une vie, un investissement boursier, les dividendes jetés en pâture aux moineaux, et le cours de son action qui s'était effondré hier matin.

Un banqueroutier, ces petits porteurs qui à présent le vilipendaient, seuls les gros prenaient âprement sa défense, espérant rassurer les marchés, voir les cours se redresser et finalement rafler leur mise. Un poste de ministre, de secrétaire d'État, la direction d'un musée, d'un centre culturel, d'un théâtre de marionnettes en tenues folkloriques géré pour moitié par le conseil régional, le reste partagé entre une municipalité lige et le ministère de la Culture.

Ils vitupéraient encore désespérément. Une chambrière noire comme un pneu, prompte à la rapine, au mensonge, si souvent cul par-dessus tête qu'on pouvait confondre ses joues avec sa paire de fesses, une créature dont tous les orifices happaient le pauvre pénis du Blanc pour lui faire payer au prix de l'uranium enrichi chaque goutte de sperme répandu.

Une putain qui avait porté plainte pour viol parce qu'il avait oublié de payer la passe, lui qui croyait du fond du cœur que l'honneur de l'avoir lapé lui avait servi de récompense. Un magistrat tatillon aurait pu tout au plus le condamner à une amende pour délit de grivèlerie.

Les petits camarades serviles, gens de pouvoir, hobereaux d'arrondissement, apparatchiks, hier tous ensemble aplatis, lui servant de tapis rouge, de moquette, joyeux de se laisser fouler quand il visitait son parti comme un fermier sa porcherie, qui malgré leurs dénégations ont déjà la bave au coin des lèvres, cherchant du groin le prochain chêne truffier.

Et ses sincères alliés perroquetant à l'envi la formule que le grand chambellan a concoctée en apprenant la nouvelle. Une volière, volatiles lâchés sur les plateaux sans oiseleur, cacatoès parés de leur plumage bigarré toisant les téléspectateurs, ces pigeons gris posés sur leur divan de Skaï face à l'écran dont ils n'ont toujours pas fini de payer les traites.

Ils ne peuvent plus maîtriser leur caquet, leur mépris pour ces Noirs trop gâtés accusant la main qui jette les graines de la survie sur leurs coreligionnaires restés dans leur merdier d'Afrique, d'avoir pesé sur le crâne d'une de leur sœur afin qu'elle tète une semence qu'elle aurait dû emporter fièrement chez elle pour s'en engrosser.

Pas un mot pour la jeune femme, une guenon qui aurait pu mordre, emporter le morceau, dévaler les vingt-huit étages et apparaître dans le lobby avec cette banane sanglante à la gueule, histoire de finir dans une geôle à la place du nabab miraculé, organe recousu au New York Downtown Hospital, et lui fier comme Artaban de son fragment ressoudé qu'il exhiberait plus tard dans un dîner, l'arrosant de champagne pour amuser la galerie, et comme la bosse d'un Quasimodo, le donnant à toucher aux dames pour leur porter bonheur.

Une caste insortable chez les pauvres, qui à chaque coup de bec perçait sa chaloupe, et le chambellan d'écoper, à force de péroraisons les avocats de tenter de regonfler les boudins aplatis, l'épouse héroïque parvenant l'espace d'une apparition muette à renflouer un instant l'image de son mari dévastée par cette ventrée de volatiles tombés du cul de leur mère dans un nid tressé de fils d'or.

La douleur sourde des courbatures, les élancements, les moindres fibres de son corps qui ne lui épargnent pas les décharges pour lui signaler leur mécontentement. Ses genoux, ses reins, même ses épaules commencent à se plaindre au cerveau. En levant la jambe pour attraper la marche suivante, il se demande si des photographes attachés à des poulies ne sont pas en train de se balancer au-dessus de lui.

Le monde attend les clichés, les médias affamés sont prêts à ingurgiter la suite du festin. Le *perp walk* de la veille, cette promenade menottée devant l'objectif du monde, trou du cul au diaphragme grand ouvert, les micros déçus de ne pas percevoir le bruit de son souffle, une plainte, un sanglot, un hurlement de monstre. Et ce photographe qui à l'arrivée au tribunal vers quatre heures du matin l'avait portraituré à travers la lucarne de la porte d'entrée. Des petits trous partout percés par l'administration pour humilier les innocents, les coupables, les opulents, les déshérités et les célèbres de toutes sortes.

Le palier, le sol de béton humide et un prisonnier en combinaison orange qui continue, indifférent, à le toiletter avec un balai-brosse. Une grille s'ouvre, se referme derrière lui. Une porte d'acier, au-delà les gardiens le débarrassent de la quincaillerie qu'ils remportent dans un bruit de fantôme empêtré dans ses chaînes. Des hommes en blouse blanche prennent livraison du paquet qui douloureusement s'étire.

Des appareils laqués. Une ambiance de centre aérospatial. Qu'on le jette dans une fusée. Plutôt tourner là-haut jusqu'à la mort. La Terre, le dernier spectacle, les mers du même bleu que le regard de sa femme, regard réduit en flaques qui ne lui ferait plus jamais les gros yeux. Le monde qu'il n'arrosera plus de monnaie au gré des crises, des famines, et de la géostratégie.

Au bord de l'Europe, la France, un bout de continent dont il ne sera jamais le chef.

Le repos en apesanteur, le premier instant d'ataraxie. Aucune trappe pour laisser grimper son sexe comme un mât, une lance projetant des nuages blancs dans la stratosphère, les satellites comme des bouilles aveuglées, leurs signaux nébuleux, inintelligibles, les haut-parleurs bredouillant un clapotis.

– Déshabillez-vous.

– Encore ?

Depuis son arrestation, on n'avait cessé d'attenter à sa pudeur.

– J'espère au moins que vous allez me donner des vêtements propres.

Un strip-tease humiliant, plus rien de net, la chemise est tachée, le linge de corps a perdu son odeur de champs fleuris.

Il lui semble surprendre un coup d'œil sordide, et comme l'éclair d'un sourire. Son organe passionne désormais l'univers. Les types s'attendaient peut-être à la cheminée d'un haut-fourneau où bouillonnerait la soupe de Lucifer.

L'un d'eux a des lunettes de presbyte au bout du nez, il s'approche et scrute le bas de son ventre. Il effleure de son index une lettre bleue au sommet de l'aine. Un M maladroitement tatoué, qu'il déchiffre sous les poils.

– Pourquoi cette lettre ?

Il a déjà répondu à la question au commissariat quand on lui a fait prendre les poses les plus indécentes pour dénicher un indice, une preuve tangible de sa monstruosité. Il y a bien des enfants qui naissent avec un embryon de queue pendu au-dessus des fesses. Ils avaient pris des photos, comme on mitraille un acteur porno venu poser pour son press-book.

– Pourquoi ?

– Ma mère s'appelait Marilyn.

Il avait dit aux flics de Harlem que c'était à cause de Marx. Ils avaient frémi comme s'ils s'étaient retrouvés un instant au temps du maccarthysme.

Le médicastre a fait signe à un collègue de noter la réponse sur sa tablette.

Un *M* dont il refuserait jusqu'à sa mort de dévoiler l'histoire. Une lettre tracée sans doute par une voyante. Il était devenu M le Maudit. La foule le lynchait de bon cœur, et l'aurait volontiers saigné, dépecé, ses organes jetés à l'égout pour que festoient les rats, si au lieu de son effigie on lui avait livré son corps. Un côté christique, mais on avait laissé son pagne à Jésus.

On le pousse sur la balance, sous la toise. Pourtant on ne libère ni les gros ni les maigres, ni les grands ni les petits. Le pouls, l'électrocardiogramme, les coups de marteau sur les genoux, et les dents qu'on semble compter dans sa bouche. On scrute même ses entrailles pour s'assurer qu'il ne dissimule pas une grenade au fond de lui.

On pourrait lui tirer une pinte de sang, le radiographier, l'échographier, le scanner, si parfois les ventricules de son cœur étaient un binôme de testicules supplémentaires.

Ses vêtements avaient été ensachés. Une étiquette avec un code-barres et des signes cabalistiques pour clore le sac comme un scellé. On lui tend une couverture blanche à l'odeur de chlore. Un réfugié qui se drape, soulagé de pouvoir cacher sa nudité et se réchauffer. Il a les larmes aux yeux, les lentilles périmées vous donnent l'air d'avoir du chagrin.

On appelle. Un gardien arrive, le menotte, l'entrave. Les hommes en blouse lui disent au revoir d'un mouvement de tête avaricieux. Mais peut-être leur prête-t-il une politesse inconnue sur l'île. Ils le plantent là, le gardien désœuvré tourne autour d'un microscope sans oser s'approcher de l'œilleton.

La haine lui fait faux bond, à la place un sentiment de tristesse. Il avait toujours fui la grisaille, il préférait brûler que cuire, qu'apparaisse en lui le noir d'un revolver plutôt que les reliefs d'un feu de joie qui s'est éteint aux aurores. On peut toujours au dernier moment arracher l'arme de sa bouche et tirer dans le miroir. On peut aussi changer de poudre, elles n'ont pas toutes la muflerie des balles. Elles vous pénètrent par un orifice imperceptible, vous emportent dans un champ de pavot, vous rendent amoureux de l'existence, et même la commotion du coït vous semble alors un ersatz.

On l'a changé de lieu, on l'a délié. Il est assis en face d'une femme ridée, sans fard, ongles courts pas vernis, vêtue d'une robe grise qui lui semble luire sous le néon comme un sac-poubelle. Après le strip-tease, l'éternel retour des psychiatres.

La voilà qui l'appelle *Monsieur* en lui disant bonjour. Puis, ce sont des questions en rafales, et quand il ne répond pas elle passe à la suivante comme dans un jeu télévisé.

– Nous sommes dans quel pays ? Vous savez pourquoi vous êtes ici ? On est en quelle année ?

Il lui demande si elle lui fait passer un test pour déterminer s'il est atteint de la maladie d'Alzheimer.

– Quelle était votre profession avant d'être incarcéré ? Évaluez votre sentiment de culpabilité sur une échelle de un à dix. Votre humeur ? Vous avez envie de mourir ? D'être mort ? Vous êtes né en Europe ? Vous avez le sentiment d'être un déraciné ? Vous retournez souvent au Maroc ? Vos parents sont enterrés où ? Vous êtes sous traitement ? Vous n'avez pas constaté de perte d'appétit ? Vous avez des suicidés dans votre famille ? Montrez-moi vos poignets. Étendez les bras. Davantage, comme si vous étiez un somnambule sur un toit. Vous tremblez. Ressentez-vous le besoin de boire de l'alcool ? Vous avez été abusé dans votre enfance ? Maltraité ? À quel âge avez-vous eu votre premier rapport ? Sur une échelle de un à dix, évaluez l'intérêt que vous portez à la sexualité. Des relations avec des personnes du même sexe ? Avec des mineurs ? Des enfants ? Des animaux ? Des simulacres ? Actuellement, avez-vous envie d'un rapport sexuel ? Vous croyez en Dieu ? Oui ou non ? Vous avez des angoisses métaphysiques ?

Elle s'est interrompue pour regarder l'écran de l'ordinateur.

– Vous vous êtes plaint tout à l'heure au personnel soignant d'avoir mal au dos.

Il ne se souvenait pas leur avoir adressé la parole.

– Vous avez déclaré vous sentir moulu comme si on vous avait passé à tabac. Avez-vous subi des violences au cours de votre garde à vue ?

Il lui a parlé des douceurs de l'interpellation, des charmes du commissariat, et de sa fierté d'avoir attendu sa comparution au tribunal en compagnie d'un dealer en manque aux babines retroussées.

– Aucune ecchymose d'après le rapport. Malgré tout, si on vous a battu, signalez-le à votre avocat. C'est un délit fédéral, une enquête sera aussitôt diligentée. S'il s'agit de simples courbatures, buvez beaucoup d'eau pour éliminer l'acide lactique. Si vous estimez votre souffrance au-dessus de six, dites-le au gardien. On vous administrera un antidouleur.

Il ne l'écoutait plus que de façon discontinue. Ses yeux s'étaient désolidarisés, ils surveillaient les alentours chacun de son côté. Elle a cru qu'ils tournaient autour de la webcam clipée sur l'écran.

– L'enregistrement restera à la disposition du procureur tout au long de l'instruction. Si vous êtes relaxé, il sera détruit.

Elle a repris son interrogatoire.

– Vous n'avez jamais été sous antidépresseurs ? Vous pensez à quoi quand vous êtes au sommet d'une tour ? Vous sentez-vous parfois attiré par les pharmacies ? Évaluez votre peur de la mort sur une échelle de un à dix. Vous avez le désir que tout s'arrête ? Vous vous accordez combien d'espérance de vie ?

Il a répondu qu'il ne pensait pas tenir soixante-dix ans.

– Pourquoi soixante-dix ?

– Dans votre démocratie, c'est la peine prévue pour les libertins.

Elle a enlevé ses lunettes.

– Un infirmier vous visitera toutes les heures.

La porte s'ouvre, deux gardiens surgissent.

– En cas d'insomnie, vous avez le droit de demander un sédatif.

Elle se tourne vers les porte-clés.

– Faites-lui revêtir la tenue antisuicide.

Il a hurlé qu'il n'avait aucune envie de se foutre en l'air.

– Les suicides sont fréquents les premiers jours.

Ce déguisement briserait son moral, pour la première fois de son existence il allait peut-être désirer rendre l'âme. Elle a souri.

– Au moins, vous n'arriverez pas à vos fins.

Il avait envie de lui enfoncer dans la bouche une pelote d'insultes. Qu'elle s'étouffe, qu'elle explose, qu'on retrouve sa tête au large dans la gueule d'un requin.

Il aurait aimé entrouvrir la couverture pour lui signifier son mépris. Il était flaccide. Elle aurait ri.

Les menottes, les entraves, le départ du galérien auquel on aurait oublié de river son boulet. Une grille se lève. Des cabines de douche alignées. On lui enlève la couverture. On l'oriente vers la première.

– Poussez-vous vers le fond.

Une grille tombe lentement, il se plaque au mur.

– Approchez-vous.

Les gardiens lui enlèvent les chaînes à travers les barreaux. Ils reculent. L'un s'en va appuyer sur un bouton, tourner un robinet, une vanne, quelque chose au loin dans le vague. Figé, chaînes à ses pieds, l'autre ne le quitte pas des yeux comme s'il craignait de le voir s'envoler à travers les barreaux comme un moineau.

Il y a deux pommeaux au plafond. De l'un, tombe une eau trop chaude à l'odeur d'hôpital. L'administration le désinfecte comme un pouilleux. On lui fait signe d'appuyer sur le distributeur de savon. Il s'enduit, se frotte, la peau lui pique. Le deuxième pommeau prend le relais. De l'eau douce, presque fraîche, et il ouvre grand la bouche pour se désaltérer.

Il a encore de la mousse sur le torse quand s'interrompt l'averse.

– Secouez-vous.

Docile, l'animal s'ébroue dans la cage. On lui passe une serviette. Il est encore humide quand on l'attache. La grille se relève. Il a froid. On lui pose la couverture sur le dos. Il voudrait la serrer fort contre lui. Les menottes le gênent. Ils sont pressés, l'un le pousse, l'autre appuie sur sa télécommande pour que se lève la grille de la salle.

Un couloir. Une lingerie, des combinaisons orange empaquetées sur des étagères. Un des gardiens s'agenouille, fait bruisser les sacs en plastique, tandis que l'autre le délie. Il finit par extirper un paquet recouvert de papier kraft. Dedans, une toge bleu layette.

On lui enlève la couverture. On l'enrobe, des attaches en Velcro sur les épaules, et l'ourlet au-dessous des chevilles comme celui d'une chasuble. Des savates assorties en forme de babouches de conte oriental. Elles sont trop longues, trop larges. Les gredins de l'île ont sans doute de grands pieds. Comme s'il ne comprenait pas l'anglais, on lui fait signe qu'il n'y a pas d'autres pointures. On l'attache, on s'en va.

Encore un bureau. On l'assoit sous un caisson lumineux. Une femme dont il se fout de la silhouette, de l'âge, du visage, actionne le déclencheur d'un appareil. Une photo qui s'échappera le soir même de la prison, les *networks* hésitant à la diffuser de crainte qu'il ne s'agisse d'un montage. Aucune enquête ne fut pourtant diligentée, les images sont avides de se dupliquer, de remonter en cohorte le courant du premier câble venu, et après avoir transité par Acapulco et Novossibirsk, elles apparaissent à la surface des écrans comme des macchabées du fond d'une pièce d'eau.

On le soulève. Il a du mal à rester debout. On le traîne jusqu'à la porte. Il voudrait demander une chaise roulante, ou qu'on le transporte à bout de bras comme un champion. Il marche, il avance. Les couloirs changent de couleur, le blanc laisse place au noir, au bistre, à des traces de rouge fatigué, de vert flapi.

Il lui semble que le silence s'est évanoui. Un tumulte,

des soupirs, des toussotements quand on passe devant la grille d'une cellule. Des percussions, un poing contre le mur, un bruit de timbale frappée contre un tuyau, le bruit d'un homme de grande taille pissant de haut, une chasse d'eau.

Une grille qu'il ne voit pas arriver. Elle se lève en chuintant pour les laisser passer.

On dirait le quartier des mourants. Trois cellules silencieuses, à l'intérieur des Noirs posés immobiles comme des morts sur les draps orange. Une odeur d'humain en route vers leur cadavre. En phase terminale, le sida vous ferait passer pour un rescapé d'un camp de la mort qui mourra dans la nuit sur le lit de camp de l'infirmerie improvisée par les Alliés sous une tente de campagne.

Un avion passe au-dessus de l'île, le vacarme s'amenuise en effaçant le bruit des gens. Il ne perçoit plus que le souffle des bouches d'aération, le tintement des chaînes, et leurs pas qui résonnent dans la coursive. Un monde disparu, comme si on avait profité du fracas pour expulser les malades.

Il tourne la tête de droite à gauche, se retourne à moitié à la recherche d'une plainte comme si on pouvait voir le bruit.

Le bâtiment comprenait seulement quatorze cellules, son imagination avait dû multiplier les couloirs. Il était le seul emprisonné du lieu, elle avait dû inventer des plaintes, des corps agonisants.

À gauche une cellule à la grille rabattue, à côté la sienne gueule ouverte. Les gardiens lui donnent une légère poussée. Une peinture gris pâle, un mobilier en métal arrimé au sol, des toilettes en inox, au-dessus un petit lavabo où une main ne pourrait pas prendre un bain.

Fixé à la muraille, le lit au matelas mince comme un rembourrage de cercueil. Sur la table, une savonnette, un rouleau de papier, un peigne minuscule bon à coiffer le dernier toupet d'un chauve.

On le détache. Les gardiens font trois pas en arrière, la porte se referme. Ils s'en vont. Il tourne dans la cellule, un chat déraciné qui inspecte son nouveau territoire.

Elle a ouvert la fenêtre. Elle a soupçonné le soleil planqué dans un coin du ciel derrière un voile de nuages gris. Même par mauvais temps, elle était rassurée de le savoir au-dessus d'elle.

Elle a foulé au pied les feuilles de papier. Elle en a fait des lambeaux. Elle a tiré la chasse. Elle a marché dans le couloir. Elle se tenait en main, elle n'allait pas se laisser emporter par l'ouragan. Elle filtrerait l'extérieur, ne laissant passer que les éléments utiles à son combat. Elle préserverait sa sérénité, traverserait sans peur le champ de bataille. Elle serait à la fois la dame et le chevalier.

Elle s'est assise au salon. Un corps en équerre, la tête droite au sommet du dos rectiligne comme une tour. Le couple s'était levé à son arrivée. La femme était allée lui faire couler un café à la cuisine. Le mari avait failli lui adresser la parole. Il s'en était gardé au dernier moment. Il avait ouvert la baie qui donnait sur la terrasse.

– Les pigeons.

Il avait nettoyé la table en métal rouge avec le tuyau d'arrosage. Il s'était attardé à épousseter les gouttelettes qui mouchetaient les coussins des fauteuils.

– C'est un déca.

Elle avait installé l'expresso devant elle. Il y avait un Petit Beurre sur le bord de la soucoupe. Elle a pris place à ses côtés, en appui sur une fesse posée sur le bras du fauteuil. Un dialogue muet. Chaque phrase était si prévisible qu'elles n'avaient pas besoin de les prononcer. Des nuances dans la perception des événements, des désaccords mineurs, pas de quoi engager une diatribe.

Elle a bu le café tiédi, croqué un angle du Petit Beurre. Elle a renversé sa tête en arrière.

De l'étage inférieur montaient les cris assourdis d'une dispute. La rue était tranquille, un bras de ville oublié. Les boulevards qui la serraient en tenailles supportaient tout le trafic de cette fin de matinée dominicale où les habitants commençaient à peine à sortir. Elle les imaginait humant le temps gris en espérant que la météo se soit trompée et que l'après-midi se termine en beauté.

La femme avait quitté le salon. En retrait sur la terrasse, le mari l'observait à travers la baie. Il n'osait pas faire irruption et la secouer jusqu'aux larmes pour qu'elle vide son sac. Il la fixait pour essayer de capter d'imperceptibles frémissements dont il pourrait déduire des confidences, des renseignements, des indiscrétions. Trouver le chiffre de son apparence afin de la décrypter comme un courrier diplomatique.

Sa façon de quitter son siège, souple, féline. Ses gestes gracieux, comme si elle avait répété toute sa jeunesse le moindre mouvement avec un maître de ballet. Elle disparaît dans le corridor. Elle passe devant la cuisine. La porte est close. Elle l'entrouvre doucement.

La télévision allumée, le son à peine audible. Elle se voit, rayonnante, déambuler au bras de son mari éclatant de rire sur la pelouse du National Mall. Des images prises trois jours plus tôt par une équipe de la BBC qui préparait un sujet sur les couples politiques célèbres, devenues cultes en fin de nuit. Au bas de l'écran, un déroulant rappelant son arrestation pour viol, son interrogatoire qui se poursuivait au commissariat de Harlem, les soixante-dix années de prison qui pesaient sur sa tête.

La femme ne l'avait pas vue. Elle continuait à boire son thé à la bergamote. Elle n'osait pas monter le volume de crainte que les voix ne parviennent jusqu'au salon. Elle a tourné la tête quand la porte s'est refermée, un claquement sec et puis le bruit d'une femme en escarpins qui court dans le couloir. Elle a eu le réflexe de se replier sur sa chaise sans plus oser bouger comme si elle craignait de se faire repérer.

Elle s'est levée, elle a quitté la cuisine sans éteindre le poste où le débat commencé à l'aube se poursuivait identique avec des départs, des arrivées, et toujours l'impression de voir les mêmes gens commenter, s'indigner, protester, argumenter dans le vide.

Elle s'est approchée de la chambre en tenant ses chaussures à la main. Pas de pleurs, pas de bruit. Elle a posé son oreille contre la porte. Le bourdonnement du silence. Elle a reculé, s'est rechaussée, est revenue en martelant le parquet.

Un toc-toc discret. Elle lui a ouvert. Elle a voulu l'embrasser, elle l'a repoussée délicatement. Elle s'est assise à contre-jour sur le pouf en velours. Elle a parlé d'une voix posée, puissante, détachant chaque mot comme si elle voulait être entendue au-delà des murs.

– Je le sauverai, ce sera la dernière fois.

Trois cents jours après sa libération de Rikers Island, elle lui annoncerait la rupture. Pendant plusieurs mois,

il plaiderait en vain sa cause et le chambellan l'accable-
rait d'appels téléphoniques pour lui proposer d'entamer
une négociation. Quant à lui, il demeurerait confiant.

– Je crois qu'en définitive notre couple tiendra.

Quatre mois plus tard, il se réveille en nage dans une
chambre sous les toits rissolés par la canicule du mois
de juillet. La jeunesse levée le matin à une station de
taxi dormait toujours sur le matelas de mousse échoué
de traviole contre la bibliothèque de bois blanc qui
avait perdu un dictionnaire pendant leurs ébats. Une
dépêche était tombée sur son portable. La rumeur de
leur rupture lancée comme un canard dans un journal
people venait d'être confirmée par son épouse en début
d'après-midi. La fille s'était réveillée à son tour. Il
tapait du pied sur le plancher disjoint.

Le chambellan est revenu à seize heures. Il lui a
donné lecture du communiqué qu'il s'apprêtait à envoyer
de sa part aux agences de presse dans lequel elle
affirmait croire à son innocence et à la célérité de la
justice américaine pour en apporter la preuve. Le texte
s'achevait par un appel à la décence.

– À la décence ?

– Tu n'as pas vu comment on le traite dans les
médias ?

– La décence, ce n'est peut-être pas le mot qui
convient.

– Personne ne fera le rapprochement.

Inchangé, le communiqué arrivait trente minutes plus
tard dans toutes les rédactions de la planète.

Depuis six heures du matin, photographes, cadreurs, folliculaires de toute sorte faisaient le siège de son domicile. La place était couverte de motos, de voitures, les badauds, les curieux essayant parfois d'escalader les vans des télévisions pour mieux voir. Rien à voir, une austère façade XVIIᵉ, et là-haut, une fenêtre qui battait à chaque rafale de vent.

Deux paparazzis ont réussi à s'introduire dans l'immeuble en bousculant un habitant qui sortait acheter une baguette. Ils étaient montés jusqu'à son étage. L'un avait frappé, tandis que l'autre criait en vain *police, police*, pour qu'impressionnés les occupants lui ouvrent.

Ils ont gravi la volée d'escalier qui desservait les combles devenus depuis longtemps pied-à-terre cossus. Ils ont sonné à toutes les portes. Une jeune femme leur a ouvert. Ils sont entrés. Sidérée, elle a vu le plus petit plonger à l'extérieur tandis que son collègue le tenait fermement par les chevilles. En se balançant, il avait une vue plongeante sur l'appartement.

La fenêtre au vantail ouvert était trop éloignée. Il a dû se rabattre sur la plus proche en tutoyant les vitres pour éviter les reflets. Il a déclenché quelques rafales, puis, pris de vertige, il a demandé à l'autre de le hisser. Son appareil a buté contre la corniche, lui a échappé des mains, est parti éclater sur le rebord du trottoir, évitant la poussette d'une maman qui suivait leur manège.

L'appareil était disloqué, trop endommagé pour être ramassé par un chapardeur. Ils ont pu sauver la carte mémoire avant d'être interpellés par un trio de flics dont plusieurs camions s'étaient garés sur le sable du square qui faisait le centre de la place. Ils avaient dû arracher une barrière pour pouvoir passer.

La carte n'a pas été saisie, on les a relâchés à la nuit tombée. Des photos décevantes, invendables. Un morceau de boudoir avec un vieux teckel mité endormi sur un sofa dont on n'aurait pu dire s'il était rose ou rouge baiser tant les clichés étaient obscurs.

Une fois le communiqué envoyé, le chambellan était parti en sautant quatre à quatre les marches de l'escalier pour rejoindre une chaîne de télévision publique où commencerait vingt minutes plus tard un grand débat radiodiffusé et retransmis en direct sur le net.

Il galvaniserait son vieux poulain de soixante et onze ans, un ancien ministre toujours sénateur, si peu convaincu de l'innocence de l'interpellé qu'il craignait de le voir s'épancher avant la fin de l'émission.

Il s'était placé dans l'assistance en face de lui, le soutenant du regard. En définitive, le cacique défendit son confrère emprisonné avec tant de chaleur qu'une jeune stagiaire postée dans le fond du studio s'en trouva émue à perdre connaissance.

Tandis que le communicant descendait, un ascenseur plein de bons apôtres atteignait le palier. Des amis prévenus par le mari, qui n'avait pu s'empêcher d'appeler ici et là pour se vanter de la bonne fortune qui leur était échue dans la nuit.

Un quatuor de croque-morts.

– Nous ne voulons pas déranger. Si elle ne veut voir personne, nous comprenons très bien. Faites-lui savoir que nous sommes passés lui exprimer notre sympathie. Notre solidarité, notre accablement, notre soutien dans cette épreuve. Dites-lui que son innocence est accablante. Nous ne croyons même pas à la réalité de l'événement. Nous nous portons garants. Nous n'entrons pas. Nous filons comme nous sommes venus. Elle a besoin de repos, de calme, de recueillement, pour trouver en elle la force et le courage.

Elle avait entendu leur caquet depuis sa chambre. Elle s'est arrachée du lit où elle ne parvenait pas à s'assoupir. Elle s'est montrée dans l'embrasure. Elle a subi les embrassements des quatre bouches s'attardant sur ses joues comme lèvres de mamie sur un poupon. L'épanchement écoulé, ils ont reculé sur le palier plongé dans l'obscurité par la minuterie que personne n'avait pris la peine de solliciter.

– Du fond du cœur, nous vous souhaitons le meilleur.

– Vous êtes invités à dîner à la maison samedi prochain. Il vous fera sa recette de pâtes au pistou.

Au terme d'un bref échange sur le trottoir, ils en ont conclu qu'elle était devenue folle. Un diagnostic accablant dont ils ont confié la teneur à des intimes qui en ont fait de même, et les suivants pareillement. Un blogueur inconnu de Montréal s'en est fait l'écho cinquante minutes plus tard. Aucun média n'a repris le ragot.

Elle s'était fixé pour but de le ramener à Paris avant la fin de la semaine. Elle ne tiendrait pas plus longtemps. En rentrant, il donnerait une conférence de presse. Elle serait derrière lui, muette, la femme soumise au point de financer l'adultère crapoteux de son homme en signant un chèque de caution pour que lui soit rendue sa liberté de jeter de-ci de-là sa semence accumulée pendant deux nuits de détention, comme un chien resté à la maison toute la journée son urine au pied des arbres, des poteaux, jusque sur les chaussures des passants et les mollets d'une fillette en train de bader la vitrine d'un magasin de farces et attrapes.

On avait fini par la débusquer. D'abord un photographe solitaire marchant dans la rue qui photographiait au hasard les maisons, les rares passants, les voitures sortant des garages. Un quart d'heure plus tard, débarquait tout ce monde qui planquait sur la place depuis l'aurore.

L'avancée de la terrasse empêchait qu'on puisse photographier les fenêtres. Entendant le vacarme, le mari s'est penché au-dessus de la balustrade. Un camion de police stationnait au milieu de la rue. Les médias étaient cantonnés derrière les barrières qu'ils avaient installées et qui bloquaient la circulation de part et d'autre.

Des interventions en direct à la radio et à la télévision pour dire qu'on la supposait réfugiée à un jet de pierre dans l'appartement d'un couple dont on écorchait le nom. Des images du trottoir, de la chaussée, de la gueule des flics dont les messages de parents et d'amis surexcités de les avoir aperçus à la télévision faisaient crépiter les portables qu'ils n'osaient sortir de la poche de leur uniforme.

Sa femme l'a sommé de garder cette information pour lui.

– Elle ne s'en apercevra pas. Elle est trop préoccupée pour regarder ce qui se passe dans la rue.

Elle était dans sa chambre et ne quittait pas des yeux son téléphone. Sur la moitié gauche de l'écran, une journaliste en train de commenter l'immeuble depuis la rue, sur la droite un plan fixe du commissariat de Harlem avec son tohu-bohu de policiers et de menottés. Puis, c'était à nouveau des face-à-face sur le plateau, les supporters citant à tort et à travers le communiqué qui à force d'être répété était en passe d'écœurer la France.

L'appel à la décence impressionnait les commentateurs. Ils troquaient l'invective contre des accusations formulées au conditionnel. On parlait de sa douleur de femme repliée loin de son logis, elle qui n'avait participé ni tenu la chandelle, pauvre dame indulgente, même pas irritée par la conduite scandaleuse de son mari.

Le chambellan avait convoqué une féministe de ses amies. Elle jetait l'anathème aux prédateurs, mais faisait remarquer qu'en la matière les femmes comme les enfants mentaient à bouche que veux-tu. La parole des victimes ne valait pas plus cher que celle des accusés. Cette domestique n'était peut-être pas plus honnête que ces gamins dont les parents séjournent plusieurs années en prison pour les avoir menacés d'une privation de sortie.

– Quelle conne.

Elle lui a coupé le sifflet. Elle a regardé quelques minutes d'une émission de variété. Un humoriste le brocardait, mimant la fellation du délit. Elle n'a pas réussi à se changer les idées en se plongeant dans le mélo italien diffusé sur une chaîne de cinéma.

Elle a joint certains des correspondants dont elle avait effacé les messages le matin. Un rappel à l'ordre, le désir de leur asséner sa force, sa hauteur, d'afficher sa désinvolture de résistante toisant ses bourreaux entre deux immersions dans la baignoire.

Une comédie éprouvante qui l'a mise en nage. Elle a enlevé son chemisier dans la salle de bains, passé un gant humide sur sa peau. Elle a enfilé un col roulé de coton blanc, s'est assise à la coiffeuse en essayant de se convaincre que les épreuves étaient fugaces comme ces instants de joie dont le lendemain on essayait désespérément de retrouver l'euphorie.

Le stratagème ripait sur cette profonde lassitude qu'inspirent les histoires en fin de vie. L'amour difficile à trouver, même s'il en reste sûrement des miettes sous le lit. Chercher, traquer le moindre fragment, le regarder fixement pour ne plus voir que lui. Elle devait se persuader qu'elle l'aimait encore un peu, autrement ce serait vraiment trop dur de déployer cette énergie pour le sauver.

Elle devait surseoir à la rupture afin de ne pas récolter un tollé en guise d'hommage à son sacerdoce. Le répudier dans ces circonstances reviendrait à admettre sans mot dire qu'elle ne doutait pas de sa culpabilité. L'opinion française ne lui pardonnerait jamais d'avoir donné le coup de pied de l'âne à son ancien amour dans la peine.

Quant à lui, il ne devrait rien soupçonner. Qu'il ne se croie pas abandonné, qu'il garde intacte sa morgue. L'effondrement, la faiblesse, la volonté perdue, et les aveux s'échappent à l'improviste. Il suffirait d'un instant d'égarement, d'une concession, d'une parole malheureuse teintée de remords, et tous les avocats d'Amérique ne pourraient lui éviter de passer de longues années en prison.

La perspective de gâcher le restant de sa vie en

visites dans une centrale, pour consoler cet homme de l'avoir trompée, la désespérait. Si encore il risquait la peine de mort, l'exécution lui aurait servi de rupture, nette, sans repentir possible. Malheureusement, les recours étaient si nombreux là-bas qu'il aurait le temps de périr de vieillesse avant de poser son *podex* sur la chaise électrique. Sans compter qu'en 2004 la peine de mort avait été déclarée inconstitutionnelle dans l'État de New York.

Elle a repris l'appareil, jetant de si gros mensonges dans le micro qu'ils devaient avoir du mal à franchir la membrane des haut-parleurs des téléphones de ses correspondants. Mais on la trouvait touchante, cette femme piétinée prête à braver les éléments pour arracher au bagne l'ordure dont elle portait fièrement au front la marque du coup de botte, et de l'autre côté du réseau les cerveaux absorbaient toutes ces fariboles ingénument.

Des serments d'amour, comme si elle les chargeait d'aller les lui porter au commissariat. Des imprécations contre la putain déguisée en soubrette, dont pourtant à force de doutes elle commençait à se sentir solidaire. Elle leur balançait néanmoins sa foi inébranlable en son avenir de première dame pour le plaisir peut-être de promener sa honte auprès du monsieur qui continuerait à crotter son cœur jusque dans les latrines de l'Élysée.

Elle montait les décors du dernier acte de la tragique farce. Elle distribuait leur texte aux courtisans. Ils le répandraient avec docilité, comme s'il était sorti de l'atelier du chambellan.

Mais elle rêvait déjà du divorce, quand ses avocats le saisiraient par le col et le jetteraient hors de ses terres. Il s'en irait, pauvre hère trouvant refuge auprès d'une bergère dont il mangerait la soupe, tarauderait les creux, maltraiterait les bosses, attendant la nuit pour courir à l'étable profaner le troupeau afin de se donner le frisson de l'adultère.

Un rêve qui l'a détendue comme un éclat de rire. Il trouverait l'énergie de jouir encore sur les ruines de sa vie, de parader au bras d'une femme séduite par sa gloire ternie, devenue la comparse d'un clown dont le public attend le dernier gadin.

Elle s'est repliée, tête entre les mains, coudes en appui sur les genoux. Une actrice à qui on vient d'annoncer le lever de rideau. Elle devait se recueillir, ne pas jouer, devenir. Oublier l'épilogue de l'histoire, laisser monter en elle la douleur pour qu'on la devine tuméfiée sous sa superbe, son sourire éclatant, sa façon de mépriser les vicissitudes, de toiser le destin.

Elle s'est déplacée jusqu'au salon. Elle a trouvé le couple désemparé. Trois hommes en costume noir portant oreillette fouillaient les moindres recoins, recherchant bombes et terroristes jusque dans les potiches. Deux autres arpentaient la terrasse, fouillaient le bosquet de lauriers-roses, piquaient les pots de fleurs avec un stylet, secouaient le coussin de la balancelle et ceux des fauteuils pattes en l'air.

– Le président va passer.

La femme avait fait cette annonce d'une voix tremblotante. Le couple l'avait pourtant croisé des années plus tôt quand ils habitaient Neuilly, la ville dont il était maire en ce temps-là. Mais cette visite ajoutait une note funèbre à l'après-midi. Une sorte de visite dans la maison d'un mort.

La porte d'entrée était ouverte. Deux porte-flingues face à l'ascenseur. Le président est arrivé par l'escalier.

Une apparition fulgurante, une intervention rapide et saccadée comme le chant d'un coucou.

– La France est là. Notre absolu soutien. Je vous embrasse.

Il l'avait étreinte, avait heurté ses joues de ses lèvres sèches et avait vidé les lieux suivi de tout le personnel de sécurité. Il était parti comme il était entré par la porte de service excentrée, un trou de souris à la lisière de l'immeuble voisin. Ils ont rejoint le véhicule noir garé sur le trottoir d'en face serré contre la vitrine d'un restaurant. La vitre était solide, elle a tremblé sans rompre quand le pare-chocs l'a tutoyé au démarrage.

Aucun média n'a jamais mentionné cette étrange visite.

Elle s'est assise. Elle venait de voir une nouvelle victime de la frasque new-yorkaise. Le président comptait sur son mari pour assurer sa réélection. Un guignol volage, un ferblantier dont il lui aurait suffi de secouer la boutique quelques semaines avant le scrutin pour qu'il trépasse sous une avalanche de casseroles.

Toute la vie privée du couple était en train de déferler dans l'arène. Pour mieux médire de lui, d'aucuns s'étaient mis à la calomnier. Elle entrerait avec lui dans l'Histoire, qu'au moins ses arrière-petits-enfants soient fiers de sa victoire de velours sur ce mari dont par bonheur pas un globule ne coulerait dans leurs veines.

Elle s'est retrouvée avec une gorgée de whisky dans la bouche. Baissant les yeux, elle a vu un verre prêt à lui glisser des mains. Elle a serré les doigts avant qu'il ne tombe.

Le couple était installé sur le canapé. Il vidait le ramequin de noisettes et semblait les avaler comme des pilules en lapant férocement sa bière, tandis que la femme posait sur la table basse son Campari dont ne restait plus qu'un fond rosâtre de glaçons fondus.

Son air somnolent les arrangeait. Ils évitaient ainsi les frais d'une conversation maussade. Ils ne pouvaient même pas allumer le téléviseur et faire diversion en se moquant des sourires blanchis des présentateurs.

Le mari avait perdu son enthousiasme. Finalement, cette affaire l'attristait. Si en définitive ce libidineux ne pouvait se présenter à l'élection, il ne tirerait bientôt plus grande gloriole de l'amitié de son épouse pour sa femme. Une relation devenue ridicule, des dîners où les invités le regarderaient comme un spécimen et attendraient qu'il déboutonne sa veste pour deviner la protubérance sous l'étoffe du pantalon. Autant s'acoquiner avec un montreur d'ours dressé à manger à table avec une pelle à gâteau.

Elle avait fini son verre, s'était mise à marcher dans l'appartement. De grands pas précipités, ses talons griffant le parquet.

Son ex-mari avait fait des bassesses auprès du planton en faction devant l'immeuble. Il était monté, avait glissé une enveloppe sous la porte et il était reparti. Elle l'avait aperçue par hasard en arpentant le vestibule.

Son prénom sur la lourde enveloppe bleue. À l'intérieur, une montre fine comme une pièce d'or au bracelet de lézard usé. Une montre qu'elle lui avait offerte pour leur premier anniversaire de mariage.

Une montre gâteuse. Elle avançait de trente minutes par heure quand on venait de la remonter, puis elle estimait avoir assez couru et se mettait à ramper en attendant que le ressort achève de se détendre, sonnant ainsi le gong d'un malheureux tour de cadran dont on n'avait pu tirer aucun renseignement fiable.

Un étrange gage d'amour de la lui rendre, une manière de ne pas la quitter, de lui offrir tous les fragments de peau qu'il avait laissés sur le bracelet avec les années et dont le cuir se souvenait peut-être. Elle pourrait la porter durant son voyage, dans l'espoir que ses cellules roucoulent avec les siennes.

Il avait dû la remonter avant de la glisser dans l'enveloppe. Elle était encore d'humeur hystérique et marquait déjà minuit. Cette montre habitait une contrée bizarre, mouvante, capricieuse, au soleil dilettante qui se couchait et sautait du lit à l'improviste.

Elle ne pouvait se permettre de perdre le nord tant qu'elle ne l'aurait pas ramené à Paris. Elle a retourné le bracelet. L'écran inoffensif, cadran contre poignet.

En début de soirée, un dîner improvisé sur la table de la cuisine. Un fatras de viande froide, de charcuterie, de laitue, de tomates coupées en quartiers. Un rayon de soleil illumine un instant les verres, puis le soleil disparaît derrière la cheminée de l'immeuble d'en face.

Pendant que la maîtresse de maison regarde tristement son assiette, elle achève une conversation étrangement gaillarde avec le mari.

– Je n'en doute pas, je suis une femme comme toi et moi.

Elle a éclaté de rire. Elle aimait traiter de femme les hommes, comme si c'était une insulte. Les hommes, des femmes ratés par les dieux qui leur avaient collé ce hochet au bas du ventre pour les consoler.

Elle a bu un peu de vin. Elle a parlé de lui, enjouée, ne semblant même plus se souvenir de son arrestation.

– C'est l'enfant que nous n'avons pas eu ensemble. Un dadais, oui, c'est un dadais.

Elle se réjouit d'avoir sorti des combles ce sobriquet

suranné. Ainsi baptisé, il devenait inoffensif, il quitterait sa vie en frétillant tel un adolescent ravi de partir faire sa vie dans une studette. Elle n'avait plus qu'à jouer son rôle de mère s'en allant pleurer au commissariat pour qu'on relâche son môme par trop culotté. Les mômes ne violent pas, ils découvrent, expérimentent. Il avait dû vouloir jouer avec elle, une chienne rétive, cabocharde, qui aurait fait la belle sur ses pattes arrière si lui était venu à l'esprit de l'appâter avec un morceau de sucre.

Elle n'avait plus peur, les hommes finiraient par convaincre les femmes qu'un mâle ne pouvait s'abstenir. Un matin triomphant, la rémanence d'un comprimé festif pris la veille pour le plaisir d'une femelle ardente, et la bagatelle était inéluctable.

Elle a allumé la télévision. Le son était coupé, elle s'est mise à commenter les images au galop.

– Beaucoup de bruit pour rien. Il ne m'a jamais trompée. Je m'étais mise en cale sèche depuis des années. Il m'a soulagée de cette corvée. Je me sens bien. Qu'on nous fiche enfin la paix. Nous n'en pouvons plus. Nous sommes assez vieux couple pour gérer les problèmes de notre ménage. Nous déposerons plainte pour atteinte à la vie privée.

Elle vitupérait contre les journalistes dont elle étalait les turpitudes. Il y avait des rumeurs sur tout le monde. Elle en avait rencontré des pervers au Maroc. Des amateurs d'adolescents. Des femmes craquant pour une Mauresque à peine formée. Et jusqu'à la fin des années 1990, tous ceux qui assouvissaient là-bas leur soif d'enfant, sous prétexte que le roi fermait les yeux et que les autorités françaises ne se mêlaient pas des vacances de ses ressortissants.

Aucun coupable n'était à l'antenne pendant qu'elle

jetait ses imprécations comme une poignée de confettis qui tombaient au hasard sur les épaules des innocents. Les téléspectateurs de les prendre pour des pellicules que les maquilleuses négligeaient de dissiper d'un coup de brosse pendant les pubs.

Elle est retombée en elle. Une furie qui rentrait dans sa cage. Elle a caressé son poignet, à elle aussi le soleil foutraque de ce pays exotique où la montre pêchait son heure avait dû lui donner un coup de bambou sur le coin de la tête.

La réalité, un souvenir encore en formation qu'elle était bien obligée de traverser. Elle saurait plus tard ne garder de cette période que la fine fleur. Pas grand-chose, un rêve cocasse dont elle retrouverait des bribes, l'instant de la nuit où elle avait éprouvé le soulagement de se rendormir après un réveil importun, peut-être même le plaisir d'avoir asticoté les Saint-Just de la télévision, des bricoles, de quoi éclairer cette période de quelques lampions.

— Vous m'accompagnerez à Roissy ?
— Évidemment.
— Tu veux partir à quelle heure ?
— Tôt.

Elle s'est levée. Un sourire qui dit bonsoir. Elle s'en va. Elle enfile la chemise de nuit que la femme a posée sur le lit. Elle ouvre les draps. Elle s'endort.

Elle allume la lumière de leur chambre à quatre heures du matin.

– J'ai peur qu'on perde du temps pour sortir de la rue.

Un couple ahuri qui bâille en buvant son café. Elle est déjà vêtue, un maquillage appliqué, les barres noires des sourcils, les yeux soulignés d'un trait de khôl, les paupières lourdes de mascara, les joues poudrées, la bouche d'un rouge éteint mêlé de terre de Sienne.

Elle est assise dans le vestibule. Ils arrivent mal peignés, un manteau déboutonné sur les épaules pour dissimuler le pantalon, la jupe de travers. Elle traîne le sac jusqu'à l'ascenseur, puis le fourre dans les bras du mari discourtois.

Il sort de l'immeuble tandis qu'elles attendent dans l'entrée. Les caméras reposent sur leur pied, les voitures siglées des médias sont pleines de journalistes, de techniciens assoupis. Les photographes ont dû rentrer chez eux dormir.

Il parle à un policier en uniforme qui lui propose de faire la haie avec ses collègues pour les mettre à l'abri des objectifs des caméras dont certaines clignotent en somnolant. Il décline son offre, fait signe aux deux femmes que la voie est libre.

Le garage est en face. Un planton ouvre la barrière pour les laisser accéder. La voiture démarre. Quelques coups de klaxon, et quelqu'un sort du van d'une télévision maghrébine. Il déplace la moto qui obstrue le passage. Il rebrousse chemin sans avoir soupçonné la femme allongée sur la banquette arrière.

Paris désert. Arrivée à Roissy à cinq heures et quart. Elle sort de la voiture, passe la porte de verre. À l'intérieur, une population en costume noir, gabardine sous le bras, ou plus débraillée, les semelles des baskets grinçant sur le sol peint.

Une foule clairsemée courant déjà, piétinant, buvant, croquant des pains au chocolat dans un café en plein air sous la voûte en béton, lorgnant les vitrines des boutiques éteintes, assise sur des chariots à bagages comme des statues en partance.

Devant le comptoir désert de la Lufthansa, deux garçons saouls de la veille se disputent, se battent, tombent d'ivresse, et venus de leur poste éloigné deux agents de sécurité courent pour les chapitrer.

Le couple la rejoint essoufflé.

– Il était loin, ce parking.

Elle scrute le tableau des départs.

– Je me demandais s'il y avait un vol pour Marrakech.

Le couple se regardant, baissant les yeux, cherchant à se donner de discrets coups d'œil stupéfiés dans le reflet de la pointe de leurs souliers.

– Au lieu de rentrer directement à Paris, on fera peut-être un crochet par Marrakech.

Elle scrutait toujours. Comme si on allait afficher plusieurs jours à l'avance les vols de Kennedy Airport pour Marrakech-Ménara.

– Mais pour l'instant, ce n'est pas d'actualité.

Elle s'est dirigée vers le café. Quand ils l'ont rejointe, elle avait déjà commandé un thé. Assise à une table, elle avait tiré un poudrier doré de son sac à main. Elle a étendu le bras pour vérifier son visage.

– J'ai les traits tirés.

Une tête de morte qu'on a peinte avant de l'exposer à la famille dans le funérarium. Ils ont à peine protesté, craignant de ne pas être crus. Elle a consulté son téléphone.

– Il y aura du soleil à New York.

Le mari a pris un air enjoué.

– C'est le printemps.

Il s'était exclamé si fort que la serveuse avait confondu le bec de la théière avec son anse. Elle a étouffé une plainte en la posant. Elle est revenue vers le bar sans demander son reste.

– Je me fous du printemps.

– Moi aussi, mais en mai on parle toujours du printemps.

Elle a appelé le chambellan.

– Tu ne me déranges pas. J'ai à peine dormi. Deux cent cinquante mille dollars. Pas la peine de toucher à tes actions. Tu feras le chèque après l'audience. Le temps qu'ils l'encaissent, tu auras eu le temps de vendre des sicav de trésorerie. Les avocats t'enverront quelqu'un à l'aéroport. Je t'ai fait réserver un hôtel à Manhattan. Un autre, évidemment. Tu trouveras un mail avec l'adresse sur ton téléphone en arrivant. Les Noirs attaquent sur internet. Ils vont nous faire le coup de l'esclavage. Je fais gaver les forums de messages de soutien. Ils sont vraiment nombreux. Nos bonnes paroles sont noyées.

– Au revoir.

Elle a raccroché. Elle a remué le sachet dans la théière. Pendant l'appel, le couple avait parlé d'un tournoi de tennis auquel ils n'avaient assisté ni l'un ni l'autre afin de n'avoir pas l'air d'écouter.

Elle a fait couler quelques gouttes de thé dans la tasse. Elle les a contemplées. Il aurait mieux valu du marc de café. Elle ne parvenait pas à imaginer ce séjour. Elle l'effacerait de sa mémoire au fur et à mesure. Un déplacement comme une ardoise, et le sommeil de la nuit effacerait le jour.

Elle n'était pas autre chose qu'une myriade de souvenirs, des traces, et lui échoyait la maintenance de cet univers. Une gestion rigoureuse, elle ne voulait pas se sentir mourir le moment venu en voyant défiler une vie maculée de taches noires, aux jours de bonheur en arrière-plan, indiscernables dans le clair-obscur de la neurasthénie tenace comme une auréole sur un chemisier blanc.

Ils étaient allés prendre un panier de viennoiseries. Ils le poussaient vers elle sans y toucher.

– Mange un peu.

– Pour tenir le coup.

– Elle déjeunera dans l'avion.

Le jour se levait. Elle est sortie pour le surveiller. De la grisaille qui ne présageait rien de bon. Elle est revenue dans l'aérogare. Une lumière au fond d'une des boutiques. Elle a secoué la poignée. Un type est venu lui ouvrir en bleu de chauffe avec son balai à la main.

– Laissez-moi entrer.

Il a remué la tête.

– Je vous en prie.

Il n'a pas osé faire rempart de son corps pour l'empêcher de passer. Elle avait aperçu à travers la vitrine une conque transparente pleine de foulards. Il faisait trop sombre pour distinguer les couleurs.

Le type la regardait médusé, avec une grimace inquiète. Elle a posé un billet sur le comptoir.

– Merci beaucoup, monsieur.

Elle est sortie, trois foulards pendus à son bras. Elle s'est dirigée vers les toilettes. Devant la glace, elle s'est fait un turban du foulard bleu. Elle a entouré son cou avec le noir. Elle a jeté le rouge dans la corbeille.

Elle les a rejoints. Ils ne l'ont pas reconnue tout de suite. Sa mine grave les a dissuadés d'évoquer son accoutrement.

– Vous pouvez partir.

– Penses-tu.

– On va attendre avec toi.

Un regard comme un ordre. Ils se sont levés.

– Je t'embrasse.

– Moi aussi.

Mais ils ont filé sans oser s'exécuter. Ils ont disparu à grands pas. En arrivant hors d'haleine devant leur voiture, elle lui a fait remarquer d'une voix revêche qu'il avait emporté son sac.

– Si elle s'occupait de trimballer ses bagages elle-même.

– Grossier personnage.

Il a repris l'ascenseur. Sa silhouette courbée, se faufilant furieuse dans le flux des arrivants, heurtant les bagages et les gens.

Elle ne l'a pas remarqué quand il a foncé sur elle, a déposé le sac à ses pieds et s'en est retourné épuisé retrouver sa femme.

Elle regardait le vague. Un monde flottant, un hall d'aéroport, de gare, un grand magasin, la chambre de deux cents mètres carrés d'un nabab amant d'un soir en 1971, le Grand Canal, les chutes du Niagara, une goutte d'eau sur une feuille de plante verte tombée du toit percé d'un jardin d'hiver.

On passait sans la remarquer. Une musulmane excentrique qui a jeté son voile austère par-dessus les moulins, et comme elle ne portait pas de lunettes noires on ne la soupçonnait pas de célébrité.

Les clients consommaient, laissaient la place à d'autres, de temps en temps un serveur donnait un coup d'éponge, et le charivari se poursuivait autour d'elle qui souvent secouait la tête pour retrouver la réalité, regarder l'heure à son portable, soulager du bout de l'ongle une démangeaison opiniâtre.

À huit heures, elle a déposé son sac sur un chariot. Elle a pris sa carte d'embarquement. Une policière a promené un détecteur de métaux sur son turban après le passage du portique. Le douanier a sursauté en regardant son passeport. Sans sa chevelure, elle ne se ressemblait pas assez pour qu'il la laisse quitter la France. Elle a dû dénouer le foulard.

– Ah, c'est vous.

– Pardon ?

– Excusez-moi.

Il lui a rendu le passeport, impatient d'avoir fini son service pour pouvoir se connecter et annoncer au monde l'arrivée imminente à New York de la femme du baiseur fou.

Je me relève sans cesse pour aller fumer sur la terrasse. L'hiver sénégalais, aux nuits à peine frisquettes, alors qu'en ce moment la nuit parisienne pourrait servir de congélateur.

Ils ont éteint la piscine, la mer est sombre aussi. Je vois au loin des silhouettes faire du feu sur un trottoir. En face, une maison démolie. Une flopée de chats agités qui grouillent, semblent visiter les gravats. Je confonds peut-être. Quand on prend le petit déjeuner à la terrasse du restaurant, les chats exsangues qui sautent sur les tables ne sont pas plus gros que des rats.

Après des images sur l'expédition française au Mali, Nafissatou fait une apparition sur l'écran. Quelques secondes. Révolu le temps où elle fournissait la matière première de l'actualité. Elle est devenue un souvenir illustre comme les footballeurs depuis longtemps à la retraite, les princesses mortes, les top models d'avanthier, à qui on accorde encore de temps en temps une minute d'antenne. Elle est devenue intemporelle comme une icône. L'icône de la victime, de la perfide, de la prostituée, de l'espionne, au gré de l'opinion de la clientèle.

On annonce qu'un accord pécuniaire a été trouvé. Un ou plusieurs millions de dollars. Pour les uns, ce sera le prix du viol, pour d'autres, le tarif prohibitif d'une passe et la fellation la plus chère de l'histoire de l'humanité. Certains d'imaginer que ce fut la chance de sa vie, une sorte de loto dont elle aurait remporté la cagnotte en jouant le numéro de la suite. Il se trouvera peut-être des femmes pour estimer qu'à ce prix, elles supporteraient un viol perpétuel, s'enrichissant jour après jour de dommages et intérêts en rémunération d'un traumatisme de plus en plus bénin à mesure que le crime se ferait routinier.

On n'ose plus l'insulter en direct. La traiter de laideron, sous-entendre qu'un homme de cette envergure n'aurait pas pris la peine de risquer la prison pour un butin aussi grossier, aussi grêlé, aussi noir. Une pauvre femme cependant assez désirable pour faire s'élever le pénis du délicat et fuser son foutre.

Le viol devenu l'apanage des beautés, les autres ravies de servir d'ustensile, de récipient, d'abandonner à genoux leur bouche à tous les malotrus assez généreux pour les désaltérer. Un comité chargé d'évaluer la valeur d'un corps, d'une race, de juger si la victime présumée est assez jolie pour mériter d'accéder au statut de martyre. Les recalées soupçonnées d'être des putains qui, à défaut de tenter les violeurs, vendaient sans doute avant l'affaire leurs charmes à des clients affectés de cécité.

Je m'endors pendant la météo. Un bruit de bombe me réveille en sursaut à quatre heures du matin. La guerre au Mali, le nouveau terrain de jeu des télévisions.

Je m'habille. Un homme chauve et laid sort de l'ascenseur avec une fille de la boîte. Une promenade dans le lobby. Un employé astique le sol avec une cireuse. Le type de la réception me dit que dans la journée le bruit dérange les clients.

– Et puis on risque de les tamponner.

Il me dit qu'il est originaire de Conakry. Il se renfrogne quand je lui parle de Nafissatou.

– Cette histoire ne devrait pas exister.

S'il ne tenait qu'à lui, on l'effacerait. Un grand lessivage des serveurs, internet dépeuplé d'elle après une battue sans merci, et quand les gens se rendraient compte que leurs souvenirs de l'affaire ne correspondent plus à rien, ils auraient peur de passer pour fous, comme les témoins d'un vol de soucoupe volante face aux enregistrements d'une caméra qui toute la nuit a filmé le jardin où seuls voletaient des moustiques.

– Vous ne l'aimez pas.

– Elle a profité.

Le téléphone sonne. Un client japonais qui prétend en anglais avoir oublié quinze jours plus tôt une veste bleue dans sa chambre.

Je sors prendre l'air. Je m'assois sur le siège vacant du cireur qui passe ses journées à se désespérer du laisser-aller des hommes aux chaussures ternes qu'ils refusent de lui laisser lustrer.

L'agitation de l'insomnie. Je marche jusqu'à la grille. Un garde assoupi sur un tabouret la tête appuyée contre le muret. Il se réveille quand j'ouvre le portillon.

– Il ne faut pas sortir.

– Je vais juste faire un tour sur la place.

– Non, monsieur.

Dans la journée, on fouille le coffre des voitures avant de les laisser passer. Peur d'un attentat-suicide perpétré par des islamistes irrités par l'intervention de l'armée française. Je traverse le hall. Une femme de ménage brosse les canapés, au bar quelqu'un dépoussière les bouteilles, on frotte les parois de l'ascenseur bloqué porte ouverte au rez-de-chaussée.

Je me jette habillé sur le lit.

Le lendemain de notre retour de Ziguinchor, nous voyons les correspondants libanais de Dimitri. Nous déjeunons avec un importateur d'électroménager à qui il vend à l'occasion un container de matériel en rade dans un hangar.

– Du déstockage. L'Afrique accueille les invendus du monde entier.

Un continent où l'Europe parvient à monnayer ses rebuts. Une population trop pauvre pour servir de gibier aux usuriers du crédit revolving, mais on parvient mal gré tout à lui fourguer nos rossignols, et la misère de rapporter vaille que vaille. Les écrivains vendent bien à l'occasion des livres aux paragraphes volés, au style emprunté, à la substance obsolète comme un téléviseur à tube cathodique.

Un Libanais issu d'une famille installée au Sénégal depuis trois générations. On accède à son bureau par un escalier étroit, raide comme une échelle, et de traverser un couloir dont les fenêtres donnent sur les arrière-cours encombrées des immeubles alentour.

Il nous invite dans un restaurant où il commande des mezzés. Dimitri détourne la conversation sur notre voyage à chaque fois qu'il essaie de lui parler business.

Il fait partie d'un réseau de bonnes volontés prêtes à nous aider à gagner le village natal de Nafissatou. L'équipe d'une agence de presse avait tourné là-bas un reportage en mai 2011, mais depuis la famille n'aurait plus aucun enthousiasme à l'idée de recevoir des intrus. Sans doute le dégoût d'avoir vu par la suite leur parente vilipendée.

– Tchiakoullé est un endroit sauvage. Il n'y a pas de route, c'est de la piste. Pas d'hôtel, pas de commerce. Le genre de trou perdu ravitaillé par les corbeaux. Il vous faut un 4 × 4 et un chauffeur guinéen. Si vous êtes au volant et que vous renversiez un gosse, on risquerait de vous étriper.

Dimitri sourit.

– Surtout que parfois, on te jette un gamin sous les roues pour te tirer du fric.

– Vous dormirez à Labé. C'est à une heure et demie du village. Vous aurez une bonne journée de voiture en partant tôt de Conakry.

Je m'imaginais débarquant à Tchiakoullé en hélicoptère. Il suffisait d'emprunter l'appareil en rade sur le tarmac de Ziguinchor, en cinq ou six étapes nous aurions été à pied d'œuvre.

– Ce serait cher. Et puis je ne connais pas de loueur d'hélicoptère. Voilà les horaires des vols. Dépêchez-vous de réserver, c'est un petit avion.

Nous avons obtempéré après le déjeuner. Puis, on a passé l'après-midi à boire des cafés à la piscine de l'hôtel.

J'écris à l'ombre de la tonnelle du bar. Un début de roman assez plat sur les vicissitudes des liaisons amoureuses que j'incinère dans la poubelle de l'ordinateur sitôt remonté dans ma chambre.

Dimitri m'appelle par le téléphone intérieur.

– Un stock de chemises rayées. La salle de bains est pleine jusqu'à la gueule.

Son correspondant africain a fait faillite. Le transporteur a menacé de les jeter à la mer. On vient de les lui livrer à domicile.

– Mille pièces. Elles sont dégriffées, mais c'est de la marque.

La baignoire n'en peut plus, le lavabo les vomit, les toilettes menacent de briser le couvercle et de les engloutir.

Il passe le reste de l'après-midi à les brader par paquets de cent aux employés de l'hôtel, qui vautrés dans le lobby devant leur monticule cherchent à les vendre aux clients effarés de voir l'établissement devenu souk.

La tête posée sur le clavier, je me réveille de ce rêve farfelu.

Dimitri est furieux que l'on ne puisse pas fumer dans le restaurant.

– Vous prenez le plus mauvais de l'Occident.

Cette fois son correspondant est un Libanais musulman. Un dénommé Hamoudé, qui a organisé notre arrivée à Conakry. Il nous donne les visas.

– Vous pourrez entrer, mais il faudra faire régulariser vos passeports une fois là-bas. Autrement, vous ne pourrez pas sortir.

Il aurait été plus simple de s'en occuper à Paris. Mais Dimitri redoutait les lenteurs administratives.

– Vous serez accueillis à la douane. Le véhicule avec chauffeur est loué. Monsieur So vous attendra à Labé. C'est un Peul, il vous montrera le chemin. Il connaît la famille. Il vous servira de traducteur.

– Combien je te dois ?

– Vous paierez tout à Conakry.
– Pour les visas ?
– Rien.
Dimitri insiste en vain.

Hamoudé nous raccompagne à l'hôtel. Il tient à me faire visiter la ville. On roule dans la nuit. On longe la mer. Une route neuve avec des toboggans pour passer sous les carrefours déserts. On longe un mur interminable et haut.
– C'est un ministère ?
– Non, c'est la prison des cent mètres.
– Des cent mètres ?
– On l'appelle comme ça.
– Pourquoi ?
– Elle doit mesurer cent mètres.
On arrive dans les banlieues de la ville. À un feu rouge, une meute de chiens errants entoure la voiture. Ils nous poursuivent en aboyant.
– Quand je passe en moto dans le coin, je préfère être armé.
Un coup de revolver en l'air pour disperser les chiens, un autre pour décourager les bandes de détrousseurs, et pourquoi pas des balles traçantes afin d'éclairer un instant les rues aux lampadaires en berne.

Il décline notre invitation de prendre un verre au bar de l'hôtel.
– Je dois me lever tôt.
Il nous dépose devant le portail.
– Je t'appelle à ton arrivée à Conakry. En attendant, on pourrait se voir demain après-midi ?
– Plutôt en fin de matinée.
– N'oublie pas d'apporter un échantillon.

Un lot de montres en plastique trop jaune pour avoir fait fureur en Europe dont le Russe a un sac dans sa valise.

Au bar, un couple de Noirs américains qui murmurent en regardant des photos sur un téléphone. La femme pleure, l'homme se frotte les yeux en rangeant l'appareil dans sa poche. Ils s'étreignent, s'en vont serrés l'un contre l'autre. Le serveur les rattrape pour leur faire signer la note.

– Il a dû lui montrer la photo de sa maîtresse qui vient de le quitter.

Chaque fois que j'ai vu pleurer un Noir américain à Dakar, il venait de l'île de Gorée.

J'imagine une île remplie de cochons sauvages.

– C'est là que les négriers embarquaient les esclaves africains.

Le lendemain à quatorze heures, nous débarquons sur l'île avec quatre-vingt-dix-huit autres touristes. Partout, des mendiants, des vendeurs de colifichets qui nous alpaguent à chaque pas. Nous suivons la meute, traversons des rues proprettes, faisons la queue pour pénétrer dans ce qui s'appelait deux siècles plus tôt une esclaverie.

Une maison face à la mer. Un guide nous montre les cages en pierre où l'on enfermait séparément les hommes, les femmes, les pucelles et les petits garçons, qui valaient la moitié d'un homme. Il y a même une cellule où l'on engraissait les plus maigres pour en faire une marchandise assez solide pour accomplir son travail de bête. Des réduits si étriqués qu'on les imagine enfermés dans des sacs comme des denrées.

Devant la maison, un quai large comme un trottoir

de ruelle auquel on accède un à un par une porte étroite creusée dans la pierre. Par peur de la malaria, les négriers ancraient au loin leurs bateaux. On leur apportait les victimes sur des chaloupes. Les Africains qui franchissaient la porte ne reviendraient jamais plus. En deux générations, ils perdraient leur langue. On dit que la population a cru longtemps immortels ces Blancs qu'ils devinaient à peine dans le lointain. Les Sénégalais revenus de la guerre de 1914 mettront fin à cette légende.

Longtemps plus tard, Nafissatou bataillant pour quitter le continent en espérant peut-être ne plus jamais revenir sur cette terre de désolation. Vivre en Amérique, consommer, l'espérance de la liberté. Échapper enfin au joug du mariage, de la famille où les petites filles se coltinent les corvées tandis que leurs frères s'ennuient, rêvent aussi de rejoindre l'Occident où après une orgie d'achats, les gens titubent, ivres d'objets à la sortie des grands magasins.

Nafissatou trop grande pour passer la porte de pierre, poussée à coups de fouet, s'en allant le front sanglant vers les plantations des chrétiens.

Au retour, Dimitri me filme debout à l'arrière du bateau. L'île dans mon dos, un nuage blanc au-dessus de ma tête comme un casque colonial. Images ridicules d'un voyageur fier d'appartenir à une famille qui jamais ne se frotta à l'esclavagisme, même si elle marchandait jadis sur le port de Marseille des cargaisons de fruits, de grains et de coton cueillis par des mains livides comme du charbon.

Derrière nous, un couple de Blancs issus sans doute d'une lignée d'anciens colons, une lignée assez longue pour qu'ils s'expriment avec un fort accent sénégalais.

– Cette île, c'est le Disneyland de la traite des Noirs. Si on les avait vraiment entassés pendant des semaines dans ces culs de basse-fosse, les bateaux leur auraient servi de charnier.

– Je me demande bien pourquoi on vient ici chaque année.

– Où tu veux qu'on aille ?

– C'est vrai que les voyages sont chers.

Ils ont baissé la voix en évoquant la traite immémoriale perpétrée par les Arabes et par les Africains eux-mêmes.

– Et c'est nous qui portons le chapeau.

Écrasés sous le poids de l'Histoire, ils se sont affaissés sur le banc. Ils ont quitté le bord avec trente ans de plus, se soutenant l'un l'autre comme deux centenaires prêts à crever avant le coucher du soleil.

Sur la route de l'aéroport, Dimitri a maille à partir avec le chauffeur qui nous a voiturés durant notre séjour à Dakar.

– Ça fait quinze ans que je t'emploie à chaque fois que je viens ici. Je t'ai déjà escroqué ?

– Il faudra que je fasse le plein en revenant.

– Je te l'ai payé, il te restera même de l'argent.

– Ça va coûter.

– En plus, je t'ai apporté un costume.

– L'essence coûte.

Une scène de ménage qui dure tout le trajet. Arrivé à destination, Dimitri sort un polo Lacoste sous cellophane de sa grande valise profonde comme une malle Vuitton. Le chauffeur l'accepte et lui sourit comme si de temps en temps le couple avait besoin d'être lubrifié d'un petit cadeau.

Tandis que nous nous nourrissons à la buvette, il se plaint à moi comme une épouse excédée par les exigences sexuelles de son mari.

– Il n'en a jamais assez.

– C'est bientôt l'heure de l'embarquement.

Il me suit en maugréant. Pour sa peine, il bipe sous le portique.

– Enlevez votre ceinture.

– Elle est sur le tapis roulant.

On le soupçonne de transporter un objet métallique dans son estomac. On l'entraîne vers une cabine où on le tâte d'importance. Il revient furieux et bipe encore. Un gradé intervient, lui demande d'ouvrir la bouche.

– Ce doit être vos dents en or.

Il le laisse passer. Je clique *La Flûte enchantée* sur mon téléphone et me bouche les oreilles avec les écouteurs pour ne pas l'entendre vitupérer. Nous nous asseyons l'un en face de l'autre dans la salle d'embarquement. Il me semble que c'est lui qui chante l'aria de la Reine de la Nuit.

Nous sommes une vingtaine de passagers à grimper dans un avion à hélices. Je m'endors au-dessus du port de Dakar.

Je sursaute à l'atterrissage. Le commandant de bord hurle dans les haut-parleurs qu'il fait vingt-sept degrés centigrades à Conakry.

– Ça me fait penser à un canari.

Dimitri s'était assoupi aussi. Il se réveille inquiet.

– J'espère qu'on n'attendra pas une heure et quart nos bagages comme à Dakar.

Un seul guichet ouvert à la douane. Un homme la traverse en sens inverse. Il dévisage les passagers. Il se précipite vers nous dès qu'il nous aperçoit.

– Suivez-moi, je suis le commissaire.

Il fend la foule, nous nous laissons aspirer dans son sillage. Il passe la ligne blanche, stoppe et se retourne vers nous.

– Vos passeports.

Il s'avance jusqu'au guichet. Il les donne à la douanière en échangeant une plaisanterie que nous n'entendons pas. Elle les lui rend aussitôt. Il frappe dans ses mains en souriant.

– Venez.

Nous mettons officiellement les pieds en Guinée. Il nous propulse en direction de la salle de délivrance des bagages. Nos valises tournent déjà sur le tapis. Il fait signe à un policier en faction sous l'horloge qui s'en empare et les pose sur un chariot qu'il pousse jusqu'à la sortie. Le commissaire lui glisse un billet dans la main et le policier s'en retourne.

Dimitri avait prévu un sweat-shirt pour soudoyer le douanier qui fouillerait nos valises.

– Autrement, ils foutent tout en l'air.

Mais sur un geste du commissaire nous avons passé sans coup férir le dernier barrage. Un comité d'accueil nous attendait de l'autre côté des barrières métalliques. Le commissaire a fait les présentations.

– Monsieur Ahmed.

Un Libanais large, aux cheveux blancs, des lunettes, des dents noircies par l'excès de fluor dont l'eau de son village natal était saturée.

– Monsieur Bonté.

Un Guinéen d'une quarantaine d'années, au petit nez amusant, de courte taille pour ce pays où ils sont tous grands.

– Mustapha, notre chauffeur.

Une apparence passe-partout dont on oublie même la forme.

– C'est le chauffeur d'Ahmed. Ce n'est pas lui qui vous conduira à Labé.

Le commissaire nous entraîne avec le chauffeur et Bonté vers une petite porte interdite au public. Nous sommes embarqués dans une voiture.

Dimitri exprime notre reconnaissance, moi je somnole et ne l'entends plus que de loin. Un homme à l'éducation sans faille, aussi à l'aise compressé à l'arrière d'une voiture que chez un prince Romanov, crevant la dalle dans son hôtel particulier vide et décrépit d'une impasse du 16e arrondissement où dans son enfance ses parents l'emmenaient en grande pompe prendre le thé.

– Nous ne savons comment vous exprimer notre reconnaissance.

J'approuve vaguement d'un hochement de tête indiscernable dans la pénombre du véhicule. Il finit par s'inquiéter de mon silence et me donne un coup de coude.

– Ça va ?

– Ah, oui. Ça va très bien.

Nous roulons sur l'autoroute. De chaque côté, un marché dont on devine à peine les produits sous les lampes de fortune alimentées par des cartouches de butane. Des gens traversent en zigzaguant. D'autres attendent le moment propice debout sur le terre-plein central.

– C'est bizarre quand même ?

Le commissaire me dit qu'il n'y a aucun pont sur vingt kilomètres.

– Alors, ils traversent à la nage.

Il rit. Dimitri me fait observer qu'en l'absence de transports en commun, ceux qui ne disposent pas de véhicule ne s'éloignent jamais de plus d'une ou deux heures de marche du lieu de leur naissance.

– Si elle n'avait pas eu cette énergie, Nafissatou aurait pu rester dans son village jusqu'à la fin de ses jours.

Le commissaire se moque de moi.

– Pourquoi pas ? Il y en a bien qui naissent et meurent à Paris.

Je pense à tous ces villages, ces hameaux, ces lieux-dits que j'ai pu traverser en trombe au cours de ma vie, où avant l'invention du chemin de fer des êtres ont rempli leur existence à l'intérieur d'un périmètre guère plus long qu'un embouteillage.

La foi étrange des contemporains s'imaginant la vie comme un voyage perpétuel, chaque année une avalanche de visages différents, sous leurs pieds un paysage qui file plus vite que le temps.

J'aurais pu regarder passer les décennies dans le même roman, avec une poignée de personnages qui auraient tenu dans un jardin les dimanches où je les aurais réunis autour d'un buffet campagnard. J'aurais été le scribe de leur vie restreinte, aux événements attendus, et jamais chez eux l'ambition de devenir, de sauter pour tenter de voir au-delà du panorama.

La voiture s'est arrêtée devant un bâtiment trop lourd pour ses fondations. Une maison légèrement ventrue. Les étages moyens semblent prêts à se jeter dans le vide. Le commissaire habite ici.

– Si vous avez le moindre problème, monsieur Ahmed a mon téléphone.

Nous échangeons des poignées de main à travers la vitre ouverte.

– Ne vous inquiétez pas, vous ferez un bon voyage.

La porte d'entrée et les fenêtres sont protégées par une grille, comme celles de tous les immeubles de Conakry. Les immeubles sont rares, les prix exorbitants, dans cette ville qui semble compter plus d'habitants que de mètres carrés. Mais je n'ai pas vu de villas, de maisons au luxe ostentatoire, comme si les riches du coin ne l'étaient pas assez pour pouvoir narguer les démunis.

J'écoute Dimitri parler à Ahmed, s'enquérir de sa famille, de ses activités professionnelles et même de son avenir, comme s'il était encore un jeune homme.

– Quatre filles et un fils. Je suis le plus grand importateur de lait de Guinée. Je n'ai aucune concurrence. Je retournerai peut-être un jour habiter Dakar.

À l'entendre, les agents économiques du pays ont toujours été libanais. Les Guinéens sont fiers, méprisent le travail, les affaires, toutes ces activités de larbins et de margoulins. Ils vivent en patriarches régnant sur les épouses et le troupeau toujours croissant de leurs enfants, témoignage de leur prospérité.

– N'est-ce pas, monsieur Bonté ?

– Oui, monsieur Ahmed.

Conakry apparaît petit à petit. Une ville sans monuments, sans places grandioses, et des faubourgs qui donnent sur d'autres faubourgs. Mais l'interminable banlieue déshéritée est déjà Conakry depuis des kilomètres.

Un barrage au milieu d'une rue. Ahmed demande au chauffeur de le contourner.

– La police a dû oublier de le démonter.

Le chauffeur ralentit, n'ose pas.

– Tu as peur ?

Il finit par obéir.

– Et maintenant, tu tournes à droite.

Une rue moins sombre que les autres. Des ampoules blanches sans vigueur là-haut dans des lampadaires l'éclairent vaguement. Au loin, un morceau de muraille au sommet crénelé comme un château médiéval.

– C'est le palais présidentiel.

On voit une silhouette venir vers nous, d'autres courir derrière elle. Des soldats armés de fusils-mitrailleurs. Le chauffeur freine brutalement, je donne du front sur son appuie-tête.

Ils nous entourent, de tous côtés les petits yeux noirs des canons. Ahmed nous rassure avec un grand sourire.

– Ne vous inquiétez pas.

Je ne suis pas effrayé. Un film qu'on nous projette, le spectacle de bienvenue d'une ville coquine. Dimitri murmure que le mois dernier un Hollandais a été retrouvé mort d'une décharge de kalachnikov dans le quartier de Dixinn.

Les soldats toquent aux portières du bout de leur fusil.

– Sortez. Sortez tous.

Ils nous font signe de nous aligner devant le mur. Ils ont abaissé leurs armes. On nous demande pourquoi nous nous sommes aventurés aux abords du palais. Ahmed parlemente, présente son passeport au soldat qui s'empare aussitôt des trente mille francs guinéens auxquels il sert de pince à billets.

– Au revoir.

Ils s'en vont rejoindre le palais au pas de course.

Nous remontons dans la voiture sans un mot. Nous quittons la rue en marche arrière, reculons au-delà du barrage. Ahmed allume la radio, et dans le brouhaha nous explique que depuis la tentative de coup d'État de décembre 2012, l'armée a des ordres stricts.

Dimitri se dandine sur la banquette.

– Combien vous leur avez donné ?

Il éclate de rire.

– Trois euros.

– Ils avaient l'air mauvais.

– Ils ont faim. D'ailleurs, quand vous irez à Labé,

vous risquez d'être arrêtés tous les cinquante kilomètres. Vous donnerez de l'argent à monsieur Bonté, il négociera avec eux. Il connaît les usages.

– C'est du racket.

– Vous avez bien des péages sur vos autoroutes.

Nous sommes arrivés devant l'hôtel. Encore un qui appartient à la même chaîne que celui de New York. Des gardes nous accueillent. Ahmed sort de sa poche le mail de réservation. On nous ouvre la grille. Le chauffeur gare la voiture devant l'affreux perron.

L'employé de la réception nous reçoit avec une amabilité proche de la haine. Un lobby sinistre, du vieux crépi et des canapés de béton parsemés de maigres galettes en mousse fatiguée recouvertes de tissu orange.

– Passeports. Remplissez les papiers.

En fait de fiches, des photocopies issues de photocopies, sans doute descendant elles-mêmes d'une longue famille de duplicatas. Ahmed se penche par-dessus mon épaule, comme pour surveiller ma page d'écriture. Il ramasse les copies et les tend à l'employé.

Dimitri s'informe de la vue.

– Les chambres sont sur la mer ?

– La 406 et la 409, quatrième étage.

L'employé abat violemment les cartes sous notre nez. Aidé du chauffeur, monsieur Bonté a déjà chargé nos valises sur un chariot. Un bagagiste les emporte. Dimitri grogne.

– On n'a presque rien mangé dans l'avion. On peut encore dîner ?

– Premier étage.

Nous montons avec Ahmed et monsieur Bonté. Là-haut, nous traversons un corridor à la lumière verdâtre. À notre gauche, des statues africaines, des espèces de saladiers en bois ciré, des tam-tams, des instruments de musique à trois cordes, tout ce bazar installé sur une sorte de long podium juponné du même tissu que les coussins du lobby.

Une salle de bar longue et étroite. Sur une banquette, deux jeunes femmes pas jolies nous scrutent. Quatre clients regardent un match de la coupe d'Afrique de football à la télévision. Au fond, un cercle pavé de blanc où sont alignées une douzaine de tables.

– On dirait une cantine.

– Si déjà on peut dîner.

Dimitri demande à une serveuse une table pour quatre. Ahmed n'a pas faim.

– Nous allons boire un café avec monsieur Bonté.

Ils prennent place autour d'une table basse à la lisière du rond des dîneurs. La serveuse nous installe. Nous sommes entourés de grandes verrières qui donnent sur l'obscurité. Un homme pâle mâche sa viande en scrutant l'écran de son ordinateur d'un air hagard. Nous commandons des spaghettis qui nous sont aussitôt apportés.

– J'ai l'impression d'être dans un hôtel soviétique.

Dimitri allume une cigarette, et me raconte une histoire de banquet au cours duquel de Gaulle aurait tourné le dos à Sékou Touré, qui en aurait pris ombrage et accepté les avances de Khrouchtchev.

La serveuse surgit des cuisines où elle avait disparu après nous avoir servis.

– Il est interdit de fumer dans le cercle.

– Quel cercle ?

– Le cercle du restaurant.

Nous abandonnons notre pitance pour rejoindre Ahmed et Bonté assis autour d'un grand cendrier en cuivre. Ils sont silencieux, chiffonnés.

– Ce ne sera pas facile d'aller jusqu'à ce village perdu dans la brousse. J'espère que vous avez prévenu votre ambassade ?

– Pour quoi faire ?

Ahmed ne répond pas, Bonté regarde le fond de sa tasse. La tête de Dimitri se met à vibrer, comme si quelque moteur électrique venait de démarrer à la base de son cou.

– Si on le fait, pour dégager leur responsabilité ils vont nous dire de ne pas y aller.

– Il faut vraiment que je voie le village de Nafissatou.

– Je ne vous demandais pas la raison qui vous pousse à aller là-bas.

– Il est écrivain. Il veut écrire un roman sur l'affaire.

Ahmed porte les mains à ses oreilles.

– Avec monsieur Bonté, nous n'avons pas à le savoir. Je vous demanderai d'ailleurs de ne rien dire au chauffeur qui vous conduira.

Nous tirons une grosse bouffée pour nous dissimuler derrière le nuage de fumée.

– Arrête de dire à tout le monde que je suis écrivain. On va me prendre pour un journaliste.

– Qu'est-ce que tu veux que je dise ?

Ahmed se lève.

– À demain, je viendrai vous prendre à neuf heures.

Il s'en va. Bonté derrière lui comme un chef de cabinet suivant son ministre.

Dimitri me donne une nouvelle leçon d'Afrique.

– Ici, les gens sont méfiants.

Nous avons retrouvé nos spaghettis refroidis. Il a continué son cours.

– La sexualité est beaucoup plus répandue qu'en Europe. Un continent où les gens n'ont pas d'argent à dépenser en loisirs. Alors, ils se distraient dans leur lit.

– Nafissatou n'avait pas l'air de se distraire beaucoup.

– Ils trouvent qu'elle n'aurait pas dû se plaindre pour une vague piqûre de moucheron.

Pourtant, le venin aurait pu l'infecter. Lui qui montait toujours à cru.

Après une tarte à la banane, j'ai signé une addition astronomique et nous avons vidé les lieux. Les jeunes femmes de la banquette nous suivent dans le corridor.

– Nous pouvons vous donner des caresses.

Impression d'être devenu un chien assez anthropomorphe pour qu'on lui demande son avis avant de lui flatter l'échine.

– Ce n'est pas la peine. Merci beaucoup.

La porte de l'ascenseur se referme sur nous.

Les chambres ressemblaient à celles d'un hôpital vétuste. Il y a un coton rougi sur le carreau de la salle de bains de Dimitri, les draps sont sales.

– La femme de ménage a dû oublier de les changer.

On lui a donné une autre chambre.

Nous nous sommes rétractés chacun dans ses pénates. La télé n'était pas en forme, un crépitement blanc avec çà et là des points bleus. Je regarde une fin de film en me brossant les dents. Je m'endors dans la baignoire, me réveille dans un bain froid. Je me couche, me tourne et me retourne pendant une heure avant de m'endormir.

La salle du petit déjeuner donne sur la piscine. Des aliments dans des récipients éparpillés sur un comptoir central. Une quinzaine de clients jaunes et blancs rivés à l'écran de leur téléphone disséminés au hasard des tables.

Je m'assois non loin des trois seules clientes présentes dans la salle. Elles discutent en anglais avec des accents divers. Une Allemande, une Hollandaise, et à cause d'un faux air de reine de Saba j'attribue à la troisième la nationalité égyptienne. Des propos d'affairistes, alors que je les avais prises pour des touristes. Elles dégagent la même vapeur sinistre que le reste de la clientèle. Tous ces gens semblant s'être déplacés à contrecœur, le temps de signer un contrat dans un pays qui les dégoûte.

Je vois Dimitri pousser la porte battante encore ivre de sommeil. Un personnage sorti d'un rêve burlesque avec ses yeux clignotants et son chapeau de paille sur la tête. Il tergiverse autour du buffet, remplit une assiette. Je lui fais de grands signes. Il finit par m'apercevoir et s'asseoir en face de moi.

– Ahmed nous attend déjà à la réception. Il va nous amener au ministère de la Culture.

– Diantre.

Dimitri refuse de passer une nuit de plus dans cet hôtel où il a attendu toute la nuit que le KGB frappe à sa porte pour le mettre dans le premier charter en partance pour la Sibérie.

Ahmed sort de son sac des paquets de billets pour régler la note.

– Vous me paierez tout à la fin.

La voiture s'ébranle avec nos bagages.

– C'est monsieur Bonté qui vous accompagnera. Je dois passer chez l'opticien. Vous reviendrez me voir après pour que je vous donne l'argent.

Il nous a déconseillé de changer nos euros au taux usuraire imposé par l'État que pratiquent les banques.

– Laisse-moi là.

Le chauffeur stoppe au beau milieu d'une place. Il traverse d'un pas d'imperator comme s'il prenait le vacarme des klaxons pour des hourras.

Nous nous dirigeons vers l'aéroport. Une sortie pleine de trous, un bâtiment en fond de cour surmonté d'un drapeau. Il y a un couloir ensoleillé. Monsieur Bonté frappe à une porte ouverte. Un homme très contrarié nous dit d'entrer.

– C'est un Français, il veut voir Tchiakoullé.

– Tchiakoullé ?

– Je voudrais visiter le village natal de Nafissatou.

– Elle n'est pas représentative de notre pays.

Il va s'asseoir derrière sa table. Il téléphone à mi-voix dans une langue vernaculaire. Il raccroche.

– Il faut demander l'autorisation au ministère de la Communication.

Il nous suit jusqu'à la voiture. Nous roulons cinq cents mètres. Nous ne tardons pas à nous retrouver dans un bureau où des chaises sont alignées contre les murs comme dans une salle d'attente.

Nous sommes accueillis par un jeune fonctionnaire qui nous sourit.

– Prenez place.

Nous nous asseyons. Je lui avoue que je suis écrivain.

– Je suis écrivain aussi.

Il prend sur la table deux ramettes de feuilles imprimées. Il nous les distribue.

– J'ai tourné dans les films de Claude Sautet, car

en arrivant à Paris j'avais abordé Michel Piccoli dans la rue. J'ai participé à beaucoup de scénarios. Je suis cinéaste. Mes films ont obtenu des prix en France.

De vieilles circulaires datées de 2002 émanant du secrétariat de festivals qui lui signalent qu'on a bien reçu son court-métrage, et une lettre lui annonçant qu'il a été couronné par un jury de lycéens. Il nous reprend les feuilles.

– Vous voulez écrire un livre sur Nafissatou ?

Monsieur Bonté prend la parole.

– C'est un grand écrivain français.

– Un des plus grands.

Je donne un coup de pied à Dimitri.

– C'est un sujet très émouvant pour nous. L'histoire de Nafissatou nous a bouleversés.

Il soupire, me jette un regard triste.

– C'est très difficile pour moi de vous accorder l'autorisation d'aller sur le lieu de naissance de notre sœur. C'est une histoire d'autant plus douloureuse pour moi que ma mère est peule. Alors, je vous demanderai cinq cents euros.

Dimitri sursaute.

– C'est trop cher.

– Quatre cents.

– C'est beaucoup trop.

Je me lance dans un panégyrique de la communauté des artistes qui se tendent la main par-delà les frontières.

– Trois cents.

Je finis par emporter le marché pour deux cents euros. Il empoche mon argent.

– Attendez-moi.

Il quitte la pièce. Dimitri me chapitre.

– Tu aurais pu l'avoir pour cinquante, c'est le salaire moyen à Conakry.

Monsieur Bonté opine, tandis que le type de la Culture nous regarde avec hostilité. Dimitri en rajoute.

– Cinquante, ou même vingt.

L'homme revient et me tend un papier aux armes de la Guinée, stipulant que j'ai le droit de prendre des photos touristiques tout au long de ma mission. Dimitri s'inquiète.

– Quelle mission ?

– L'autorisation deviendra caduque à la fin de la mission.

– Aucune durée n'est spécifiée.

– La mission.

– En tout cas, je vous remercie vraiment pour ce geste de solidarité entre artistes.

Dimitri est révolté par ma lâche obséquiosité.

– Une solidarité hors de prix.

Le fonctionnaire radieux nous raccompagne. Je marche vite en serrant le papier contre ma poitrine comme un gosse le paquet de bonbons que sa mère lui a donné pour le récompenser d'un quinze en géographie, et dont il craint de se voir priver quand elle aura découvert le zéro en arithmétique en tournant la page du carnet de notes.

La voiture démarre en trombe. Impression d'avoir réussi un hold-up. Nous retournons dans cette Conakry dépourvue de centre où tous les quartiers semblent périphériques. Des petites rues populeuses, de grandes bordées de masures, d'étals de fruits. De temps en temps, un buffle attaché par une corde à un anneau scellé au mur d'une maison. Mais Bonté m'affirme que ce sont des vaches.

Le chauffeur gare la voiture devant une rangée de cahutes aux portes ouvertes sur la place. Un garde sans arme devant chacune.

– C'est là le magasin de monsieur Ahmed.

Le garde nous laisse passer. Un espace étroit comme l'échoppe des cordonniers d'autrefois où ils survivaient dans l'odeur des godasses. Ahmed est assis au fond derrière une table en bois encombrée de papiers, de tasses et de cendriers.

– Tout s'est bien passé ?

Dimitri se plaint du coût.

– Il fallait appeler le commissaire.

Bonté se met à hurler qu'il a essayé en vain de l'appeler au moins cinq fois.

– Mais sa ligne ne marchait pas.

Ahmed nous invite à nous asseoir. Deux chaises comprimées entre le bureau et la muraille.

– Ne vous inquiétez pas, monsieur Bonté restera debout.

– Je n'aime pas beaucoup être assis.

Une jeune fille lui apporte un grand carton.

– C'est ma fille. Elle a vingt ans.

Nous le félicitons de l'avoir conçue et la complimentons d'exister.

Dans le carton, cinq ou dix kilos de billets. Un poids considérable pour régler une facture de deux mille euros. Il compte les liasses.

– Vingt millions de francs.

Il clôt le carton avec du ruban adhésif. Sa fille s'en empare et retourne dans les abysses du magasin. Ahmed nous observe en souriant. Il semble satisfait de rôder sur nous ses nouvelles lunettes à monture assortie au blanc ivoire de ses yeux noirs.

– Je vais vous donner dix millions en liquide. Je paye directement le 4 × 4 et le chauffeur. Fatima ?

La jeune fille réapparaît avec un ballot de liasses dans ses bras. Il les aligne une à une sur son bureau.

– Je vais vous donner un sac.

Il extrait d'un tiroir une sacoche à bandoulière en plastique rouge.

– C'est publicitaire.

Sur le devant, il y a une vache normande et le nom de sa marque de lait. Nous faisons la chaîne avec Dimitri pour la remplir.

– Demain, vous ne partirez pas plus tard qu'à neuf heures. Vous arriverez à Labé avant la nuit. Vous pouvez être attaqués en route. N'emportez que le strict nécessaire. On portera vos bagages chez moi. Vous les reprendrez au retour. Je vous laisse ma voiture pour la journée. Demain, monsieur Bonté viendra vous chercher à huit heures et demic avec le 4 × 4.

Il s'est levé.

– Bon voyage.

Il nous raccompagne. Nous le remercions avec effusion. Dimitri donne un stylo au garde. Nous partons chaperonnés par monsieur Bonté.

La lumière tombe d'une fenêtre carrée, close par une vitre qui lui semble épaisse comme une dalle. On voit un morceau de ciel bleu, une traînée de nuage blanc. Il entend un hurlement, un coup de sifflet, puis des cris, un bruit de ballon qui frappe un panneau de bois. Des prisonniers délivrés de leurs chaînes qui jouent au basket bouclés dans une des cages grillagées. Il s'assoit sur le lit.

La révolte l'a quitté, il se rend. Il accepte d'être remisé dans ce tiroir comme un dossier en instance. Une erreur judiciaire, un rapt, et les ravisseurs ont refusé la rançon. Il est seul, pas d'épouse à sa portée, les avocats ne viendront pas ce soir. Il sent les larmes couler sur ses joues. Il se sert du robinet nickelé du lavabo comme d'un miroir. Il enlève ses lentilles de contact. Il bute contre la chaise, il retrouve le lit.

S'ouvre la grille. Il ne distingue que le halo du plateau qu'on vient de poser sur la table. La grille se referme, des pas nonchalants dans le couloir comme ceux d'un promeneur. Sans doute un détenu qui fait office de serveur, mais il n'a pas distingué sa combinaison orange électrique. C'était peut-être un ancien hippy reconverti garde-chiourme dans les années 1970.

Il l'imagine profitant de sa pose pour fumer un joint face à la mer. Une pensée cocasse que son cerveau a fabriquée pour le distraire.

Il gagne sans encombre la table. Il ouvre le sandwich, il est garni de volaille noyée dans une mayonnaise détrempée où nage du chou râpé. Un ramequin de salade de fruits, trois lamelles de fromage, une portion de pommes de terre grasse dans une barquette, une tranche de pain de mie vaste comme une assiette.

Mais c'est un repas flou qu'il avale. Il se goinfre, l'instinct du prisonnier toujours dans la crainte qu'un codétenu surgisse pour lui voler sa ration, qu'un geôlier la répande à terre pour le plaisir de le voir se vautrer, dévorer sa pitance à même le sol.

Il repousse le plateau. Il pose sa tête sur la table. Il se voit partir sans elle comme un poulet décapité. Elle continuera à penser, et il dansera autour d'elle dans sa robe de fou. Il a déjà fermé les yeux, il s'est endormi. Le temps de prendre sa tête à deux mains, de la reposer sur son cou, d'attraper sa mallette et de s'engouffrer dans son bureau où l'attend la bouche rubis d'une femme dont le reste du visage flotte en désordre dans la pièce.

Quand il revient à lui, la grille est ouverte. Emportant le plateau du même pas de touriste, l'inconnu quitte la cellule. Un gardien est en faction près du lit, tandis qu'un type en blouse blanche installe la machine qui lui insufflera de l'air toute la nuit pour l'empêcher de succomber en cas d'apnée du sommeil.

Une machine grosse comme un percolateur, la sienne ne prenait guère plus de place dans sa valise que sa trousse de toilette. Il n'y a pas de prise de courant dans la cellule, le gardien a passé une rallonge à travers les barreaux.

Avant de partir, l'installateur a posé sur la table une paire de lunettes aux verres synthétiques épais comme des culs de lampe. L'administration craint son suicide, sa mort en plein sommeil, et aussi la conjonctivite que pourraient occasionner ses lentilles usées. On veut conserver le macaque en bon état afin qu'à sa prochaine apparition les objectifs puissent à nouveau traquer ses grimaces sans susciter la pitié des clients.

Il s'est retrouvé seul avec son regard. Il éprouve du plaisir à observer les murs, à chercher des inscriptions encore déchiffrables sous la peinture, à se plonger dans la lecture des lignes de sa main.

Un état d'abrutissement passager. Le temps que lui soit rendue la colère. La haine qui monte en lui, un bol d'eau-de-vie, le courage de reprendre la lutte, de terrasser l'affabulatrice, d'écraser sous son mocassin sa face d'indigène. Il tape du pied, le bruit inaudible du chausson de toile sur le béton.

Elle ravalera son mensonge, un caillou qui lui déchirera la gorge. Respirer la haine à pleins poumons, l'air pur des profondeurs, ces poches de vent glacé conservées depuis l'âge de pierre dans des cavernes qu'aucun spéléologue ne profanera jamais. La haine, l'origine de l'humanité quand elle est partie en guerre jusqu'à la fin des temps, inventant le feu pour fondre le fer des armes, découvrant la poudre, l'encre pour laisser la trace de ses forfaits.

Il s'était trompé d'époque ce matin de mai. Cinquante ans plus tôt, la direction de l'hôtel aurait peut-être fait taire la coupable d'une menace de mise à pied, d'une prime exceptionnelle, d'un ballotin de chocolats envoyé chercher en hâte dans la réserve.

Il s'était trompé de lieu. En Afrique, les femmes de chambre ne faisaient pas tant d'histoires. La petite monnaie de la fellation, le billet du coït, l'extra de la sodomie qu'il fallait souvent âprement négocier et coûtait parfois le prix d'une bouteille de vin rouge dans un de ces restaurants où l'on fait tremper les crudités dans une bassine d'eau additionnée de permanganate pour préserver les boyaux des Occidentaux des affres de la turista.

Elle aurait été moins arrogante si elle avait travaillé pour une paye de misère dans un hôtel de sa Guinée natale. Les mijaurées qui caftent, on les secoue jusqu'à ce qu'elles s'excusent, brillantes de larmes, aux pieds du toubab outragé, et les obstinées vont en prison à sa place. Des filles déshonorées d'avoir étalé leur honteuse conduite, bonnes à être retrouvées un matin égorgées dans une décharge en bordure de Conakry.

Il se mord les lèvres, luttant pour ne pas penser des choses pareilles de crainte qu'elles lui échappent plus tard quand il se trouverait à bout d'arguments dans le bureau du procureur après deux heures d'interrogatoire.

Il s'est dressé, de grands pas dans les douze mètres carrés de la cellule. Un Caton de comédie dans sa toge grotesque. Il parle aussi bien l'anglais que lui le latin, il lâcherait des phrases assassines, lancerait des anathèmes, demanderait à ses avocats de contacter son chambellan, ils concocteraient ensemble des formules magiques qui convaincraient les médias qu'elle est décidément trop noire pour être honnête, et de crainte de n'être pas réélu le juge acculé inculperait la désormais présumée coupable.

Un héros sexuel terrassant la frigidité protestante, vainqueur de cette mahométane sans doute manœuvrée par un groupuscule intégriste à la solde de l'Arabie saoudite, et la France aux rois érigés, aux présidents turgescents, le sacrerait imperator des poules, des coqs, et des poussins déjà raides de désir au fond de leur berceau.

Il jubile, s'enthousiasme. L'enthousiasme, une boisson forte dont il s'est toujours enivré. Une manière de se boire lui-même et de remplir sans cesse la cruche de la cuite en se pissant pour mieux se reboire, se pisser et se reboire encore. Le vin de soi, l'élixir, une boisson dont le degré ne cesse de grimper à chaque passage dans l'alambic.

Une jeunesse pompette, une maturité éméchée, et depuis son entrée dix ans plus tôt dans l'Éden de la raideur perpétuelle, il n'avait pas dessaoulé, la main tenant fermement le sexe comme un bâton de maréchal qu'il fichait dans les passantes tel un chef d'armée un coup de pied au cul de la bleusaille émoustillée par l'hommage cavalier d'un gougnafier à ce point gradé.

L'enthousiasme, la jouissance d'être à chaque instant davantage.

Il y a un gobelet à côté de la carafe en plastique. Il la vide au goulot après ces agapes afin de diluer la boule compacte qui pèse sur son estomac. Un bel estomac pourtant habitué à traiter les mets délicats des établissements étoilés tout autant que la pâtée des restaurants de quartier où il emmenait les femmes de rien, sûrement ravies d'ingurgiter le brouet en tête à tête avec lui, et de se repaître avant le dessert d'une sodomie dans les toilettes en guise de trou normand.

La bête épinglée, les bras déployés, les mains serrant le rebord du lavabo, s'accrochant vaille que vaille aux angles de la chasse, soupirant ou serrant les dents comme si on lui perçait la peau à coups de bistouri. Délice, supplice parfois peut-être, mais bref comme une paire de claques, et le plus souvent à peine l'épée sortie de son fourreau et c'est déjà l'estocade, le clystère, et la tombola du sida si par hasard il l'avait contracté deux heures plus tôt avec une autre partenaire. Il distribuait généreusement les billets. Peu de joueuses osaient résister au potentat.

Un volet métallique est tombé lentement, occultant la lucarne. La lumière électrique a pris le relais du jour. Un plafonnier, une lueur jaune. On peut l'éteindre et l'allumer en faisant glisser un bouton de droite à gauche. Il se surprend à jouer avec comme un gosse, une sorte de dernier pouvoir dont il profite en passant comme devaient le faire au début du siècle précédent les premiers bénéficiaires de l'électricité.

Il s'approche de l'orée de la cellule. Il fait jour là-haut. C'est la clarté du ciel qui éclaire le couloir à travers la verrière renforcée de fils d'acier. Les rangées de néons ont beau lutter de tous leurs lux, ils sont impuissants à rivaliser avec le jour.

L'impuissance, cette fin du monde.

Il voulait oublier cette époque où l'on s'épuisait à galvaniser son appendice qui persistait à faire la marmotte. Il n'était pas flambant en ce temps-là, un sourire gourmand dans les couloirs aux employées du ministère, un dîner avec une poupée trentenaire dans un restaurant de l'île Saint-Louis, des cinq à sept sans gloire dans l'appartement de fonction qu'il n'habitait pas au ministère, et de guère lasse il rentrait la queue entre les pattes honorer son épouse avec qui s'accomplissait le miracle, tant il se sentait à l'aise dans la tiédeur du lit matrimonial avec cette femme rassurante aux caresses complices, généreuses, et de ne pas craindre l'échec il n'en essuyait jamais l'ombre.

Le mariage, ce bordel privé, comme disaient ces théologiens du XIᵉ siècle partisans de l'abstinence absolue même au prix de l'extinction de notre espèce impie, luttant contre ce sacrement que l'église entendait instituer pour donner à l'accouplement un espace de légitimité.

Un bordel dont l'unique pensionnaire subvenait le cas échéant aux besoins de son seul client, mais dont ce coq en pâte rêvait de s'échapper pour s'en aller jouir loin du poulailler à deux places du délicieux frisson de saillir dans la prairie du monde des poulettes sauvages.

148

Les femmes aimaient ce pince-sans-rire, son ironie, ses médiocres imitations de George Bush le père, de Mitterrand, et quand il croyait ressembler au borgne Moshe Dayan en obturant son orbite gauche avec une boîte de cachous, elles étaient attendries.

Elles aimaient aussi le regarder parler. Des jugements qui paraissaient lumineux dans le bar tamisé, des prévisions sur l'avenir du taux marginal qui sortaient de sa bouche comme des prophéties, et ses ambitions qu'il leur soufflait à l'oreille après l'amour comme autant de papillons aux ailes chamarrées qui se seraient envolés dans le crépuscule de juillet vers les jardins de l'Élysée, auraient plané au-dessus de Buckingham Palace, traversé l'Atlantique pour se poser sur la flamme de la statue de la Liberté.

Faute de pouvoir être coq, il se faisait matou. Son poitrail moelleux où elles posaient leur tête, son ronronnement quand leur main fourrageait sa chevelure poivre et sel, sa patte de velours effleurant leurs seins, la peau douce là où les cuisses frôlent les lèvres.

Elles s'en foutaient bien de ses débandades. L'érection se trouve au coin de la rue dans le cache-sexe du premier venu. Le charme est rare, l'ennui après le coït est le poison des siestes crapuleuses, et avec lui les heures ne pesaient pas davantage que les plumes des moineaux qui chahutaient sur le bord de la fenêtre. Elles étaient charmées, amoureuses, certaines agrémentaient même les ruptures de menaces de tragédies. Périr plutôt que retrouver la routine d'autrefois avec ces amants suaves et spirituels comme des marteaux-piqueurs.

Il existait sans doute un remède oublié quelque part dans le temps. Les Hippocrate, les Galien, les Ambroise

Paré, les Claude Bernard, les Pasteur, les Fleming, les Purgon, les Diafoirus, les Paracelse, les prêtres du Vaudou, les Ptolémée, les Merlin, ces magiciens et savants de toute obédience n'avaient sûrement pas vécu en vain. Devenus chenus, ils avaient souffert du même mal que lui et avaient sûrement trouvé la recette pour reverdir.

Il se procurait des granules de marabout, buvait d'amères décoctions de ginseng, des élixirs de pierre de lune, des infusions de racines arrachées à la terre humide du Laos durant la saison des pluies.

Peine perdue.

Lui qui n'ouvrait jamais un livre, il s'était un jour plongé dans les mémoires de Casanova pour savoir enfin quel personnage se cachait sous ce nom qui faisait se pâmer d'aise les hommes quand un flatteur les affublait de son substantif.

Il picorait l'ouvrage à ses moments perdus. Au bout de quelques mois, il parvint à l'époque où le Vénitien fatigué usait de la poudre de mouche cantharide pour extraire de sa coquille l'escargot.

Sur un ton badin il en parla au ministre de la Santé.

– C'est cette saloperie qui a emporté le président Félix Faure.

– Tu crois qu'on peut encore s'en procurer ?

Le ministre avait souri.

– Tu te sens atone ces derniers temps ?

Il avait répondu la première absurdité qui lui était passée par la tête.

– Mon père voudrait faire l'amour une dernière fois avant de mourir.

– Tu vas hâter sa fin.

Un herboriste de Bucarest a accepté de lui en vendre à prix d'or lors d'un voyage officiel en Roumanie. Sitôt rentré à l'ambassade, il a traîné dans les bureaux pour séduire un cobaye.

Une jeune blonde fut flattée qu'il pose la patte sur elle. Il l'emmena dans sa chambre au plafond haut, aux meubles de géant, au lit à rideaux sur pilotis où en sa compagnie il s'enferma.

Une érection erratique, qui montait et s'affaissait comme un jet d'eau de mauvais poil. Une fin douloureuse, un écoulement brûlant, une coulée de sperme sanglant s'échappant aux commissures des lèvres de l'infortunée.

Il jeta le reste de la poudre par la fenêtre dans le vent du soir comme des cendres de sorcière. Il eut des palpitations dans la nuit. Le sang goutta pendant toute une semaine. Il souffrit le carcan durant un mois entier, finit par guérir et se contenta désormais de ce grognard qui finissait malgré tout par se redresser et plonger tête la première dans le tunnel conjugal.

Son calvaire prit fin un mardi de décembre 1999. Il souffrait d'un banal refroidissement qui lui donnait la voix d'un enchifrené. Il avait sonné à la porte d'un généraliste de la rue du Four en sortant d'une pharmacie où on lui avait parlé de gouttes miraculeuses délivrées uniquement sur ordonnance étant donné leurs effets secondaires désastreux pour les allergiques à l'excipient.

– Mais enfin.

– Une prescription est indispensable.

Le pharmacien ne lui avait pas cédé.

Un médecin pâle avec un reste de duvet de canard sur le sommet du crâne. Il l'a reconnu dans la salle d'attente, l'a introduit à l'instant, l'a retenu jusqu'en fin d'après-midi, son assistante apparaissant paniquée tous les quarts d'heure pour lui dire que les malades s'impatientaient, n'en pouvaient plus d'attendre.

– Ils sont tous partis, à part un enfant qui vient d'arriver avec sa mère.

Le médecin était monté à son domicile chercher des verres et du scotch. La conversation avait roulé sur son poste de ministre dont ses démêlés judiciaires l'avaient privé, ses habits de professeurs retrouvés faute de mieux, puis de fil en aiguille il lui avait raconté ses déboires avec la poudre de mouche dont de temps en temps un filet de sang lui rappelait le mauvais souvenir.

– Laissez tomber ce genre de charlatanerie.

Soucieux de populariser sa découverte, le laboratoire inondait les praticiens d'échantillons. Il a sorti un blister du tiroir de son bureau.

– *Sidénafil*, c'est le nom scientifique.

Un nom de produit de mercerie, de laine de caleçon long tricoté patiemment par une épouse économe craignant que son mari n'attrape un catarrhe.

– Ce n'est plus la révolution, c'est l'érection qui est devenue permanente.

À son avis, ce médicament libérait une fois pour toutes les hommes de l'impuissance et de la peur d'en être frappé. Bientôt, les laboratoires perfectionneraient la molécule, en découvriraient de nouvelles, ce deviendrait alors le viatique quotidien qu'avec leur café du matin les mâles avaleraient dès la quarantaine. Et le fantôme du jeune homme dans le vieillard déclinant qui réclamerait sa part de volupté jusqu'au Jugement dernier.

– Une découverte aussi merveilleuse que la pilule anticonceptionnelle qui a libéré la femme de la terreur des grossesses non consenties.

Il lui avait conseillé de consulter un cardiologue avant

d'essayer un de ces comprimés d'un bleu si avenant. Pourtant, bien qu'il n'eût pas pris la peine de l'examiner, il lui balança un diagnostic à l'emporte-pièce.

– Vous avez l'air solide.

Il essaya le produit le soir même avec une étudiante à laquelle il avait donné un rendez-vous tardif en vue d'étoffer son mémoire sur l'imposition foncière.

Une soirée prolongée jusqu'à l'aube de ce jour de décembre. Une jeune fille d'abord étonnée par sa vigueur, puis tout à fait admirative. Il la laissa somnoler un peu vers trois heures, le temps de reprendre un autre comprimé. Puis de la réveiller d'une chevauchée, de l'épuiser courbée sur la table bistro de la cuisine du loft prêté par un obligé qui lui servait de garçonnière.

Elle s'est échappée exténuée, poursuivie par cet homme au peignoir bosselé, jurant de se tenir désormais dans la plus grande chasteté afin de mettre sa vulve en jachère pour la consoler d'avoir subi le supplice de l'abattage dont châtient les souteneurs leurs pupilles rétives.

L'impression de naître à nouveau dans le corps d'un adolescent plus puissant qu'aucun de ceux apparus sur terre depuis la survenue de la première espèce sexuée. À présent, il pouvait basculer n'importe quelle femelle, la soulever dans un couloir comme un sumo, sans craindre la honte de la voir éclater de rire en sentant ballotter entre ses cuisses un chiffon de flanelle.

Il était émerveillé. Tel un animal importé de la Grande Ourse, il aurait aimé montrer l'incarnation de sa continuelle vigueur aux citoyens du monde sublunaire réunis en congrès dans le Grand Canyon du Colorado.

Sous le plafond de verre, la coursive brûlante, rougeoyante sous le soleil couchant. Il s'est assis à la table, se donnant des petits coups de poing sur les tempes pour assommer ses pensées.

D'ordinaire, à pareille heure, il sortait de son grand bureau accompagné d'une femelle à cuissardes, à escarpins, vêtue d'une robe décolletée, d'un blouson de cuir bleu, d'une femme lourde à peau de loup de mer fardée en vain, ressemblant à un chromo de putain, ou d'une lisse et mince en blue-jeans, pas maquillée, parce qu'elle avait vingt ans et la beauté du diable.

Elle partageait le thé qu'on lui apportait chaque jour à cinq heures et demie. Un jaillissement entre deux tasses, le stress de l'après-midi s'estompait.

Il retrouvait guilleret ses tablettes et ses ordinateurs. Les dossiers glissaient sur les écrans. Il les photographiait du regard. Son cerveau, cet archiviste qui pouvait à la demande extirper de son sous-sol les statistiques pétrolières de n'importe quel émirat depuis les années 1950, le discours que jeune élu il avait prononcé pour la première fois à l'Assemblée nationale, jusqu'au moindre paragraphe de sa thèse de fin d'études sur l'accumulation patrimoniale inspirée par les odes au capitalisme de l'école de Chicago, d'où il ressortait qu'on ne s'enrichit guère par son travail, et que rien ne remplacera jamais un beau mariage quand on n'a pas eu la chance d'être né milliardaire.

Il se rappelait même les poésies un peu niaises que dans son enfance les maîtresses faisaient apprendre aux marmots pour la fête des Mères. Il en récitait parfois quelques strophes à l'invitée avant de lui demander de le satisfaire derechef.

Une place près du hublot. Quand l'avion se cabre pour prendre de l'altitude, elle espère qu'il va dévisser, l'air refusant de le porter, les réservoirs explosant à l'atterrissage sur les pavillons vides à cette heure ouvrable. La température monterait à mille degrés, dans son cerveau en ébullition ses pensées se feraient un instant vapeur.

Elle s'interdirait l'angoisse, juste le plaisir de disparaître sans l'avoir décidé. Le destin inéluctable, compatissant, généreux, et elle n'arriverait plus jamais nulle part. Un instant de lâcheté qu'elle se reprocherait quelques mois plus tard en prenant son petit déjeuner toute seule au soleil levant, tandis que tout dormait encore dans le riad.

Une obsédée du bonheur.

Elle avait écrit cette phrase sur une bribe de papier bible arrachée à un vieil agenda 1999 où elle cherchait une adresse effacée par mégarde de son téléphone. Elle l'avait froissée, l'avait avalée avec une gorgée de jus de pamplemousse. Un cachet bientôt dissous dont elle espérait que les mots pénétreraient ses cellules comme le principe actif d'un médicament miraculeux contre le désarroi.

Une jeune femme l'avait examinée à la dérobée pendant que l'hôtesse l'amenait jusqu'à son siège. Elle l'avait reconnue à la couleur de ses yeux. Un bleu étrange à force d'être bleu ou vert émeraude, deux pierreries à l'eau changeante, et on l'avait longtemps soupçonnée de recourir à des lentilles colorées, de choisir chaque matin la nuance de son regard postiche.

Mais la femme a cru se souvenir l'avoir vue la veille au soir sur l'écran de sa chambre débarquer d'un jet à l'aéroport de Washington et grimper dans une limousine noire comme un catafalque. Peut-être une sœur jumelle qui venait lui prêter main-forte. Arrivée là-bas, les photographes la traqueraient à sa place tandis qu'elle ferait du shopping sur Lexington Avenue, perruquée de blond au bras de son chéri libéré dissimulé sous un Borsalino à large bord.

Elle refuse le champagne, pique du bout de sa fourchette les tomates cerises des salades, touche à peine la sole, snobe les desserts. Peur de se griser, éviter l'indolence qu'elle pourrait éprouver en se sentant repue.

Elle a allumé son téléphone. Une connexion éclair par l'entremise de l'antenne-relais d'un paquebot qui dix mille pieds plus bas traversait l'Atlantique. Les messages et les mails ont eu le temps de tomber dans les boîtes.

La mélodie des condoléances de connaissances toujours plus lointaines qui ont chapardé ses coordonnées. Et puis son adresse mail publiée par erreur sur un réseau social par une employée du chambellan qui s'est emmêlée dans les raccourcis clavier. L'adresse aussitôt effacée, mais déjà repérée par des péquins ravis de trouver un point de chute pour la harceler.

On l'accuse de n'avoir pas dénoncé son mari à un psychiatre, aux flics, de n'avoir pas fait appel à un tueur à gages. Une incarcération dans une clinique lui aurait permis de faire le point dans la chambre capitonnée, la police l'aurait passé à tabac, et si par hasard elle ne l'avait pas tué, une balle dans la tête l'aurait assagi. En outre, si elle avait eu la jugeote d'épouser quelqu'un d'autre, elle ne serait pas dans un pareil pétrin.

On la soupçonne de s'en être entichée par haine des femmes. On découvrirait un jour qu'à l'occasion ils partaient en chasse tous les deux, un binôme de criminels serrant leur victime comme les deux joues d'un gaufrier. Des messages infâmes, stimulants, qui l'ont réveillée de sa torpeur contemplative.

La condescendance des dégoulinants l'écœure. Elle n'est pas la pauvre femme bonne à tremper des larmes de la compassion. Elle est une prisonnière qui prend son élan pour s'enfuir. Le vertige de la chute du haut des remparts, nager dans l'eau des douves, rejoindre ce pays fabuleux où même le souvenir de lui n'obtiendrait jamais le droit d'asile.

Elle a demandé à l'hôtesse de lui resservir un repas. Elle s'est assoupie après avoir croqué la dernière mignardise qui accompagnait le café. Sommeil noir et rêves. Elle marche sur une route, le passé comme des petits pavés de pierre émergeant sous l'asphalte.

Dès que la côte est en vue, elle reconnecte son téléphone. Elle se recroqueville pour décrocher sans être aperçue. Un appel de son fils. Les avocats l'ont chargé de l'appeler. Il y a des médecins qui se dérobent, délèguent, quand il s'agit d'annoncer la mauvaise nouvelle à l'épouse de l'opéré.

– À Rikers Island. Ils ne comprennent pas non plus. Ne passe pas à l'hôtel. File directement Troisième Avenue. Ils ont dit que tu prennes un taxi. Je ne peux pas te parler plus longtemps. Des appels. Peut-être du nouveau. Le chambellan, New York, le Quai d'Orsay. Je t'embrasse.

Dans la foule des mails, elle a trouvé sa réservation d'hôtel. Un établissement proche de Times Square, à quelques centaines de mètres du lieu du drame. Elle glisse l'appareil dans la poche de sa veste. Elle ne veut plus lire, écouter des voix. Le brouhaha est apaisant, il ne la connaît ni ne lui parle. Son indifférence comme une carapace où elle peut paisiblement exister. Sa bouche s'occupe à rendre son sourire au steward, à s'excuser d'une moue compatissante quand elle bouscule un vieillard penché sur sa valise à ressorts qui vient de s'ouvrir inopinément.

La tête ronde et bistre du chauffeur de taxi, l'odeur de pippermint, le bruit de la radio mexicaine. Elle a oublié le nom de l'hôtel, un nom de peintre italien. Elle s'amuse à chercher tous les artistes nés en Italie depuis la Renaissance.

Un hôtel à l'enseigne changeante, arpentant l'histoire de la peinture, faisant un pas de côté vers la musique, l'architecture, et profitant d'un palais vénitien pour sauter sur le dos d'un doge dont la descendance le conduit tout droit dans un entrepôt de Santa Monica qu'elle visite avec un architecte pour le transformer en villa blindée comme un tank avec une plage souterraine éclairée par un projecteur puissant comme une étoile.

Elle avait tant aimé peindre dans sa jeunesse. Une carrière enfantine, adolescente, des cartons entiers d'esquisses, d'abord maladroites mais pleines de couleurs élégamment mariées, puis les premiers portraits, des traits accusés, des peaux faites de ronds et de traits fins, des bouches ouvertes sur des dents multicolores comme des bonbons, crânes chauves ou recouverts d'une sorte de bonnet de tifs.

Les dernières années, elle s'éloignait des êtres, s'attachant à reproduire les objets, vases, guéridons marquetés, le cabinet chinois éléphantesque du salon, de rares paysages, plutôt des places arborées, des rues sans voitures ni gens.

Une carrière interrompue en prenant conscience peu à peu du chemin à parcourir pour espérer toucher du bout des doigts le génie des maîtres dont son grand-père avait été le marchand avant-guerre. Les toiles pendues aux murs lui semblaient moqueuses désormais, elle avait l'impression que les yeux du Picasso de son autoportrait de 1902 exposé sur un chevalet dans le bureau de son père lui jetaient un regard mauvais.

Picasso, un de ces maîtres que ses parents recevaient souvent. *In vivo*, son regard la déshabillait depuis ses treize ans. Un soir il s'était enhardi.

– Je veux te peindre.

Elle n'avait aucune envie de se retrouver hideuse et dépoitraillée sur la toile comme une demoiselle d'Avignon.

Je n'y tiens pas

Il s'était plaint à son père qui avait essayé de calmer l'outragé.

– Vous l'impressionnez.

Il avait espacé ses visites.

En sortant du taxi, elle s'est dit qu'il lui restait peut-être assez d'années pour réaliser un tiers des œuvres qu'elle aurait peintes dans sa vie si elle n'avait pas baissé les bras à dix-sept ans.

L'immeuble. L'ascenseur, une boîte éblouissante éclairée comme une scène. L'assistante qui l'introduit directement dans le bureau. Les avocats qui oublient de la saluer et continuent à tourner dans la pièce.

– Jamais vu une chose pareille. Quand il n'y a pas mort d'homme. Même les assassins on les libère sous caution avant leur procès. S'enfuir. Mais comment il se serait enfui ? Sur un rafiot, dans la nacelle d'une montgolfière, à pied jusqu'au Mexique ?

– Nous sommes désolés. Cette fille nous a fait beaucoup de mal.

– Quelle fille ?

– Son avocat a dû téléphoner depuis Paris au bureau du procureur. Si ses accusations étaient justifiées, elle aurait pu porter plainte il y a huit ans au moment des faits.

Une vielle histoire dont elle n'avait jamais douté de la véracité. La jeune femme avait amusé la tablée quand elle l'avait racontée quatre années après lors d'un dîner mondain télévisé.

– Convoquée pour l'interviewer dans un appartement vide. Poutres apparentes, sur cour. Il a fermé la porte. Un magnétoscope, une télévision, un lit dans le fond. A voulu que je lui tienne la main pour répondre à mes questions. A pris mon bras. Me suis débattue quand il a commencé à me triturer. Secouée. Jetée par terre. Il se serrait contre moi. Je lui ai donné des coups de pied. Des rires.

– Il m'a arraché mon soutien-gorge.

Le présentateur s'émoustille.

– J'adore.

– J'ai réussi à m'enfuir. Il m'a harcelée de messages. *Je vous fais peur ? Vous avez peur de moi ? Oui, je vous fais peur.* Je suis allée voir un avocat spécialisé dans les affaires d'agressions sexuelles. Il avait déjà une pile de dossiers constitués contre lui. Un dirigeant de son parti m'a appelée. Il voulait que je porte plainte. J'écris des romans. Son entourage exerçait des pressions sur moi, sur ma maison d'édition. Je ne trouvais plus de travail dans la presse, à la radio. J'étais dépressive. J'étais atteinte. Je n'avais plus de force. J'ai abandonné.

Des convives journalistes qui n'ont pas cru devoir la questionner davantage. Par la suite, aucun média n'a mentionné son intervention. Les années ont passé. Des soubresauts deux ans plus tôt lors du premier incident, et ce matin la catastrophe. La soubrette avait ouvert une voie d'eau, il allait déferler le marais des amantes bafouées, des bousculées, et celles qui se souviendraient après un délai de réflexion de plusieurs années que ce qu'elles avaient pris pour un rapport consenti était en réalité une agression dont elles entendaient aujourd'hui tirer vengeance.

En réalité, les rares qui ont eu l'audace de mettre leur menace à exécution se sont rétractées. Le chambellan était peut-être intervenu, à moins qu'en définitive, craignant le déballage du procès, elles n'aient voulu garder pour elles ce mouchoir où elles avaient naguère enfoui l'offense, le rangeant dans leur poche, leur sac, dans leur corsage comme leur arrière-grand-mère quand un galant l'avait fait pleurer.

Ils finissent par s'immobiliser.

— Asseyez-vous.

Elle s'assoit sur un petit fauteuil de cuir qui semble sorti d'une chambre d'enfant. L'un prend place derrière son bureau, l'autre continue à vaguer, et sa voix court après lui dans la pièce.

— Elle ne nous fait pas peur. Nous avons vu sa tête sur internet. Nous la mettrons à prix. Les témoins ne manqueront pas. Une collection d'amants dans ses placards. Une Française chevronnée ne s'effarouche pas pour si peu. Elle a trop attendu pour n'avoir pas

161

quelque chose à se reprocher. D'après votre avocat parisien, même pas une tentative de viol qualifiée au terme du droit français.

Elle se demandait pourquoi cette fille se refusait à mentir, à prétendre qu'il avait bel et bien dégainé afin que la tentative de viol soit constituée. Pourquoi elle préférait s'en tenir à ce pugilat, un combat à fleuret moucheté, un rodéo, sa verge cabrée sous l'étoffe. Elle aurait eu envie de l'appeler en déguisant sa voix pour lui dire qu'il ne méritait pas son manque de perfidie.

Elle a frissonné. Un instant d'égarement. Elle a levé les yeux. Ils parlaient à nouveau de la femme de chambre. Une cible.

– Nous ne lui laisserons pas un instant de répit. Elle a été mise en observation par la police. Écoutes, filatures. Le plus discret de ses soupirs sera enregistré. Le procureur est tenu de nous informer de la moindre de ses incartades.

Elle aurait voulu pouvoir la prévenir, la serrer un instant dans ses bras, même si elle continuait à irriguer le compte en banque de ses persécuteurs.

– Il passera jeudi prochain devant le grand jury qui ne pourra faire autrement que le libérer sous caution. Le bureau du juge nous a contactés avant votre arrivée. Prévoyez un million de dollars pour la caution, plus cinq millions de garantie et une milice privée pour l'empêcher de s'échapper de l'endroit que vous aurez loué.

– Il devra porter un bracelet électronique.

– Nous plaiderons.

– Nous plaiderons, mais nous n'obtiendrons pas mieux.

– Quand vous l'aurez au téléphone, montrez-vous optimiste.

– On peut s'ouvrir les veines avec le pivot d'une dent descellée.

– Il ne se suicidera pas.

– Nous en sommes persuadés.

Il ne lui ferait pas cette offrande. Son corps exsangue dans une housse. Une boîte plombée dans la soute d'un avion qu'on glisserait à Paris dans un grand cercueil en acajou. Un enterrement télévisé, une femme aux yeux rouges sous les verres fumés. Le veuvage, une rupture tranquille, sans cris, sans un mot aigre. Dans dix jours, tout serait terminé et elle serait libre. Une fin romantique.

Le dégoût d'être tout le restant de sa vie l'héroïne d'une extraordinaire histoire d'amour. Elle ne voulait pas de ce dernier mensonge.

– Un type rompu au business des libérations sous caution agrémentées d'assignation à résidence.

Elle ne se souvenait pas s'être levée du fauteuil, mais elle était debout.

– Le temps presse, il faut vous dépêcher.

– Prenez sa carte.

Une carte de visite d'agent immobilier avec une adresse à Brooklyn. Elle l'a prise de la main gauche, de l'autre a serré les mains qu'ils lui tendaient. Ils l'ont mise dans l'ascenseur.

– Nous vous appellerons demain.

– Restez sereine.

La porte s'est refermée. Le fardeau du courage. Elle s'est dit qu'elle n'avait pas le choix d'en avoir ou pas.

Elle a pleuré dans le taxi. Quelques gouttes. Les femmes courageuses pleurent quand même. Une façon de reprendre son souffle.

L'accueil enjoué du réceptionniste de l'hôtel, deux rangées de dents dans l'embrasure des lèvres. Il lui demande même si elle a fait bon voyage tandis qu'elle remplit la fiche.

– Un vol merveilleux.

Il cache derrière l'écran sa grimace d'employé raillé qui ne peut se permettre de répondre par un crachat de fiel.

On lui a donné une suite au douzième étage. Elle retient la femme de chambre qui vient lui demander si elle n'a besoin de rien.

– Faites-moi couler un bain.

Le fax sur le bureau a déjà imprimé un mot manuscrit du chambellan. Un réflexe de communicant, comme si la plume de son stylo avait chialé son encre mêlée au sang de son cœur brisé.

– Vous voulez que je vous aide à vous déshabiller ?

Elle la prenait peut-être pour une marquise bicentenaire sortie récemment du glacier qui la gardait au frais depuis sa chute accidentelle un jour où elle s'était aventurée dans la montagne avec ses femmes et le chapelain du château.

– Ce ne sera pas la peine.

– Je vais donner un coup de fer à vos affaires et les mettre sur des cintres.

– Je m'en occuperai.

La femme l'a remerciée pour les dix dollars qu'elle venait de lui glisser dans la main.

Elle avait installé ses affaires sur le valet de chambre. Le bain, une plongée dans le ventre de sa mère. Elle essaie d'exister au ralenti, pagayer vers une zone où les hautes vagues se font plus rares, et elle finit par ne même plus les entendre, son embarcation balancée comme un berceau sur un lac sans plus de rides que les fesses d'un bébé.

La suite insonorisée, étanche à la ville. Le charivari dans sa tête. Les avions décollent, les voitures s'entrecroisent, le piaillement des avocats, les sonneries, les messages qui se succèdent sur le palimpseste des écrans, et l'homme sautant partout, ruant, tombant face contre terre à chaque fois qu'il tente de se débarrasser de ses chaînes.

Elle enfonce sa tête sous l'eau pour le noyer.

Elle se regarde dans la glace. Elle se dit qu'elle ressemble à une babouine avec ces plaques de cheveux mouillés de part et d'autre du crâne. Elle n'a plus envie de s'enturbanner, de se travestir comme une coupable qui craint d'être débusquée. Elle décroche le téléphone, demande un coiffeur.

– Une urgence.

Une heure plus tard, coiffée, remaquillée, portant jupe noire et chemisier de soie, elle se trouve devant la succursale de sa banque d'affaires. Elle est arrivée sans avoir pris rendez-vous. Les employés sont partis, l'établissement est fermé. Les portes automatiques ne se sont pas ouvertes.

Un administrateur fumait une cigarette sur le trottoir. Il l'a reconnue, elle monte avec lui.

– Je vous reçois dans un instant.

Une longue attente. L'étage est désert. Elle n'entend même pas le bruit de l'ascenseur. Il revient.

– Entrez.

Un long bureau étroit qui lui fait penser à un morceau de canal avec sa moquette verte et ses murs gris.

– J'ai besoin de huit millions de dollars.

Elle en a compté trois pour la location de la maison et du personnel chargé de l'interpeller dans le cas où on l'apercevrait en pleine nuit faire de la varappe sur la façade avec des draps noués.

– Il nous faudra quelques jours pour réaliser de quoi réunir cette somme.

– Vendez à perte.

– Vu les circonstances, c'est peut-être en effet la meilleure solution.

Il était persuadé de l'avoir croisée dans sa jeunesse au Quartier latin.

– J'ai étudié à la Sorbonne pendant un an.

– Votre français est parfait.

Elle se lève. Elle lui fait signe de rester assis. Elle quitte les lieux. Elle monte dans un taxi. Elle donne au chauffeur l'adresse d'un restaurant de Chelsea. Un dîner en compagnie de son premier mari flanqué de son épouse. Ils n'ont pas résisté à la tentation de la rejoindre. Ils ont atterri à seize heures. Elle aurait eu pourtant envie de dîner en silence seule au lit. Regarder le plafond, les faux tableaux aux murs, fermer les yeux en laissant la lampe de chevet allumée pour ne pas s'endormir dans l'obscurité.

Elle avait vu son nom apparaître sur son téléphone pendant qu'on la coiffait.

– Je suis à Kennedy Airport.

Elle n'avait même pas été surprise. Un ex-mari comme un père, un fils, une tatie soucieuse. Elle n'avait pas eu le cœur de refuser de le voir. Des hamburgers au foie gras, du vin italien, des mangues, trois macarons. Elle avale, mâcher aurait ralenti l'absorption. Si seulement le serveur avait pu lui fourrer un tuyau dans la bouche et la gaver comme l'avait été le pauvre canard

166

auquel on avait tranché le foie. Une crise de boulimie, la dernière remontait à sa vingt-cinquième année.

Il lui parle du prisonnier. Plus elle mange, plus il lui semble être grosse de sa tête joufflue enrobée de barbelés comme le logo d'une organisation humanitaire. Elle a essayé de le noyer dans le vin rouge, dans trois gouttes de vodka dans un verre de jus d'ananas. Elle aurait voulu se boucher les oreilles, mais elle avait besoin de ses mains pour jouer de la fourchette et du couteau.

Le couple se croit obligé de la rassurer.

– Il doit dormir.

– Le jour tombe tôt dans les cellules.

– Qu'est-ce que tu racontes ?

– On lui a sûrement attribué une chambre particulière.

– L'hôpital de Rikers est une prison.

Elle avait commandé une salade César.

– J'ai besoin de verdure.

Elle ne l'a pas attendue.

– Je vous embrasse tous les deux. Je n'ai pas fermé l'œil la nuit dernière. Je dois dormir immédiatement.

Elle a demandé au chauffeur de taxi de l'accompagner jusqu'en haut. Il l'a laissée devant la porte de la suite. Elle s'est appuyée sur la console du couloir. Une nausée de femme enceinte. Elle s'est précipitée à la salle de bains.

Elle s'est endormie à minuit et demi. La tête en charpie faisait son chemin dans les égouts de New York, les barbelés comme la queue de la comète.

Le téléphone a sonné à côté de son lit. La clarté du petit jour à travers les rideaux entrebâillés. La voix du chambellan. L'annonce d'une contre-attaque. Des encarts achetés dans la presse pour publier une mise au point.

– Un texte de ta main. Une lettre ouverte. Innocence. Pardon. Hauteur. Considérations sur le couple. Je suis la femme la plus aimée et la plus trompée de Paris. Citation de la femme de Paul Morand. Il faut s'en inspirer. Toutes les chaînes américaines que nous avons contactées ont donné leur accord pour une interview. J'arrive demain matin. On répétera dans un studio de Brooklyn.

Elle entendait. Pas d'indifférence, un sentiment d'ennui. Elle voulait bien ramener le mari en France, à condition de ne pas être contrainte de tenir des propos mensongers face à la caméra. Le communiqué de dimanche suffisait. Tant qu'on ne la verrait pas faire une profession de foi, on pourrait toujours penser que le chambellan parle à sa place. Une femme effondrée consent.

– Des procédures en France. Un procès à chaque média. Plainte personnelle contre les journalistes qui ont bavé. Diffamation. Atteinte à la vie privée. Intention de nuire. On retirera les plaintes au fur et à mesure que toute cette racaille fera amende honorable.

– Tu ne feras rien de tout ça.

– Il faut reprogrammer l'opinion. Un grand homme. Le seul capable de juguler la crise. Les chômeurs n'ont d'espérance qu'en lui. Un sexe dont l'usage lui appartient. Rabâcher que le récit d'une relation privée dans l'enceinte close d'une suite d'hôtel est un viol de son intimité. Demander aux alliés d'évoquer l'exception française. On ne gouverne pas la patrie du marquis de Sade avec un eunuque.

– Tout est terminé.

– Il sera élu l'an prochain. Il faut mépriser les événements. En politique, on ne meurt que de mort naturelle.

Il s'apprêtait à lui citer les maximes de tous les présidents défunts.

– Il sera libéré vendredi. J'ai débloqué les fonds.

– Je vais régler les détails de la stratégie. Armée de terre. Marine. Aviation. Sun Tzu, Bonaparte, Germanicus, Che Guevara. Les catapultes, les mousquets, les blindés, les bombes, la guérilla.

Une méthode masturbatoire dont il usait dans les cas désespérés. Il se faisait général, l'opinion comme une ville à prendre, les élections comme un coup d'État.

– Je t'appelle en arrivant.

– Ce n'est pas la peine.

– À demain.

Elle avait encore le cœur sur l'eau. Elle a commandé un citron pressé. Elle l'a bu sans sucre. Le besoin de quitter ce blockhaus. Une toilette de chat avec le gant éponge. Le foulard bleu plié en triangle, porté en fichu, les extrémités nouées sous le menton.

Elle marche vers Central Park. Elle se dit qu'elle est seule sous le ciel. Les passants dans les allées sont des personnages imaginaires. Son époux, une image grotesque qu'elle évacue à chaque pas dans un éternuement.

Elle s'assoit sous les arbres. Aussitôt, la voilà qui trébuche. L'hypothèse du réel, redevenue une certitude, une douleur. Même le souvenir de leur première nuit, il l'avait profané, cabossé, rendu poisseux par ses épanchements adultères. Un homme, une déception, et ces cachets qui tiraient vers sa trompe tout le sang de sa tête. Un éléphant dans le magasin de porcelaine de l'ambition, et elle qui paierait jusqu'au bout les pots cassés.

Elle romprait comme on s'envole. Elle n'aurait pas la faiblesse de finir au fond du pot conjugal que son mari continuerait à remplir des ordures de la trahison.

Elle ne serait plus cette épouse de l'ancien temps, éduquée pour subir, lavant le matin la culotte du butor qui la souille chaque soir au bordel.

Attraper l'avenir. Le tordre selon son plan, en faire l'incarnation d'un rêve. Une fin de vie comme une fleur épanouie, tard poussée dans le crottin du bestiau dont elle avait rêvé de faire une vache sacrée. Elle riait en l'imaginant parader dans les meetings avec ses colliers, ses grelots, sa langue pendante, grumeleuse, piquée de strass. En l'envoyant à l'Élysée, le peuple réaliserait la boutade gaullienne selon laquelle les Français sont des veaux.

L'agent immobilier lui avait proposé de se déplacer.
Elle lui avait donné rendez-vous au bar. Elle était des
cendue en avance. Elle avait dû remonter précipitamment. Des hommes d'affaires ukrainiens débraillés se
la montraient du doigt. L'un l'a visée avec son portable
pour la photographier. Elle a caché son visage dans
ses mains. Il l'a suivie dans le lobby. Il est revenu
essoufflé au bar. Ils étaient déçus de ces images de
femme courant de dos, si mal cadrées qu'on n'en
voyait même pas la tête.

Cette malédiction des larmes. Elle tamponne ses
yeux avec un mouchoir en papier. Elle procède à un
léger raccord de maquillage.

Elle regrette de l'avoir construit. Elle n'aurait jamais
dû lui passer le flambeau de la gloire. La paresse et les
bourdes l'auraient peu à peu éloigné de la vie politique.
Il serait aujourd'hui un prof à la retraite fier comme
Artaban les soirs où elle lui permettrait de venir boire
un verre après son émission. Ses invités consentiraient
à lui adresser quelques paroles condescendantes en le
félicitant d'être son mari. Il leur rappellerait sa carrière
de député enterrée à la fin des années 1990. Ils la
plaindraient de partager la vie de ce raté.

Elle regagne la suite. L'agent l'appelle du bar. Elle lui dit de monter. Un homme grand, maigre, large. Il installe sa tablette sur la table basse.

– Comme je vous l'ai dit au téléphone, le délai est un peu court.

– Le temps que le tribunal encaisse la caution, il ne sera libéré que vendredi.

– Je comprends.

– J'avais contacté un hôtel. Ils avaient accepté de me louer deux étages. Quand ils ont su pourquoi, j'ai essuyé un refus.

– Et nous avons perdu du temps.

Il lui a montré un appartement sur la 48e Rue. Une façade recouverte de carreaux de faïence bruns, salon démesuré, trois chambres pourvues de salles de bains carrelées de bleu au plafond sphérique.

– J'ai logé là des hommes d'affaires, un musicien anglais, une meurtrière du Wisconsin.

– C'est d'accord.

– Je vous demanderai une avance de soixante mille dollars. Le loyer n'est que de vingt-cinq mille, mais il y a un dépôt de garantie.

– Laissez-moi vos coordonnées bancaires, je vous ferai virer l'argent demain.

– Un chèque serait préférable.

Elle est allée prendre son carnet dans la chambre. Le type s'est retiré en lui promettant les clés le lendemain matin.

Il la rappellera à huit heures du soir pour lui signaler que le propriétaire refusait de lui louer le bien.

– Cette affaire a trop de retentissement. La nouvelle est tombée dans les médias. Il a été soumis à la pression des voisins.

172

– Ce n'est pas légal. Je vais faire intervenir mes avocats.

– Il ne louera pas. Je passerai demain matin vous faire une autre proposition.

– Faites-la-moi tout de suite.

– Je peux vous envoyer le descriptif par mail.

– Pas la peine, je suis d'accord.

Un appartement dans l'Upper East Side. Un loyer de trente mille dollars. L'immeuble avait abrité un escroc de la finance parti deux ans plus tôt passer un siècle et demi dans une prison de Caroline du Nord.

– Il ne sera pas en terre inconnue.

– Je compte sur votre visite demain matin pour signer le bail.

– Excusez-moi. Votre mari n'a rien de comparable avec un type pareil.

– Vers neuf heures ?

– Je serai là.

Elle avait signé, elle avait payé. Il l'avait emmenée là-bas. Luxe et mauvais goût. Cuisine sur une estrade au milieu du living. Quatre chambres avec salle de bains centrale derrière des remparts de verre martelé. Une autre avec un hammam, un fumoir oriental dans une alcôve, et un lit sur pilotis de douze mètres carrés.

– C'est un peu théâtral. Une rénovation de l'an dernier. Mais la décoration date de 1969. Un décorateur de cinéma qui a travaillé pour Cecil B. DeMille.

Ils pourraient dormir sur ce lit comme un vrai couple. Chacun sur une aile, entre eux une ligne d'eau invisible, et de plonger dans un sommeil chimique, nageant sous la banquise, peinant à creuser de la tête un trou dans la glace pour émerger. Aucune raison de se lever, d'ouvrir les yeux, de voir le jour. Une cure d'absence, une nuit longue comme un hiver arctique.

Le jour du procès ils se demanderaient si le tribunal n'était pas un igloo.

– Vous pouvez vous charger de faire remplir les réfrigérateurs ? D'enlever la table et le narguilé du fumoir et de mettre des plantes vertes à la place ?

Il voulait savoir s'ils étaient végétariens, mangeaient casher, halal, macrobiotique, ou suivaient un régime à base de fruits, de légumes, de viande bouillie, si elle voulait des plantes vivantes ou artificielles.

– Depuis quelques années, il y a beaucoup de cas d'allergie à la chlorophylle.

– Vous ferez porter aussi un vélo d'appartement.

Une habitation où elle pourrait passer plus d'un an, le temps que le procès soit terminé. Ensuite, il serait libre de rentrer à Paris. À moins qu'il soit arrêté à l'issue de la dernière audience. Cinq ans, dix, quinze, vu son âge, au-delà cela reviendrait à la prison à vie. Elle était sûre que les avocats convaincraient au moins un des jurés de douter de sa culpabilité. Un ébranlé suffirait à l'innocenter.

Dans plusieurs articles parus le matin dans la presse new-yorkaise, on spéculait sur la couleur du jury populaire, et la rancœur des Noirs contre ce type qui avait instrumentalisé la bouche de leur sœur. Elle espérait que même au tribunal du Bronx, il se trouverait un WASP ayant assez de cœur pour lui accorder le bénéfice du doute.

Même blanches comme neige, elle redoutait les femmes. Les mégères qui avaient eu vingt ans à la fin des années 1960, l'informelle franc-maçonnerie du féminisme carnassier prête à envoyer aux galères le premier mâle venu coupable d'érection. Les jeunes pousses sorties du haras des grandes universités, qui malgré

174

le rigorisme régnant dans les entreprises américaines avaient toutes été victimes d'un regard, d'une parole leste à propos du bustier d'une star, de la jupe courte d'une passante croisée sous Reagan, d'une inconnue dans un tableau de Courbet, d'un geste équivoque, d'une main pantelante frôlant leur cartable dans l'ascenseur bondé, d'un nez trop long dont la pointe constituait une menace symbolique, d'un index dirigé vers le faux plafond pour évoquer le directeur général dans son bureau du dernier étage qu'elles auraient pu légitimement prendre pour une menace de pénétration.

Elle craignait aussi les violées authentiques au prédateur acquitté, jamais retrouvé, trop légèrement châtié d'une injonction de soin dans un palace psychiatrique du New Jersey. Sans compter que de nos jours il existe des hommes élevés par leur mère dans la haine du pénis dont ils osent à peine se servir pour faire pipi.

Le jour de l'audience, photographes et cadreurs visaient déjà l'immeuble pour ne pas rater l'arrivée du cochon, comme on le surnommait dans les tabloïds. Un tollé du voisinage, et tout fut à recommencer.

La société de sécurité qui le garderait pour deux cent mille dollars par mois lui a fourni en urgence un appartement près de Ground Zero. D'anciens bureaux aux murs mal lessivés, par endroits tachés encore de poussière de cendre, stigmates de l'écroulement du World Trade Center.

L'agent immobilier est venu la voir le lendemain de leur emménagement dans ce caravansérail. Le garde en faction devant la porte l'a fouillé, prêtant même une oreille attentive au bruit que faisait sa tablette quand on la secouait comme un éventail. Il l'avait laissé entrer de mauvaise grâce, il a donné un tour de clé derrière lui.

Un ancien open space avec des tables et de vieux ordinateurs gris. Elle s'était défaite du masque figé, souriant, une bienveillance de madone dans les yeux, qu'elle portait depuis la veille de l'audience. Un peu de lassitude, des yeux d'un bleu fatigué, les cheveux tirés en arrière, une petite queue sur le cou serrée par un élastique.

Ils se sont assis sur un canapé en Skaï.

– Alors ?

– C'est beaucoup plus cher. Mais c'est une maison, pas de copropriétaire pour vous faire dégager.

– Où ?

– Sud-Manhattan, Franklin Street. Cinquante mille dollars par mois.

Il lui a montré une vidéo sur l'écran.

– Quatre étages. Salle de fitness, Jacuzzi, salle de projection. Salon sous verrière. Un toit-terrasse. Vous pouvez aussi l'acheter treize millions de dollars. C'est un investissement, mais l'immobilier se réveille depuis quelque temps. Avec un peu de chance, vous pourriez la revendre plus tard un million de plus. Dans ce cas, loin de vous coûter votre séjour se révèlerait une occasion de gain.

– Je loue.

Avant de partir, il s'est attardé à regarder Ground Zero. La construction de la tour avançait. Des grues, des camions, l'armée des ouvriers. Un bruit infernal de jour comme de nuit pour achever au plus vite la nouvelle construction qui narguerait l'Empire State Building du haut de ses quatre cent treize mètres. Une tour blindée qui résisterait aux Boeing et aux bombes.

– Vous avez une vue historique.

– Je crois que notre entrevue touche à son terme.

Perdu dans la contemplation du site, il n'a pas

entendu son invite à déguerpir. Une voix d'homme l'a arraché à sa torpeur. Une opérette, un hurlement, des vers en italien qui sortaient en piteux état d'une gorge mâle. Il s'est retourné.

Il portait costume clair, chemise blanche ouverte sur le poitrail, mocassins beiges à semelle de gomme. La force, le regard triomphant, la gaieté d'un homme décidé à se faire une ventrée de joie jusqu'à la fin des temps.

– *Hello, mister House.*

Il lui avait serré la main, hilare. Il s'était tourné vers elle.

– On va où cette fois ? Ils ont accepté de nous louer une station de métro ?

L'agent a frétillé.

– Une maison magnifique.

Il avait déjà rallumé son écran. Elle l'a rappelé à l'ordre.

– Vous pouvez partir.

– Mais, moi, je veux le voir, ce petit château.

Elle a frappé à la porte. Le garde est entré. Elle a poussé l'agent vers lui. Le garde l'a happé. La porte a claqué.

– Mais, enfin, pourquoi tu as fait ça ?

Elle disparaissait déjà dans le fond du local. Un reste de soleil reflété par la façade de verre de l'immeuble d'en face éclairait sa face de pierre, au regard de lave, si par hasard c'était d'un volcan que s'écoulaient la colère, la haine et le ressentiment.

Nous visitons des hôtels modernisés dans les années 1970. Un accueil toujours aussi affectueux, et en partant nous nous demandons si nous ne devons pas les remercier de ne pas nous avoir battus.

En définitive, nos bagages échouent dans des suites pourvues d'une cuisine remplie de casseroles et d'une effrayante salle d'eau dont les murs sont percés d'espèces de trous d'obus par où passent les tuyaux dont je crains de voir s'écouler une amicale de rats couverts de cafards comme un manteau de poissons-pilotes.

Je vide une première bombe d'insecticide. J'en dégoupille une autre que je garde en réserve dans un sac à soulier.

– Pour être soviétique, c'est encore plus soviétique que l'hôtel d'hier.

Dimitri est venu me rendre une visite de voisinage. Il s'assoit sur l'une des chaises de la grande table du salon.

– Tout ce marbre noir dans les couloirs. Cette lumière blanche de Jugement dernier.

Un hôtel où le jour et la nuit sont blêmes. Des meubles sombres, tristes, qui vous intiment l'ordre de considérer la vie comme un travail austère. Des clients furtifs qui

178

se faufilent dans les parties communes. Ils disparaissent instantanément derrière les portes des chambres, agiles comme des obturateurs d'appareil photo.

– Il fait encore jour, je vais aller chercher des cigarettes et des fruits.

Il revient dix minutes plus tard avec une cartouche et un ananas.

– Le type devant l'hôtel n'a pas voulu que je sorte. Il m'a dit que c'était trop dangereux pour un toubab. Il a envoyé quelqu'un.

Il a dépiauté l'ananas avec un canif sorti d'une poche de son pantalon.

Le lendemain à huit heures et demie, monsieur Bonté était déjà dans le lobby. Il nous a débarrassés de nos petits sacs de voyage. Le préposé de l'hôtel a emporté nos valises jusqu'au 4 × 4. Une vieille Toyota dont Dimitri me vante la fiabilité malgré ses deux cent cinquante mille kilomètres. Notre chauffeur est le clone de celui d'Ahmed pour un homme comme moi à la mémoire des gens et des noms défaillante depuis la quarantaine.

– Nous allons porter vos bagages chez monsieur Ahmed pendant que vous prendrez votre petit déjeuner.

Une salle proprette, une serveuse avenante, des croissants auxquels Dimitri trouve si bon goût qu'il demande l'adresse de l'artisan qui les a pétris.

Ils reviennent tandis que nous fumons devant la porte. Nous nous installons dans la voiture, passons chez le boulanger aux divins croissants acheter des sandwichs, et notre caravane s'ébranle.

La route de Labé tourne le dos à celle de l'aéroport. Une interminable traversée de la ville. Embouteillages, carrefours encombrés de mendiants qui glissent leur tête par les fenêtres de la voiture. Dimitri leur distribue de petits billets.

Toujours des marchés, quelques-uns dégagent un certain mystère. Les produits sont dissimulés dans des cartons empilés qui cachent un vendeur dont on ne voit que les bras.

La ville se délite peu à peu, des cahutes de plus en plus rares, des palmiers. Les arbres m'endorment quand ils défilent. Je me suis réveillé devant un restaurant en bord de route quand nous nous sommes arrêtés pour déjeuner. Nous nous installons à la terrasse au pied du fleuve de voitures délabrées et de camionnettes écaillées qui s'en vont ravitailler les profondeurs du pays.

– Ils sont bons, ces sandwichs.

Dimitri s'extasie sur ce boulanger qu'il place non loin de ceux de Neuilly et de sa rue de la Pompe natale. Le chauffeur et monsieur Bonté préfèrent commander un poulet accompagné de frites filiformes, longues comme des baguettes de mikado. Pas d'alcool, pas de bière, mais du rassurant Coca pour ces deux petits Blancs qui craignent les contrées où les multinationales n'ont pas encore planté leur drapeau.

Les palmiers se raréfient, disparaissent, laissant place à un paysage qui me rappelle la région d'Avignon. La température chute peu à peu, le chauffeur éteint la clim. Impression d'être à l'arrière de la voiture de mes parents lors des fastidieux départs en vacances. Je croque des biscuits au chocolat dont je distribue mon inépuisable provision à mes compagnons de voyage écœurés dès la deuxième tournée.

Une image arrachée à mon premier manuel de géographie surgit à droite de la route. Une femme en boubou qui pile le mil. Une sorte de mythe qui avait bercé mon enfance. Une Afrique où toute la population féminine pilait jour et nuit, tandis que les enfants criaient famine et que les hommes chassaient avec leurs lances un gibier rare comme le dahu. Une éducation catholique dispensée par des aumôniers revenant de stages dans les pays du tiers-monde, nous racontant qu'avant même d'essayer d'améliorer leur ordinaire avec les sacs de riz envoyés par les généreux croyants, il fallait apprendre la pudeur aux autochtones et les obliger à se vêtir en toutes circonstances.

– Surtout à la messe au moment de l'eucharistie.

Nous, d'imaginer un continent peuplé de nudistes qui devaient leur couleur aux perpétuels bains de soleil sans culotte dans ces pays où il fait toujours beau temps.

– Nous n'arriverons pas avant la nuit.

À force de regarder l'heure, les yeux de Dimitri sont devenus des cadrans et tournent comme des aiguilles. Le tic-tac de sa peur du crépuscule est à peine couvert par le bruit du moteur.

Les trous se multiplient, la voiture de ralentir pour les contourner, de faire des gymkhanas pour garder au moins deux roues sur la terre ferme. Il ne reste qu'une centaine de kilomètres, mais le chauffeur compte deux heures et demie pour en venir à bout.

– On s'en fout. Il vaut mieux mourir assassiné qu'au fond de son lit.

Dimitri sautille d'indignation sur la banquette.

– Moi, je veux vivre. Regarder chaque matin le jour se lever en ouvrant ma fenêtre.

Je continue à lui tenir des propos héroïques.

La végétation, plus grasse à mesure que nous avançons, me rappelle à présent la Côte d'Azur. La température chute encore quand nous commençons à grimper dans la montagne. En plus des trous, le chauffeur doit éviter maintenant les chèvres abruties qui stationnent au beau milieu avec leur regard imbécile. Un élevage de paysans anarchistes, refusant de parquer les bêtes pour ne pas se faire geôliers. Elles broutent l'herbe rare des champs pelés, s'en viennent la mâcher sur le bitume, et certaines s'endorment là, roulées en boule comme des chatons.

Le chauffeur s'inquiète du soleil disparu.

– On va bientôt être dans l'obscurité.

Les phares éclairent trois soldats qui nous font signe de nous arrêter. Dimitri me donne un coup de coude.

– Et voilà.

Arrêt dans une crevasse sur le bas-côté. On ne voit que leurs regards luisants dans la pénombre. Ils parlent entre eux à voix basse. Bonté sort de la voiture, ils continuent leur conversation sans se préoccuper de lui.

Dimitri est pessimiste.

– On va se faire massacrer.

C'est le thriller qui recommence. Il faut bien que les touristes ramènent des frissons à la maison.

– C'est de la narration.

– Je m'en fous, de ta narration.

Bonté demeure immobile, planté à un mètre d'eux comme un valet qui attend les ordres. L'un finit par s'approcher. Il tourne autour de la voiture avec une lampe. Le faisceau caresse doucement nos visages. Le type ouvre ma portière, me dit quelque chose dans une langue inconnue. Je m'apprête à sortir, il me fait signe avec son arme de n'en rien faire.

À présent, on s'intéresse à Bonté. Les deux autres soldats lui parlent. Il agite le papier du ministère comme un drapeau blanc. Il revient à la voiture, extrait des liasses de la boîte à gants. Il les distribue aux trois hommes qui sans les recompter les enfouissent dans les poches de leurs treillis. Ils font un mouvement vers la droite pour lui signifier que nous pouvons continuer notre route.

Bonté recule à petits pas, comme s'il craignait qu'ils changent d'avis et le canardent. Il se rassoit au ralenti dans la voiture. Le chauffeur redémarre.

– Finalement, tout s'est bien passé.

Dimitri ne me répond pas. J'entends le bruit de sa respiration précipitée.

– On a failli y passer. En plus, combien vous leur avez donné ?

– Cinquante mille.

– Il ne fallait pas rouler la nuit. On aurait dû partir à l'aube.

– C'était beaucoup moins cher qu'un excès de vitesse.

Ils sont tous atterrés par ma remarque. Le chauffeur en fait même une embardée. Un habitacle soudain taciturne, le bruit du moteur qui semble surligner le silence. On s'arrête entre deux trous, face à une chèvre intraitable qui refuse d'obtempérer malgré les coups de klaxon. Le chauffeur descend, parlemente avec la bête qui finit par consentir. Elle s'en va dignement à petits pas, se retournant parfois dans le pinceau des phares.

– Voilà Labé.

– Où ?

183

– On est à Labé.

En scrutant la nuit, on discerne des habitations de part et d'autre de la route. Des lueurs ici et là, de petits yeux brillants qui n'éclairent pas alentour.

– Qu'est-ce que vous faites ?

– On va traverser, c'est l'hôtel.

Les phares révèlent une barrière en bois béante, une courte allée, et derrière un corps de petits bâtiments sans étage. Dimitri est inquiet.

– C'est un vrai coupe-gorge.

Monsieur Bonté nous dit que tous les hôtels de Guinée assurent la sécurité de leurs clients.

– Autrement, personne ne viendrait.

On descend de voiture. Il fait froid. On entend des voix, mais tout est plongé dans le noir. Démarre le groupe électrogène, et s'éclairent quatre ou cinq lampes à la lumière chiche. Une femme s'approche de nous.

– Bonsoir, l'hôtel est plein.

– On a réservé quatre chambres.

Elle nous fait entrer dans une cahute grande comme une penderie. Un lampion accroché au plafond jette un peu de clarté blafarde. Elle retrouve nos noms dans un cahier.

– Il n'y a qu'une chambre qui a l'eau chaude.

– Mais, comment ?

Dimitri est affolé.

– C'est pas grave, tu la prendras, moi je m'en fous.

– On va chercher les bagages.

Le chauffeur et monsieur Bonté s'en vont vers la voiture.

Elle crie un nom. Un adolescent tondu apparaît dans l'embrasure de la porte. Elle lui donne les clés. Nous

184

le suivons dans le terrain vague où sont plantés les bâtiments. Il se dirige à pas précis comme un aveugle qui connaît toutes les lames du parquet de son appartement. Nous arrivons devant une porte qu'il pousse d'un coup de pied. Dans le couloir, le même lampion que dans la cahute. Je trouve les chambres presque confortables, quoi que blafardes. J'inspecte le lit où je suis appelé à dormir.

– Il n'y a pas de drap de dessus.

Le gamin est surpris.

– Vous voulez un autre drap ?

Dimitri pointe son chapeau de paille vers la salle de bains.

– Il n'y a pas de serviettes.

Mais ce qui inquiète notre petit tondu, c'est qu'il n'arrive pas à faire démarrer le climatiseur alors qu'au plafond un ventilateur brasse déjà l'air glacé. Je grelotte dans le seul pull que j'aie apporté en Afrique.

– S'il vous plaît, éteignez-moi tout ça.

Il obtempère, s'en va.

Je tiens à Dimitri des propos rassurants.

– C'est correct.

– Tu n'as même pas l'eau chaude.

– La douche froide tonifiera ma caducité.

Je me retrouve seul. Je regarde les images du jour sur l'écran de la caméra. Drôle de safari. J'ai filmé les arbres, une famille attablée dans une gargote, la nuit noire où avec un peu d'imagination on devine les crocs des soldats en train de causer.

La femme de la réception entre avec son passe, pose un drap et une serviette au pied du lit.

– Tout va bien ?

– Oui.

Elle s'en va. J'ouvre l'ordinateur, j'écris une minuscule histoire de Parisien perdu dans le métro. Dimitri frappe à la porte tandis que le malheureux tombe du quai.

À côté de la réception, une grande salle couverte aux airs de restaurant de plage avec ses tables en fer et ses chaises pliantes. La même lueur blanche accrochée au toit. On ne voit même pas le contenu de son assiette qu'on distingue à peine comme une auréole.

Au gré du groupe électrogène, la télévision s'éteint et redémarre dans un cafouillis. Les clients rivés à l'écran ne poussent même pas un soupir quand l'image et le son disparaissent au moment du penalty. D'autres attablés ne parlent guère, ou pareil à des conspirateurs tiennent à voix basse des conversations feutrées.

– Du poulet frites ? C'est un poulet de notre ferme.
– Et deux bières.
Une bête coriace qui a plus couru que mangé, issue du vaste poulailler à ciel ouvert qui faisait parfois concurrence aux chèvres au milieu de la route.
– Il est très maigre.
– Heureusement, il y a les frites.
J'en commande une assiette supplémentaire.
– Où est Bonté ?
Dimitri me raconte qu'il l'a aperçu dans un recoin du terrain vague en conciliabule avec le chauffeur.
– Qu'est-ce qui leur arrive ?
– Ils ont peur.
– De quoi ?
– D'aller là-bas.
– Et monsieur So ?
Ce nom me revient à l'esprit comme une illumina-

tion. Cet homme providentiel au nom asiatique nous conduira à Tchiakoullé comme dans un rêve.

– Justement, Bonté l'a appelé plusieurs fois. Il n'a plus l'air tellement enthousiaste.

– Mais, enfin.

– C'est l'Afrique. Ici, on ne peut jamais être sûrs de rien.

Mais c'est le continent des miracles. Bonté surgit.

– Monsieur So vous attend dehors.

– Dites-lui de venir se joindre à nous.

– Il ne veut pas entrer dans un lieu où on boit de l'alcool.

Dimitri me dit d'aller le voir tout seul.

– Il se méfiera moins. S'il nous voit tous les deux, il nous prendra pour des flics.

Une silhouette à l'écart de la mesquine clarté que dégage le restaurant. Il porte djellaba et bonnet. Bonté nous présente silencieusement l'un à l'autre d'un geste de la main, et il nous abandonne.

– Je suis imam.

Je distingue sa nuque grise, ses paupières lasses.

– Je viens de France sur les traces de Nafissatou.

– On me l'a dit.

– Nous comptons partir demain matin tôt à Tchiakoullé. Vous voulez nous rejoindre ici, ou vous préférez qu'on passe vous prendre chez vous ?

– Nafissatou n'est pas originaire de Tchiakoullé. Sa famille habite Toucoula.

– C'est loin de Tchiakoullé ?

– C'est là.

Il me montre l'horizon.

– À quinze minutes d'ici. Il faut prendre la route de Conakry pendant trois kilomètres. Vous verrez une réclame pour Orange, vous roulerez encore cinq cents mètres et vous tournerez à gauche. C'est dans la montagne, mais la piste a été refaite le mois dernier.

– Si on part à huit heures, ce ne sera pas trop tôt pour vous ?

– Je ne viendrai pas. Je suis peul.

– Justement.

– Ce serait très mal vu. Mais vous pouvez y aller, vous n'aurez aucun problème.

– Vous avez parlé de notre visite au frère de Nafissatou ?

– Je ne le connais pas. Je ne suis jamais allé dans ce village. Je ne sais rien de cette histoire. J'ai seulement entendu une fois le nom de Nafissatou à la radio.

– Ce n'est pas du tout ce que vous aviez dit.

– Je ne la connais pas.

Il me serre la main. Je le regarde s'en aller sous la lune qui nous fait de l'œil entre deux nuages noirs.

– Monsieur So.

Il se retourne.

– Bonne chance.

Je le suis des yeux jusqu'au portail. Il emporte de son pas indolent toutes mes espérances. Nafissatou née on ne sait plus où, en deux ou trois fois peut-être, la tête ici, le buste là, et les membres perdus aux quatre coins de la brousse.

J'arrive au restaurant dépité.

– Il dit qu'il ne viendra pas.

Dimitri appelle Hamoudé.

– Je vous le passe.

Monsieur Bonté prend l'appareil.

– Je ne sais pas. Il me l'avait dit. Maintenant, il a changé d'avis.

Dimitri reprend la main, raccroche après un *d'accord* et un *au revoir*.

– Hamoudé pense qu'il vaut mieux ne pas y aller.

Bonté renchérit.

– Ils ont honte. C'est le déshonneur, cette femme. Aller là-bas, ce serait comme si vous leur tiriez la langue.

– On risque de se faire lyncher.

– Ils peuvent avoir une réaction très violente.

Je suis incrédule. Ne trouvant pas de mot, je leur souris.

– Tu n'es pas en France. Tu ne te rends pas compte. Les Peuls sont des chasseurs. Ils peuvent nous accueillir à coups de fusil. Ils pousseront la voiture dans un ravin. La police mettra notre mort sur le compte des militaires défroqués qui rançonnent les voyageurs.

– Sur le compte de Robin des Bois.

Mon ironie de bazar exaspère Dimitri. Bonté ne semble pas l'avoir vue passer.

– Ou de n'importe qui. Il y a des assassins partout dans ce secteur. Moi, je suis Soussou. Avec les Soussous on peut s'entendre, mais les Peuls on ne sait jamais ce qu'ils pensent, ils sont imprévisibles. Ils vous sourient d'une main, et de l'autre ils vous tirent dessus. C'est un peuple terrible.

Nous nous taisons. Quelqu'un a marqué un but. Des cris de victoire dans mon dos. Le commentateur annonce que le joueur était hors-jeu. On n'entend plus que la rumeur du stade.

– Et le chauffeur, pourquoi il n'est pas venu dîner ?

Bonté baisse les yeux. Il bredouille qu'il a déjà bu un café et mangé du pain.

– Il ne mangera jamais avec vous. Pour lui, vous appartenez à la race des oppresseurs qui ont colonisé ce pays.

– Tu n'as aucune conscience du danger. Il se cache parce qu'il ne veut pas y aller.

– Je conduirai.

– Vous allez vous accidenter.

Dimitri secoue la tête.

– Je vais me coucher.

Bonté me quitte aussi.

– On doit se lever tôt.

– Pour aller où ?

Ils avaient à peine fait trois pas qu'ils étaient devenus invisibles dans l'obscurité. Se lever aux aurores pour rentrer plus tôt, vivoter dans une suite stalinienne à Conakry. Ils avaient peur de la nuit, des villages perdus dans la brousse, des fantômes. Ils s'imaginaient caillassés par des esprits, des farfadets, des mamiouatous.

Comme si Nafissatou était née dans un chaudron de sorcière, destinée dès sa conception à bouleverser l'Occident avec son corps assez humain pour être abusé, mais liquide, aérien, réduit à une poignée de chiffres pour pouvoir se glisser dans les réseaux numériques, surgir sur les écrans, par la grâce du WiFi voleter dans les appartements, les bureaux, les chambres aux corps endormis dont elle finirait par teinter les rêves.

Le match était terminé. Le petit tondu demeurait seul à regarder les publicités.

Revenu dans ma chambre, j'ai vidé une bombe d'insecticide sur le sol, dans les airs, jusque dans la serrure et le climatiseur éteint qui aurait pu servir de nid à des mygales. Une douche fraîche, et je me suis séché avec la serviette qui sentait la viande grillée. On avait dû la stocker bien au chaud dans la cuisine à côté du grill.

190

En regardant le lit de plus près, je me suis aperçu qu'un couple avait pris du bon temps sur le drap de dessous, qu'une bouche atteinte de gingivite avait laissé une trace de salive rosée sur l'un des oreillers, et que l'autre était parsemé de cheveux. J'en ai enrobé un d'une chemise, j'ai déplié le drap propre qui comme la serviette sentait le graillon, et je me suis roulé dedans. Je me suis endormi sans éteindre la lumière. J'avais entendu dire que les Indiens faisaient du feu la nuit pour effrayer les bêtes féroces.

J'ai été réveillé par le bruit de la pluie qui cognait le toit. On avait éteint le générateur. Une obscurité absolue, j'avais l'impression d'être avcugle. Je me suis réfugié devant l'écran de l'ordinateur. J'ai essayé d'écrire une histoire sur la nuit. Autant raconter le néant.

Je suis sorti. La porte du couloir était grande ouverte sur la pluie. Je me suis approché vers la faible clarté qui se dégageait des nuages. Un objet étrange planté dans l'herbe. Un parapluie, sa toile rouge plaquée au manche par un morceau de ficelle de chanvre. Je l'ai regardé longuement pour m'assurer qu'il faisait partie de la réalité, pas d'un rêve qui m'aurait suivi. Je m'en suis emparé, je l'ai dégoupillé et il s'est ouvert comme par enchantement.

La lumière de la lune que tamisaient les nuages jetait une rassurante pénombre. Je distinguais les bâtisses qui bordaient la route, les fenêtres fermées par des planches qui empêchaient l'obscurité de s'échapper. La salle de restaurant n'avait pas de portes. Je me suis promené entre les tables. J'ai essayé de faire fonctionner la télé en oubliant que le groupe était éteint.

Dans la cuisine, au-dessus des étagères à casseroles,

il y avait quelques couvertures et une serviette pliée en quatre. En tâtonnant, je suis parvenu à allumer un des brûleurs à gaz. J'ai tendu mes mains glacées au-dessus du feu. Je regardais les flammes bleues qui valaient bien les orangées des feux de cheminée.

J'avais oublié mes déconvenues de la soirée dernière. Il me semblait avoir voyagé jusqu'ici pour avancer, aller, m'éloigner, constater que les paysages des documentaires existaient. Sortir quelque peu de l'histoire qu'on me racontait depuis mon débarquement sur la Terre.

La réalité des lieux coïncidait avec les images, mais les habitants débordaient du cadre. La joie des familles trop nombreuses pour l'économie à genoux, les garçons presque arrogants de se sentir si libres, les filles souriantes, rieuses, à six ans portant le petit dernier sur leur dos, s'affairant aux tâches ménagères tandis que des bulles semblaient prêtes à s'échapper des bouches des pères avachis sur des tabourets, ou causant ensemble appuyés sur le chambranle des cahutes.

Une civilisation bâtie sur les épaules des femmes, des piliers, des colonnes sculptées, des sœurs des bêtes de somme traînant des charrues antiques. Des taxis-brousse écrasés par le chargement, les gens accrochés aux ballots du toit, en équilibre sur le marchepied, un peuple de fourmis dont les reines sont des princes.

Les valeurs occidentales dans le cheval de Troie des emballages des produits technologiques. Les droits humains qui fondent sur les antennes satellites. Le spectacle des stars si peu habillées qu'elles paraîtraient moins nues si elles l'étaient vraiment. Les couples dont l'épouse crie à la gueule du mari et s'en va en claquant la porte. Leurs vies légères, luxueuses, sans le poids de la marmaille qui leur tombe du ventre tant que la matrice peut encore porter un fruit.

La tentation irrésistible de la consommation, une perspective infinie de bonheur pour ceux qui ont à peine trempé leurs lèvres, qui ne sont pas sûrs d'en avoir eu la plénitude du goût dans la bouche. La richesse qui viendra enfin le jour où la femme s'affranchira, où les enfants deviendront rares, précieux, studieux, terrorisés par l'échec, obsédés de diplômes, de salaires, de fins de vie décentes bien avant que le premier poil ne leur pousse. Des familles restreintes où les gamins s'ennuient comme des parents, et on leur vendra le bonheur fugace des publicités qui fond dans la main comme fragment de sorbet tombé de la cuillère. Ce bonheur, qui de toute façon effraie, doit rester la carotte du quotidien laborieux, de l'ambition. Le bonheur tangible, présent, ce gouffre qui ne serait qu'une forme de laisser-aller.

Leur légende répétée, scandée, psalmodiée par les poètes depuis l'invention de la parole. Le passé, ce rêve, cette épopée, les événements d'autrefois comme un héritage qu'on peut orner, reconstruire, plastique comme les fumées du vin de palme.

L'encre des peuples paperassiers qui fige, qui chiffre, qui griffonne peu à peu cette déposition, ce rapport de gendarmerie auquel pas une défaite, pas une faiblesse, pas un crime n'échappe. Le passé que les traces enlaidissent. Les souvenirs devenus liges des scribes, des faiseurs d'images, des archivistes toujours prompts à humilier l'imaginaire, à tordre les légendes, à n'en laisser que la paille à force de les tremper dans Descartes, Adam Smith, Niepce et les frères Lumière.

L'épopée devenue obsolète comme un vieux gramophone dont on n'écoute même plus les notes trop craquantes pour être crues. Le poids du réel écrasant à jamais la joie de s'inventer, de s'intituler, de se considérer comme un rêve.

L'écriture des colons, ce poison, qui servait à compter les passagers du long voyage à fond de cale des goélettes. Les Saintes Écritures, les psaumes avilissants qu'ils devaient chanter sous la brûlure du cagnard et du fouet.

Leurs langues aériennes disséminées aux quatre vents faute d'avoir été tatouées sur leur peau. Les paroles qui s'envolent, la lourde langue écrite, enchaînée, arrimée, gravée, imprimée, reproduite, et les mots qui ont perdu leur pouvoir de voyager d'un objet à l'autre, d'être des couleurs, des sensations, d'avoir le goût d'une amante, l'odeur du soir, le son de la première pluie de mai sur la terre encore chaude de se souvenir du soleil d'avril.

Nafissatou la Peule, l'analphabète, tombée dans l'encre des journaux, devenue un petit tas de lettres. Les titres indéchiffrables, les colonnes mystérieuses que sa fille lui raconte, cette légende labile qui serpente au gré des méandres de l'enquête, de l'humeur du juge, du roulis des médias putassiers abreuvés de rumeurs, et qui en font soudain une prostituée pour continuer à vendre, à toucher sans vergogne l'argent de la passe.

La première Peule à être mondialisée, une égérie, un symbole, et chacun de la tirer à soi, d'en faire tantôt l'incarnation de la femme noire victime de la sauvagerie du Blanc de la finance internationale, tantôt un avatar du fantasme de l'Africaine toujours prompte à s'agenouiller, à exciter le maître qui sommeille dans les tréfonds de l'Occidental pour mieux l'accuser par la suite, secouer comme un prunier sa fortune et emporter dans sa gueule le chèque de l'escroquerie tandis que le gogo purge soixante-dix années de masturbation sous le regard dégoûté du personnel pénitentiaire.

– Goûtez au bonheur.

Dit une jeune femme blonde, de ses lèvres charnues prêtes à téter une fiole de Coca-Cola. Une publicité émaillée, pendue au-dessus de l'évier. Plus de quatre-vingts pour cent d'illettrés que les multinationales alphabétisent à coups de réclames. Apprendre le mot par l'image, une méthode éprouvée depuis des siècles dans les écoles. Le bonheur qui s'achète, se boit, et se pisse dans une cuvette éblouissante de blancheur dont on pourrait imprimer la photo au cul de la bouteille.

Le divin commerce, ce voyageur magnifique sur *La Pinta*, cet explorateur, cet éternel missionnaire des religions, des valeurs, des arts, de la philosophie des Lumières, de la musique à sept notes, de la peinture à perspective, de la poésie crépusculaire d'un triste comme Baudelaire, des romans humanistes de Victor Hugo où il y a toujours un Marius cherchant la clarté dans l'obscurité des égouts pour rejoindre la fille adoptive de Jean Valjean.

Le petit philosophe a éteint le gaz. Il ne retrouve plus le parapluie dans l'obscurité revenue, pas non plus la boîte d'allumettes, et il sort sous les trombes. Son cerveau a perdu ses repères, dans le flou de l'averse les bâtiments se confondent avec les arbres, il dérape dans l'herbe humide, trouve des portes, à tâtons circule dans des couloirs dont sa clé n'ouvre pas les chambres.

Des dormeurs s'éveillent en geignant, d'autres de demander qui va là, une femme en papillotes d'entrouvrir pour le menacer de lui faire goûter de son petit poignard. Il n'y avait pas plus de cinq ou six bunga-lows, la statistique le destinait à trouver sa chambre avant l'aube.

Il arrive à bon port, si heureux de n'avoir pas été mangé par les chacals qui rôdaient sûrement dans le jardin inondé comme des escargots à quatre pattes, qu'il en a oublié de quitter ses vêtements mouillés, et s'est endormi grelottant tout trempé dans son lit.

Il traversait la première gueule de bois de son existence. Il se disait qu'il ne connaîtrait jamais plus cette continuelle ivresse d'être au monde, ce merveilleux ressassement de soi-même, ce plaisir de se boire à petites gorgées comme un nectar, ou à grandes lampées comme un vin clairet. Désormais, les rares cuites qu'il s'accorderait le laisseraient inquiet, aux aguets, dans la crainte d'un prochain malheur.

En réalité, la joie lui reviendrait. Une illusion, un mensonge s'effilochant, mais il n'existe pas le bonheur bâti à chaux et à sable.

Tout avait commencé ce samedi après-midi de mai à cinq heures moins le quart quand l'hôtesse s'était penchée sur lui.

– Deux policiers voudraient vous voir.

Il l'avait suivie d'un pas allègre. Un de ses sept téléphones avait disparu. Il avait appelé l'hôtel afin qu'on le lui fasse rapporter si d'aventure on le retrouvait quelque part dans la suite. Il était un personnage assez important pour qu'on fasse appel à la police pour le lui restituer avant le décollage.

Le système de géolocalisation de l'appareil s'était désactivé loin de l'hôtel alors qu'il était déjà arrivé au restaurant où il avait déjeuné avec sa fille. Il l'avait oublié dans le taxi. Le chauffeur l'avait gardé, à moins que le client suivant ne l'ait dérobé, retirant la carte et la jetant par la vitre ouverte avant de l'emporter.

Il l'avait vendu, donné, oublié dans un placard, balancé dans une poubelle de rue éloignée de son immeuble quand il avait entendu parler de l'affaire à la télévision, peut-être avait-il aussi tenté de tirer profit du contenu de la mémoire, mais les services de renseignements des puissances ennemies n'avaient pas voulu donner un kopeck de cette collection de messages, de mails déjà interceptés par leurs sbires au moment même de leur émission, destinés à des collaborateurs, des capitaines d'industrie, des camarades de bordées, des gouvernants, des souverains, des proxénètes, à des femmes dont il était le fouteur, l'amant, le *compañero* dissimulant l'outil du fornicateur sous la cape de l'*amigo*. Et même si certains avaient pu leur échapper, maintenant qu'il ne représentait plus rien les acquérir aurait été gâchis des deniers de l'État.

Il la serrait de près, fermant les yeux, se voûtant plus que de coutume pour ne pas perdre la trace de son parfum.

Deux flics sur la plateforme de la passerelle.

– Vous avez mon téléphone ?

– Vous êtes en état d'arrestation.

Il a demandé des explications qu'on ne lui a pas données. On a voulu lui passer les menottes.

– Je suis un gentleman.

Il avait descendu les marches les mains libres. On l'avait introduit dans une voiture blanche. On l'en avait sorti deux cents mètres plus loin. Le retour à la salle d'embarquement. Le regard méprisant des voyageurs pour cet inconnu en mauvaise compagnie. Il garde la tête droite quand il croise un patron du CAC 40 gêné de se trouver là.

Un couple de jeunes Français se souviendra le lendemain l'avoir vu passer au-dessus de l'écran sur lequel ils regardaient l'écouteur à l'oreille un film d'Al Pacino. Ils ne l'avaient pas remarqué sur le coup, croyant à une scène échappée de l'ordinateur, le visage de l'acteur remplacé par le sien un instant aperçu sur l'écran du portable d'un homme dégingandé en train de l'écouter parler sur CNN de la monnaie du Katanga.

Ils regretteraient longtemps cet instant d'égarement. Ils rêvaient d'un appartement à Aix-en-Provence où ils achevaient leurs études de droit. Vendant cette photo qu'ils n'avaient pas prise, ils auraient pu faire l'emplette d'un duplex sur le cours Mirabeau, assez spacieux pour pouvoir envisager de concevoir un enfant sitôt engagés dans le cabinet juridique du père de la jeune fille, qui pour les encourager leur avait montré l'ancien placard repeint de frais où leur diplôme en poche ils pourraient travailler face à face de part et d'autre de la table rectangulaire qu'ils avaient déjà choisie sur un catalogue de fournitures de bureau.

Les douaniers écartent les voyageurs. Ils passent une porte, puis commence la traversée des couloirs. Le début du labyrinthe des accusés. Les couloirs du commissariat, du tribunal, de la prison, le couloir de la mort pour les plus malchanceux. Des conduits, des carrefours, des boyaux qui commencent à vous digérer.

On l'introduit dans un local sans fenêtre. L'air conditionné donne la chair de poule au Vénézuélien qui achève de se déshabiller et donne son caleçon à un douanier qui le retourne, le palpe, le fait renifler à un clébard pour traquer les effluves de cocaïne.

On le palpe. On le déleste de plusieurs portables, de son portefeuille, de son passeport, de la pochette remplie de cash. On l'assoit. Il se rend compte qu'ils ont oublié un téléphone dans la poche arrière de son pantalon.

On lui parle des accusations de la chambrière. Un récit très confus, les flics ont à peine été informés du motif de l'arrestation. Il regrette de ne pas lui avoir fourré dans la bouche un billet de cinquante dollars roulé en boule en se retirant pour lui montrer qu'il ne lui en voulait pas de sa prestation lamentable.

– Tout est faux.

Il est calme, serein sur son nuage. Il a encore dans la tête le merveilleux cul de l'hôtesse si bien empaqueté dans la jupe de son uniforme, et quand ce bas morceau consommé dare-dare en fin de matinée lui revient à l'esprit, il ne peut s'empêcher d'avoir un haut-le-cœur.

Il a peur de rater l'avion du soir. Un agenda chargé la semaine prochaine, et une émission de radio le lendemain après-midi au cours de laquelle le chambellan avait prévu qu'il annonce officiellement sa candidature à l'investiture de son parti pour la course à la présidentielle.

Il a un peu honte. Il ne voudrait pas que la presse française sape son image en répandant le bruit qu'il se frotte à d'affreuses bonnes. Il fait un effort pour sourire. Il n'aurait certes pu violer une pareille laideur, mais il s'excusait de s'être laissé aller à une incartade avec elle, ce qui l'avait sans doute retardée dans son ménage, lui avait valu une remontrance, et l'avait poussée à mentir pour sauver sa place.

Il exigeait une confrontation quand il repasserait à

New York dans une quinzaine. Il lui ferait les gros yeux, elle s'excuserait de lui avoir causé du tort. L'hôtel la mettrait à la porte pour faute professionnelle, mais il s'engageait à lui verser une somme d'argent pour lui permettre de repartir du bon pied.

Ils lui tournent le dos et parlent à voix basse. Il sort le téléphone de sa poche pour réserver une place sur le prochain vol.

Ils lui ont arraché l'appareil des mains. Ils lui ont passé les menottes dans le dos. Il s'est plaint d'une douleur fulgurante à l'épaule. On lui a fait la fleur de le détacher et de les lui enfiler par-devant.

Le parking devait être proche du bureau. Il lui a semblé tomber aussitôt dans le véhicule banalisé qui l'a arraché à l'aéroport. En route, le chauffeur a ouvert la vitre pour poser une sirène sur le toit et disperser les voitures qui ralentissaient l'entrée de New York.

Il ruminait, redoutant que cet incident suinte, se fasse rumeur. Le chambellan ne parviendrait peut-être pas à effrayer suffisamment la presse d'un procès en diffamation pour éviter qu'elle s'en fasse l'écho. Aucun journaliste français n'oserait le harceler à ce sujet en conférence de presse, mais il se trouverait toujours un Anglo-Saxon pour le pousser dans les cordes jusqu'à ce qu'il mente ou craque.

Il était déjà dix-sept heures. Il trouverait sans doute une place sur un vol de nuit, mais il annoncerait sa candidature épuisé, avec des yeux encore plus cernés que d'ordinaire.

Encore fallait-il arriver avant le décollage. Même pour un billet de cent dollars, aucun taxi n'accepterait de le conduire klaxon bloqué et de pulvériser les limitations de vitesse. Il a demandé au policier à sa droite si les formalités terminées on lui accorderait la faveur de le raccompagner à l'aéroport.

– Il faut vraiment que je sois demain soir à Paris.

Le flic de droite a soupiré, l'autre a souri. Il s'est vexé.

– Vous ne savez pas qui je suis.

Ils n'en avaient aucune idée. Des coursiers chargés d'aller chercher un pli et de le livrer sans délai au destinataire.

La voiture s'est arrêtée devant le commissariat de Harlem. Il a levé les mains devant son visage pour être moins reconnaissable sur la vidéo de ce touriste au nez de renard qui filmait les autochtones pour prouver aux siens qu'il avait osé s'aventurer jusque-là.

On lui a libéré un poignet pour attacher la menotte à un crochet de fer dont toute une série courait le long du banc où on l'avait assis. Une population de drogués, de voleurs furieux de s'être laissé prendre, de types à faciès de tueurs en série, deux prostrés, quelques autres qui lançaient des imprécations et des insultes inaudibles dans le brouhaha. Il était le seul Blanc, sa tenue comme une tache de richesse au milieu de la misère générale.

Il essaie d'intéresser un jeune policier en train de ramasser devant lui son paquet de mouchoirs tombé sur le carreau.

– Je vais attendre encore longtemps ?

Il s'en va en se mouchant sans avoir pris la peine de l'entendre.

Une heure plus tard on le pousse dans un escalier, un couloir, un bureau. Un officier noir à cheveux gris lui signifie le motif de son arrestation.

– Séquestration, agression, viol, sodomie.

La sodomie, un délit moyenâgeux qui vous a une odeur de bûcher. En l'occurrence, il désignait simplement un acte sexuel n'impliquant pas la procréation.

Il lui signifie qu'à partir de cet instant tous les propos qu'il tiendra pourront être retenus contre lui.

– Vous avez le droit de vous faire assister par un avocat.

– Je n'en ai pas besoin.

Il faisait confiance à l'Amérique, une démocratie où le doute profite toujours à l'accusé à condition de n'avoir pas un profil d'islamiste bon à être torturé à Guantanamo. Le type lui a lu le récit de la soubrette. Il y avait une faute de saisie, la scène était censée avoir eu lieu une heure après son départ de l'hôtel.

– Je ne l'ai jamais vue. Elle doit confondre avec un autre client.

– Depuis que vous l'avez quittée, la suite n'a été louée à personne.

– Elle a menti. Je n'étais plus là au moment des faits. Vous pouvez vérifier auprès de la réception de l'hôtel.

L'officier semble interloqué. Il relit le document en silence. Sa tête va et vient d'avant en arrière, comme s'il soulignait de petits points certaines lignes.

– Excusez-moi.

Il est sorti du bureau en laissant la porte ouverte. Il aurait pu profiter de la cohue qui régnait dans toute la baraque pour s'enfuir. Il a souri en s'imaginant courir se réfugier à l'ambassade avec les menottes aux poignets. Il n'est même plus contrarié, un vol vaut l'autre, et il s'imagine déjà raconter sa mésaventure au chambellan en lui donnant de grands coups de coude dans les côtes.

De retour, l'officier lui a annoncé qu'il y avait eu confusion sur l'horaire.

– Vous confirmez que vous n'avez eu aucun rapport sexuel ce matin avec un membre du personnel ?

– J'ai eu en effet un rapport oral en fin de matinée avec une femme de ménage.

– Vous reconnaissez les faits.

– Elle m'a proposé un rapport tarifé.

– Un fait de prostitution ?

Il sourit. Il a soudain l'impression de se trouver dans une pièce de Courteline.

– Oui, une passe.

– Ce n'est pas du tout ce que dit la victime.

– J'ai oublié de la payer.

– La prostitution est interdite dans l'État de New York.

À force de n'être jamais nulle part, il ne s'était pas souvenu de cette spécialité locale qui consiste à jeter le même anathème sur la clientèle que sur les putains.

– Elle était consentante. Je ne lui ai pas donné d'argent. Merci de me libérer immédiatement.

Le ton d'un patron qui sonne la fin de la récréation après un échange de plaisanteries avec ses cadres.

– Vous ne serez pas libéré ce soir.

– C'est un déni de droit.

– Tous vos propos sont enregistrés.

On ne voyait pas de micro, mais il ne doutait pas que la pièce en soit truffée.

L'officier lui a demandé de se lever. Il a poussé la chaise jusqu'à une barre métallique arrimée à des supports scellés dans le mur comme la barre d'un studio de danse. Il l'a attaché à la barre avec une paire de menottes à longue chaîne qu'il a sortie d'un tiroir.

Il a quitté le bureau. Il a donné un tour de clé.

Il s'est contorsionné pour essayer d'attraper le téléphone sur le bord du bureau. Il aurait voulu appeler son épouse. Elle aurait attendu qu'il soit sorti d'affaire pour le morigéner et elle aurait prévenu aussitôt le chambellan qui aurait mis en place une cellule de crise.

Bonne fille, elle ne douterait pas que la soubrette était coupable de l'avoir tenté. Une gredine lui dévoilant un à un tous ses charmes, son corps dégageant ces phéromones auxquelles ne résistent pas les mâles, sa bouche lippue dardant ses lèvres humides prêtes à se laisser prendre, à s'ouvrir grand, à gober, et les mains flottant comme des fanions au bout de ses bras pour lui faire sentir le vent des caresses promises.

Il était ankylosé, il n'en pouvait plus de rester assis. Il s'est levé de la chaise. En définitive, la chaîne n'était pas si longue et la barre était basse. Son corps à moitié accroupi, incliné vers le mur.

Les pensées circulaient, il les laissait courir. Il n'aimait pas ces réflexions qui le cernaient, dessinaient ses contours, l'obligeaient à se voir. On se déçoit quand on se regarde, s'observe, son reflet intérieur toujours imparfait, mal venu, défectueux, partout des laideurs, des crevasses, des rictus sordides, l'envie, la médiocrité, la désespérance de n'être pas assez, le sentiment de n'être parfois qu'un faux-semblant, une arnaque, toute cette rancœur mal sublimée, jamais tout à fait transsubstantiée pour avoir un jour la sensation fugitive d'enfin s'atteindre.

Le temps qui n'arrange rien, qui balafre, ride, l'aigreur trahie par certains plis, chaque tache, chaque ride du front comme la trace des décennies perdues. Ce portrait de Dorian Gray qu'on voudrait laisser pourrir dans son grenier.

Oscar Wilde, sa *Ballade de la geôle de Reading*, écrite à la fin du XIXe siècle à la suite de son incarcération pour homosexualité. Un siècle plus tard, cet homme emprisonné à Rikers Island pour une fellation extorquée. S'ils avaient pu échanger leurs délits pardessus le mur du temps, ils n'auraient connu ni l'un ni l'autre la prison

La fenêtre était entrouverte. Il essayait d'écouter New York pour ne pas entendre les pensées importunes. Une musique comme une autre, une mélodie, des percussions, des harmonies différentes de celles de Paris, de Londres, de Shanghai.

Il déduisait une image du moindre bruit. Il croyait voir les rues aux passants portant costume et tailleur strict, celles où dominaient des jeunes débraillés avançant en désordre, il distinguait les bébés dans les poussettes, reconnaissant les blonds, les roux, et ceux dont la peau était aussi noire que celle de son accusatrice.

Il observait l'intérieur des voitures à travers les pare-brise, lisant sur les lèvres la conversation d'un fils avec sa vieille mère qu'il transportait à l'hôpital, sa mallette de voyage serrée sur les genoux. Il passait la tête à travers une vitre ouverte pour s'amuser de la dispute d'un couple à propos de la couleur de la commode qu'ils projetaient d'acheter pour que chacun ait enfin son tiroir au lieu de partir chaque matin à la chasse aux sous-vêtements sur l'étagère de l'armoire où les strings se mêlaient aux caleçons et les soutiens-gorge aux chaussettes dépareillées.

Il n'en pouvait plus de se tordre pour rester debout. Le sortilège a cessé quand il s'est assis. Maintenant, il analysait froidement la situation. Il essayait de la réduire en éléments premiers. Des chiffres d'opérette, des équations dont les inconnues se multipliaient, un simple problème qu'il allait résoudre avant la réalité.

Il fallait que le résultat de l'équation lui permette de se trouver en France le lendemain à l'heure de l'émission. Il ajoutait la fellation à la suite de l'hôtel, déduisait la police, multipliait le résultat intermédiaire par le tiers des États-Unis, ajoutait le cube du commissariat, et divisait le tout par l'intégrale du chambellan. Il obtenait sa remise en liberté, qu'il multipliait par la fonction régulatrice du cours des matières premières, et il en résultait la cerise des excuses du président américain qu'il aurait le plus grand mal à relever tant il serait devant lui agenouillé.

Il lui arrivait de se prendre pour la marionnette que le chambellan avait peaufinée au fil des années. Lui qui avait compté sur ses doigts jusqu'à dix ans, s'y était repris à deux fois pour intégrer une école de commerce, il lui avait bâti une image de scientifique, lui prêtant même l'intention dans sa jeunesse d'entreprendre des études de mathématiques, comme si avoir rêvé gamin de devenir astronaute conférait, l'âge venant, le talent d'atteindre en chute libre le mur du son sans jamais avoir sauté en parachute de sa vie.

Pour achever de le rendre sympathique, le communicateur l'avait gratifié d'une enfance espiègle. Son biographe s'était immergé dans une collection d'illustrés des années 1950 pour pêcher quelques farces dont il lui avait attribué la paternité. Lui, le môme sans audace, qui ne s'était épanoui qu'en fin d'adolescence sous l'influence de sa première épouse dont il avait été le premier enfant à s'envoler du nid.

Il a tendu l'oreille. On charriait dans le couloir des prisonniers grincheux traînant les pieds, il entendait les pièces tomber dans le monnayeur d'une machine à café, mais pas le bruit de la clé dans la serrure, de la porte qui s'ouvre, le coup d'épaule de l'officier préférant l'enfoncer pour gagner du temps et avancer d'une seconde ou deux l'instant où il le délivrerait des menottes.

Un voile de tristesse sur son visage. Il avait la conscience en deuil, la bouche pâteuse, le gosier sec. L'ivresse était tombée. Le début de la gueule de bois.

On était loin du coucher du soleil. Un rayon est entré dans le bureau. Il lui a rappelé celui qui éclairait chaque soir le tapis de sa chambre d'enfant à Agadir. Il rêvait de l'attraper, de le plier en quatre, de le remiser dans l'armoire, d'attendre minuit pour s'en emparer, traverser la maison endormie, courir jusqu'à la plage pour enfoncer cette lance lumineuse dans l'œil de la lune, comme dans le film de Méliès où la pauvre planète était éborgnée par une fusée.

Une enfance paisible, peuplée de domestiques, le va-et-vient incessant des invités, ministres de sa majesté, diplomates, frères du Grand Orient, simples notables, et un soir l'homme de lettres André Maurois dont l'épouse humait tous les plats pour traquer le jaune d'œuf auquel il était allergique.

Les musiciens jouaient dans une alcôve pendant qu'on servait des grands vins importés de France. Sa mère se déplaçant d'une table à l'autre sur ses talons aiguilles, suivie d'une sorte de petit valet en djellaba qui avait appris par cœur le nom et la biographie des convives et qui d'une petite voix flûtée lui servait d'aide-mémoire.

Son père enjoué, parlant haut, frappant soudain son verre de la lame de son couteau pour obtenir le silence,

209

se dresser, improviser un discours sur la politique internationale, la question africaine, la vie du ciné-club d'Agadir dont il était le manitou, mais aussi du commerce des éponges, des droits de la femme dont son épouse était une ardente défenderesse.

Il lui arrivait aussi à certaines périodes de se livrer à des excentricités. Grimpant sur une chaise pour capter l'attention, il entonnait un chant patriotique, une chansonnette de Joséphine Baker, racontait des histoires lestes dont certaines dames se croyaient obligées de rougir.

Souvent, il était triste. Son visage marmoréen, les traits figés par la mélancolie, le malheur d'exister, la honte de sentir toute sa volonté évanouie. L'obscurité régnait en lui, un cerveau devenu chambre noire, et les images du dehors sous-exposées, crépusculaires, le défilé des invités souriant comme des crânes de drapeaux de pirates, l'existence de ses deux fils comme le reproche d'avoir eu la cruelle folie de mettre au monde ces mortels qui finiraient comme lui ossements dans une tombe. Son épouse souffrait de son impuissance à réjouir son homme désespéré.

Des semaines entières à déserter son bureau, à s'extirper des draps chaque matin comme d'un suaire, à errer dans le jardin entre les orangers, à rentrer en se hâtant pour n'avoir plus les yeux brûlés par ce soleil blanc, impitoyable, qui dessinait les objets et les gens à l'encre de Chine. Les arbres charbonneux, les fruits comme des ombres.

Il traînait sa dépouille jusqu'au salon mauresque. Son corps écroulé sur un divan, son regard fixe à travers ses lunettes teintées de grand myope. La radio, un filet de musique, d'informations, de publicités enthousiastes, qui s'insinuait, le reliait à une terre lointaine où la vie se déroulait sans lui, humain accablé, défalqué, à l'existence d'insecte nécrophage butinant son propre cadavre.

Il se levait, ramait jusqu'à la table du déjeuner, demandait à une domestique de tirer les rideaux. Le soleil persistait, traversait la toile, frappait les verres, l'argenterie, de pointes minuscules qui se réunissaient dans sa rétine pour l'éblouir.

La famille déjeunait volets clos. Lui, tête baissée, chipotait les plats, et même le vin blanc ne parvenait pas à percer d'une éclaircie son humeur morne.

Quand il rentrait de l'école, il l'apercevait au fond du jardin démoli sur une chaise longue dans la cabane du jardinier dont il avait entrouvert la porte en entendant la cloche du portail. Un père qu'il aurait voulu prendre dans ses bras, emporter, débarbouiller devant l'évier de sa tristesse comme on nettoie un fond de casserole noirci.

Il l'appelait.

– Viens me voir. L'école ? Les maths ? Pas de zéro en arithmétique ?

Il n'accourait pas, une démarche d'enfant grave, de petit pauvre qui ne joue pas dans la cour au foot avec les autres pour ne pas gâcher ses chaussures. Le temps qu'il arrive jusqu'à lui, le père s'était éteint. Un homme hagard, la bouche entrouverte pour laisser passer des mots qui ne venaient pas.

Il levait sa main lourde comme un haltère pour le caresser, et la regardait retomber pesamment comme celle d'un autre.

– Va goûter maintenant.

Il s'en allait doucement, craignant de faire craquer les graviers. Il sentait que le bruit lui était une douleur tout autant que la lumière. Les crissements comme des vrilles. L'extérieur était une torture. Le bruit l'éblouissait aussi, et il lui semblait entendre les hurlements du soleil.

Les semaines, les mois, une saison passait. Un matin en se levant pour aller au collège il le trouvait rasé, costumé, parfumé, chantonnant, revenant de la ville avec les journaux, un sac rempli de bonbons, de pipes en chocolat, de petits jouets achetés au bazar.

Il jetait les journaux sur un fauteuil, vidait le sac sur la table du petit déjeuner, riait quand les billes se répandaient dans la corbeille à pain. Il applaudissait en voyant la coccinelle en plastique surnager un instant avant de couler à pic dans la carafe de jus d'orange.

Il l'attrapait à pleins bras, le levait dans les airs comme un bébé.

– Tu verras, garçon, un jour tu seras aviateur. Tu transporteras des princesses, des rois, des shahs de Perse. Tu piloteras un avion de chasse, tu décimeras les armées du prochain Führer. Un pilote de bombardier, tu arroseras Berlin, Moscou, Pékin, et Pondichéry de milliers de bombes atomiques.

Il le reposait délicatement devant son bol de chocolat. Il s'asseyait à côté de lui, faisait craquer un journal, se perdait dans la politique internationale.

Ces jours-là sa mère était joyeuse. Son ours sortait d'hibernation, émergeait vigoureux de sa tanière. Elle essayait de croire que le malheur avait à jamais déserté la maison. Son homme brillant, joyeux, primesautier, un peu extravagant comme ces génies qui de temps en temps ressemblent à des fous.

Il levait la tête, se plaignait de cette France gouvernée par des abrutis. Il se tournait vers lui.

– Toi, tu ferais quoi à la place du général de Gaulle ?
– Je volerais les bâtons des gendarmes.

Le père de s'esclaffer, la mère le pressant de manger ses tartines.

– Si tu arrives en retard au collège, tu vas encore être collé jeudi.

Tout à coup, la conversation devenait sérieuse. Il voulait faire construire une grande volière, changer sa vieille Peugeot contre un cabriolet décapotable.

– Tu n'en as pas assez d'être enfermée dans la tôle ? Il faut profiter du climat, de l'air.

Il se levait pour ouvrir la fenêtre, montrant l'espace.

– Tu as vu tout cet air ? Une gabegie d'oxygène. Et les oiseaux ? Il fait toujours beau, ce serait quand même dommage de n'avoir pas d'oiseaux. On pourrait déménager. Faire construire une maison sur la plage, avec une cave protubérante pour voir le fond de la mer.

– Tu ne crois pas que tu exagères un peu ce matin ?

Il venait l'embrasser.

– Tu as raison. D'ailleurs, le devoir m'appelle.

Il s'en allait baguenaudant, cueillait une orange dans le jardin, et le visage trempé de jus il rejoignait le chauffeur qui astiquait la 403.

L'homme sursautait en le voyant arriver de si bonne heure. Ces derniers temps, il l'attendait en vain au garde-à-vous jusqu'à l'heure du déjeuner. Parfois, il apparaissait en début d'après-midi, mais souvent par la fenêtre du salon mauresque d'un revers de main il lui signifiait qu'il était libre à présent de rentrer chez lui.

– J'ai demandé qu'on laisse monter votre fille.

Le consul de France s'était déplacé. Via la direction générale de l'hôtel, la nouvelle avait filé jusqu'à l'Élysée.

– Qui l'a prévenue ?

Il a secoué la tête. Il n'en avait rien fait et il n'en savait rien.

Avant l'arrivée du consul, on l'avait détaché en hâte. On l'avait trimbalé dans le couloir, on l'avait introduit dans une salle sans fenêtre, éclairée par des ampoules encastrées dans le plafond. Une lumière diffuse qui gommait les ombres des visages.

On a frappé à la porte. Une jeune policière a glissé son visage dans l'embrasure.

– C'est terminé ?

– Je veux voir votre supérieur.

Il est sorti avec elle.

Il n'avait pas osé lui dire qu'il préférait ne pas voir sa fille. Les pères n'aiment pas étaler leurs coucheries devant leurs gosses qui préféreraient perdre l'ouïe plutôt que les entendre. De toute façon, il ne la voyait pas si souvent, et les enfants de son premier lit pas davantage. Un raisonnement aux ramifications mystérieuses

214

l'amenait parfois à évoquer les intermittences de son amour paternel pour justifier une rupture.

– J'aime les relations courtes. Il m'arrive de ne pas entrer en contact avec mes enfants pendant des mois.

Le consul est revenu.

– Ils ne veulent pas la laisser monter.

– Je voudrais appeler ma femme.

– Vous n'avez droit qu'à un coup de téléphone à votre avocat.

Il lui a posé la main sur l'épaule.

– Je vous conseille de prendre un avocat.

Il est reparti. Il avait largement dépassé la minute d'entretien qu'on lui avait accordée à reculons. La police new-yorkaise n'avait pas l'habitude de céder à un appel de la Maison-Blanche, et permettre à un notable de faire salon dans un de ses commissariats, perturbant de la sorte le *modus operandi* de la garde à vue.

Les murs de la pièce étaient dépouillés, l'un était un miroir. On l'avait assis juste en face derrière une table, sans menottes mais les pieds entravés. Exaspéré de se voir, il baissait les yeux, coudes posés sur la table, mains en conque sous son menton. Le climatiseur soufflait de la bise. Il avait boutonné les boutons de sa veste et relevé le col.

L'officier est venu lui apporter la cannette de Coca qu'il lui avait demandée tout à l'heure quand il avait introduit le consul.

– Je voudrais appeler un avocat.

– OK.

Sans qu'il fasse un geste, la policière est entrée. Elle lui a tendu un téléphone.

– Vous connaissez son numéro ?

Il connaissait les coordonnées de tous ses avocats sur le bout des doigts. Quand sa femme l'aura quitté, il n'aura plus comme refuge que leurs robes. Elle continuera à régler leurs honoraires rubis sur l'ongle. Il a composé le numéro de l'avocat américain qui l'avait conseillé deux ans plus tôt dans son affaire de coucherie avec une subalterne.

Il a répondu à la première sonnerie.

– Débrouillez-vous pour me faire sortir de là.

– D'ici mon arrivée, ne répondez à aucune question.

– Ils me traitent comme un criminel.

– Je vais me faire assister par un confrère.

– L'important est que je sois mardi matin à Berlin.

– Dans les affaires criminelles, aux États-Unis les avocats préfèrent aller par deux.

Malgré la gravité de la situation, une plaisanterie de garçon de bains lui a traversé l'esprit.

– Nous allons nous mettre immédiatement en relation avec le bureau du procureur.

– En tout cas, je vous attends.

– À bientôt.

L'avocat a raccroché.

– Je n'ai rien à vous dire avant l'arrivée de mes avocats.

Il ne les verrait pas avant le lendemain.

– C'est parfaitement votre droit.

L'officier est sorti, deux autres flics sont apparus. Ils l'ont emmené se faire photographier de face et de profil devant une échelle graduée en pouces et en centimètres. Il avait dû se tasser, même en tendant le cou il atteignait à peine le mètre soixante-six. Il a laissé ses empreintes sur un registre.

Il s'est déshabillé dans une cabine, on lui a rendu

216

ses chaussures après les avoir passées au détecteur de métaux. Ce devait être un médecin celui qui lui a pris la tension et donné dans le thorax des coups avec la jointure de son index en écoutant le résultat avec son stéthoscope. Plutôt une sorte de vétérinaire bourru qui ne parle pas aux chevaux.

Le lendemain, après son exhibition devant les médias du monde, on l'emmènera dans un hôpital de Brooklyn subir des tests ADN. On lui demandera d'ouvrir la bouche. On frottera un coton-tige sur sa langue et à l'intérieur de ses joues. Il devra encore une fois se déshabiller. On frottera son sexe ainsi que le reste de son corps avec un tampon de coton. On passera en vain une curette sous ses ongles, car il s'était lavé plusieurs fois les mains depuis l'événement.

On découvrira l'ADN de la femme sur son gland, son sous-vêtement. Nulle part de traces de griffures, de coups. Elle n'était pas la chèvre de monsieur Seguin, elle s'était laissé dévorer sans donner ni des sabots ni des cornes.

On l'a emmené aux toilettes, la porte est restée ouverte et les deux types sont demeurés en faction en face de lui. Il a pu se laver les mains, mettre sa tête un instant sous l'eau. Il a réclamé des serviettes en papier. Ils ne lui ont pas répondu. Il a secoué ses cheveux sous l'air chaud du séchoir.

Il n'a pas eu le temps de les discipliner devant la glace. On l'avait déjà injecté dans un couloir qui lui a fait penser à la pompe d'une seringue, les deux sbires dans son dos le poussant comme un piston.

On l'a replacé derrière la table. On lui a apporté un sandwich au thon et deux petites bouteilles d'eau.

La lumière des ampoules a baissé d'intensité jusqu'à plonger la pièce dans la lumière sale d'une aube sans couleur.

En guise d'écran, le grand miroir où son reflet n'était plus qu'une silhouette. Le son du climatiseur dont le tuyau aspirait peut-être au loin l'air de la ville, mais se gardait d'en rapporter la rumeur.

Rien ne se passait autour de lui. Il craignait de se rencontrer, de se heurter comme un inconnu croisé à trois heures du matin sur une place déserte. Un malfaiteur, une crapule prête à le prendre au collet, à le regarder dans les yeux à la lumière clignotante d'un panneau blanc, éblouissant, sans logo ni le moindre slogan. Une réclame pour la neige, la vérité, peut-être pour le néant dont personne n'a jamais vu la couleur et que rien n'empêche d'être livide.

Il éprouvait la même peur lors des vols de nuit quand les lumières s'éteignaient. Il allumait la liseuse, frappait doucement dans ses mains, puis un peu plus fort, jusqu'à réveiller son voisin en sursaut qui lui jetait un regard craintif dans la demi-obscurité.

Les compagnies de navigation le craignaient. On aurait dit qu'il attendait de se trouver au-dessus de l'Atlantique, de quelque désert, quelque chaîne de montagnes longue comme un pays, pour organiser les plaisirs dont il jouirait sur la terre ferme après l'atterrissage.

Il consommait souvent un en-cas en l'air. La courbe du bas d'un dos un instant dans sa paume, des audaces sous la couverture qu'il avait jetée négligemment sur ses genoux et ceux de sa voisine, le liquide séminal jaillissant à l'occasion avant qu'il n'eût délogé son saint sacrement du caleçon tendu comme un tabernacle sous le souffle de l'Esprit-Saint. Un peu plus tard, c'était la descente de la passerelle, le cartable comme un cache-misère quand la canicule l'avait incité à ne pas s'embarrasser du Burberry.

Lors de son dernier vol de Paris à Washington, le hasard l'avait posé à côté d'une passagère trop âgée, trop mal faite, pour qu'il la juge digne de la moindre privauté, et si faute d'une grive à l'avenante poitrine il avait malgré tout décidé de jeter son dévolu sur ce merle mal emplumé, son air revêche l'en aurait dissuadé.

Il a demandé à voix basse au chef de cabine de le changer de place.

– Elle sent mauvais.

Le garçon n'a pas osé lui dire qu'il ne restait plus aucune place de libre en classe affaires. D'un coup d'œil il a embrassé l'espace. Il s'est dirigé vers un homme en pull vert, un type à tête basse, à la mine de perdant. Il l'a convaincu de se lever, d'attendre quelques instants devant les toilettes avec son petit sac en bandoulière, le temps de l'installer à sa place.

Cette fois il s'est retrouvé à côté d'un banquier qui l'a reconnu et incommodé d'incessants conseils.

Ne prêtez plus à fonds perdu aux Philippines. Si vous voulez être élu, divorcez. Votre femme est trop fortunée, les Français n'aiment pas les nantis.

Il a fui. Cette fois, on a refusé de déloger un autre passager pour satisfaire son caprice. Il s'est dirigé vers le fond de l'appareil, parcourant les allées de la classe éco. Des passagers pour la plupart français qui chuchotaient en l'apercevant.

Il y avait une place libre à côté d'une jeune femme à lunettes en train de contempler sa montre en fille méfiante qui surveille le temps qui passe. Il a pris place à côté d'elle sans qu'elle bronche.

– Je ne vous dérange pas ?

Elle a levé le nez qu'elle avait bref.

– Je vous offre une coupe de champagne ?

Elle lui a fait non de la tête.

– Vous êtes très jolie.

Elle a haussé les épaules en retournant à la contemplation des aiguilles. Il a continué à lui parler, mais elle ne bronchait plus, ne semblait même pas l'entendre. Elle a retiré sa main de l'accoudoir quand il s'est aventuré à la caresser. Il plaisantait, se laissait emporter par son propre humour, éclatant parfois de rire comme un vieux soldat.

Vingt minutes plus tard, deux stewards l'ont ramené à sa place. Il s'était avéré que la jeune femme était sourde et muette. Une hôtesse était intervenue en l'apercevant apeurée tandis que l'ogre cherchait à attraper ses lèvres qui se dérobaient.

Il a mis les écouteurs dans ses oreilles pour ne pas entendre les reproches du banquier qui ne comprenait pas sa marotte de refuser d'abjurer son credo populiste pour faire un coup d'État dans un parti réactionnaire et remporter le prochain scrutin avec un programme libéral abrogeant toutes ces lois caritatives qui engraissaient les canards boiteux.

On lui avait pris sa montre comme le reste. Il essayait d'imaginer l'heure. Une occupation sans issue. Prévue pour des interrogatoires orageux, la salle était insonorisée. Aucun bruit de pas, de gueulerie, de sonnerie, de poignets menottés frappant les murs, les tuyaux, en signe de rébellion.

Il a fait crisser la barbe sur son menton, mais elle

faisait le même bruit à partir de trois heures de l'après-midi. Il avait entendu dire par un cardiologue qu'il battait à quatre-vingt-dix. Il s'est occupé à compter les minutes en prenant son pouls. Puis, il a pris conscience que sans point de repère les minutes ne lui donneraient jamais l'heure.

Il s'est levé. Il a trébuché avant de faire le premier pas. Il ne s'était plus souvenu qu'on avait passé les entraves dans un coulant métallique rivé au sol. Son cul est retombé sur la chaise. Il a fermé les yeux, mais l'intensité de la lumière s'était encore amenuisée et il n'y avait presque aucune différence.

Il a posé les mains sur ses genoux, calé son dos contre le dossier de la chaise, laissé tomber sa tête en arrière. Son cœur s'est mis à battre plus fort, son cerveau lui envoyait des décharges de haine.

La haine, un acide comme un autre dont il aurait voulu remplir un tonneau pour la dissoudre. Il regrettait de ne pas avoir brisé les vitres après le spasme pour la jeter par-dessus bord comme une esclave malotrue. Elle aurait pu cracher à son aise pendant la chute, la semence se serait perdue en gouttelettes microscopiques bonnes à féconder les rares insectes volants égarés au-dessus de New York.

Le temps répugnait à passer. Ce n'était encore que le lendemain matin de son arrivée à New York. Elle venait de raccrocher au nez du chambellan en passe de devenir fou à force de se prendre pour un général en chef, quand le bureau du juge l'a appelée. Une voix administrative qu'elle a prise un instant pour un enregistrement balancé par un serveur aux parents des incarcérés.

Une voix de femme élevée à coups de canon. Elle lui a donné son numéro d'écrou, le motif de son incarcération, le jour de la semaine où elle pourrait le visiter.

– Vendredi entre treize et dix-sept heures.

– Mais ce sera le jour de sa libération.

– Aucune date ne figure dans le dossier que j'ai sous les yeux.

– Vous ne pouvez pas demander une dérogation pour que je puisse le voir avant jeudi ?

– Aucune dérogation sauf cas de force majeure. Les visites sont organisées par ordre alphabétique. Pour les noms de r à z, c'est le vendredi.

– Je peux au moins lui téléphoner ?

– Il a droit à une communication par jour, entre quatorze et seize heures. C'est lui qui vous appellera s'il le désire.

222

La fille a raccroché.

L'épouse toujours en elle. Mais plus désormais qu'un personnage intermittent. La comédie de la fin des histoires d'amour, quand la décision est prise mais que le cœur manque pour l'assener. En attendant, l'habitude, la rémanence de la tendresse passée, le devoir de protection dont ne demeure qu'un moignon. Le couple continue à lancer comme un membre tranché.

Dans l'après-midi, elle a reçu près d'une dizaine d'appels de Rikers Island.

– Allô ?

C'était sa voix. Le petit filet des jours de contrition. Le cerf qui vole la plainte de la biche aux abois.

– Oui, c'est moi.

Un tintement, et c'était une voix féminine qui prenait le relais.

– Une demande d'appel avec préavis en provenance de la prison de Rikers Island. Vous acceptez de payer l'appel ?

– J'accepte.

– Numéro de votre carte ?

Elle a sorti une carte de crédit de son sac. Elle a commencé par lui donner le nom de la banque.

– Le numéro de votre carte AT&T ?

– J'ai aussi une Amex.

– Le numéro de votre carte AT&T ?

– Je vous donne les coordonnées de mon hôtel. Ils mettront la communication sur ma facture.

– Le numéro de votre carte AT&T ?

La phrase était répétée imperturbablement pendant quelques secondes, puis on raccrochait.

Elle avait appelé le concierge. Un problème dont il n'avait jamais entendu parler.

– Je me renseigne, je vous rappelle.

À nouveau, son portable sonnait.

– C'est moi.

– Oui, je suis là.

Et à nouveau la voix qui lui demandait le numéro de sa carte.

Elle était descendue. Le concierge se tortillait.

– AT&T ne répond pas.

– Envoyez quelqu'un dans une boutique.

– J'essaie de les contacter de nouveau.

Elle avait couru. Elle s'était fait rabrouer quand elle avait voulu passer devant les personnes qui attendaient qu'un vendeur soit disponible. Le portable sonnait toutes les dix minutes.

– Accepte, bordel.

Elle était en faute, il se sentait à présent le droit de s'énerver. Il devenait d'autant plus furieux qu'à chaque fois la voix lui coupait le sifflet.

Le patron de la boutique a dû la reconnaître. Il l'a entraînée vers son bureau. Il est allé décrocher une carte de cinquante dollars sur un présentoir. Elle a payé.

– Merci, merci beaucoup.

Il lui a dit au revoir en l'appelant par son nom d'épouse. Elle a éprouvé un sentiment de gêne, comme si c'était devenu une honte de partager le patronyme de son mari.

Le portable a sonné une dernière fois alors qu'elle sortait du magasin.

– Qu'est-ce que tu fous ?

Elle a donné son numéro de carte.

– C'est bon cette fois ? Tu as accepté de payer ?

– Tu tiens le coup ?

– Figure-toi que c'est Byzance.

Il était juste seize heures. La communication a été coupée sans avertissement par l'administration de l'île.

Elle était rentrée à l'hôtel coupable. Elle s'était allongée sur le lit. Elle avait allumé la télévision. Elle avait parcouru les canaux. Sans doute apparaissait-il, mais elle allait trop vite pour l'apercevoir. Elle s'est arrêtée sur une chaîne de sport. Un terrain de golf apaisant, la terre verte à perte de vue comme si on avait vidé tous les lacs du globe pour en faire une prairie. Elle a souri, elle était la petite balle blanche et il venait de lui donner un coup de club depuis sa geôle.

Elle a commandé un thé. Elle a trempé un biscuit dans la tasse. Elle se disait qu'elle guérirait. Elle retrouverait son corps, lui jetterait la balle dans la bouche. Il la mordrait comme une boule de bâillon, puis l'avalerait sans la mâcher comme une huître.

Elle avait appelé tour à tour ses trois enfants qui lui avaient laissé plusieurs messages depuis le matin. Elle essayait de se tenir droite, posant chaque mot comme un funambule un pas sur le filin, éviter de regarder l'abîme, une mère ne s'épanche ni ne pleure. Des conversations humiliantes, il lui semblait devoir s'excuser de leur avoir choisi ce beau-père. Ils la rassuraient.

– Il est incapable d'une chose pareille.

Elle renchérissait. Mais il fallait qu'elle élève la voix à les assourdir. *Moderato cantabile*, ils l'auraient entendue chanter faux.

Les avocats sans pitié. Des appels pour lui dire que sa libération n'était pas certaine. La cour bafouerait peut-être le droit une deuxième fois. La communauté

225

noire n'entendait pas laisser passer cette offense. Bientôt, on parlerait peut-être de crime raciste.

– La juge et le procureur sont prêts à interpréter la loi dans le sens des desiderata de leur électorat.

– La date de son procès sera changée ?

– Non. Mais dans ce cas il l'attendra en prison.

Qu'ils le gardent sur l'île. Elle arriverait chaque semaine à New York le vendredi matin. Elle accomplirait son devoir d'épouse parmi les familles de dealers et d'assassins. Elle rentrerait à Paris par le vol du soir. Elle pourrait louer un jet pour ne pas être incommodée par les passagers. L'hôtesse confinée dans le cockpit avec l'équipage, elle disposerait d'un espace privé au-dessus des nuages.

Ils la rappelaient pour lui demander d'intervenir dans cette affaire française.

– Il faut l'empêcher de porter plainte.

– Personne ne peut plus rien faire.

Maintenant, aucun membre du parti n'accepterait de jouer les entremetteurs. Désormais, ils hésitaient même à prendre les communications du chambellan.

– Essayez d'entrer en relation.

Un dédommagement avait été évoqué deux années plus tôt. L'écrivaine n'était pas à vendre. À présent, la moindre proposition serait absorbée par une fibre en maraude. La nouvelle ferait la une des sites avant même qu'elle ait atteint l'oreille de son avocat.

– Il y a aussi un autre problème. Une prostituée anonyme commence à infecter certains blogs.

Des accusations de violence lors des ébats.

– Il ne paye jamais.

– Quelqu'un a dû la lui offrir.

– Un pot-de-vin ?

– Je n'en sais rien.

Plutôt qu'avoir recours aux professionnelles, il préférait voler les femmes à l'étalage. Même si la prostitution l'obsédait, s'il proposait parfois à ses maîtresses de les louer à des amis.

– Nous nous serions passés de cette médisance.

Un dadais, un benêt, dont depuis longtemps les désirs étaient tous à ses yeux incarnés. Le rêve des hommes de disposer des corps sans même prendre le temps de les convoiter. Son imbécillité dernière de ne même plus ajouter foi à leurs protestations, prendre leurs réticences pour un fantasme, bientôt peut-être leurs hurlements de terreur pour l'expression de leur félicité de femelle d'être pourfendues par la bête en rut.

Elle rêvait qu'un pareil homme lui tombe entre les mains dans l'enceinte d'un tribunal. Les bêtes se valaient, elle ferait de lui son exutoire. Elle regretterait seulement de n'être pas la reine d'une tribu matriarcale, décider son exil avec ses breloques en pendentif déjà la proie des mouches et des corneilles.

Elle se blâmait de l'avoir couvé pendant tant d'années. L'indulgence, l'aveuglement, l'habitude peu à peu installée de falsifier la réalité de concert avec lui. Entre le génie dont elle avait mâché au public jusqu'à la dernière bouchée de carton-pâte, et le mari couvert des rustines du déni, elle n'aimait plus qu'un Pinocchio dont elle était le Geppetto en robe de soirée.

La femme de chambre aurait été en droit de frapper à sa porte afin de lui cracher une deuxième fois la semence à la face. Pour lui montrer son repentir, elle la laisserait sécher sur son visage. Elle demanderait aux avocats d'instruire à charge contre lui. Ils enverraient leurs détectives arpenter la terre à la recherche de ses victimes, sincères, menteuses, ou même payées cher pour venir l'accabler à l'audience.

Elle donnerait de sa personne, lèverait sa jupe pour montrer des cicatrices tracées par un chirurgien, elle raconterait tant d'horreurs que le tribunal prendrait la décision de délocaliser le procès dans un État du Sud où on viendrait de décréter la peine de mort pour les fellations abusives.

Elle a refusé de quitter la suite ce soir-là. Elle a décroché le téléphone de l'hôtel, éteint son portable pour ne plus voir l'écran s'illuminer à chaque appel. Elle a tiré les rideaux sur les buildings dorés par le soleil couchant.

Elle s'est assise à la table du salon. Une chaise Art déco sans coussinet. Le besoin d'éviter la mollesse, la torpeur, de ne pas se confondre avec l'impeccable femme trompée en train d'apparaître dans les médias. Une femme qu'elle venait d'abandonner. À présent, elle se sentait jumelle de toutes celles qui l'avaient connu.

Le même homme les avait touchées, avait laissé quelque chose en elles, sur leur peau, une souillure, l'empreinte de sa main, la marque de sa griffe. Des amies proches qui l'avaient trahie, des employées de maison dont elle avait géré l'embauche, des invitées à des dîners en petit comité dans les jardins du riad, sous les lambris de la salle à manger parisienne, des collaboratrices du chambellan avec qui elle avait sans doute partagé une tasse de café en relisant avec elles son prochain discours, le bataillon des journalistes politiques, dont certaines étaient venues sans doute lui demander conseil en sortant de l'école, des assistantes parlementaires, des jeunes députées devenues aujourd'hui ministres avec qui elle avait échangé quelques mots dans un cocktail, et les plus lointaines qu'elle devinait à peine dans l'ombre, quelques-unes aperçues dans la cohue d'un meeting, et la multitude des sans-grade, petites mains des palais gouvernementaux du tiers-monde, hôtesses au salaire famélique appartenant au personnel rampant d'un aéroport d'Afrique, la horde des souillons, Causette de toute sorte récompensées d'une tape sur les fesses après une prestation fulgurante, culbutées sur la table éculée de leur taudis jusqu'où il les avait suivies, ignorant que l'or promis sortirait goutte à goutte du creuset de ses glandes, jusqu'à cette importée de Guinée qui avait recraché son cadeau comme une ingrate.

Le rêve impossible de les réunir dans un théâtre, dans un château, dans un stade. Un énorme buffet, et après les agapes une grande farandole main dans la main. Mais elle n'avait aucun droit d'établir le moindre lien avec ces filles basculées. Deux décennies de servitude volontaire, de consentement, d'espérance de ne pas le voir partir avec une plus jeune, une plus puissante, une plus immensément riche.

Elle avait tant aimé ses étreintes, ses rires tonitruants, la gaieté qu'il diffusait autour de lui, son charme, jusqu'à sa coquetterie dans l'œil, sa paupière basse comme une lucarne au rideau entre deux eaux.

Ceux qui l'avaient précédé, des passions passagères, des faiseurs d'enfants, de simples pères qu'on prive aussitôt d'amour pour le donner en partage à la progéniture. Il était l'homme de sa vie, celui dont elle se souviendrait avant de succomber.

Sa vie défilerait, il figurerait dans chaque souvenir. En retrait dans un coin de son enfance, attendant son heure sur un tabouret dans la chambre remplie de poupées, assis au fond de la classe, son regard par la porte entrouverte la nuit de la première fois, derrière tous les amants, le mari d'hier, celui de demain, même disparu il hantera ses rêveries, ses derniers fantasmes de vieille dame, il sera au pied du lit lors de cette nuit qui s'achèvera à l'aube par une mort enchantée dans l'euphorie de la morphine.

Les êtres désaimés à qui on a donné tout l'amour dont on avait reçu l'étrenne le soir de sa conception. Une partie de soi toujours en eux après un demi-siècle de séparation. Ils vaquent au loin, on ne les reverra plus, ils ne rendront pas l'offrande dont peut-être ils n'ont jamais voulu. Ne reste plus que le dépit, une sensation de vol à mains armées, et pourtant avec quelle volupté on les en a chargés en regrettant de n'avoir pas davantage à leur donner.

Elle s'est écrit une longue lettre. Elle a appelé le room service.

— Affranchissez, jetez dans une boîte sans attendre demain.

— Nous pouvons dépêcher un coursier.

— Ce serait ridicule.

L'employé a acquiescé. Elle l'a vu regarder furtivement l'enveloppe en s'en allant. Il n'a même pas paru surpris. S'envoyer des lettres devait figurer dans la nouvelle nomenclature des troubles psychiatriques établie par le secrétariat à la Santé des États-Unis. Il avait peut-être la manie de tenir un journal de bord, notant les lubies des clients, soulignant les cas graves justifiant un témoignage auprès des autorités quand on pouvait prévoir un débordement futur tombant sous le coup de la loi.

Elle éprouvait des difficultés à rendre définitif son arrêt d'expulsion. Les anges s'envolent sans laisser aucun regret, les diables vous laissent l'ennui, le désœuvrement, la nostalgie en partage. Peur des soirées solitaires au milieu des fêtes, au coin du feu avec un homme prévenant, courtois, délicat, ses paroles trop douces, ses gestes mous, ses baisers baveux de chien, ses étreintes respectueuses comme un baisemain.

Il faudrait pourtant qu'elle le remplace. L'isolement serait une douleur trop vive. Une terre inconnue qu'elle n'avait jamais foulée. L'homme avait changé de visage, s'était allongé, rétréci, avait pris de l'embonpoint, changé de couleur du jour au lendemain, mais elle n'avait jamais été autre chose que la moitié d'un couple.

Elle a rallumé son portable. Il a sonné, les messages tintaient, et puis l'interminable liste des mails. Elle aurait pu piquer au hasard, peut-être la surprise d'entrer en communication avec un anachorète qui n'aurait entendu parler de rien. Une conversation comme une séance de relaxation. Parler du monde du siècle dernier, évoquer la guerre du Vietnam, la maladie qui emporta Georges Pompidou, le nouvel article de loi qui permet à l'épouse d'ouvrir un compte en banque sans l'autorisation de son homme.

Le poste de la chambre qui insiste. À l'autre bout du fil, son ex-mari rongé d'inquiétude dans le lobby.

– Tu ne répondais pas. J'ai eu peur.

– Il n'y a pas de réchaud à gaz dans la suite.

– Tu pouvais avoir eu un malaise.

Il n'avait pas osé monter. Il ne s'était pas offert le réconfort d'un verre au bar. Crainte de ne pas la voir passer. Sa femme à ses côtés en train de faire inlassablement son numéro de portable pour qu'il puisse de son côté lui laisser continuellement de nouveaux SMS tout en continuant à titiller le téléphone de la suite.

– Tu veux monter ?

– Maintenant, nous sommes rassurés.

– Comme tu voudras.

– On ne veut pas te déranger.

– Je vous embrasse tous les deux.

– Ne t'inquiète pas, on reste à New York jusqu'à l'audience.

Elle aurait voulu pouvoir ouvrir les vitres comme une fenêtre à vantaux. Elle aurait regardé le couple rapetisser à l'horizon de la rue plate et rectiligne dans la lumière de la nuit. Même s'ils n'étaient plus que deux points indiscernables à l'identité douteuse.

Elle s'est accroupie, elle a déverrouillé un clapet de verre sur lequel comptait peut-être la direction pour aérer la chambre. Elle respirait l'air tiède de la ville mêlé de l'odeur de terre venue de Central Park. À pleins poumons la civilisation, la chlorophylle des plantations urbaines et le pétrole brûlé des moteurs. L'amour des villes, quand la nature a un genou en terre, et les paisibles ossements des hommes parqués dans les cimetières.

Elle est sortie. Elle a marché. Elle le croisait se dandinant seul avec son sourire en proue d'homme avide prêt à prendre les culs des kiosques. Elle le voyait voler au-dessus de la chaussée avec sous chaque bras une adolescente qui lui servait d'aile. Il apparaissait, travesti en femelle kangourou, la poche pleine de pénis festonnés essayant de les vendre dix dollars à des clandestins basanés.

Elle se retournait, elle croyait voir Rikers. Un Robinson en pyjama de bagnard cherchant à se jeter à l'eau. Il l'apercevait, courait vers elle en riant comme un chenapan sûr d'être encore une fois pardonné.

Elle filait droit devant vers l'hôtel, bousculait le chasseur, retrouvait ses esprits dans l'ascenseur face à un écrivain d'origine slave dont elle avait fait connaissance deux ans plus tôt à l'ambassade de Bulgarie.

– S'il vous plaît.

Une supplique pour qu'il la laisse en paix. Il a baissé les yeux, s'est aplati dans un angle de la cabine pour lui signifier sa disparition.

Elle s'est allongée sur le lit. Un vieux match de tennis se déroulait sur l'écran. Un cachet trouvé en secouant sa trousse de maquillage avalé avec une gorgée de cognac. Un reliquat de l'époque où elle avait traîné sur le planisphère une neurasthénie rebelle en espérant que le soleil du Sud la grillerait comme une tumeur, qu'elle ne résisterait pas au froid des stations d'altitude, que certains pays la saisiraient à la douane comme une contrefaçon.

Le sommeil. Le réveil. Des pas vers le frigo. Un jus d'orange au goulot. Tirer le rideau. Le soleil du matin comme une claque. Les pas pressés vers la salle de bains.

À dix heures, elle reçoit les avocats dans le salon. Un tourbillon, des propos pleins d'espérance, les premiers détectives partis ce matin en Guinée chercher dans son village natal des preuves de sa mythomanie, des témoins de sa première passe, des indices accablants de sa haine des Blancs, des hommes, de ses intentions de partir en Amérique pour venger les esclaves embarqués vers la Virginie trois siècles plus tôt.

– Si elle n'est pas prostituée, du moins est-elle peule. Un peuple cruel, menteur, une diaspora, une misère prête à étendre sa lèpre bien au-delà des côtes africaines.

233

Leur langue est incapable de dire la vérité. Même pas une langue, une tradition orale, des rots. Une fable toujours changeante. Elle parle à peine l'anglais. Elle pense dans ce patois animal. Les phrases comme des cornets où les dés s'entrechoquent. Les mots tombent au petit bonheur.

– Une impuissance à se souvenir. Un idiome fait pour oublier. La journée d'hier est un conte. Les années s'effacent faute d'un langage stable pour les fixer. Le mensonge est la seule vérité à laquelle ils puissent avoir accès. Même les mensonges ne cessent de se transformer, se contredire. La vérité par tirage au sort quand elle apparaît au hasard d'un lancé miraculeux pour être annulée à la passe suivante.

– Nous sommes confiants. Jusqu'à présent les interrogatoires se sont déroulés sous les auspices d'un tirage désastreux. Elle a répété les mêmes accusations. Demain la chance tournera. Le procureur se retrouvera avec une série de versions dont il ne pourra plus rien conclure. Même en les mettant sur un tableur il n'obtiendra aucun résultat statistique fiable.

Tous leurs espoirs découlant de la lecture d'un article posté sur le net par un Afrikaner sur les peuples piétinant dans la légende pour ne pas entrer dans l'Histoire.

– Elle est analphabète.

Un verdict. La panique de pouvoir à tout moment être contredite par des paroles tapées la veille par un greffier. Un texte impitoyable, la sensation qu'on lui a volé une partie de sa substance pour l'emprisonner dans une mémoire. La numérisation comme un sortilège, une malédiction éternelle, à l'infini dupliquée.

– Vous avez eu les résultats des tests ADN ?

– Ils confirmeront la version de votre mari. Une éjaculation.

– Pas de préservatif.

– Elle a dû lui imposer ce rapport non protégé.

– Elle avait sans doute pour projet de l'infecter.

– Une tentative de meurtre.

Ils étaient partis. Une entrevue dont elle ne sera jamais certaine de n'avoir pas inventé les paroles. Le cachet, le cognac de la veille, elle avait pu mettre un refrain et des couplets sur la mélodie précipitée qui s'échappait de leur gosier.

Elle savait son absolue répugnance à utiliser des préservatifs. Un béni des dieux qui repoussait virus et tréponème, qui même infecté résisterait au mal, sortirait victorieux du combat comme d'une élection de troisième ordre.

Il avait peut-être morflé sans le savoir quelques heures plus tôt, mais contaminer les autres ne l'inquiétait pas. Les autres n'existaient guère que dans leur imagination. Une prétention parmi d'autres, les femmes pouvaient mourir, d'autres poussaient déjà, s'épanouissaient, exhibaient leur maturité aux quatre coins de la Terre.

Les femmes malades, irréparables, hors-service, ne pourraient plus jamais lui procurer la moindre prestation. Il ne leur accorderait plus un regard, et elles perdraient l'étincelle de son désir qui leur conférait la vie. À moins qu'il les trouve encore désirables dans leur déguisement de squelette. Un rapport dans un couloir de clinique, leur peau encore chaude par-dessus l'os. Sa vanité de faire partie de l'élite de ceux prêts à risquer leur carcasse pour un orgasme. Un frisson nouveau parcourrait son échine.

Depuis que la chimie l'avait rédimé, en couchant avec lui, elle aurait éprouvé la terreur d'un prisonnier que ses geôliers obligent un soir de beuverie à jouer à la roulette russe. Mais comme il le confiait galamment à ses maîtresses, il ne courait pas après la corvée conjugale.

À treize heures, un déjeuner d'eau gazeuse et de crudités. Un pot de café, une mangue picorée entre deux tasses. Quelques pas dans New York. Les panneaux de Times Square où tout à coup son imagination projetait des images. Il apparaissait menotté dans la cour du commissariat, ramant au rythme du marteau du garde-chiourme dans la galère qui l'emmenait à Rikers Island, godillant dans une vulve, comme une fourche arpentant bras ouverts un couloir grouillant de femmes.

Elle est rentrée à pas lents. Ne pas heurter les pylônes, les bouches d'incendie, les gens qui trottinent. Éviter d'être repérée, de passer pour folle. D'être reconnue, de voir son désarroi apparaître sur tous les panneaux de la ville. Ralentir, des pensées rampantes, inaudibles, invisibles, qu'aucun appareil n'est encore assez sensible pour capter. Surtout, pas d'angoisse dans son regard qui puisse la trahir.

Elle voit ses yeux reproduits sur l'enseigne qui vantait tout à l'heure le charme des vacances à Hawaï. On projette ses pas chaussés de beige dans le ciel bleu. La foule à présent baisse la tête, chacun fixe son portable où sa vie défile, où en surimpression elle remonte la rue. L'acier poli des buildings, son reflet multiplié là-haut afin que la surveillent les astres.

Sa silhouette incrustée dans le marbre du lobby. Elle ne peut pas serrer son crâne comme un poing, et ses pensées prennent leur envol. Des cerfs-volants, des oiseaux de mer, un escadron de corneilles, et quelques abeilles voletant vers le grand bouquet du comptoir.

Il y a une phalène dans l'ascenseur qui lui chatouille le visage en perdant sur sa peau la poudre de ses ailes. Elle parvient à la semer dans le couloir.

Elle ouvre la porte de la suite. Elle sent qu'elle est le seul animal des lieux. Mammifère sur le mauvais versant de l'âge, prête à rendre les années qu'il lui reste en échange d'une journée d'adolescence. Voir une dernière fois la perspective infinie de sa vie, la vieillesse impossible, la mort abracadabrante, une fausse rumeur, une superstition.

Elle évite le salon, la chambre. La réalité paranoïaque coule à flots par les baies vitrées. Elle se réfugie dans la salle de bains. Elle distingue la lueur du jour dans l'obscurité. Elle monte sur le rebord de la baignoire. Un petit bout de fenêtre obstruée par un canevas de fer. Elle glisse un ongle, un autre, parvient à déchirer un angle.

Elle approche doucement la tête. De l'autre côté, une courette où des basanés en tablier remuent des casiers de bouteilles vides, poussent des tonneaux d'acier. Il lui semble que l'un d'eux lève les yeux vers elle, mais il parle à un type perché sur une échelle.

Elle respire l'air rassurant des villes, pas cette bourrasque d'ondes qui la poursuivait dans la rue. La réalité a retrouvé ses esprits.

Elle pouvait sortir de sa caverne, traverser la chambre, plonger le museau dans le clapet de la fenêtre. Une ville raisonnable, des voitures pleines de sagesse, une foule aérée dont on peut distinguer chaque piéton, et les panneaux au travail clignotant sagement la propagande de l'agroalimentaire et de l'industrie.

Elle s'est assise sur un fauteuil. Elle a pensé qu'il valait mieux s'imaginer avoir été la proie d'un rêve étrange, un cauchemar bien long, avec trop de détails, de rebondissements. Elle s'est dit que de nos jours l'inconscient progressait, se perfectionnait au rythme des outils de la science, et bientôt les psychanalystes de suivre des formations en cybernétique, devenus des ingénieurs du psychisme qu'ils sauront réinitialiser, réinstallant comme des logiciels le complexe d'Œdipe, la scène primitive, et saupoudrant délicatement par-dessus un instinct de mort modéré par un fort vouloir-vivre propice au combat social.

Elle a pris son portable qu'elle n'avait pas consulté depuis le déjeuner. Le numéro de Rikers Island se manifestait pour la septième fois de la journée.

– Qu'est-ce que tu foutais ?

L'opératrice qui lui cloue le bec. Elle donne son code, et le revoilà.

– Je n'arrête pas de t'appeler. Tu étais où ? Chez le coiffeur ? Le dermatologue ? Dans un centre de bronzage ?

– Je suis avec toi.

– Les avocats ne t'ont pas dit d'acheter des vêtements ? Si c'est eux qui s'en chargent je nagerai dedans, ou je serai boudiné. Je porte les mêmes habits depuis trois jours, autant remettre ma tenue de fou. Pourquoi tu n'es pas encore venue me voir ? Appelle l'ambassadeur, demande-lui de réclamer un droit de visite exceptionnel à l'*attorney general*.

– Je vais l'appeler.

– Je ne peux même pas entrer en contact avec le chambellan. Pas de télé, pas d'internet, mais j'ai vu la presse américaine ce matin. Pas brillant, la communication. Des injures à la une, des calomnies dans les pages intérieures. On se croirait dans la France d'avant-guerre. La haine, l'appel au meurtre. Je n'ai rien à me reprocher dans cette affaire. Un faux témoignage, et me voilà en enfer.

– Je n'ai jamais douté de toi.

– On perd du temps. Appelle l'ambassade immédiatement sur un autre poste. Je te garde en ligne.

– Je ne t'entends pas.

– Moi, je t'entends très bien. Dépêche-toi. Avant de venir, n'oublie pas d'acheter les frusques.

– Je ne t'entends plus.

Elle a raccroché. Elle est allée à la salle de bains enlever les traces de son maquillage du matin qui avait coulé. Elle est revenue dans la chambre enfiler une robe d'été en coton bleu. Trois appels de Rikers Island sur l'écran du portable. Une dernière apparition du numéro à quinze heures cinquante-neuf. Elle l'imaginait faisant la danse du scalp devant l'appareil en insultant les horaires auxquels on le soumettait en dépit de son titre d'archevêque de la finance mondiale.

On tambourine, toujours cette impression d'être atteint de cécité en ouvrant l'œil dans la nuit. Dimitri devant la porte, éclairé par la flamme de son briquet comme un polichinelle sortant de la boîte d'un magicien de cour en brandissant sa chandelle.

– Réveille-toi, il est sept heures.

Il ne me voit pas.

– Je suis debout.

– Je ne suis pas arrivé à me raser dans le noir.

– Quel est le programme ?

– On va prendre un café et on s'en va.

– À Tchiakoullé ?

Il disparaît dans l'obscurité du couloir, soufflant sur ses doigts brûlés par le métal du briquet. En m'habillant, je vois à travers la fenêtre le jour se lever en hâte comme sur la scène d'un théâtre.

Dehors, un ciel gris qui en a fini de pleuvoir. Dimitri tourne en rond devant le restaurant avec des airs de barine courroucé par la fainéantise de ses moujiks.

– Ils dorment tous. Pas même pris de douche et en plus pas de café.

– On va se recoucher.

– Non, on fout le camp d'ici. Je me suis réveillé à quatre heures du matin, et avec toutes ces ténèbres je n'ai même pas pu lire. J'ai passé mon temps à faire les cent pas dans la chambre en me cognant aux meubles.

– C'était une nuit pleine de ténèbres.

– Arrête de rire. On n'est pas en sécurité. Hier, on a trop parlé. Tout le monde sait où nous allons. Aussi bien, on nous a démonté les roues dans la nuit. On a même dû nous voler la voiture.

– Non.

Je la voyais. Elle était dans son champ de vision, mais il a donné un coup de tête dans le vide et lui a tourné le dos pour mieux la nier.

Monsieur Bonté est apparu avec le chauffeur. Dimitri a pleurniché dans leur giron.

– Pas d'électricité. Personne. Pas de café.

Bonté a ouvert une cahute plantée en face du restaurant. Le chauffeur a brandi un pot de Nescafé.

– Il faut faire chauffer de l'eau. Attendez au restaurant.

On s'est assis dans la grisaille de la salle comme deux silhouettes dans un lavis. Je me demandais si je n'allais pas arrêter une voiture sur la route en serrant un ou deux millions de francs guinéens dans mes bras.

– Emmenez-moi là-bas.

– C'est un endroit où on ne va pas.

Bonté nous a apporté les cafés. Il avait aux lèvres un petit sourire malicieux.

– Nous irons chez le préfet.

Il suffirait de lui présenter le sauf-conduit que nous avions acheté au ministère de la Communication pour qu'il nous escorte jusqu'à Tchiakoullé. Sa présence impressionnerait le village qui rangerait aussitôt ses haches et ses tomahawks. Un préfet perdu dans la montagne dont la population des ouailles ne devait pas excéder trois cents âmes.

– Le frère sera obligé de nous parler.

J'imaginais ce pauvre homme passant aux aveux la corde autour du cou. Dimitri était dubitatif.

– On ne pourra jamais être ce soir à Conakry. Et puis, pour quoi faire ? Qu'est-ce que tu veux qu'il te dise ?

J'aurais voulu passer de l'autre côté de l'écran, respirer l'air du réel. Mon regard libre de choisir ses angles, les sons directement injectés dans ma tête sans qu'ils aient voyagé à travers un micro, reposé dans un disque dur et qu'ils m'aient été jetés à la gueule par des haut-parleurs.

– Je crois en la réalité.

– Alors, on y va tout de suite. Si on finit avant onze heures on aura peut-être une chance d'arriver à Conakry avant la nuit.

Il avait dû nous propulser, nous ranger dans la voiture comme une fermière décarcassée des œufs dans une boîte. Nous voyions déjà défiler les dernières maisons de Labé. Une ville déserte, volets fermés, avec le soleil qui venait de se réveiller et tapait sur les toits de tôle ondulée.

Le barine était en rage.

– Ils dorment, ils passent leur vie à dormir comme des rentiers. Des rentiers misérables.

– En France, on les appelle des chômeurs.

Le chauffeur s'engage sur une route étroite dont la direction n'est signalée par aucun panneau. Dimitri s'inquiète.

– Vous êtes sûr que c'est le bon chemin ?

– Le bon chemin.

Je me demande si le Peul n'avait pas raison, si Nafissatou n'était pas en réalité native de Toucoula.

– Les journalistes sont peut-être allés n'importe où interviewer un frère factice qui leur a raconté n'importe quoi.

– Ce monsieur So était un filou.

Un filou désintéressé qui ne nous a pas demandé un fifrelin. Un poète, un conteur, un personnage diabolique cherchant à nous perdre, à nous faire tomber dans une embuscade. Nous aurions le temps de panser nos blessures dans la fosse où on nous enfermerait. On se nourrirait de taupes, on mourrait l'un après l'autre de vieillesse, oubliés de nos geôliers dont les idées auraient fini par triompher et qui seraient ministres depuis longtemps à l'heure où nous soufflerions notre dernier soupir.

Monsieur Bonté riait de ma crédulité.

– C'est un Peul. Les Peuls, ils se moquent des mots.

Le goudron avait disparu. Une piste fraîchement lissée. Des trous rares, mais assez grands pour engloutir une mule. La voiture s'arrêtait net, mordait sur la forêt, rasait le précipice ou l'étrange petit lac sans berges que des malveillants semblaient avoir posé là pour nous engloutir. Dimitri regardait l'heure avancer sur l'écran de son portable.

– Il y a encore combien de kilomètres ?

– On va arriver bientôt.

– Combien de kilomètres ?

J'ai vu Bonté sourire dans le rétroviseur. Il trouvait grotesque l'invention du kilomètre, une sorte de grigri, une notion aussi dépourvue d'intérêt que l'espérance de vie qui n'a jamais permis à personne de connaître la date de son décès.

– Il est déjà huit heures quarante-six.

243

La piste monte avec le soleil. Des lianes pendues aux arbres comme dans la bande dessinée de Zembla que je lisais dans mon enfance. Une végétation moins touffue quand même. Un air de forêt ordinaire, assez clairsemée pour qu'on imagine en voir surgir un cavalier en tenue de piqueur.

On dépasse une colonne de femmes surmontées d'un panier avec dedans des poules qui tendent le cou, caquetant à la mort comme si on les menait à l'abattoir. De loin en loin, des adolescents sur des motos stationnaires au bord de la piste, puisque l'essence est trop chère pour profiter autrement de sa machine. Quand l'une roule, elle est chargée de marchandises et ondule sous son fardeau.

– On va arriver.
– Neuf heures vingt-cinq.

Trois maisons en brique au toit défoncé, deux cabanes abandonnées, et la voiture en tête à tête avec un coq suicidaire qui fait les cent pas devant nous pour nous obliger à l'écrabouiller. La voiture l'enjambe, il pousse un cri sous le châssis et réapparaît derrière nous les plumes hérissées.

Des maisons pourvues d'antennes satellites, de panneaux solaires, des femmes et des filles occupées à balayer devant les portes, à sarcler des carrés de légumes, à plumer des volailles. Un homme encore engourdi de sommeil s'étirant à une fenêtre, un autre posé sur un tabouret devant son porche, et une demi-douzaine conversant devant le capot ouvert d'une guimbarde.

Des structures métalliques hautes comme des immeubles de trois étages, au sommet une antenne-relais siglée Orange. On voit aussi des câbles aériens qui ont dû serpenter à travers la brousse sans qu'on puisse les apercevoir de la route.

Quelques bâtiments alignés formant une rue, mais beaucoup de constructions ont été jetées au hasard dans les champs. Comme partout, les plus grandes maisons sont à l'état de carcasses de béton. Des squelettes abandonnés qui n'abriteront jamais de chair humaine.

Les yeux baissés, une petite fille en tchador noir file en ligne droite à travers l'herbe jaunie. Le chauffeur s'arrête au milieu d'un carrefour désert. Monsieur Bonté s'en va questionner un vieillard qui fume debout contre un arbre. Un vieillard qui répond d'une parole, d'un signe de l'index, à ses phrases abondantes et à ses moulinets.

On arrive devant une bâtisse à un étage peinte en ocre et blanc. Muni du sauf-conduit du ministère, Bonté entre à l'intérieur tandis que Dimitri fouille sa valise à la recherche d'une poignée de stylos. Je filme en faisant la toupie, essayant d'absorber les alentours comme si je venais de découvrir une contrée dont je projetais de dessiner la carte.

– Vous devez venir.

Nous rejoignons Bonté. Une grande salle pleine de chaises, de fauteuils de bureau et une vieille télé qui regarde un mur. Il y a quantité de portes ouvertes par lesquelles sortent des fillettes timides, des garçonnets tête haute, une adolescente humide bardée de serviettes de bain. Dimitri agite ses stylos, et de venir l'un après l'autre prendre le petit cadeau en échange de la promesse d'être studieux et sage.

Un préfet aux alentours de la soixantaine en djellaba blanche et bonnet gris. Il s'arrache plusieurs fois à la lecture du sauf-conduit pour jeter un coup d'œil sur Dimitri qui vient d'offrir son dernier stylo. Il interpelle un des enfants qui lui donne son stylo sans moufter. Il s'exerce au maniement de l'engin avant de le clipper à son col.

Il rend le papier à Bonté.

– Vous irez à Tchiakoullé.

Je lui demande de nous accompagner.

– Nous avons un peu peur.

– Je vais vous signer un papier pour le sous-préfet.

Ne manquerait plus qu'une ambassade, un Parlement, une armée de l'air pour tenir en respect les gallinacés.

– Vous avez du papier ?

Denrée rare en ces temps numériques. Dimitri s'en revient avec une petite feuille quadrillée.

– J'avais un cahier d'écolier dans ma valise.

Toujours ce bagage à malice dont en cas de famine il sortirait sans doute un plat de chipolatas et un flacon de Tabasco.

Le préfet a disparu par une porte d'où continuaient à sortir des gosses. Peut-être les mêmes qu'on avait déjà vus, à moins qu'une foultitude de bambins sortent à longueur de temps tout habillés et prêts à trottiner du ventre de femmes tapies dans le fond de ses appartements privés.

Il est revenu essoufflé avec le sauf-conduit, comme s'il avait fait courir trop vite sa main sur la page.

– Il parlera à votre place.

Nous le remercions l'un après l'autre en lui serrant la main.

– Que Dieu te garde, toi et tes enfants.

Une parole de pope dont Dimitri est prolixe en Afrique, alors qu'en France il se contente d'une politesse laïque.

On claque les portières. Même le chauffeur semble radieux. On croise trois hommes à cheveux blancs installés en brochette sur une moto. Peu à peu, le village se raréfie, des zones d'herbe jaune, auxquelles succèdent des poignées de masures, des sortes de squares dont on aurait arraché les arbres et conservé les baraques à barbe à papa vidées de leur substance, peinturlurées à la glaise, peuplées de marmots sérieux comme des condamnés.

Un panneau recommandant aux jeunes l'abstinence ou la capote pour vaincre le sida est planté au faîte de deux piquets métalliques devant la demeure du sous-préfet. Bonté revient nous dire qu'il est très content de nous accompagner.

— Mais il faut qu'il s'habille.

Dimitri me photographie sous le panneau prophylactique. Je filme les chèvres dont la région semble plus riche que de gens. Elles jettent des coups d'œil furibonds à l'objectif, avec cet air exaspéré des stars harcelées par les paparazzis.

En fait, les vieux sont rares, ils sont morts en bas âge avant d'avoir la moindre chance de le devenir, alors que vaccinés par les ONG les enfants d'aujourd'hui sont destinés à mourir séniles. À la fin du siècle, des villes entières de maisons de retraite. À force d'être déboisée pour leur laisser place, la brousse ne sera plus que bandes vertes étroites comme des jardinets.

Bonté s'approche de Dimitri.

— Le sous-préfet.

Un trentenaire de belle facture orné d'une casquette et de lunettes de soleil se détache en souriant du bosquet qui cache la maison.

— Il faut lui donner quinze mille francs.

Je les sors de mon sac. Dimitri en garnit la poignée de main qu'il lui donne.

– Nous sommes très heureux de vous connaître.

Je pose ma main sur son épaule, certain que ma profonde gratitude va traverser son blouson de cuir et sa chemisette pour exploser dans son cœur.

– On est à combien de kilomètres du village ?

– Dix kilomètres.

Dimitri semble émerveillé de se trouver pour la première fois depuis si longtemps en présence de quelqu'un fréquentant le système métrique. Le sous-préfet prend place entre nous deux sur la banquette arrière. Nous nous collons à lui, craignant sans doute qu'il ne s'échappe.

– Vous êtes si jeune pour être déjà sous-préfet.

– Je suis en train de faire édifier une infirmerie.

– Vous avez raison, monsieur le sous-préfet. Quand on est fonctionnaire, il faut laisser sa marque.

– Une œuvre dont la population se souviendra après votre passage.

Notre langue n'est pas encore assez longue pour lécher notre guide.

– Vous serez sans doute bientôt promu à Labé ?

– Dans un ministère à Conakry ?

– Ma fille vit avec sa mère à Conakry.

– Que Dieu la garde.

Et Dimitri de secouer ses doigts comme s'il lui donnait de l'encensoir.

Le sous-préfet appelle le frère de Nafissatou pour le prévenir de notre arrivée.

– Il nous attend.

La route est raide. Des parapets de pierres retenues par des filets au-dessus des précipices. Des femmes en marche, au regard fixant l'horizon.

– Il faudra que vous donniez une somme d'argent à Diallo en arrivant. C'est la coutume.

On ne voit jamais d'hommes utiliser leurs jambes pour se déplacer d'un village à l'autre. Ceux qui ne disposent pas de place dans une voiture ou sur une moto restent sans doute là où la naissance les a posés jusqu'à la fin des temps.

Nous passons devant une école déserte.

– Évidemment, c'est dimanche.

Bonté ajoute qu'on construit beaucoup d'écoles.

– Les hommes de demain liront.

– Et les femmes ?

– Pourquoi pas ?

On envoie moins les gamines à l'école. Elles aident la mère à gérer la marmaille en bas âge.

– Et puis, en Guinée peu de gens ont une machine à laver.

Le sous-préfet nous regarde l'un après l'autre en souriant, comme si à travers lui le gouvernement avait décidé de garder une neutralité bonhomme sur la question du blanchissage.

– Voilà Tchiakoullé.

Il désigne de l'index des maisonnettes de bric et de broc sur les bords de la piste. Une jeune fille est allongée tristement sur une souche, sa tête posée contre l'arbre. Une pose à la Récamier, la même élégance et un regard las à la Des Esseintes.

– C'est ici.

Le frère de Nafissatou était en faction devant la porte. Toutes vitres fermées, nous avons laissé sortir le sous-préfet en éclaireur. Une poignée de main, puis beaucoup de paroles s'échappent du grand sourire du fonctionnaire. Quelques-unes aussi du frère hautain tel un monarque dans sa djellaba lie-de-vin dont il porte dignement les taches comme un guerrier ses cicatrices.

Nous descendons de voiture. Monsieur Bonté se précipite. Il écarte doucement le sous-préfet pour nous présenter lui-même.

– Ce sont deux grands avocats américains de Nafissatou. Monsieur est un écrivain très important. Il veut écrire un livre pour dire la vérité. Ils ont défendu votre sœur depuis le premier jour.

Je n'ose rectifier. D'ailleurs, j'aurais aimé naître à Brooklyn dans un film de Scorsese. Dimitri accueille la nouvelle avec l'indifférence d'un Russe blanc dont la famille déracinée aurait pu échouer n'importe où. Il lui demande son nom, avec des manières d'instituteur qui s'informe de l'identité d'un élève le jour de la rentrée des classes.

– Mamadou Dian Diallo.

– Mamadou le géant.

Sans atteindre au gigantisme, le sommet du bonnet de soie qui surmonte sa tête doit culminer à un mètre quatre-vingt-dix. Bonté semble ravi que sa traduction corresponde à la réalité.

– Vous n'êtes pas petit.

Le sous-préfet nous invite à pénétrer dans le patio de la construction basse à toit de tôle qui comporte peut-être quelques briques sous les ravaudages de planches hétéroclites. Il disparaît à l'intérieur avec Diallo.

Une petite fille d'une dizaine d'années pile le mil en silence, une autre plus jeune porte sur son dos un bébé aux cheveux tirés et tressés en pompons au-dessus du crâne, trois autres nous regardent, plantées sur leurs petites jambes qu'une robe rouge, bleue ou verte, coupe au milieu de la cuisse. Elles sourient sans bruit, elles ont dans leurs yeux la lueur des enfants qui regardent un spectacle. Dans un coin, une femme accroupie nous tourne le dos en soufflant sur des braises.

Diallo revient.

– Nous allons chez ma mère.

Il se dirige vers une vieille Renault garée non loin entourée d'enfants mâles, la plupart vêtus de maillots de foot à l'effigie d'une équipe modeste à inscrire son nom en lettres trop petites pour être déchiffrées sans une loupe.

Le haillon arrière de la voiture est béant. J'aperçois un fusil de chasse au canon évasé.

– Mes fils.

Le plus âgé doit avoir seize ans. Il monte avec lui. Les autres gamins la poussent. Elle ne démarre pas. Il l'abandonne, grimpe à l'avant du 4 × 4 sur les genoux de Bonté. On roule, on tourne, on quitte la piste. Une descente dans la caillasse, on saute comme dans des trous d'air.

– On s'arrête là.

Notre colonne en file indienne sur un sentier abrupt d'herbe jaune. Face à nous, un paysage boisé, immense sous le ciel fade dont tombent quelques gouttes. Nous arrivons devant une barrière de roseaux enchevêtrés. Il ouvre un portillon large comme un avant-bras. Nous passons de profil l'un après l'autre. Nous descendons encore entre des sortes d'appentis et des arbres à palmes.

Une maison avec une gamine immobile posée sur le seuil, un petit garçon devant un livre ouvert, un vieillard sur la défensive armé d'une baguette qui parle en peul à Diallo.

– Il ne veut pas qu'on le filme.

La maison de la mère est en face. Une villa de béton avec un escalier à double volée de marches qui mène à la terrasse où sont alignées des chaises de plastique ou de bois brut. Sur la dernière marche, 2001 tracé douze ans plus tôt sur le ciment frais.

Le sous-préfet nous invite à nous asseoir. Sans doute alimentée par un panneau solaire, une antenne satellite est agrippée à la balustrade qui supporte une procession de bouilloires. On en voit partout dans les toilettes de la région, de nombreuses sont alignées devant les maisons sans eau. Tchiakoullé est un village sans eau.

Le fils est allé chercher la mère dans les entrailles de la maison. Il amène une dame pieds nus, en robe vieux rose, qui s'assoit et se tait. Elle a la bouche aux lèvres pincées des édentées.

Elle est arrivée docile, même pas résignée, habituée à obéir au fils après la mort du père. La vulve soumise au pénis depuis les origines, le clitoris, insolente contre-façon, tranché, jeté aux rats. L'intelligence atrophiée comme un muscle dont l'usage a toujours été proscrit, et le cerveau des hommes fier comme un gland dans le fourreau du crâne. Comme si les chèvres du pays faisaient les quatre volontés du bouc, que les rochers ordonnent à la montagne, les cailloux à la lune.

Les vieillards fiers, droits, oisifs, emmanchés sur leur épine dorsale comme une saucisse sur un cure-dent. Leurs femmes usées, beaux fruits d'autrefois dont ils ont pressé la jeunesse, courbées, honteuses, toujours affairées jusqu'au jour où elles seront bonnes à mourir.

– Bonjour, madame.

Elle répond d'un mouvement de tête qui fait à peine osciller son menton.

– Elle ne parle pas français.

Pour le parler, il aurait fallu qu'on le lui apprenne. Prendre le risque d'éduquer, d'emmener les filles de l'autre côté du mur, mettre dans leur bouche un autre langage que celui des pères. Les mots sont des questions, des désirs, des rêves, et le pouvoir de prononcer autre chose que les vocables utilitaires du quotidien, de faire une échappée hors de la langue des prières. Les mots sont des schismes, les langues des arsenaux, les révolutions naissent des discours des clercs, les barricades ne sont jamais muettes. Surtout ne pas mourir avant d'avoir inventé un blasphème, une insulte.

– C'est aussi la mère de Nafissatou.

Dressé derrière elle à l'extrémité de la terrasse, Dimitri joue les opérateurs, chapeau vissé au crâne, un œil fixé sur l'écran et l'autre mobile vérifiant autour de lui que la caméra ne diffame pas le réel.

Je donne à Diallo une liasse de billets.

– C'est la première fois que j'accepte quelque chose.

Le sous-préfet prend la parole.

– Mamadou Diallo est mon ami. Même si je suis son chef.

Des hurlements d'enfant. Je vois le vieillard donner une leçon coranique au petit garçon. Il récite à pleine voix le Coran.

– Jusqu'à présent, c'était l'ambiguïté, la honte. Maintenant qu'il a été condamné à payer, il est bienheureux et il est à votre disposition pour vous répondre. Mes enfants me parlent souvent de Nafissatou.

Le fonctionnaire d'avoir soudain des larmes. Elles coulent sur ses joues et les ailes de son nez malgré la monture de ses lunettes de soleil qui fait digue. Un coq grimpe l'escalier, pousse son cri, et le sous-préfet se tait comme si l'animal l'avait morigéné.

– Racontez-moi Nafissatou.

Mamadou me regarde dans les yeux. Il me domine du haut de sa grandeur, ce Peul qui comme tous les Peuls est un roi. Il semble hésiter à descendre jusqu'à moi. Il s'abstient, il va rester perché au sommet de sa tour et me jeter ses réponses comme des aumônes. Je suis le manant qui doit supplier à plusieurs reprises avant qu'il daigne.

– Elle a reçu une éducation coranique.

L'éducation coranique des filles. Une façon de dire qu'on leur a appris à obéir, se prosterner, se taire.

– Elle s'est mariée à quel âge ?

Il hésite, questionne sa mère. Sans doute pour réfléchir, éviter de me donner un âge qui puisse me paraître indécent.

– Dix-sept ans.

Le gamin continue à hurler sa leçon. Diallo ne daigne pas élever la voix. Je colle presque mon oreille à sa bouche. Ses phrases comme des petits poissons qui tombent dans un coquillage.

– Elle ne sait pas lire. Elle ne parle pas français. Elle a dû apprendre un peu d'anglais à New York. Elle n'est pas assez intelligente pour avoir menti. Elle a eu deux filles. La première est morte bébé. Son mari était jeune, et quand il est mort il n'avait qu'un frère trop petit pour l'épouser. Il vivait là-bas.

Il montre le paysage devant lui.

– De l'autre côté du marigot.

Je ne distingue que des arbres, des fourrés, de l'herbe jaune. Il doit y avoir des huttes, des constructions au bout de l'horizon.

– Elle aimait tellement son mari, qu'elle pleurait trop. Je l'ai envoyée chez sa tante, à Ziguinchor. Quand elle est revenue, je l'ai amenée à l'aéroport de Conakry. Sa sœur vivait déjà là-bas. Elle est partie avec un visa authentique. C'est moi qui avais fait les démarches à l'ambassade. J'ai gardé plusieurs années sa fille avec moi. Elle avait fait une chute. Elle était blessée à la hanche. Je l'amenais chaque jour au dispensaire. Je l'ai envoyée rejoindre sa mère pour qu'elle soit mieux soignée.

J'entame une enquête de moralité.

– Elle a eu des aventures depuis son arrivée aux États-Unis ?

– Entre son mariage et cette affaire, elle n'a jamais connu d'homme. Sinon, elle m'aurait demandé l'autorisation. Si j'avais accepté, je ne lui aurais pas laissé d'autre choix que le mariage.

Je me suis souvenu de la vidéo de l'agence de presse, l'homme loquace, hilare, enthousiaste à l'idée qu'il allait la rejoindre pour la soutenir. L'avocat de Nafissatou comme un père Noël qui lui enverrait limousine et jet pour toucher aux États-Unis sa part de gloire et de fortune.

– Bien sûr, je suis en contact avec elle. Je veux aller la voir mais pas pour plus d'un mois. Je dois rester ici. J'ai pour l'instant onze enfants. Il faut que je sois ici pour les encadrer. Mon père a eu beaucoup de femmes, beaucoup d'enfants. Je suis le seul à être resté. Les frères sont partis. Les sœurs se sont mariées, elles ont disparu loin. Dès qu'on peut quitter, on part. Il n'y a rien à Tchiakoullé. Il n'y a pas de demain. Je construis une maison à Conakry.

Je lui demande s'il était vrai qu'elle avait été violée en Guinée par des soldats.

– Entre son mariage et cette affaire, il ne s'est rien passé.

La colère au fond des yeux. Ce forfait mettrait sa sœur au rang des courtisanes. La langue peule n'a pas de mot pour désigner le viol d'une femme. Les langues ne pensent pas toutes la même chose. Elles sont pareilles aux religions, aux familles, aux gens. Il y a des contrées où une jeune fille violée est une putain comme une autre.

255

Le silence tombe. Dimitri filme l'assemblée désormais muette. La mère toujours installée sur le fauteuil. Absente, posée là. Diallo prend une bouilloire sur la rambarde et disparaît dans un taillis. On se promène devant la maison. On se photographie comme des touristes à Disneyland.

Diallo revient.
– On va aller sur la tombe de mon père.
– Elle est où ?
– Il faut remonter jusqu'au village.
Dimitri regarde sa montre.
– Tout de suite, alors.
Traînant monsieur Bonté et le sous-préfet, Dimitri contourne la maison et disparaît avec eux. Je veux saluer la mère, mais elle s'est rétractée à l'intérieur avec son fils. J'erre aux alentours. L'enfant est toujours assis à côté du vieil homme perdu dans la lecture du Coran. L'enfant suit des yeux une poule famélique à la recherche d'une pitance incertaine.

Je me demande combien de paroles avait pu prononcer Nafissatou avant de se marier. Des réponses brèves aux questions du père. Les rares discussions avec la mère à propos de sa lenteur à exécuter les corvées. Des confidences à voix basse avec ses sœurs et d'autres filles du village. Quand on la battait, on n'entendait que le bruit de la baguette.

Là-bas, Dimitri et sa petite troupe passent la barrière en hâte. On dirait qu'ils s'échappent par un trou découpé dans les barbelés d'un camp. Diallo ouvre une porte derrière moi. J'aperçois sa mère figée dans la pénombre.
– Ma mère est très gênée. Elle n'avait pas de fruits à vous offrir. Ni rien.

– Je la remercie encore. Elle nous a très bien reçus.

– Oui, mais c'était très important pour elle de vous offrir quelque chose.

Nous remontons. Ils sont déjà installés dans la voiture. Je m'assois à côté de Dimitri, et comme à l'aller Diallo se pose sur les genoux de monsieur Bonté.

Le chauffeur gare la voiture devant la maison.

– Mon père est enterré à la mosquée.

Le point culminant du village. Une mosquée en pierre, haute comme une église. Rien n'échappe à Dieu du sommet de son phare. La cohorte suit Diallo sur un sentier en pente. Des cahutes habitées par des familles muettes, un kiosque siglé Orange.

– Donnez-moi dix mille francs pour acheter une carte de téléphone.

Diallo capte mon billet avec la condescendance d'un créancier qui pour vous obliger accepte un remboursement partiel et misérable de votre dette immense.

Quand nous arrivons devant le portail, je trouve le sous-préfet en grand palabre avec Dimitri.

– Mon traitement met très longtemps à arriver de Conakry. J'ai besoin de quatre cent mille francs.

– Je ne peux pas vous donner autant.

– Je dois de l'argent à un ami, je dois le rembourser ce soir.

Dimitri puise une ramette de billets dans mon sac. Le sous-préfet les empoche.

Nous pénétrons dans l'enceinte. La mosquée est fermée. Diallo nous montre un petit auvent rectangulaire. Dessous, une épaisse couche de sable retenue par un muret de brique.

– Mon père est là. Il est mort il y a deux ans.

Dimitri regarde le sable de plus près, espérant peut-être voir affleurer le cadavre encore affable.

– On attend qu'il ne reste plus que son squelette pour poser une dalle. C'était un personnage très important. Il était écrivain comme vous. Le père de mon père était très important aussi, un imam, c'est lui qui a fait construire la mosquée.

Dimitri n'est pas en reste de mondanités.

– C'est très considérable un imam. C'est l'équivalent d'un cardinal dans l'église catholique, d'un rabbi chez les Juifs. C'est presque aussi prestigieux qu'un patriarche dans la religion orthodoxe.

Diallo acquiesce.

– Vous devez être iman vous aussi ?

– Non.

Il devient méditatif, semble imaginer son père en train de perdre ses derniers lambeaux sous le sable. C'est la première fois que je le vois baisser les yeux. Monsieur Bonté se poste à côté de lui, il me semble voir les remugles d'une prière muette valser entre ses joues. Le sous-préfet murmure à l'oreille de Dimitri qui tire agacé un billet de dix mille de sa veste que l'autre gobe d'une main leste comme la langue d'un caméléon.

Ils sont descendus vers la maison. Je suis resté avec Diallo. Il me fixait taciturne, majesté des montagnes devant le petit Blanc venu acheter sa parole pour une poignée de verroterie. Son corps trop droit pour s'être jamais prosterné devant un autre que Dieu.

L'artiste toujours suppliant la foule de venir à lui, les médias de lui accorder une place au chaud sous les projecteurs, dans l'angoisse perpétuelle d'avoir été, de n'être plus, de s'apercevoir que tous ses livres sont déjà écrits, qu'il devient la caricature desséchée de ce jeune samouraï prêt à mourir pour un paragraphe, et sa phrase désormais estropiée dont il ne pourra même pas se servir d'épée pour se faire hara-kiri.

Diallo, le dernier monarque. Un roi déjà jaloux des fuyards. Les félons partis vendre leur âme à l'Occident qui les oblige à faire le beau pour leur consentir une place de misère. Vagabonds pleins d'espérance qui donneraient leurs dents pour une carte verte, un bras pour une chambre à Harlem. En définitive le pays qui accepte de les utiliser, les absorber, et leurs arrière-petits-enfants compatissants, gênés, honteux de ces ancêtres nés au milieu des chèvres dont ils les imagineront avoir tété le pis comme des Romulus qui en fait de louve se seraient contentés d'un bestiau.

Nafissatou, la bergère échappée devenue une héroïne sans mari. Son père mort en la croyant perdue, et le frère mortifié de se sentir ébloui par cette star devenue riche pour une fantaisie de toubab, un plaisir légitime pour l'homme qui l'a exigée, une impureté coupable pour la femme qui doit la taire sous peine de baston-nade et de mise au rebut. Elle, tombée à la naissance dans le troupeau des filles, des ventres, des fours où mijote la semence du mari qu'à peine adolescentes le père leur donne comme un coup de pied au cul.

– Nafissatou.

Un nom qui s'est prononcé tout seul. À moins qu'il soit monté de la tombe. Une parole de conclusion à notre dialogue silencieux.

Nous descendons le sentier. Deux femmes nous regardent à distance. Elles ont la tête chargée de paniers lourds de linge. Des yeux fixes comme leurs corps. La campagne comme une vitrine dont on se demande ce que les mannequins veulent nous vendre. Tous les habitants du village offerts, prêts à être emportés par celui qui acceptera de s'en embarrasser. Un bagne de femmes, et même les hommes sont désespérés de ne pouvoir disposer des objets qui leur semblent ricaner de leur misère de l'autre côté de la dalle de l'écran.

Au milieu des enfants, Dimitri distribue des billets de mille. Ils sont émerveillés, personne ne leur a jamais donné d'argent. Ils n'osent bouger, demander, ou pousser des cris pour exprimer leur bonheur.

Diallo s'approche, grave, mécontent. Il ramasse l'argent des gosses.

– On donne à la maman.

Diallo parle à la femme accroupie. Elle se lève, souriante, aussi ébaubie que sa marmaille. Dimitri lui donne une liasse. Elle la serre dans sa main, regardant son mari, se demandant si elle doit attendre que nous soyons partis pour la lui céder.

Monsieur Bonté parle avec le chauffeur qui n'a pas quitté la voiture. Dimitri regarde sa montre.

– Nous vous remercions pour votre accueil.

– Votre téléphone ?

– Je voyage tout le temps.

Tellement, qu'il n'a pas de téléphone.

– Je bouge trop, on n'arrive jamais à me joindre.

– Vous, votre téléphone ?

Je note mon numéro sur un paquet de cigarettes. Diallo en déchire un morceau pour me donner le sien. Je rejoins Dimitri qui est déjà assis à l'arrière de la voiture. Diallo fourre sa tête à l'intérieur par la fenêtre ouverte.

– Alors, c'est fini la monnaie ?

– Quelle monnaie ?

Je donne à Dimitri la sacoche. En soupirant, il plonge sa main et lui tend une pincée de billets épaisse comme un bulletin paroissial. Il remonte aussitôt la vitre.

– Allez, démarre.

Le chauffeur obéit. Je me retourne pour regarder s'éloigner Tchiakoullé.

– J'espère que tu lui as donné un faux numéro. Autrement, il va t'appeler sans arrêt pour te réclamer de l'argent.

Il ne m'a jamais appelé.

– Mettez vos mains sur la table.

Il a sursauté. Le flic avait fait si peu de bruit en entrant que le souffle du climatiseur l'avait couvert.

– Qu'est-ce que ça peut vous faire ?

– Vous devez laisser vos mains sur la table.

– Je voudrais un somnifère.

Il l'a regardé méfiant, comme s'il venait de lui réclamer une arme. Il est sorti comme un soupir.

Non seulement il devait être filmé malgré la basse lumière, mais ce type était chargé de l'observer de l'autre côté de la glace sans tain. Un pion de pensionnat qui guette les mains s'aventurant sous les draps. Les autorités craignaient sans doute qu'il s'ouvre les veines en les frottant contre le tube d'acier qui soutenait le plateau. Un tube à section ronde, il aurait fallu des jours pour obtenir un goutte-à-goutte d'hémoglobine à force d'user les vaisseaux.

Il a fixé le miroir, il a fait un bras d'honneur au flic.

Pour passer le temps, il a tenté de se remémorer des souvenirs érotiques. Il voyait des visages, des poitrines, des monts de Vénus broussailleux, tondus, lisses comme la peau de l'œuf, des fesses grasses, profondément fendues, ou presque impudiques à force de discrétion,

262

et puis les vulves, nombreuses, foule, cohue qui se bousculait pour narguer sa mollesse revenue.

Un film tressautant, une fille différente sur chaque image, un défilé de bouches, de corps, à l'occasion de grands yeux aux cils noirs, luisants, lourds de fard, et puis la cohorte de celles dont on distinguait à peine les culs rebondis, gras, moelleux, musclés, ou secs comme un os.

Il se souvenait plus ou moins des visages des hommes. Il confondait rarement un ministre avec son chef de cabinet, ou un arrière-cousin avec un domestique qu'on remercie d'une piécette. Des visages qui devraient être réservés aux hommes, il reconnaissait plus aisément les femmes à leurs courbes, leurs jambes de belles, de moches, de remèdes à l'amour, à leurs mains aux ongles laqués ou bien charmants d'avoir été rongés. Les doigts comme des invites, des promesses, les doigts qui se frottent l'un contre l'autre comme des tourtereaux.

Il ne parvenait pas à reconstituer une femme entière. Il avait le plus grand mal à chasser les hommes importuns qui s'invitaient dans sa représentation. Il a rêvassé un moment tête posée contre un ventre confortable qui dégageait le parfum de muguet des savonnettes avec lesquelles la nurse le lavait dans une petite baignoire en émail transportée dès le printemps au milieu du jardin pour l'exposer tout entier au soleil.

Il a sursauté au moment où le visage de la femme de chambre lui est apparu. Une image détaillée, son gros regard révolté, pourtant soumis, tandis qu'il l'évaluait de ses petits yeux brillants. Sa peau grêlée, stigmate d'une maladie de pauvre, sa peau brillante, qui lui semblait cirée comme un meuble, et cette bouche qui depuis le lointain décès de son mari n'avait effleuré que le front de sa fille.

Il n'éprouvait aucun remords, les visages des femmes dont il avait joui ne seraient jamais des reproches. Leurs regrets tardifs trahissaient leur faiblesse, leur laisser-aller, leur couardise. Elles étaient coupables d'avoir préféré un paresseux instant d'abandon à la peine de hurler, de griffer, d'immobiliser l'adversaire d'un coup de genou.

Le visage d'une femme qui avait attendu son départ pour faire un coup d'État. Une ilote à présent sûre de son pouvoir, commandant l'armée des juges, et on l'avait jeté là comme un tyran déchu. Si elle s'était montrée rebelle, il s'en serait débarrassé. Il lui aurait ouvert la porte lui-même en s'amusant de cette furie gesticulant, l'insultant au nom de sa vertu outragée.

– Je vous fais peur ?

Il lui aurait posé cette question comme à toutes les femmes qu'il rencontrait. Les rétives, les consentantes, les brûlantes de désir, et celles qui se seraient battues pour avoir leur part.

Il avait dû la lui poser. Il avait parlé français. Comme un abracadabra la formule magique aurait perdu sa saveur et ses pouvoirs s'il l'avait prononcée dans une autre langue que celle de ses fantasmes.

Son plaisir d'inspirer la terreur, d'imaginer le cœur battant de la proie. Le sang envahissant les corps caverneux, le pénis dardant sa frimousse. Il était le guerrier courant la jungle avec sa sagaie, le terroriste prêt à exploser. L'arme au ventre, il détournait la femelle jusqu'à une couche improvisée sous la tente d'une garden-party désertée par les invités en train de danser sur la pelouse, sous les planches du *pool house* de la piscine immense où les convives déjeunent bruyamment sur un radeau, sur le capot d'une voiture garée au cinquième sous-sol d'un parking du rond-point de la Défense.

Il arrachait l'énarque au rapport sur les monnaies des pays baltes, la juriste à la contemplation du micro-ondes où cuisait la barquette dont elle comptait se sustenter devant son ordinateur en guise de déjeuner. Pendant une réunion, il jetait à l'assistante fraîche émoulue un bout d'enveloppe chiffonné couvert de pattes de mouche évoquant son télescope, son antenne, son bazooka, son lance-roquettes, son obus, tout cet arsenal prêt à éclater sous sa bedaine. Il se levait de son siège, quittait la salle, laissant la porte béante derrière lui. Elle devait lui emboîter le pas, elle la démineuse, la pompier volontaire, et en définitive la salle des fêtes destinée à exploser d'allégresse sous l'inéluctable déflagration.

Les femmes pilonnées debout dans l'angle d'un couloir, dans la pénombre d'un placard, en exposition sur la couche collective d'une boîte de la rue Thérèse. Le fantassin, le héros trottinant sur ses béquilles chimiques bleu lavande qui a accompli sur le tard son service militaire dans les trois orifices.

La température avait grimpé pendant la nuit. Un coup de sirocco. Aux frissons avaient succédé les suées. Il avait enlevé sa veste, ouvert sa chemise. Il n'avait pas de mouchoir pour essuyer son front, son torse, et assécher le ruisseau qu'il sentait couler le long de sa colonne vertébrale.

Fixant le centre du miroir, il a crié qu'il était en train de cuire. Le climatiseur s'est arrêté, avant de se remettre à souffler *a minima* la même bise qu'au début de la nuit. Un peu de fraîcheur est revenue, il s'est endormi sur la table la tête entre ses bras croisés.

Il aurait pu se cacher ainsi pour manger ses lèvres, mâcher sa langue, espérant de la sorte périr saigné comme un goret. Le policier est entré. Il a braqué sur lui le faisceau d'une torche. Il a ouvert les yeux sur son visage dont brillait le bout du nez, et lentement le reste lui est apparu comme si peu à peu s'éclairait la scène.

– Qu'est-ce que vous voulez encore ?

Le flic l'a poussé sans un mot par les épaules contre le dossier du siège. Il avait dû décider que désormais il ne méritait plus une parole. Il est parti. Autant que possible, l'empêcher de dormir. Une torture dont on usait ici en catimini. L'épuisement est propice aux aveux.

Une souris avait grimpé sur la table. Elle s'est arrêtée, inquiète, en le regardant. Elle a filé. Étrange qu'elle soit si blanche pour une souris de ville. Elle éprouvait la même peur de ce gros animal qui aurait pu l'écraser du poing, que sa coreligionnaire de Washington qui traversait régulièrement son bureau. Il n'en avait jamais parlé au responsable de la maintenance, de crainte qu'on décide de déclencher une battue pour venir à bout de l'animal, ce potentiel infiltré dont on avait peut-être remplacé les entrailles par un émetteur.

Des hommes masqués, portant combinaison, auraient gazé l'immeuble évacué comme si on y avait caché une bombe, afin que tout meure, rongeurs, insectes, et peut-être aussi un espion caché au fond d'un placard.

Une souris, une sorte de sœur à la mode de Bretagne du hamster qu'à force de caprices sa mère lui avait acheté au souk quand il avait cinq ans à la place du chiot qu'il aurait voulu.

Il lui avait souvent tapoté la tête du bout de la baguette de sa panoplie de prestidigitateur. Il aurait tant aimé qu'à force il change de race. Il pouvait se faire gros rat, chaton, et de fil en aiguille se réveiller un beau matin caniche.

Il avait péri le jour de son premier anniversaire devant la brioche où il avait planté une bougie. Il lui avait enfoncé une paille dans la gueule, et l'animal s'était éteint d'hémorragie sans comprendre qu'il voulait lui insuffler jusqu'au tréfonds des entrailles la formule magique qui déclencherait sa métamorphose.

Épouvanté, il l'avait caché sous son lit. Une servante avait ramené le cadavre en tirant son balai.

Depuis, le mot *mort* convoquait un cadavre de hamster. Il était saisi d'angoisse à chaque fois qu'il l'entendait, le lisait, qu'il traversait son esprit. Dans ces moments-là, pour conjurer le mauvais sort, il avait pris l'habitude de serrer fort ses testicules comme le font les Napolitains quand ils aperçoivent un corbillard à l'horizon.

Il s'ennuyait. Il était las de se remémorer, de recomposer ses souvenirs, de retourner dans sa tête l'événement du matin, de le rouler entre ses doigts, de chercher dans les recoins de la suite la preuve de son innocence.

Des idées absurdes attachées l'une à l'autre circulaient en lui. Des enfants poussaient dans les jardinières des balcons. Dans les seins des femmes les chirurgiens trouvaient parfois un diamant comme dans certaines huîtres on découvre une perle. Sa tête avait été remplie une fois pour toutes par sa mère comme un pot de confiture, il aurait suffi de tourner comme un couvercle sa calotte crânienne pour l'ouvrir, pouvoir étaler à la cuillère sa substance sur du pain frais et en faire de délicieuses tartines bonnes à plonger dans un bol de café au lait.

Il a donné du front contre la table. La raison lui est revenue en même temps que le flic alarmé par cette tentative de se fracturer le crâne. Il l'a éloigné du geste vague dont il congédiait un conseiller qui l'avait exaspéré.

De nouveau seul, il a secoué la tête pour remettre ses idées en place.

Il est parvenu à retrouver la maîtrise de son imagination. Une source de jouissance, une masturbation désincarnée quand on parvient à s'en faire obéir.

Quand il sera président de la République, il pourra comme ses prédécesseurs puiser à sa guise dans le vivier des médias, du monde de la culture, et même s'il lui en prend la fantaisie choisir une sportive ou une astrologue.

Des filles prêtes à se donner au chef de tribu, à lui rendre un hommage corporel attentif, à se sentir honorées du moindre mauvais traitement. Le lendemain, elles soulèveraient fièrement leur col roulé pour montrer aux amies, aux amants, aux mères, les marques mauves laissées par ses crocs. Après sa mort, il inspirerait les artistes, ses frasques susciteraient des romans, des films, des peintures et des sonnets brûlants rythmés comme des coïts.

Il se délesterait des corvées sur son Premier ministre. Il avait la chance de n'avoir aucun programme particulier. Il gérerait la pénurie, la dégringolade, la catastrophe. Pour régner impunément, sans souci de la stratégie et des intrigues, il avait décidé qu'il ne se représenterait pas au terme de son mandat.

Cinq années d'absolue liberté, les journées reliées entre elles par le pointillé des aventures, petites gorgées de félicité, instants d'extase. Le pouvoir était une fête, même l'amertume du peuple berné était pour les plus pervers l'occasion de jouir du sentiment d'être injustement vilipendés par des ingrats qui permet aux dominants de profiter de l'envers du vice.

Cinq années de bonheur continuel, sans ombre, sans à-coups, personne n'en a jamais eu autant. La grande récréation du pouvoir suprême, le primate enfin parvenu au faîte de la puissance à qui le monde obéit avec la docilité d'un logiciel.

Il quitterait le palais de l'Élysée usé par la joie. Un doux épuisement, un être tout entier amolli, devenu tendre comme chair intime, sensible au moindre effleurement, fondant d'aise à chaque colloque en voyant ces femmes entre deux âges boire ses prévisions dont elles ne se souviendraient plus quand la réalité les aurait infirmées.

Lorsque la vieillesse l'atteindrait, il pourrait même abandonner les excitants, installer les comprimés sur sa table de chevet, rien qu'en les regardant sentir monter en lui la longue série d'orgasmes qu'ils lui avaient donnée, et éprouver la commotion du plaisir en mouillant sa couche.

Il s'adonnerait aux nombreux délices de la caducité, montrant son pénis rabougri, bougon, sombre comme un souvenir lointain, à l'écran qu'on aurait placé au pied de son lit pour le distraire de contes de fées, de dessins animés, de documentaires sur les oursons, les lapins, les lionceaux et la joyeuse vie des Marsupilamis. Se redressant une dernière fois, il lâcherait trois gouttes de pipi sur le bec de l'oncle Picsou et retomberait raide mort sur le drap.

Le pouvoir, ce rêve d'enfant enfin exaucé. Les gens comme des images qu'on fixe sur le monde avec de la colle à papier. Les pions, les chevaux, la reine et les roitelets obséquieux. La cour servile, un chœur dont le chant vous suit jusque dans les commodités, raillant les railleries des journalistes, permutant les pièces du jeu de construction du réel, extrayant le génie du maître jusque dans le fond des mines de sa médiocrité, le cas échéant acceptant en échange d'une sinécure de se laisser bafouer et démissionner pour expier la faute d'avoir obéi à ses ordres de bambin désinvolte et capricieux qui avaient tourné au fiasco.

Il n'avait pas la trempe d'un dictateur. Il se contenterait du bonheur. Et voilà que texte et didascalies de la pièce dont il se donnait la représentation sur la scène de sa vanité lui échappaient soudain. Tombé des cintres, son pénis était devenu un Donald sans pattes qui couinait, furieux de l'outrage infligé à son oncle avide. Il était temps de baisser le rideau, mais c'était le canard qui saluait comme un pantin, récoltant les applaudissements d'une salle bondée de ministres intègres.

La porte s'est ouverte, il a vu un rai de soleil sur le carreau du couloir. Une policière rebondie lui a apporté un mug de café et un sandwich à l'omelette. Il a bu le café, éventré le sandwich, picoré les éclats de bacon.

On l'a laissé là. La pièce était illuminée par les ampoules survoltées comme pour le faire profiter de ce dimanche ensoleillé. Quand quelqu'un entrait, il se plaignait d'avoir chaud, d'avoir froid, et on tripotait le thermostat du climatiseur. Il demandait l'heure, on la lui donnait. Il a réclamé les journaux du jour, on lui a apporté un volume contenant des extraits de la Bible imprimés en gros caractères.

Il a trouvé l'Ancien Testament sinistre avec ce dieu colérique, toujours en train de gronder comme un P.-D.G. irascible. Au Père, il préféra le Fils des Évangiles avec son royaume où on entrait comme dans un moulin pour peu qu'on ne soit pas Crésus. Malgré ses émoluments, il se trouvait misérable à côté de la femme millionnaire qui l'avait épousé sous le régime de la séparation des biens.

Un mariage religieux, un fou rire mal étouffé à la synagogue au moment de briser du pied droit le verre rituel pour rappeler la destruction du Temple de Jérusalem. Le rabbin semblait choqué. Mais lui avait du mal à comprendre pourquoi le pauvre homme prenait au sérieux cette histoire de Jéhovah. Un religieux jouait un rôle tout autant qu'un politique, et jamais il ne se serait offusqué qu'un contribuable ricane de l'économie de marché ou soutienne que Keynes n'avait jamais existé.

À treize heures, on lui a donné des biscuits. Il les a croqués en lisant l'histoire d'Onan perdant son sperme en se promenant au lieu d'épouser la veuve de son frère comme la loi divine le prescrivait.

Il s'astreignait à lire pour atténuer cette peur, cette colère, qui en lui se disputaient pour occuper sa conscience. Point n'était besoin d'avoir créé le monde pour éprouver une sainte colère. Son statut en ce bas monde valait bien celui d'un prophète dans l'au-delà. Il se trouverait bien quelque dieu lubrique pour souffler le feu de l'enfer sur cette chambrière tombée du continent des loqueteux dans celui du dollar comme un diable dans un bénitier.

On l'a sorti du blockhaus à quinze heures.

– Vos avocats sont là.

Un passage dans les couloirs sans entraves ni menottes au milieu des junkies ébouriffés et des maquereaux chaussés de richelieus miroitantes comme des godasses de traders.

On l'a introduit dans une pièce silencieuse aux murs capitonnés recouverts d'un affreux revêtement rouge, qui lui a fait penser à une banquette de taxi. Assis derrière une table en bois verni, les deux avocats se sont levés pour le saluer avec un grand sourire de cancérologue sur le point d'annoncer à un patient une tumeur qui se désagrégera après un mois de rayons et quelques semaines de chimiothérapie.

– À l'issue de votre comparution au tribunal, vous serez libéré demain sous caution.

– Je refuse de passer une nuit de plus ici.

Ils ont piqué du nez, honteux de coûter si cher et de ne pouvoir satisfaire tous les desiderata de leur client.

– C'est elle la coupable, qu'elle prenne ma place.

Ils ont souri.

– Nous allons engager des détectives pour enquêter.

– Une immigrée a toujours quelque chose à se reprocher.

– Et s'ils ne trouvent rien ?

– Seuls les clandestins sont honnêtes. Les autres mentent pour faire croire aux autorités qu'ils risqueraient leur peau si on les renvoyait chez eux.

– Dès que nous en saurons davantage, nous porterons plainte contre elle pour faux témoignage.

– Elle ira en prison.

– Je voudrais appeler la chancelière allemande pour reporter notre rencontre.

– Vous ne pourrez pas quitter le sol américain avant quelque temps.

– Vous travaillerez par vidéoconférence.

– Ma femme arrivera quand ?

– Nous sommes bien d'accord, nous plaidons non coupable ?

– Par l'avion de demain matin.

– Nous devons nous entendre sur une version des événements, et ne jamais en changer par la suite.

– Vous l'avez eue au téléphone ?

– Cette nuit. Votre fille venait de lui apprendre la nouvelle.

– Qu'est-ce qu'elle a dit ?

– Si vous l'avez bousculée, autant intégrer le fait

dans nos déclarations en précisant qu'elle vous a agressé la première.

– Elle ne croit pas un mot de toute cette histoire. Elle pense à une machination.

– Si j'avais refusé cette fellation, on m'aurait tendu un autre traquenard la semaine suivante.

– Ce serait vraiment un complot ?

– C'est quand même bizarre qu'elle se soit trouvée là. Si elle était entrée une demi-heure plus tard, rien ne serait arrivé.

La mine d'un homme traqué.

– C'est facile de piéger un homme.

– Dites-nous exactement ce qui s'est passé.

Il a raconté par le menu le souvenir qu'en avait conservé sa mémoire.

– Ce n'est pas très satisfaisant.

– C'est la vérité.

– La vérité risque de nous embarrasser.

– Vous voulez que je mente ?

– Jamais un avocat américain ne vous donnera un pareil conseil.

– Ce serait un délit fédéral.

– Alors ?

Ils se sont levés pour aller chuchoter dans un coin de la pièce. Ils mettaient tour à tour leur bouche dans l'oreille de leur confrère. Des mots jetés à l'intérieur du conduit. Ils ont fini par secouer tous les deux la tête. Ils sont revenus s'asseoir.

– Vous ne direz à personne ce qui s'est passé.

– Vous vous bornerez à déclarer qu'il s'agissait d'une relation consentie.

– La vérité poserait trop de problèmes.

– Nous nous méfions beaucoup de la vérité. Elle n'existe jamais tout à fait, même si elle correspond en tout point à des événements qui se sont réellement passés. Même une caméra peut se tromper d'angle, un micro avoir oublié d'enregistrer les paroles capitales qui se disaient dans son dos. Ils auraient beau être sincères, les témoins sont toujours de faux témoins. En regardant, en écoutant, ils croient voir et entendre, mais les organes humains sont encore plus imprécis et affabulateurs que les outils technologiques. Tout passe par le système nerveux, ses câbles sont soumis à l'humeur, à la température des lieux, à l'hygrométrie. Un cri peut le perturber, une couleur trop vive lui faire oublier l'objet dont il n'est que la teinte, une odeur déplaisante l'obnubiler et provoquer une interruption momentanée de sa perception. Il manquera une scène, on ne comprendra plus rien au film, et la justice d'envoyer un innocent étouffer dans la chambre à gaz.

– Quand il s'agit d'un des protagonistes, on ne peut qu'émettre davantage de réserves encore. Chacun perçoit les événements depuis sa fenêtre. Les carreaux ne sont pas toujours très nets, et les bruits parviennent assourdis.

Leurs portables se sont mis à sonner. L'un a répondu en espagnol qu'il rappellerait en fin d'après-midi, l'autre a refusé l'appel.

– Je pourrai voir ma femme avant l'audience ?
– Tout dépend de l'attente à la douane.
– Vous la retrouverez à la sortie du tribunal.
– On m'empêche de téléphoner.
– Vos appels seraient enregistrés. Une parole de trop pourrait avoir des conséquences funestes.

L'interrogatoire s'est déroulé dans le même bureau où on l'avait interrogé la veille. Un officier blanc et rose à chevelure noire comme une aile de corbeau a recueilli la déclaration lapidaire des avocats.

– Nous avons eu une relation sexuelle consentie.

– Que s'est-il exactement passé entre la plaignante et votre client pendant le laps de temps où ils se sont trouvés ensemble dans la suite ?

– Nous ne répondrons pas à cette question.

– Notre client réserve sa réponse au procureur.

Le procureur l'attend toujours. Le public a dû se contenter de rumeurs. Le chambellan s'est servi de ses proches pour les répandre. Après avoir changé plusieurs fois de substance, c'est l'hypothèse d'un complot qu'il a donné à fredonner au clan. Un complot dont il n'a jamais fait dire qui en était l'instigateur.

Une conspiration orchestrée par l'Élysée, ses concurrents à l'investiture, le président américain dont après tout la couleur de la peau trahissait une complicité avec la femme de chambre, l'Europe entière, l'Asie, l'Océanie, l'Afrique où même les griots et les marabouts lorgnaient son siège, et peut-être même par sa femme. Après tout, elle avait étudié dans sa jeunesse le droit et les sciences politiques, et pouvait dans sa candeur prendre la place de son mari pour un titre nobiliaire, s'imaginer être légitime d'exiger d'être intronisée à sa place comme une reine remplace un roi ou devient régente lorsque le royaume est soumis à la loi salique.

Des complices innombrables jusque dans les recoins des corps de ses maîtresses où planquaient des mouchards issus de la nanotechnologie, et une collection d'êtres portant loup de carnaval et appartenant à une race d'espions hauts comme des morpions obtenus pendant la guerre froide sur l'ordre de Staline dans les laboratoires des caves de la Loubianka par croisements successifs de microbes, de virus et de paramécies à tête de pirate, afin de piéger les obsédés du monde impérialiste.

Quand à quatre heures du matin on l'a livré au tribunal de Manhattan, il était sûr de passer la nuit du lendemain dans un lit douillet.

Elle est descendue. Elle a commandé un thé assise au fond du bar. Le serveur lui a souri, la compassion au bord de ses lèvres humides. Mal camouflé derrière l'écran de son ordinateur, un homme installé près de l'entrée la regardait, visionnant peut-être la vidéo tournée dans leur cuisine de Washington entre deux coups d'œil. Une femme seule, pochette vernie et décolleté, attendait le client devant un daïquiri.

Elle n'a pas bu le thé. Elle est remontée. Elle a fait son sac. Elle a éteint son portable où trépignait le numéro du chambellan. Elle est descendue. Elle s'est dirigée vers la réception.

– J'espère que votre séjour se passe au mieux.

Elle a donné à l'employé sa carte de crédit.

– *Check out*.

Il a imprimé sa note, elle a signé la facture.

– Je vous souhaite un excellent voyage.

Un groom s'est emparé de son sac. Elle lui a fait signe de le reposer par terre. Elle a quitté l'hôtel, et le sac lui semblait ne pas peser davantage qu'une bulle en forme de bagage. Elle a levé la main, elle est montée dans un taxi.

– La Guardia Airport.

– *Muy bien*.

Une femme au volant, la radio éteinte, une odeur de patchouli. Elle tient son téléphone dans la main. Un monde dans la coquille, des voix, des mots, une armée d'amis, de liges, de journalistes qui aboient, supplient, geignent en attendant qu'elle ouvre sa lucarne. Elle a envie de le jeter par la vitre ouverte comme une grenade. Qu'il explose, que les voix, les mots, les images se répandent par la ville. On les évacuera au jet d'eau jusqu'aux égouts s'ils ne caracolent pas vers la côte se faire bouffer par les poissons.

Elle n'était plus qu'un relais, un passage où les informations se battaient comme des chiffonniers. On espérait qu'elle ouvre la bouche pour alimenter le flux. Pianoter sur le clavier, dire oui, dire non, applaudir, crier, prouver qu'elle était toujours au monde. Qu'importait son cœur battant si personne ne l'entendait battre.

Elle aurait voulu retourner ses yeux, que les pavillons de ses oreilles recouvrent les conduits auditifs comme des volets. Une femme fermée, absente, dont plus aucune donnée ne filtrerait. Même son apparence se donnerait des airs de ne pas exister.

Elle avait assez entendu, assez vu, assez croisé les autres, arpenté les pièces, les rues, les pays. En elle suffisamment de mémoire pour construire une infinité d'existences, se distraire en changeant sans cesse de passé, en débarquant à l'improviste dans des instants oubliés encore assez vivaces pour l'accueillir comme l'enfant prodigue. L'anniversaire de ses huit ans à l'odeur de guimauve et de pomme d'api dans le parc où ses parents avaient convoqué des acrobates, et les derniers goûters de mômes où l'on finit par danser, s'échapper du salon pour s'embrasser dans l'ombre. Les amours d'un jour, d'un mois, des fusées, des feux de Bengale, les bébés sortant de son ventre comme des surprises, le berceau au pied du lit où on s'aime pour la première fois depuis le départ en trombe à la maternité, les enfants dans le jardin comme des lutins, ouvrir la porte des lunes de miel, aussi nombreuses que les hommes qui avaient traversé sa vie. Les moments sont des cubes, on en bâtit des pyramides, on les fait rouler du haut de l'escalier, les instants s'ouvrent comme des œufs en chocolat, dedans des secondes à l'infini divisées. On en construit des trains, changer de wagon, causer dans un compartiment avec un jeune homme aux mains fuselées dont il se sert pour vous enrubanner chaque phrase comme un bouquet, s'étendre sur une couchette avec les fleurs dans les bras, pincer les pétales qui explosent comme des fous rires. La vie intérieure, l'assouvissement, le bonheur.

– Terminal ?
– Comme vous voulez.
– Terminal B.
Une majuscule deux fois ventrue qui lui avait toujours plu.
– Vingt-cinq dollars.
Elle lui donne un billet de cinquante. Elle laisse la monnaie sur la banquette. Elle s'en va. Elle pose son sac sur un chariot qu'elle abandonne.

Un hall à l'odeur de fruits rouges. La veille le diffuseur soufflait des effluves de bois de santal, le lendemain ce serait un parfum de souliers neufs pour doper les ventes de la boutique du chausseur établie depuis quelques mois entre la pizzeria et le loueur de voitures.
Un aéroport d'où n'avait jamais décollé un avion pour l'Europe. Elle a regardé le panneau des départs. Un vol pour San Francisco partait dans vingt-huit

minutes. Elle s'est dirigée vers le premier comptoir. Elle a pris un billet. Elle a acheté une longue-vue en laiton dans le magasin de souvenirs. Elle a passé le portique. Elle est arrivée dans la salle d'embarquement. Elle s'est placée dans la file de passagers qui allaient prendre le car sur le tarmac.

Elle était debout, s'agrippait à une barre. Les autres regardaient à travers les vitres, donnaient des coups d'œil à leur bagage, balayaient la population du car avec indifférence. Personne ne la regardait, des Américains qui l'avaient vue peut-être passer sur leur écran mais avaient été marqués davantage par le nouveau conditionnement d'une lessive qu'ils employaient depuis l'an 2000 et dont ils n'étaient pas mécontents d'apprendre qu'elle faisait enfin peau neuve.

Le car a démarré. Elle est descendue la première. Un vieil homme l'a pointée un instant avec sa cane. Il l'a baissée en se disant qu'un aiguilleur ne tarderait pas à la remarquer depuis la tour de contrôle.

Elle avançait à grands pas, courant parfois sur quelques mètres puis ralentissant peu à peu comme si elle craignait d'être prise pour une fuyarde et tirée à vue du haut de la tour par un tireur couché.

Elle a dérivé vers le bord de la piste, s'est approchée de la barrière qui empêchait les pilotes maladroits de jeter leur appareil dans l'estuaire. Rikers Island était si proche qu'elle a lancé son bras comme si elle voulait prendre appui sur une baraque et sauter le pas.

Elle a sorti la longue-vue de son sac à main. Drôle de corsaire observant les bâtiments et un groupe de prisonniers à la promenade marchant en rang par deux comme des collégiens. Cent édifices plantés sur l'île, et ces vitres blindées empêchant les détenus de glisser leur minois entre les barreaux.

Elle a jeté la longue-vue par terre. Essayer de voir toute l'île à la fois sans cligner des yeux sous les rayons du soleil que reflétait la rivière. Elle a fait un signe de la main. Il regardait peut-être dans sa direction à travers sa lucarne. Elle était trop loin pour qu'il puisse distinguer son visage, mais il reconnaîtrait peut-être sa silhouette. Elle lui donnait l'occasion de la voir une dernière fois. Le jour du divorce elle fournirait un certificat médical afin qu'un de ses avocats tienne son rôle à sa place.

Elle n'a pas entendu les injonctions des haut-parleurs. Deux hommes se sont emparés d'elle, l'ont emportée tandis qu'un bimoteur atterrissait dans un bruit d'enfer.

Arrivés dans le hall, ils s'apprêtaient à la menotter quand ils ont été distraits par un voyageur chinois qui s'en prenait à une hôtesse. Allongé sur le comptoir, il la tenait des deux mains par le col et la secouait en hurlant des injures en mandarin.

Elle s'est glissée dans la cohue d'un bataillon de supporters d'une équipe de baseball surexcités par la perspective du match de la soirée. Elle est montée dans un taxi.

– Kennedy Airport.

Si elle ne trouvait pas de place sur un vol pour Paris, elle irait à Londres, à Berlin, Zurich ou n'importe où. Décolorer ses cheveux, les couper à la garçonne, porter des lentilles pour changer la couleur de ses yeux comme au temps de sa gloire. Elle mettra par-dessus des lunettes à verres glauques, à monture d'assuré social désargenté. Elle portera des vêtements mal coupés, marchera pliée en deux pour achever de se donner l'aspect d'une pauvre femme sur la voie de la décrépitude. Elle oubliera de se maquiller, se moquant désormais de dissimuler la toile d'araignée des rides. Elle éprouvera malgré tout cette impression de tomber à la renverse quand son âge changera de décennie. Mais ça n'arrive pas si souvent.

Disparaître, se terrer dans un hôtel de troisième ordre qui en échange d'un paiement en liquide accepterait de l'inscrire dans ses registres sous une fausse identité. Des années de sous-l'eau, et puis sonner un matin à la porte de son appartement parisien.

La domestique sera nouvelle, elle devra lui montrer son passeport et lui laisser le temps de la comparer avec la photo à laquelle elle ressemblera comme une mère à sa fille.

L'affaire sera oubliée, le temps sera venu de contacter ses avocats pour enclencher la procédure. Il encaissera la nouvelle en bougonnant du fond de son pénitencier.

Elle a pu trouver une place sur un vol pour Madrid. Embarquement dans deux heures et demie. Elle s'est installée dans un restaurant qui portait taureau sur son enseigne.

Elle avait fait ses adieux, que la réalité referme sa patte sur lui.

Au dernier moment, le courage lui a manqué. Elle était trop enracinée, il aurait fallu arracher jusqu'au dernier rhizome serpentant dans le terreau de son passé. Elle a décidé de retourner habiter l'existence qui s'était construite autour d'elle depuis sa naissance. Passé la quarantaine, on préfère rénover sa vieille maison plutôt que s'exiler dans un appartement neuf acheté sur plan.

Le taxi l'a déposée sur Madison Avenue. Elle a racheté le même sac de voyage, l'a rempli de tenues qui ressemblaient à celles qu'elle avait abandonnées sur le chariot, de sous-vêtements et de produits de maquillage de la même marque. Elle a visité en vain plusieurs pharmacies, elle a été obligée d'acheter une brosse à dents d'un rouge trop vif pour rappeler le rose pâle de son aînée achetée dix jours plus tôt dans un magasin de produits design.

Elle a marché vers l'hôtel. Une démarche aussi rectiligne que les rues. Son regard n'évitait pas ceux des passants qui croyaient la reconnaître, mais en doutaient comme d'une image subliminale quand elle avait disparu.

Le lobby de l'hôtel n'était ni fantasque ni vaporeux ni de cette netteté exagérée des images diffusées sur les écrans d'une définition abusive.

La femme de la réception était enchantée de la revoir.

– Votre suite est toujours disponible.

Le ménage était en phase d'achèvement. Elle est allée s'asseoir sur une banquette. Une femme dont elle partageait l'âge et la couleur des yeux s'est installée à côté d'elle. Elle la prenait pour la personne qu'elle était encore le samedi précédent.

– Vous ne changez pas.

– Je vous remercie.

Avec un air complice, elle lui a offert une évocation lyrique de l'époque où elle était une des femmes les plus célèbres de France. Elle la comparait à ces stars du cinéma muet qui s'étaient retirées sans bruit sur la Riviera au moment où les films avaient commencé à jacasser comme des pipelettes.

– Maintenant, vous n'êtes plus célèbre. Vous êtes une légende. Vous êtes illustre.

– Vous avez tout à fait raison, depuis deux jours, je suis illustre.

Elle a froncé les sourcils.

– Depuis si longtemps. Ce doit être merveilleux de pouvoir profiter de son vivant des charmes de la postérité. Et quand votre mari sera élu président, vous entrerez dans l'Histoire. En plus, vous êtes tellement simple, tellement proche dans vos interviews de couple. On a le sentiment que vous faites partie de la famille. Une pièce rapportée, mais qui vous appelle souvent, vous écrit, vous envoie ses photos de vacances.

Elle lui a demandé des nouvelles de ses petits-enfants.

– Nous nous sommes déjà rencontrées ?

– Un journaliste en a parlé dans un article.

– Ils grandissent.

– Vous n'en avez pas assez d'habiter Washington ?

– Nous avons une pelouse.

– Quelle ville idiote. Comme si on ne pouvait pas déplacer la capitale à Los Angeles.

– C'est très vert.

– Moins que l'Élysée. Mais on dit que c'est un palais sinistre. Aucune épouse de président ne l'a aimé.

– Nous verrons.

– Vous m'êtes très sympathique. Vous êtes le genre de personne qu'on aimerait avoir pour amie d'enfance. À nos âges, on commence à perdre ses amis et il est si difficile d'en trouver de neufs.

– J'ai des amis en pagaille.

– Vous avez de la chance de mener cette vie. Avec mon mari, nous sommes obscurs. Il a beau diriger une des plus grandes banques suisses, on ne nous a jamais demandé de passer ensemble à la télévision. J'ai souvent l'impression de ne pas exister vraiment. C'est vexant que les gens ne sachent rien de vous, qu'ils n'aient même jamais entendu prononcer votre nom. C'est une forme de mépris, l'obscurité. Une façon d'être nié. Quand je marche dans la rue, personne pour me reconnaître, m'adresser un sourire, me jeter une insulte. Il me semble presque que les gens se paient ma tête. C'est très douloureux.

– C'est le bonheur.

– Ce doit être un peu comme les règles. L'inconfort, l'assujettissement, la douleur parfois. N'empêche que le jour où vous ne les avez plus, vous éprouvez une impression de vide.

Un groom est venu lui dire que la suite était prête.

– J'ai été ravie de parler avec vous. Je vous souhaite une bonne soirée.

– Moi aussi. Et maintenant, je m'en retourne à ma toute petite vie. Ce n'est même pas triste, c'est à se tirer une balle dans la tête un jour de première à l'opéra pour bénéficier le lendemain d'une visibilité médiatique.

Elle a rangé ses achats. Elle s'est installée devant le grand bureau du salon. Elle a posé son téléphone sur le sous-main. Elle l'a allumé. Cinquante-sept messages écrits et vingt-trois vocaux.

Elle a rappelé d'abord les avocats l'un après l'autre par ordre d'apparition. Des consignes pour l'audience du lendemain. Garder la tête droite, un visage serein, impénétrable.

– Vous sourirez, un sourire neutre, bienveillant, mais surtout évitez qu'il puisse paraître hautain, goguenard. Pas de vêtement de couleur vive, pas de noir non plus, du bleu marine ou du gris. Vous viendrez accompagnée de votre belle-fille, elle est prévenue. Un détail, nous avons remarqué que lors de notre entrevue vous ne portiez ni bague ni alliance. Pas de bague, ce serait ostentatoire, mais l'alliance est indispensable pour montrer à quel point vous êtes unis comme au premier jour.

Elle ne portait pas de bague en quittant son domicile

parisien. Mais elle s'est souvenue qu'elle avait éprouvé le besoin de se défaire de son alliance en émergeant en fin de matinée dans la chambre d'amis. Elle avait dû savonner longuement ses mains pour l'arracher. Elle ne se rappelait plus ce qu'elle en avait fait. Peut-être l'avait-elle laissée sur la tablette, ou d'un geste machinal jetée entourée d'un mouchoir en papier comme un coton-tige dans la poubelle.

– Je ne porte plus d'alliance depuis des années. Une allergie, mon doigt enflait. Je l'ai fait couper par un bijoutier.

– Vous n'aurez qu'à en acheter une demain matin.

– Je n'y manquerai pas.

Elle ne porterait pas d'alliance le lendemain, elle n'aurait plus jamais au doigt ce fétiche. Le mari ne remarquerait jamais rien. Depuis qu'ils n'étaient plus utiles à ses plaisirs, on aurait pu les couper tous sans qu'il s'en aperçoive.

Il a raccroché. Elle a appelé l'autre avocat, qui lui a recommandé de ne pas le quitter des yeux.

– Vous serez derrière lui, mais parfois il se retournera. N'hésitez pas alors à élargir votre sourire. Montrez que vous admirez son courage, que vous êtes fière de lui.

– Je suis très fière.

– Il nous a encore parlé de vous cet après-midi. C'est dans son amour pour vous, qu'il puise son énergie. Il souffre beaucoup de vous savoir exposée. Il prépare votre revanche, votre victoire. Il sait que votre ménage sortira renforcé de ce drame.

– Vous lui avez donné des vêtements convenables ?

– Je n'aurai pas le temps de passer ce soir à Rikers. Je mettrai demain dans mon cartable le costume que votre communicant m'a fait porter pour qu'il puisse se changer avant l'audience. Le gardien lui a prêté du cirage. Des chaussures impeccables, c'est un signe de respect pour la cour. Il faut qu'il rutile.

Elle a eu envie de rire.

– Pourquoi vous riez ?

Elle avait ri.

– Excusez-moi.

– Un maquillage discret. Surtout, pas un millimètre de poitrine apparente et des manches longues. Ne répondez à aucune question. Une muette, un sphinx, considérez votre bouche comme infibulée. Ne tournez pas la tête si vous entendez des injures. Ne bronchez pas d'un cil si on vous bombarde de cannettes. C'est arrivé l'an dernier à la femme d'un de mes clients. Restez stoïque.

– Et la police ?

– Elle ne tirera pas si un imbécile passe la haie des journalistes avec une bombe à peinture pour vous taguer. Il faut vous attendre à tout. Une Américaine l'aurait laissé tomber. Ayez l'air sympathique. Si vous jouez bien votre rôle, on vous trouvera courageuse comme une femme de parrain.

Le masque commençait à se former. Un sourire qu'elle n'avait jamais eu montait du tréfonds d'elle. De chaque côté de la bouche, son visage était creusé par deux rainures. Le front n'était pas parvenu à se plisser, mais une ride horizontale le balafrait.

– Je vais demander au procureur de vous accorder un flic en civil. Il restera à vos côtés. Il guettera. Il essaiera d'éviter les débordements. On se voit demain.

Elle avait marché en téléphonant. Elle était devant la fenêtre. Le soleil n'arrêtait pas de tomber, de darder ses rayons mourants sur la ville pourtant déjà éclairée pour la nuit.

Elle est allée se plonger la tête dans le lavabo. La figure savonnée, frottée, pincée, séchée à la serviette, à l'air chaud, recouverte d'une couche de crème hydratante. Assise sur le bord de la baignoire, elle se voyait dans le miroir. Elle devait accepter ce masque, le porter dignement comme une voilette noire de veuve de jadis. Mais c'était l'épouse qui était morte. Cette femme dans le miroir, la gangue nécrosée dont elle sortirait ressuscitée.

Elle a fait couler un bain. Elle a téléphoné assise dans la baignoire. Les enfants, l'ex-mari, la belle-fille en larmes qu'il a fallu consoler, le chambellan fringant, de belle humeur, lui lisant les notes qu'il avait prises dans l'avion.

– C'est un grand économiste. Il a même pensé dans sa jeunesse qu'il obtiendrait un jour le prix Nobel. Ce n'est pas un violeur, c'est un voluptueux. Il s'agit d'un complot. Il n'a pas perdu son téléphone, elle est entrée dans la chambre pour le lui voler. On distillera ces arguments petit à petit. Après avoir braillé avec les hyènes, nos journalistes vont rentrer dans le rang. Quand ils seront revenus à de meilleurs sentiments, nous les inviterons à déjeuner. On profitera de leur bouche ouverte pour leur enfoncer notre part de vérité à grosses bouchées.

De temps en temps, il laissait passer le silence. Puis, il lui vidait dans l'oreille une nouvelle carafe de langage.

– Tu as pu te détendre ? Profiter de la piscine de l'hôtel ? Un massage ? Un sauna ? Coiffeur ? Manucure ? À l'audience tu représenteras la France. La femme française. Chanel, Dior, Hermès. Tu le sais mieux que moi. N'oublie pas, quand on est à terre tout le monde te regarde. Tu n'auras jamais été autant vue. Des images qui resteront. Dorénavant, tu seras

290

pour le monde entier l'épouse du prévenu du tribunal de Manhattan. C'est le rôle de ta vie. Tu n'y peux rien. Ce n'est pas toi qui l'as choisi. C'est lui qui t'a élue. Les grands destins fondent sur leur proie. C'est un malheur, un malheur immense. Mais, tu n'étais pas faite pour les chagrins de ploucs.

– À demain.

– Je n'irai pas au tribunal. Je n'aime pas les cuisiniers qui font une apparition en salle pendant que bouffent les clients.

Il a continué à parler quand elle a eu raccroché. Il déroulait ses pensées sans cesse, trouvant toujours dans ses méninges une nouvelle bobine quand il était arrivé au bout du rouleau de la précédente. Un exercice perpétuel, ses collaborateurs dressés à l'enregistrer dès qu'il entamait une tirade. À eux de débrouiller l'écheveau par la suite. Des idées en pelote, des imbroglios contradictoires. Chaque soir, ils devaient lui en envoyer par mail la substance.

Il jugeait leur esprit de synthèse pitoyable, mais se rengorgeait en les rudoyant car il en concluait que son génie filait trop vite pour être rattrapé par ces brouettes de l'entendement.

Il avait jeté son téléphone sur le lit sans interrompre son pépiement. Accroupi sur le tapis, il se livrait à des mouvements de gymnastique en accouchant d'une maxime à chaque expiration. Une gymnastique tirant parfois vers le yoga, des positions de méditation dont il faisait la chaire d'un cours sur la perte du sens du mot au profit de la couleur de la voix du locuteur, sur certaines couleurs que le public percevait comme des cris, des murmures, des baisers, des caresses. Les bruits étaient les lettres d'un alphabet occulte dont il viendrait un jour à bout. Alors, la communication se ferait sirène. L'écrit, l'image, ne seraient plus là que pour fixer les convictions déjà adoptées par l'inconscient, et convaincre la clientèle marginale des sourds et des malentendants.

Un homme périmé depuis la fin du siècle précédent. Un cuisinier dont on aurait déréglé le piano pendant la nuit. De plus en plus souvent les œufs à la coque étaient durs, les viandes plus que charbon, les soufflés demeuraient plats comme des gratins. Les époques de plus en plus instables, décarcassées, en panique d'être encore là, se suicidant chaque mois pour laisser place à la suivante déjà prête à se foutre en l'air.

À la suite de cette affaire, il accompagnerait encore quelques clients jusqu'à la déroute, puis il prendrait conscience de sa désuétude, et sans une grimace plongerait de lui-même dans l'oubli.

Il l'a rappelée.

– On va dîner ensemble. Un restaurant italien. Soixante-treize mètres à peine séparent nos hôtels respectifs. Je viens te chercher. Un repas expéditif. Dans une heure et quart tu seras couchée. Je suis déjà dans l'ascenseur. Je monte dans le taxi. Je vais marcher plutôt. Je suis presque là. Tu me verrais si tes fenêtres pouvaient s'ouvrir. Descends tout de suite. Tourne à ta droite. On converge.

Il a buté contre une dame.

– Je suis déjà couchée. Passe une bonne soirée.

Elle avait déjà refusé de dîner avec une dizaine de personnes qui l'appelaient sur la ligne de l'hôtel. Son ex-mari lui avait même proposé de passer la nuit sur le canapé. Il se lèverait chaque demi-heure pour surveiller son sommeil en approchant l'oreille de la porte de la chambre. Son ouïe n'était plus fine, mais ses tympans feraient un effort pour percevoir son souffle, et de son souffle son cerveau déduirait sa sérénité, son angoisse, déterminerait le seuil à partir duquel il serait fondé à aller lui tapoter l'épaule pour que son sommeil change de braquet.

– Mais si tu veux, je peux rester sur un fauteuil à côté du lit.

Elle n'avait pas accepté. Il lui avait transmis l'offre de son épouse qui lui proposait de passer la nuit dans leur chambre.

– Nous ne sommes pas épais, nous dormirons sur un lit d'appoint.

Ils avaient ri ensemble de cette idée saugrenue.

– Mais ne sois pas inquiet, je passerai une nuit calme comme l'eau d'un puits.

Elle a commandé un repas. Du bout de la fourchette, elle a piqué des feuilles de laitue, des fragments de fromage, de poulet, et creusé trois fois la mousse au chocolat d'un coup de cuillère en regardant par la vitre le ciel de la nuit blanchi par l'éclairage de la ville.

En louant un hélicoptère, elle aurait pu peut-être le remonter au bout d'un filin. Une maladresse du pilote, et il s'en serait allé buter contre une pile du pont. Un mari éclaté, noyé, que la police repêcherait deux jours plus tard bouffi et blême. Elle serait allée au-delà de son devoir d'épouse. Son geste adorable lui vaudrait de sortir libre des locaux de la police sous les applaudissements de la planète.

Elle était groggy, hébétée, trop épuisée pour dormir. Elle a fait apporter du café. Elle s'est assoupie à la première gorgée sur la méridienne où elle s'était posée. À son réveil, le salon était plongé dans la grisaille de l'aube. Elle s'est déshabillée dans la chambre. Elle s'est couchée.

Le jour passait par l'entrebâillement des rideaux. Elle a virevolté un moment dans les draps sans parvenir à se rendormir. Elle s'est installée sur le dos, regardant le plafond pour essayer de se perdre dans l'infini de sa blancheur. Mais elle le voyait ployer la femme, poser pour un magazine avec des menottes en diamant, promener au bout d'une laisse son sexe aboyant sur ses boules comme des roulettes hérissées de picots.

Mieux valait encore se voir morte. Elle observait son corps installé dans le catafalque avec ce bouquet de marguerites un peu flétries cueillies deux jours plus tôt par son arrière-petite-fille dans la forêt de Sénart.

Un visage serein, joufflu, de vieille femme devenue sur le tard adepte des pâtisseries et du confit de canard. Le cercueil serait emporté, la maison vidée, repeinte, vendue. Une famille de myopes s'installant un matin d'hiver avec les arbres enneigés et les flocons qui se reflètent dans les lunettes des enfants.

Le soulagement de constater qu'un jour elle aurait disparu. La vie provisoire, rassurante, chaque bouffée d'air délicieuse comme une cerise dont on sait que finira la saison. L'amertume de la journée ne lui resterait pas longtemps en bouche, et elle s'arrangerait pour faire tenir les mois de claustration avec le mari dans une soirée, une seconde un peu gonflée, un dé à coudre de temps qu'elle avalerait comme un shot de mauvaise vodka.

Elle s'est prélassée. Un rayon de soleil au travers de l'embrasure, le lit comme une plage. Elle était heureuse d'exister dans son corps désormais souple, lisse, comme si elle venait de se démaquiller de toutes ces années accumulées.

À neuf heures, elle était fin prête. Déguisée en jeune sexagénaire fière et accablée, assise comme en visite sur le canapé du salon, sac à main aux pieds. Les yeux dissimulés derrière des lunettes noires, elle regardait les noms apparaître sur son téléphone posé sur la table basse.

Une saute d'humeur du logiciel de l'appareil, à chaque appel ses enfants et ses plus proches amis ont commencé à montrer leur visage sur l'écran. Des photos qu'elle avait prises lors d'une fête, à la terrasse d'un restaurant de Saint-Germain-des-Prés, au bord d'une piscine, avec parfois un chien, un chat, un enfant dans les bras d'un jeune papa.

Elle a profité du prodige pour s'immerger, respirer l'air de cette fin d'après-midi parisienne déjà fraîche en ce quinzième jour de septembre, de s'assourdir de l'affreuse musique de cette boîte de nuit d'Acapulco où elle avait malencontreusement accepté d'aller boire un dernier verre avec son fils aîné qu'elle avait emmené au pied levé au Mexique pour le guérir d'un chagrin d'amour, tourner la tête pour apercevoir les orangers, caresser la tête du singe dont l'ambassadeur du Zaïre voulait lui faire cadeau lors d'un voyage officiel.

Son visage est apparu. Sa grosse tête bâtie autour de ce sourire dont elle l'avait par mégarde déduit tout entier à leur premier rendez-vous. Il lui a parlé dans une langue étrangère dont elle ne savait pas le traître mot avant de disparaître comme il était venu.

Elle a signalé plus tard ce curieux phénomène au chambellan. Il a fait analyser l'appareil par un ingénieur qui n'a pu retrouver trace de l'appel. Les réseaux comme des châteaux, le visage d'un mari emprisonné dans la flamme d'une chandelle, les voix des morts au fond du placard de la chambre bleue, les câbles comme des dédales encombrés de paquets de photos, de messages, et les vidéos mutines toujours prêtes à danser inopinément sur les écrans comme des sorcières en plein sabbat.

La ligne intérieure a sonné. Un des avocats lui annonçait l'arrivée imminente d'un véhicule banalisé.

– Le policier sera sur le siège avant. Votre belle-fille vous attendra sur la banquette. On vous introduira dans l'enceinte du tribunal par les coulisses.

– On sortira par où ?

– Par la grande porte.

On ne lui accorderait pas deux fois la faveur d'échapper à la horde. Le port du niqab serait sûrement mal vu par les médias occidentaux, et le monde musulman exigerait qu'elle rende publique sa conversion sous peine d'une fatwa.

– Vous avez acheté l'alliance ?

Elle a menti.

– En or gris avec des éclats de rubis.

– Trop ostentatoire. Il vaut mieux encore vous présenter doigts nus.

– Vous êtes déjà là-bas ?

– Dans un parloir. Il est en train d'enfiler le costume.

Son mari s'est manifesté bruyamment, mais l'avocat a écrasé sa paume contre le micro du téléphone.

– Vous n'avez pas le droit de communiquer avec l'extérieur par l'intermédiaire du téléphone de votre avocat.

À présent, l'autre couvrait sa voix en claquant des deux mains les épaules de sa veste qui avait des faux plis.

– Je ne peux pas vous parler davantage. Excusez-moi.

Il a raccroché.

Elle a quitté la suite. Une rencontre dans le couloir avec un acteur croisé tant de fois dans des raouts qu'elle s'est crue obligée de lui dire bonjour. Un vieil homme angoissé, craignant toujours pour sa vie.

– Prends garde à toi.

Il a extirpé le revolver qu'il portait sous l'aisselle.

– Je te le donne.

– Non, je vous remercie.

Il est entré dans l'ascenseur. Elle restait sur le palier, baissant les yeux derrière ses lunettes fumées.

– Bonne chance quand même.

La porte s'est refermée, tandis qu'une autre s'ouvrait. Un gamin d'une douzaine d'années en a surgi. Il a foncé au fond du couloir sans la voir.

Cinq enfants par rang de taille, bouche close, debout sur le talus. Le village peuplé d'enfants muets. Ils ne semblent utiliser le langage qu'à voix basse, loin des oreilles indiscrètes. Ils ne jouent pas, ils ne remuent guère.

Quand les filles remuent, c'est qu'elles travaillent. Les garçons se déplacent à pas ouatés. Ils se regroupent parfois sans échanger de paroles, le plus souvent ils se font santons solitaires au regard farouche devant la maison de leur père.

Des familles nombreuses qui poussent, silencieuses comme les plantes, les fleurs qui éclosent sans bruit. Un paysage assourdi, comme si la neige qui jamais ne tombera ici absorbait les rares soupirs malencontreusement échappés des bouches.

Pas de vent ce jour-là, le capiton des nuages. On n'entend que nos voix, et tout à l'heure on prêtait l'oreille pour percevoir les phrases courtes, longtemps pesées, que Diallo prononçait comme à regret.

À Conakry aussi les enfants se développent en silence. Si d'une seule voix soudain ils se mettaient à crier, on entendrait la ville jusque dans l'espace et on prendrait la terre pour une crèche, une cour de récréation, une planète où jamais adultes les créatures naissent dans les choux, les roses, dispensés des soubresauts, des plaisirs, des chagrins, de l'exaltation des couples.

– Où est le marigot ?
Bonté pointe son doigt au hasard.
– Il est là.
– On y va ?
Dimitri explose.
– Il est déjà treize heures, on va être obligé de rouler la nuit pour arriver à Conakry.
Le chauffeur secoue la tête.
– On roulera pas la nuit. Autrement, les militaires voleront la voiture.
Bonté renchérit.
– Ils nous rateront pas.
Dimitri sent la sueur froide de sa peur de la route obscure perler dans son dos.
– On essaiera quand même d'avancer.
– Je veux voir le village où elle a vécu avec son mari.
– Aussi bien, il n'y a plus de village.
Bonté nous vante un charmant relais à quatre heures de Labé sur la route de Conakry où nous pourrons passer la nuit.
– Je veux aller de l'autre côté du marigot.
Le chauffeur me demande le chemin.
– Aucune idée.
Bonté pointe son doigt.
– Arrête-toi là.
La voiture stoppe devant un jeune homme en faction à côté de sa moto.
– On cherche le marigot.
Je vois dans son regard qu'il n'en sait rien. Pour ne pas nous laisser dans l'embarras, il nous propose un itinéraire malgré tout.

– Descendez à Mamou. Puis vous allez tout droit tant qu'il y a la piste.

– Et après ?

– Après, vous demandez.

Nous repartons. Dimitri se sert des bouffées de sa cigarette pour nous asphyxier et grommeler des ronds de fumée.

– De toute façon, je me demande bien pourquoi on est allé à Tchiakoullé.

Le vent avait le même goût, les gens correspondaient à l'image qu'on se faisait d'eux, le frère de Nafissatou se ressemblait beaucoup, et contrairement à mes espérances Nafissatou n'était pas apparue.

Une immersion dans la réalité, le silence, le caquet des poules, la vie lente, le petit remous de nos corps dans l'air d'Afrique. Le frère, sa réserve, sa voix, sa lassitude de n'avoir pas eu sa part de lumière. Il avait perdu cette joie du commencement, quand il pensait être accueilli à New York avec les égards dus au frère de la star. Le voyage impossible, la résignation de finir ses jours dans la montagne.

Bonté se retourne.

– Il m'a dit qu'il construisait une maison à Conakry.

Une ville à plat ventre avec ses habitations hautes comme des hommes. Construire, laisser une trace même s'il ne vivra jamais là-bas. La diaspora disséminée au-delà des océans, et ceux qui ont échoué comme des barques vermoulues dans leur trou de brousse après avoir erré quelques mois autour de l'aéroport.

Les grandes maisons vides semées de-ci de-là sur le bord de la route, barricadées, construites par des Peuls des quatre coins du monde qui ne les habiteront jamais. Des statues à leur gloire qu'ils ont fait ériger de leur vivant. Les laissés-pour-compte se sentent humides de crachats en passant devant pour regagner leur case.

– On a passé le marigot.

Ce devait être cette grande flaque oblongue d'herbe sèche.

– Mais où est le village ?

– Tu t'imaginais quoi ?

– C'est ici.

Une sorte de hameau. Des murs de pierre effondrés. Des cases fanées. Une vieille femme entourée de poules assise devant une baraque en planches qui regarde fixement la voiture et se claquemure au moment où nous ouvrons les portières. Une porte basse qui lui arrive au nombril. Les poules caquettent affolées en se donnant des coups de bec.

Bonté s'approche. Elle n'entend pas le français et ne répond pas à ses quelques mots de peul. Il revient penaud.

– Je crois qu'elle est sourde.

Elle se cache dans l'obscurité de la baraque. Il me semble qu'elle pousse un petit cri d'animal. Dimitri me dit que ce sont les poules.

– Tout le monde a dû mourir du sida, comme le mari de Nafissatou.

– On pourrait attendre un peu.

– Qu'ils ressuscitent ?

On entend une détonation. On remonte dans la voiture. De frayeur, le chauffeur met les roues avant dans un trou. Un vieillard sort d'un buisson avec son fusil cassé sur l'épaule, et un lapin qu'il tient par les oreilles. Il se dirige à petits pas vers la baraque. Il en ressort les bras ballants. Il se dirige vers nous. Il appuie ses mains sur le coffre. On dirait qu'il essaie de pousser.

301

Bonté est le premier à sortir de sa léthargie.

– Il faut l'aider.

Un grand vieux musculeux et maigre. À nous quatre, on parvient à sortir la voiture de l'ornière. Il s'en va aussitôt sans un mot. Dimitri le rattrape, mais il ne parvient pas à mettre un stylo dans sa main. Le vieux rejoint la femme dans l'obscurité. Il avait l'air d'être sorti d'un conte. Il a regagné le grimoire.

Un retour somnolent. La voiture s'arrête. J'avale le contenu de mon assiette dans un restaurant de bord de route, tandis que Dimitri dégoûté chipote du pain avec du Ketchup.

Je me rendors dans la voiture. La nuit tombe avant que nous arrivions à l'étape. Nous sommes retardés par un barrage de militaires hilares à qui Bonté donne tout l'argent de la boîte à gants.

L'hôtel éclairé çà et là de lueurs comme un gâteau d'anniversaire de pauvre diable. Je marche, dormant debout comme un cheval.

Quand je reviens à moi, j'ai une bombe d'insecticide à la main. J'arrache le drap du lit pour arroser le matelas après avoir inondé jusqu'au trou du lavabo et bouché les claires-voies du climatiseur avec de vieux chiffons gras pêchés au fond du coffre de la voiture.

Dimitri toque à la porte.

– Tu viens dîner ?

– Pas faim.

Je n'ai plus sommeil. Je trouve une plaquette de somnifères au fond de mon sac. J'avale un comprimé. Je m'étends. L'électricité tombe en panne. Je m'endors bercé par les hoquets du générateur qui peine à se remettre en marche derrière le fenestron muselé de barreaux d'acier au-dessus de mon lit.

Je ne rêve pas de Nafissatou. Je me réveille ravi au matin en imaginant ma voiture toujours rangée dans son box parisien, alors que dans un cauchemar des malfrats me l'avaient volée.

Je descends prendre mon petit déjeuner. Une grande pièce climatisée, au mobilier rutilant comme la cafétéria d'une maternité. Je demande à Dimitri où se trouve la salle de travail.

– J'ai commandé du café et des brioches.

Il lape son expresso très gaiement. Il se voit déjà dans notre hôtel soviétique, contemplant sa carte d'embarquement à l'aéroport, et après un saut dans l'atmosphère, un tour dans un taxi arrimé à la route comme une voiture de pompier vissée sur un manège, il se retrouve enfin allongé sur le canapé de son salon en contemplant son épouse grignotant des boudoirs dont les miettes se noient mollement dans les remous de sa tasse de chocolat qu'elle s'amuse à touiller avec son petit doigt.

– Je regrette quand même de n'avoir pas vu Nafissatou.

Une incantation.

– Tu n'as qu'à demander son numéro au frère.

– Il ne l'a pas.

– Qu'est-ce que tu en sais ?

Il me semble que ce frère n'est plus relié à personne. Toute la famille envolée le craint comme un parent pauvre. On a envoyé de l'argent à la mère, qui s'est offert la télévision. Il a posté des lettres à l'adresse figurant sur le mandat. On ne lui a pas répondu. Il s'est obstiné, les suivantes lui sont revenues. Une famille qui a organisé son invisibilité. Des branches coupées dont l'Occident a fait des boutures.

L'un après l'autre, ses enfants partiront un jour. Sa mère sera morte depuis longtemps. Si sa femme glisse avant lui dans la tombe, il n'aura pas l'argent pour en épouser une autre. Un vieillard solitaire secouant comme un prunier le vieux poste hérité de la mère, et il prendra la neige grise qui scintillera sur l'écran pour celle des allées de Central Park écrasée par les baskets des New-Yorkais obsédés d'oxygène et de course à pied malgré l'hiver arctique.

– Tu auras quand même vu Tchiakoullé.

J'avais atteint le Graal après lequel j'avais couru. Les lieux gardent parfois l'empreinte de ceux qui en sont partis. On peut les distinguer en creux, une trace de pas, un écho, et la même vie qu'ils ont menée continue sans eux trente années plus tard. Un village où la femme est moins libre que la chèvre, un village sans café, sans commerce, où tous les lieux sont publics, et pas le moindre terrier pour abriter une amourette. La campagne à perte de vue, les filles attachées à la case familiale où elles ont le droit de marner et de se taire.

– Les Peuls marient leurs filles à treize ou quatorze ans. Pour éviter les débordements.

J'aperçois monsieur Bonté. En veine de causerie, il s'est assis à côté de Dimitri.

– C'est le père qui choisit l'homme.

Nafissatou mutilée et, la plaie encore vive, jetée par son géniteur sur la couche de son premier violeur.

– Les Peules sont des filles faciles.

On peut les avoir en leur montrant un chemisier neuf, une plaquette de maquillage, un billet dont on ne leur laissera que la monnaie. Des victimes que les prédateurs préfèrent traiter de prostituées faute de pouvoir les traiter de salopes puisqu'on leur a confisqué l'organe de la nymphomanie.

– Ici la puberté tombe très tôt. Le mariage permet de les discipliner.

Comme la petite fille enceinte que j'ai vue par la vitre de la voiture dévorer des yeux la glace d'un gamin devant une baraque sur la route de Labé. Les enfants qui naissent des enfants, les femmes qui à trente ans ont passé le seuil de la dizaine de mioches depuis plusieurs années. Le mari jusqu'à la mort épousant des gamines, et peu importe qu'elle soit de soixante années sa cadette. La maman des onze enfants de Diallo qui a encore le temps de doubler sa descendance avant la ménopause.

– Les hommes ont leur liberté sexuelle.

Les hommes pieds et poings liés. Enchaînés eux aussi par des traditions qui les étranglent. Une civilisation ensablée assoiffée de confort, des déguisements des usines de prêt à porter, de la verroterie de la technologie. L'économie qui se réveillera le jour où leurs épouses changeront de maître, et connaîtront avec eux l'humiliation du salariat, porteront notre collier de caniche, s'aplatiront avec nous, ramperont de l'école au cercueil, obéissant aux prophètes de l'économie qui ne leur promettront même pas le paradis.

Encore une journée de voiture. Je me réveille dans le grand embouteillage qui signale l'entrée de Conakry. Les vitres sont ouvertes pour permettre aux bouffées de Dimitri de trouver une échappatoire.

Un adolescent aveugle guidé par un enfant pointe son visage dans l'habitacle. Des yeux qui semblent avoir perdu tout leur blanc, de grosses pupilles luisantes comme des fruits écrasés. Une sorte de regard qui me fixait, me désignait, me contraignait à ne pas détourner la tête. Il chantait une affreuse ritournelle, un hurlement rauque qui sans à-coups recommençait.

– Qu'est-ce qu'il veut ?

Dimitri avait déjà plongé la main dans la sacoche. L'adolescent s'est tu à l'instant où l'argent a touché la main du gosse. Une épouvantable boîte à musique dont on aurait claqué le couvercle.

Beaucoup d'hommes et de femmes se traînant jusqu'à nous à plat ventre sur le bitume. Des victimes de la polio à qui les ONG n'ont pas encore distribué de chaise roulante. La circulation se réveille juste avant qu'ils nous atteignent. Pas de plainte, mais la résignation qui tombe soudain sur leur visage comme un rideau.

Les mendiants venus de nulle part forment à présent une cohorte autour du véhicule qui contient deux

306

Blancs. Dimitri s'est retourné, il a plongé dans sa valise et s'est emparé d'un sac en plastique. Il en a tiré des billets qu'il distribue à tour de bras.

– Ne t'inquiète pas, ce sont des petits billets qui valent un centime d'euros.

Quand la route s'est dégagée, le chauffeur, exaspéré d'avoir tant lambiné, a accéléré soudain comme un commandant de bord pousse les réacteurs sur la piste de décollage.

Les mendiants s'éloignaient, rapetissaient, se faisaient figurines. Dimitri a vidé d'un seul coup le sac par la fenêtre. Les billets ont volé au vent, giflé les marchands d'ananas, finissant plaqués par la brise contre la porte d'une mosquée. Une impression de caravane publicitaire qui jette des prospectus à la gueule des clampins en train de pique-niquer sur les bas-côtés en rêvant de saisir à pleines mains les cuisses suantes du maillot jaune.

– Deux euros jetés par la fenêtre.

Dimitri était réjoui. Une charité massive au coût dérisoire. Si on pouvait résoudre le problème de la faim dans le monde en versant chaque année l'argent d'un pain au chocolat, il ne se trouverait plus un humain sur terre qui n'ait rien à becqueter.

Le chauffeur pose nos bagages dans le hall de l'hôtel. Le pourboire que je lui donne le déçoit. Il nous dit tristement au revoir.

– Tu lui as donné une misère.

J'essaie de le rattraper, mais la voiture est déjà loin. Je lui ferai parvenir le lendemain un complément par l'entremise d'Ahmed.

Nous retrouvons nos sombres suites. Sur l'écran, la France se congratule toujours davantage à mesure que nos troupes progressent au Mali. Le temps d'un éclair apparaît la photo de Nafissatou sur une chaîne américaine. Le journaliste demande à un juriste à combien de millions il évalue le montant du chèque qu'elle vient d'encaisser. L'autre pérore, et finit par convenir qu'on n'en saura jamais rien.

Je ne trouve aucune bestiole à noyer avec ma bombe d'insecticide. Il me semble avoir paressé durant ce périple. Je n'ai guère écrit que trois paragraphes, des embryons d'histoires qui n'atteindront jamais l'âge de la première tétée.

Dimitri surgit avec un panier d'osier sous le bras.

– Où tu as trouvé ce machin ?

– C'est le réceptionniste qui me l'a prêté.

Accompagné d'un binôme de sbires chargés de surveiller les alentours de l'hôtel, il s'est aventuré jusqu'au marché déjà plongé dans la pénombre des loupiotes. Il vide son butin sur la table. Des fruits, des légumes, un flacon d'huile d'olive, du sel, du poivre, des piments, une volaille d'espèce indéterminée, plumée, dont il reste la tête.

– J'ai même trouvé du bordeaux.

– Mais qui va préparer tout ça ?

– Je vais me débrouiller.

Je manque d'enthousiasme pour me mettre aux fourneaux.

– Je dois visionner les rushs, on pourrait plutôt aller au restaurant ?

Il emporte la marchandise.

– Je m'en occupe.

Il disparaît au fond du couloir. Je l'entends passer un coup de téléphone en russe tandis que son couteau tranche le cou de l'oiseau et qu'il referme sur lui la porte du four à micro-ondes. Je me glisse à pas de loup jusqu'à la chambre, je m'enferme sans bruit, et je termine la longue sieste que j'avais entamée dans la voiture.

Il me réveille en sursaut.

– Je te cherchais partout.

– Il y a une drôle d'odeur.

Nous nous sommes attablés. La volaille était rouge près de l'os, les légumes un peu brûlés n'étaient pas vraiment amers. En buvant de grands verres de bordeaux, je suis parvenu à oublier le goût du sel dont tous les plats étaient saturés.

– Merci. En tout cas, c'était très bon.

– J'en avais assez de cette cuisine de restaurant.

On a posé la vaisselle dans l'évier.

– Pas la peine de la mettre à tremper, la fille du ménage s'en occupera demain.

Il cherche en vain un cure-dent dans les placards. Il s'en va en espérant qu'il s'en trouve encore dans sa trousse de toilette.

J'ouvre grand les fenêtres pour dissiper l'odeur de graillon. Je me gave de télévision jusqu'à quatre heures du matin.

Vers midi, nous sommes dans l'échoppe d'Ahmed. Nous posons sur sa table les liasses de monnaie guinéenne dont nous n'avons pas eu l'emploi. Mais avec la location de la voiture et les pots-de-vin distribués aux divers fonctionnaires qui auraient pu nous mettre des bâtons dans les roues, nous lui devons encore deux millions de francs.

La banque est bondée. Il faudra bien une heure et demie avant que nous n'atteignions le guichet. Dimitri me tire vers la rue.

– On va prendre de l'argent au distributeur.

Après un quart d'heure de queue nous accédons à la tirette. La machine ne délivre que des francs guinéens. Il nous faut deux millions. La fente n'est pas assez grande pour laisser passer plus de cent mille francs. À chaque fois, il faut remettre la carte et recomposer le code. Au bout de dix minutes, les gens commencent à hurler derrière nous.

Quand les opérations sont terminées, nous repartons courbés sous le poids de nos millions. Nous avons quelques ecchymoses dans le dos résultant des petits coups que des grincheux avaient fini par nous décocher pour nous faire dégager.

Ahmed nous attend devant un carton de lait béant. Nous déposons nos liasses. Quand le carton est rempli de notre argent, il doit peser des deux mains pour le refermer et le sceller avec de l'adhésif.

– Il faut que vous alliez dire au revoir au commissaire.

Dimitri fait la grimace.

– Des adieux qui vont coûter cher.

– Vous n'êtes pas obligés de lui donner encore.

– Alors, on ne lui donnera rien.

– C'est à vous de décider, mais c'est lui qui doit tamponner vos passeports. Sans tampon, on ne vous laissera pas passer la douane.

– Je lui apporterai une chemise.

Il nous prête sa voiture et son chauffeur jusqu'au soir. Comme apparemment beaucoup de ministères, l'Intérieur se trouve sur le bord de la route qui conduit à l'aéroport. Souriant derrière son bureau, le commissaire nous fait apporter de l'orangeade. Il disparaît avec nos passeports, nous les rapporte munis du visa.

– C'est cent cinquante mille francs.

La sacoche est presque vide, mais je finis par réunir la somme.

– Les frais de timbre.

Dimitri lui offre la chemise. La dernière du stock, toute molle, qui a perdu son emballage. Le visage du commissaire prend soudain un air de fête.

– Un cadeau.

Il l'embrasse à plusieurs reprises et l'installe dans un tiroir de son bureau qu'il referme aussitôt.

– Vous êtes contents de votre séjour ?

Nous opinons.

– Force est de constater que Nafissatou représente aujourd'hui notre pays dans le monde. C'est comme votre Marianne. Bientôt, elle prendra la place de notre président dans tous les bâtiments de l'État.

Il nous montre du doigt le grand portrait du professeur Alpha Condé, accroché derrière lui.

– Surtout, ne le répétez pas.

Il rit, se rembrunit.

– Enfin, cette histoire nous a causé du chagrin.

Il nous raccompagne jusqu'à l'escalier.

Nous retrouvons la fraîcheur de nos suites. Nous allons déjeuner au restaurant libanais. Ahmed appelle Dimitri. En raccrochant, il grimace.

– Il veut à tout prix qu'on passe chez lui avant d'aller à l'aéroport.

Le chauffeur vient nous prendre en fin d'après-midi. Il y a un gros bestiau attaché à un anneau en face de son domicile. Sur le perron, un homme triture un ventilateur. Ahmed est écrasé dans son canapé, fasciné par l'écran où se déroule un match de football. Un petit salon vieillot au mobilier sombre, un tapis ocre comme un court de tennis, au mur des photos d'ancêtres aux couleurs passées qui semblent les plonger loin dans le siècle dernier.

Le type revient en lui annonçant que le ventilateur est mort. Ahmed affecte un instant l'expression de celui à qui on vient d'annoncer le décès d'un cousin. Par une porte du couloir sort une jeune femme qui disparaît par une autre. Puis, c'est un adolescent qu'il nous présente au passage.

– C'est mon fils.

Le défilé se poursuit, comme si les portes donnaient sur de vastes dépendances. Sa femme apparaît avec un nourrisson. Elle se coule à côté de lui comme un chat. Il prend l'enfant dans les bras, le fait rire en se pinçant le nez.

– C'est la fille de mon fils adoptif.

Une relation de travail.

– Il m'a dit un jour qu'il me considérait comme un père. Alors, depuis c'est mon fils.

On marque un but. Il applaudit. Dimitri est tombé dans sa montre dont le tic-tac semble l'assourdir.

– Il est déjà dix-neuf heures.

– Votre avion part à minuit, vous avez le temps.

Mais un peu plus tard, il est dix-neuf heures quinze. Sans compter que la demie finit par pointer son nez. La voix de Dimitri se fait à ce point stridente qu'on dirait qu'il s'est mis à sonner comme un réveil.

– J'ai peur des encombrements.

On s'en va.

À plusieurs reprises, le chauffeur évite de justesse des gens qui traversent l'autoroute. Nous lui donnons un pourboire. Nous fumons une dernière cigarette avant de pénétrer dans l'aérogare.

Dimitri a épuisé son stock de cadeaux. Les douaniers vident nos valises, cherchent la petite bête jusque dans nos sous-vêtements roulés en boule. Nous sommes palpés, on examine l'intérieur de notre bouche. Si parfois nos dents étaient plombées de diamants scintillants, d'émeraudes. Je crains un instant passer par l'hôpital pour une coloscopie, et gare à moi si la veille j'ai avalé distraitement une poignée de louis.

Libérés, nous tuons trois heures dans une salle climatisée où des serveuses revêches nous jettent des regards haineux derrière le comptoir. On embarque, on s'envole, on débarque à Paris. En attendant nos bagages, Dimitri se sent en veine de confidences.

– Quand j'avais dix ans, mes parents m'ont mis en pension dans un collège à Houdan. Le pope qui m'accompagnait a demandé au directeur s'il pouvait bénir mon lit. On nous a emmenés jusqu'au dortoir. Il a trempé la couverture de postillons à force de radoter des prières. J'étais quand même gêné. La nuit, je n'ai pas arrêté d'éternuer tellement sa salive était imprégnée du jus de sa vieille pipe.

Dans le taxi, il me parle des colonies tandis que les balais des essuie-glaces s'emploient à chasser les trombes d'eau.

– Ils étaient plus heureux, le pays était prospère. En ce temps-là, ta Nafissatou serait restée là-bas. Les sœurs lui auraient appris le français, à lire, à écrire, à coudre, à broder. Elles lui auraient trouvé un travail de bonne de curé.

– Et il l'aurait sautée avant la messe.

– Tu peux te gausser. C'est comme en Russie, il valait mieux être un serf sous le tsar que bagnard en Sibérie sous les Soviets.

Les bouchons du matin. Par crainte de la pluie,

on n'ouvre pas les fenêtres pour jeter quelques euros aux banlieusards ensommeillés derrière leur volant qui regrettent amèrement de n'avoir pas d'argent de famille et pouvoir rêver jusqu'à midi sous la couette.

Le gardien avait reçu consigne de vérifier tous les quarts d'heure qu'il ne prenait pas son élan pour fracasser son crâne contre le mur. Une forme de suicide radical qui coûtait chaque année deux ou trois prisonniers à Rikers Island et rendait l'administration paranoïaque.

Derrière le guichet du bureau étroit comme une guérite, il avait le lit dans son champ de vision. Il lui suffisait de quitter un instant des yeux le vieux téléviseur branché sur une chaîne de poker pour le surveiller.

La machine était une vieille dame qui n'en était pas à sa première panne. À deux heures du matin, elle s'est mise à tousser. Elle ne pulsait qu'une fois sur deux, en hoquetant, comme si elle lui plaignait l'air. Elle avait la fièvre, son moteur chauffait, une vieille guimbarde au sommet de sa dernière côte.

Plongé dans la rediffusion d'une partie historique à Las Vegas, le gardien l'aurait laissé périr sous ce masque étanche devenu étouffoir. Il n'a même pas entendu la brève plainte que la machine a émise en expirant. Mais une odeur de plastique brûlé a fini par l'arracher à un carré d'as qui venait d'apparaître sur le tapis vert.

Son corps était secoué, mais il ne s'était pas réveillé pour se délivrer du masque. Le gardien le lui a arraché.

Après quelques soubresauts, une respiration régulière s'est peu à peu rétablie. Le type est retourné dans la cabine pour appeler l'infirmier de garde. Une jeune femme est arrivée, mallette d'urgence à la main, se frottant les yeux comme une qu'on vient de tirer d'un profond sommeil.

– Il a failli crever.

Elle s'est approchée du lit. La tension atteignait des sommets, le cœur battait trop vite. Elle a entrepris de le réveiller en douceur, posant la main sur la sienne, la pressant légèrement, mais ne parvenant pas à ses fins, elle s'est mise à lui donner de petites tapes sur les joues. Il a ouvert les yeux au moment où elles se faisaient torgnoles.

Elle a pris de l'eau dans la carafe. Elle a aspergé son visage. Elle a mouillé son crâne. Il la regardait sans paraître la voir à travers ses yeux myopes. En même temps, un regard apeuré comme si elle venait de l'arracher à un cauchemar pour l'emmener se faire guillotiner.

– N'ayez pas peur.

– Je ne sais pas où on est.

Pour lui éviter un choc supplémentaire, elle s'est gardée de lui parler de l'île.

– La machine a eu un problème.

– J'ai rêvé qu'on m'étranglait.

– Le manque d'oxygène.

Il a baladé ses yeux autour de lui. La cellule tirait sa lumière de la veilleuse fixée au-dessus du lit qui émettait une lueur bleue. Mais la clarté blanche venue des rares néons encore allumés dans le couloir donnait une impression de clair de lune.

– Essayez de vous asseoir.

– Je voudrais y voir.

Il avait posé les lunettes sur l'excroissance en béton qui faisait office de table de chevet. Elle les lui a données. Sa main tremblait. Elle les a posées elle-même sur son nez.

– Asseyez-vous.

La prison lui est revenue à l'esprit. La pièce rébarbative, la grille grande ouverte, la table où trônait le rouleau de papier encore emballé dans sa cellophane. À côté de lui, une métisse à peine teintée, des cheveux lisses, des mains fines qui semblaient plus sombres par contraste avec sa blouse blanche, des lunettes de corne dont les verres reflétaient la veilleuse. L'image de la femme de chambre s'est un instant superposée à la sienne. Mais le morphing peinait à se réaliser. Successivement chacun des visages annulait l'autre, un clignotement.

Il respirait son odeur de gel douche, de cheveux fraîchement lavés, et puis ce parfum d'eau de toilette. Pourtant, elle ne ressemblait pas aux jeunes filles allemandes qui avaient enchanté son enfance.

Son grand-père paternel était d'origine alsacienne, et voulait que ses petits-enfants possèdent cette langue dont le dialecte régional avait conservé la pureté des origines et certains archaïsmes. Les jeunes gouvernantes allemandes s'étaient succédé au cours des années, mais il se souvenait surtout de Katerina.

L'infirmière portait le même parfum, une fragrance fleurie qui avait traversé le temps pour échouer dans cette cellule à l'odeur de détergent.

Il lui a pris la main. Elle l'a reprise.

– Je vous en prie.

– Excusez-moi.

Elle s'est levée.

– Ne partez pas.

Elle était déjà devant la grille. Elle a reculé.

– Il vaudrait mieux que vous ne vous rendormiez pas. Je vais demander au gardien de vous réveiller à chaque fois que vous fermerez les yeux.

Elle est allée le chercher. Il s'est planté de mauvaise humeur à l'orée de la cellule. Elle est revenue vers le lit pour reprendre sa mallette.

– Soyez tranquille, je ne mords plus.

Elle ne partait pas. Elle essayait de fuir son regard. En présence de cette femme tombée en pleine nuit au-dessus de sa couche, il reprenait goût à la vie. L'animal s'était réveillé tout à fait, pas le chimpanzé dont on parlait en ce moment même sur les *networks* du monde entier, plutôt le félin aspirant à ronronner sur les genoux de sa maîtresse.

Elle s'est approchée de la table. Elle a posé la mallette. À présent ses yeux étaient habitués à la pénombre. Elle regardait les écorchures du plafond, du sol à la peinture usée par les pas, les trépignements des prisonniers fous furieux que quatre ou cinq gardiens avaient du mal à maîtriser pour leur planter dans le bras l'aiguille de la seringue de neuroleptiques.

Il fermait les yeux, et c'était Katerina qu'il respirait. La main douce de la jeune fille d'autrefois à l'annulaire bagué d'or se posait sur sa joue, se glissait dans son cou en lui murmurant à l'oreille *sale petit gamin*. Le hamster n'était jamais devenu chien, mais ce soir il venait de réussir la transmutation du souvenir d'une jeune fille de 1958 en une femme qui passait par là.

La famille avait déménagé trois mois plus tôt. Une tocade du père.

– On étouffe dans cette villa, et puis je crois que le jardinier nous vole.

– On ne va quand même pas se cloîtrer entre quatre murs ?

– Une terrasse sur la mer, des parasols qui s'ouvriront chaque matin comme des bleuets.

Un appartement vide qui lui avait paru grand comme un stade le jour où il avait accompagné sa mère venue surveiller les peintres. Sa chambre immense, la baie vitrée comme une toile peinte, une affiche, une publicité pour attirer les touristes. La plage, la mer le plus souvent nerveuse, avec ses hautes vagues sur lesquelles voguaient les surfeurs. La promenade où se mêlaient coloniaux et autochtones. Les paquebots, les bateaux des pêcheurs, le vent du large qui laissait sur les vitres une impalpable poudre de sel.

Katerina était entrée au service de la famille le jour où ils avaient pris possession des lieux. Un visage de lys et de rose, comme on disait au temps où l'Occident adulait les peaux blanches. Elle ne rougissait ni ne bronzait. Son épiderme devait renvoyer le soleil du Maroc d'où il était venu. Pour ne pas tenter le diable, elle portait un chapeau à large bord, et quand elle l'emmenait à la plage les gens riaient du grand parapluie d'homme sous lequel elle se déplaçait.

Il était assez grand pour se coucher tout seul. Mais chaque soir il l'attendait, posé sur le drap dans la nuit tiède.

Elle poussait la porte entrebâillée. Elle apparaissait avec un doigt sur sa bouche comme si elle craignait qu'il s'exclame et donne l'alarme aux mousquetaires embusqués dans les corridors du château.

Elle appuyait les lèvres sur son front, lui caressait un instant la joue. Elle s'asseyait au bord du lit. Elle lui racontait ses rêves d'avenir comme une histoire. Elle retournerait à Nuremberg faire sa médecine auprès de ses parents. Elle posséderait une clinique, des hôpitaux, des usines, des brasseries, elle inventerait une crème dont on n'aurait qu'à s'enduire chaque matin pour que la mort glisse sur vous sans vous mouiller.

Elle donnerait son nom à une étoile.

– Elles en ont déjà un.

– Il y a des étoiles orphelines à qui aucun parent n'en a jamais donné.

Il s'endormait. Elle s'en allait sur la pointe des pieds. Elle avait peur de rencontrer la mère dans le couloir, son regard inquisiteur de génitrice craignant de se voir dérober une portion d'amour filial.

– À presque neuf ans, il n'a pas besoin de vous pour le bercer.

– Bien, madame.

Elle s'en allait écouter dans sa chambre des disques sur son électrophone portatif recouvert de tissu écossais. Elle revenait le lendemain.

Il se réveillait parfois le matin avec le souvenir confus qu'elle était revenue dans la nuit. Il lui semblait que son corps avait laissé son empreinte sur le sien.

Un jour, il l'avait vue sortir en larmes du bureau de son père. Son visage défait, ses mains tremblantes, son air hagard en passant devant lui sans le voir. Il avait frappé à sa porte, elle avait pleuré plus fort pour couvrir le bruit de son poing contre le bois qu'il boxait de toutes ses forces afin de faire plus de bruit que ses pleurs.

Le lendemain, elle avait disparu. Une semaine plus

tard, une Eva de Stuttgart l'avait remplacée. Une jeune fille qui n'entrait pas dans la salle de bains pour lui frotter le dos, réservait son affection à sa petite sœur et son frère encore bébé. De surcroît, elle l'appelait *Monsieur* comme un adulte.

Il faisait la moue quand sa mère l'envoyait se coucher. Elle essayait de le raisonner.

– Quand on est un grand garçon, on éteint tout seul sa lampe et on s'endort.

Il traînait des pieds jusqu'à sa chambre. Elle l'entendait pleurer. De guerre lasse, elle avait pris l'habitude de lui faire une lecture chaque soir avant d'éteindre d'autorité la lumière.

Elle essayait d'en profiter pour lui ouvrir l'esprit. Elle lui lisait la vie de Napoléon, une traduction de la *Guerre des Gaules*, les assommantes lettres d'une aïeule partie sur un coup de tête à soixante-quatre ans terminer sa vie de vieille fille à Budapest qui passait dans la famille pour avoir une plume digne de la marquise de Sévigné.

Un an et demi plus tard, le 29 février 1960 à minuit moins vingt, la terre tremblera à Agadir durant quinze secondes. Peu avant midi, il y avait eu un premier coup de semonce, mais la vie quotidienne avait suivi son cours comme après la première secousse survenue six jours plus tôt.

Le tiers de la population ensevelie, la majorité des survivants blessés, les maisons mal bâties, les bicoques, réduites à des vestiges, ses camarades d'école morts, estropiés, et les trois miraculés qu'il ne reverrait jamais plus.

Dans son rêve, l'immeuble s'était fait palais vénitien voguant sur la lagune, branlant comme une de ces gondoles qu'il avait vues en début de soirée dans un documentaire monochrome sur l'écran rikiki du gros téléviseur caparaçonné de bois de merisier dont son père avait acheté quatre exemplaires le mois dernier dans un élan d'enthousiasme pour la modernité, sa mère faisant des bassesses au lendemain de la livraison pour convaincre le commerçant de reprendre les trois superfétatoires au prix de l'occasion.

Un réveil soudain. Au-dessus de lui le visage presque serein du père de retour d'une soirée mondaine portant

322

un smoking dont il avait à peine eu le temps de dégrafer le nœud papillon avant la secousse.

Un bruit de bombes. Les habitations du front de mer s'effondrant, couvrant les cris des victimes déjà mortes à l'instant où ils devenaient sonores. La terrasse de l'appartement ondulant comme un bastingage une nuit de tempête. Le téléviseur valsant sur son support à roulettes, versant, implosant face contre terre en trébuchant contre une table les quatre fers en l'air.

L'ascenseur sorti de sa cage, couché sur le palier du premier étage. On doit l'escalader pour fuir. Le grand-père en visite depuis une quinzaine de jours assez ingambe pour le grimper comme un jeune homme. Un vieil homme juché et déjuché par des voisins serviables. Tout le monde de faire passer les petits en larmes, gueulant, silencieux, figés, et quelques-uns hilares quand les parents leur avaient raconté une fabuleuse histoire dont ils étaient cette nuit les héros poursuivant le yeti du désert qui courait les rues en soufflant sur les maisons comme le grand méchant loup. Une mère avait même coiffé sa gamine du chapeau pointu scintillant de strass de son habit de fée, et lui avait mis dans les bras sa poupée dont à chaque marche clignaient les yeux.

Le boulevard de front de mer partout fissuré, fendu, des trous béants, des tuyaux comme des serpents déversant le poison des égouts et crachant l'eau précieuse pompée dans les rares sources des hauts plateaux.

Une périlleuse traversée, les adultes sautant pardessus les gouffres chargés d'enfants, à présent tous hurlant dans le vacarme général d'Agadir poursuivant son effondrement. La vieille qui refusa de bouger, assise sur un banc public affaissé mais toujours debout sur le trottoir de l'immeuble maintenant immobile, à peine lézardé, avec ses yeux aux carreaux explosés qui contemplaient la mer dont on ne distinguait que la crête des vagues dans l'obscurité.

Ils s'étaient réfugiés sur le sable. Des vagues hautes comme des bœufs, mais pas de raz-de-marée. Les enfants s'étaient tus. Trempé par les embruns, tout le monde grelottait en silence. Les bébés se sont endormis les premiers, puis peu à peu les enfants enroulés dans les manteaux dont les adultes s'étaient dépouillés pour les couvrir.

Il s'était collé à son père accroupi. La mère avait quitté robe et chemisier pour isoler du sable son frère et sa sœur. Elle s'était agenouillée devant eux pour recevoir les embruns à leur place.

Il avait lutté contre le sommeil qui l'effraierait désormais comme un malheur. Il avait fini par perdre pied, s'assoupir malgré le bruit de l'écroulement continuel des habitations, les cris de gens appelant sur les ruines leurs parents, leur femme, leur mari, leurs gamins perdus. Au réveil dans l'aube rosée, sa tête comme une boîte close, le silence, le vide, et pas la moindre ouverture pour appeler au secours.

À l'écart de l'épicentre, le port n'avait guère souffert. Quelques embarcations à fond plat destinées au transfert des troupes jusqu'aux navires s'étaient envolées, on en retrouverait certaines trois jours plus tard sur la côte espagnole.

L'armée avait envahi la ville, remuant les pierres, les pans de murs, les lourdes portes cochères afin de dégager ceux qui avaient la force de crier, posant des garrots, épuisant en une heure leur stock de morphine pour soulager ceux dont le ventre était ouvert, ceux aux membres écrasés, et les mourants à qui on accordait une mort heureuse.

Les pompons rouges dans les mains des enfants. Les marins prêtaient çà et là leur béret à ceux qui s'étaient remis à pleurer. Un camion vert-de-gris, sous la bâche les habitants de l'immeuble entassés, seuls survivants intacts du quartier dont les autres constructions avaient souffert, s'étaient enfoncées d'un étage, n'étaient plus que ruines où couraient les rats, certains s'extirpant le museau sanglant des gravats, claudiquant sur trois pattes, usant leurs dernières forces pour mourir à l'air libre.

Un camp de fortune installé en hâte à dix kilomètres de la ville. Les boîtes de corned-beef qu'on dévore, chipote, ne touche même pas tant on n'ose plus alimenter ce corps coupable de vivre à la place d'un de ces morts au cadavre brisé là-bas sous les décombres.

Le soleil est déjà haut, un vent violent, frisquet, chargé de sable, qui fouette les visages de ces survivants dont aucun n'est sûr d'avoir mérité ce sursis de quelques mois, quelques années, quelques décennies, de quoi effeuiller un calendrier, acheter des vêtements, fonder plusieurs familles, enterrer ses aînés, serrer les poings les soirs mauvais où on a beau remuer de fond en comble sa boutique intérieure on ne retrouve plus trace du sentiment d'éternité.

Pas assez de lits de camps, des épaisseurs de couvertures, des lits de manteaux, de capotes, et deux jours plus tard des matelas poudreux provenant des décombres des échoppes, de tas de débris où surnageaient des meubles. Puis sont arrivés les camions venus de Marrakech où le roi avait décidé une razzia solidaire pour venir en aide aux sinistrés.

Les enfants crient dans leurs rêves, les adultes émettent des plaintes d'une voix inquiète. Avec parcimonie, par l'entremise d'un téléphone de campagne, les militaires accordent deux minutes de conversation à ceux qui ont encore une famille à rassurer. L'effroi d'entendre causer des ressuscités. On essaie de les faire parler longtemps pour s'assurer qu'ils n'ont pas la voix rauque de leur fantôme.

Mais la plupart des miraculés n'ont pas de famille lointaine. Ils s'échappent pour aller fouiller les ruines. On avait manqué de matériel de forage au temps où s'échappaient encore des cris d'entre les pierres. Maintenant, c'est une recherche sans espoir, des tas compacts, inanimés, autant tendre l'oreille au-dessus d'un charnier.

Un matin, il a suivi un vieux Marocain en djellaba rapetassée au camp avec de la ficelle. Un visage impénétrable, masque de cuir tanné par le soleil, yeux minuscules tapis entre les paupières brunes, un morceau de barre de tente en guise de canne.

Il garde ses distances de crainte d'être rabroué. La mer se rapproche, la cité engloutie sous sa propre substance peu à peu apparaît. Une mosquée restée droite sur ses ergots semble dominer la baie, d'autres ont rejoint les jardins d'Allah. Des minarets encore en l'air, penchés, vacillants, certains continuant à perdre leurs briques d'argile, bizarres cheminées dont les croyants s'imaginaient peut-être que s'en échappaient encore des bouffées de prière. Rares appels de muezzins, les soldats marocains interrompant leurs recherches pour se prosterner vers la Mecque.

Le vieux ne prie pas, il est trop replié sur sa peine pour entendre les bruits, à moins qu'il n'ait perdu la foi en même temps que sa famille dont il ne cherche plus que les cadavres.

Il l'a abandonné à sa quête funèbre.

Un no man's land. Les sauveteurs avaient déserté depuis l'avant-veille ce secteur de la ville, l'armée n'était pas outillée pour déplacer les pans de murs aux briques encore solidement cimentées, ni les blocs de béton de ces constructions maçonnées.

Il a longé la plage. À peine craquelé, toujours valide, l'immeuble narguait les ruines. Elle était intacte, la grande terrasse où trois jours plus tôt sa mère prenait le soleil, où il jouait à effrayer les mouettes se reposant sur la balustrade avant de rejoindre les sardiniers et piquer dans leur sillage les déchets de la pêche. Dans la nuit, il n'avait pas vu qu'entre les failles et les trous béants de la route serpentaient des sentiers de terre ferme. Il a traversé avec la nonchalance d'un piéton.

La porte d'entrée était béante, il a pénétré dans l'immeuble. Des morceaux de plafond qui avaient attendu leur départ pour choir sur le carrelage, un chapeau de feutre écrasé au pied de l'escalier éclairé par le jour qui filtrait d'un trou du toit.

Il a monté quelques marches, butant sur des sacs de marché, des valises, tombés des mains des habitants de plus en plus paniqués au fur et à mesure de leur descente. La cabine de l'ascenseur n'était plus qu'un tas de planches et de verre brisé sous les parpaings du palier du second qui s'était en partie effondré. Il a hésité, mais il a eu peur de monter jusqu'à leur troisième étage.

La porte de l'appartement du premier était sortie de ses gonds. Un hall d'entrée arrangé en affreux petit salon autour d'un poste de radio trentenaire. Il a longé le couloir. La clarté des fenêtres aux vitres explosées. Le vent qui fait battre les portes des chambres aux lits défaits, les oreillers creusés par les têtes des fugitifs.

Des figurines par terre, en miettes, en trois ou quatre morceaux, un chat en porcelaine qui a perdu ses oreilles, un vase d'opaline intact qui a perdu son eau, dont le bouton de rose a eu le temps de s'épanouir et ses pétales de mourir de soif. Les livres d'une chambre d'enfant sur le tapis, l'un tombé sur le dos, grand ouvert sur une Bécassine qui le contemplait de son regard stupide.

La chambre des parents, la lampe de chevet à l'abat-jour atterri sur le sommet du miroir fendu de la coiffeuse. Une odeur de parfums mêlés, deux flacons brisés sur le sol, un autre entier sans son bouchon et le *N° 5* répandu qui s'est évaporé.

Une visite paisible. Un logement inconnu, l'impression de pénétrer en fraude dans l'intimité de ces voisins qu'il croisait souvent au milieu de leur marmaille vêtue de barboteuses brodées, de robes festonnées, le grand garçon endimanché portant à longueur d'année un nœud papillon de garçon de café.

Les placards de la cuisine avaient rendu leurs assiettes. Poêles et casseroles avaient sauté par-dessus leur crochet, l'évier de pierre avait vacillé, son robinet descellé nez en l'air comme un gobe-mouches, et la grande table contre le fourneau avec le dessous-de-plat en carreau de Delft toujours vaillant dans son armature de fer forgé. Des provisions jonchant le sol, devant la glacière renversée un reste de couscous aux merguez nageant dans la marre du pain de glace depuis longtemps fondu.

Le grand salon sous la poussière de plâtre. Un champ de neige vierge, ses pas sur le parquet, les tapis persans dégageant de la poussière de lune. Les miettes crissantes des verres en cristal tombés pendant la chute du buffet. Le canapé au beau milieu, sur la table basse un journal blanc comme un linge datant de l'époque où Agadir était toujours debout.

Mécontent de son intrusion, le vent qui souffle plus fort. Il s'approche de la porte-fenêtre, le balcon à moitié amputé qui montre les tiges métalliques du béton. La mer éblouissante, un bateau qui croise dangereusement près de la côte pour permettre aux passagers de voir les ruines. Les mieux équipés braquent le téléobjectif de leur appareil dans l'espoir d'emporter le cliché d'un Lazare sortant de terre un bébé dans les bras après des jours de lutte contre les gravats.

Il s'est trouvé lâche de partir sans avoir osé enjamber les reliefs de la cabine pour monter chez lui.

Il est revenu au camp quand tombait la nuit. Son père l'a giflé pour la première fois de sa vie. Deux soldats dévoués l'avaient cherché alentour tout l'après-midi. Ils avaient fait respirer à un chien la couverture dans laquelle il se roulait pour dormir. Il avait découvert une charogne dissimulée sous des herbes sèches, le reste du temps il avait aboyé gueule au ciel après les corbeaux qui de toute l'Afrique faisaient route vers Agadir dans l'espoir d'un festin de cadavres.

Il est parti bouder assis en tailleur contre la roue d'un camion. Il avait sorti de sa poche une tablette de chocolat récupérée dans la cuisine. Sa mère l'a surpris alors qu'il en croquait la dernière barre. Elle a eu beau le secouer, il a refusé de dire où il l'avait trouvé.

Le lendemain son père l'a découvert en train de tailler une branchette avec un canif à manche d'ivoire. Longtemps après, ses parents sont morts sans rien savoir de sa virée dans cet immeuble qu'on rénoverait deux ans plus tard mais où ils ne vivraient jamais plus.

Quelques mois d'escale à Casablanca. Dans son sommeil, les répliques du séisme d'Agadir comme un tam-tam. Il parvenait à s'échapper, retrouver le camp, une place sous la tente, s'offrir un rêve tranquille, l'inconscience dans l'obscurité des organes, un séjour délicieux avec des êtres dont à son réveil lui restait le souvenir d'une érection.

Une année à Paris. Le père qui essaie de retrouver une clientèle. Les prospects se défilent comme s'il empestait la scoumoune. Ils descendent vers le sud. Compressé à l'arrière de la camionnette de location au toit chargé de bagages et d'ustensiles, il a l'impression de voyager dans une carriole de western.

Il se rappellerait de cette épopée quarante-neuf ans plus tard quand il voyagerait de Lille à Paris à l'arrière de la voiture d'une prostituée conduite par son souteneur, et lui sur la banquette écrasé par le siège avant, esquiché entre deux valises l'une sur l'autre et un siège bébé où le rejeton du couple faisait ses dents et braillait dans la nuit. Sans pitié, le citrate de sildénafil dont il était devenu la dupe lui assignait des missions de plus en plus humiliantes.

L'orgasme n'était plus un stupéfiant assez puissant. Parfois il besognait le nez plongé dans un flacon de poppers pour prolonger son extase d'une bouffée de chaleur qui rougissait son visage comme un lumignon. Il cherchait le paradis où lui pousseraient cent mille verges pour multiplier l'extase par les cent mille houris à son corps bouturées tandis qu'il se promènerait en haletant dans les jardins d'Éden.

Il était revenu l'an passé à Agadir. Il avait reconnu le vieil immeuble dont seules les tentes des balcons avaient changé. On avait installé des interphones. Il a sonné plusieurs fois au hasard. On a fini par lui ouvrir. Les marches de l'escalier étaient maintenant ornées de mosaïque, on avait remplacé l'ascenseur brisé par un autre en acier.

Il est monté jusqu'au troisième. La porte n'avait pas changé, mais on l'avait repeinte en jaune d'or. Une plaque de cuivre au format d'une carte de visite vissée sous la sonnette. Le nom d'un couple à consonance maghrébine profondément gravé.

Il a toqué. Un garçonnet d'une dizaine d'années lui a ouvert.

– Mes parents sont pas là.

– Ils rentreront bientôt ?

– À six heures et demie.

Il n'aurait guère qu'une dizaine de minutes à patienter.

– Je peux entrer ?

Le gamin a tortillé son tee-shirt en signe d'hésitation.

– Ne t'inquiète pas, je suis un client de ton père.

– Il a pas de client, il est prof.

Il a fini par laisser pénétrer ce monsieur cravaté, si convenable dans son costume de lin.

Le gamin l'a abandonné au salon. Il a regardé les gravures, un tableau sous-impressionniste dans un cadre de bois cérusé, une maquette de voilier sur un buffet noir. Des meubles européens trop neufs, trop harmonisés, une impression de hall d'exposition. La terrasse comportait désormais un bassin où erraient des poissons bleus. Des fauteuils en métal à coussins blancs matelassés regardaient la mer, tandis que la table ronde derrière eux supportait une statue de marbre rendue ocre par les vents de sable.

La chambre des parents. La chambre de sa sœur. La pièce ovale où dormait son jeune frère, qu'on appelait la nursery. Il a entendu les bruits de la console avec laquelle l'enfant jouait. Il s'est enhardi à pousser la porte de son ancienne chambre.

– Ils vont arriver.

– À quoi tu joues ?

Il lui a montré comment tuer les soldats en vert quand on était un moine à tête de marsouin.

– Tu me la prêtes ?

Le gosse a été épaté par l'habileté de cet ancêtre encore plus âgé que son grand-père.

– Essaie de faire mieux.

À travers la baie vitrée, il a regardé la plage, les surfeurs, les autochtones et les touristes mêlés sur la promenade. Il est sorti sur l'étroit balcon encombré d'un vélo d'enfant et d'une trottinette. Il ne ressentait rien. Ce jour-là, les souvenirs comme un cautère sur une jambe de bois.

– Au revoir.

– Vous les attendez pas ?

– Je reviendrai.

Il est tombé sur eux en refermant la porte palière.

– Qui êtes-vous ?

– Je ressemble à quelqu'un.

Il a descendu l'escalier aussi vite qu'il le pouvait. Il s'est enfui en taxi.

– Avenue Mokhtar Soussi.

– Quel numéro ?

– Je vous dirai.

La maison de sa première enfance ne se trouvait pas sur l'avenue. On y accédait par une longue rue qui à l'époque ne portait pas de nom. Une résidence parmi d'autres de même facture dans cette zone résidentielle qui encore aujourd'hui s'appelait le quartier Suisse.

– Laissez-moi ici.

Il a marché. À la place de la rue, une ruelle sombre écrasée entre des immeubles modernes et blancs. Une ruelle sans fin, de plus en plus obscure entre les hauts murs des bâtiments présentant leurs pignons à peine piquetés de petites fenêtres aérant les cuisines. Une sorte de tunnel, il devait cligner des yeux pour apercevoir au loin le soleil.

Il imaginait la maison rebâtie avec les anciennes briques, les orangers revigorés dans des serres replantés dans leur trou, les meubles du salon mauresque recollés, revernis, et même la cahute du jardinier où s'enfermait son père les après-midi de dépression, reconstruite avec ses planches effondrées. On avait préféré se servir des ruines pour combler les lézardes.

Cette villa où il avait passé ses neuf premières années avait disparu de sa mémoire pendant plus de quarante ans. Une tombe où, sur un coup de tête, son père avait décidé au dernier moment que sa famille ne serait pas ensevelie.

Elle était remontée lentement à sa conscience quand il avait atteint la cinquantaine. Ses frère et sœur étaient trop petits pour garder le moindre souvenir de l'avoir habitée, et quand d'aventure ils avaient questionné leurs parents à propos de ces photos où on les voyait bébés dans cette demeure de colon, ils n'avaient obtenu que des réponses absurdes dont ils s'étaient contentés.

– Quand vous étiez petits, c'était l'été.

– Là-bas, il n'y avait jamais d'hiver.

Il n'en soufflerait jamais mot à personne. La mort emporterait ce souvenir avec lui.

Une adolescence monégasque. De ce côté de la Méditerranée, la lumière est moins vive que dans le Sud marocain. Même quand aucun nuage ne tache le ciel, on dirait que l'intensité du soleil est plus basse. Une infime variation, comme lorsque le flic trompait l'ennui de l'autre côté de la glace sans tain en tournant le bouton d'un quantième de tour pour faire chuter d'un lumen l'éclat des ampoules de la salle du commissariat où il avait passé la nuit.

Des années moroses, des études pénibles, un élève qui ne parvenait pas à prendre au sérieux ce type perché sur l'estrade en train de raconter la dissection de la grenouille ni cette femme, évoquant les aventures des plaques continentales, les affres du Chemin des Dames. Et ce jeune homme encore étudiant qui leur parlait des mystères des logarithmes, du ténébreux zéro et de la quadrature du cercle, comme s'il leur proposait de chercher avec eux la clé de l'énigme, comme si au bout du compte on allait arrêter l'assassin.

Les jeux dans la cour, les parties de football qu'il observait d'un œil indulgent. Ses condisciples prêts à risquer leur vie pour la gloire d'avoir jeté un ballon entre deux piquets.

Les filles jouaient entre elles, cheveux au vent dans le mistral, queue-de-cheval et barrette dorée, jupe bleu marine et sandales blanches, robe de velours et souliers noirs. Il n'osait les imaginer dénudées. Il se risquait à se les figurer en maillot, en sous-vêtements blancs. Sous l'étoffe de coton, la peau tendue, comme repassée, sans excroissance ni percée.

Les soirées à la maison. Le frère et la sœur puînés, des minots dont il ne pouvait faire ses confidents. La mère essayant d'instaurer dans le foyer calme et sérénité malgré le père tour à tour enthousiaste et désespéré. Ses pensées suicidaires parfois comme un refuge, cette mort haïe des hommes qu'il en arrivait à espérer comme un opium à sa souffrance. Lors du tremblement de terre, ses plus gros clients étaient morts sous les décombres de leur petit palais. Un homme ruiné qui remontait la pente et la dégringolait, tel un Sisyphe de la cyclothymie.

Quant à lui, il était sujet aux rêvasseries grises, aux couleurs tonitruantes comme les fruits du marché d'Agadir, des puits noirs dont il ne voyait pas le fond en se penchant sur la margelle. La peur, la chair de poule, à chaque fois qu'il cherchait à imaginer sa gueule d'adulte.

Il n'achèverait pas sa croissance dans ce corps, avec cette âme cabossée. Il abandonnerait la dépouille de ce vermisseau. Il enfilerait sa nouvelle enveloppe comme un costume. Lui échoiraient le talent, l'intelligence, le génie, la puissance et la gloire.

Un destin hors série, et il s'apercevrait qu'il était né fils de roi, qu'il était un prince destiné à régner sur un casino à qui même le gotha verse son tribut. Il se passerait de royaume, si par la magie d'un décret d'un producteur de Beverly Hills, on le nommait Humphrey Bogart, Gary Cooper, John Wayne, à la place de ces usurpateurs vieillissants.

Il accepterait même d'être promu Lauren Bacall, Elizabeth Taylor, le chien Rintintin, le véritable héros du feuilleton dont il ne ratait jamais le moindre épisode. Homme, femme, simple animal, peu importait le sexe, le poil, la forme du squelette, il arborerait un sourire conquérant, charmeur, fatal, la mâchoire comme un piège à loups. Se voir soudain propulsé dans les hauteurs pour se perdre de vue, oublier dans la foule le gamin obscur qu'il ne serait jamais plus.

Mais il n'est pas robuste le plancher des rêves. Sitôt échafaudées, ces fantaisies s'écroulaient. Il essayait sans succès de devenir un élève brillant, au moins dominer cette classe dont il n'était même pas le cancre, plutôt un de ces garçons méritants dont les maîtres saluent les efforts sur le bulletin de fin d'année.

L'année de ses quatorze ans, la jeune fille était anglaise. Une brunette comme on disait outre-Manche. Vingt-deux ans, petite, la poitrine en œufs sur le plat, la cuisse solide et le postérieur abondant.

Le père avait décrété récemment qu'il était bon de connaître la langue de l'occupant, ces Yankees qui traînaient encore en Europe, l'avaient colonisée à force de plan Marshall et entreprenaient de la crétiniser à coups de blue-jeans et de chewing-gums.

Un dimanche de septembre où les parents étaient partis visiter Saint-Rémy-de-Provence avec les petits. L'appartement bouillant malgré fenêtres et volets clos. On part en vélo jusqu'à la crique. Deux pierres plates comme des lits, des pins comme un dais de baldaquin.

Elle parlait avec un accent cockney, beaucoup de

phrases lui échappaient. Il se taisait, plié sur ce maillot qu'il avait enfilé avec d'infinies précautions sous une serviette trop étroite. Il filait souvent dans l'eau pour calmer les ardeurs de ce manchon qui plus tard piloterait son existence.

– *You're wet, my boy.*

Elle le séchait avec son drap de bain publicitaire aux armes de la Guinness. Elle le frottait, une caresse vigoureuse, étrange.

– *You're so hard.*

Encore humides, les deux corps nus bientôt abouchés dans le soleil couchant. Le carillon de l'orgasme qui sonnait le tocsin de l'enfance. Un instant, une déflagration. Le passé, l'avenir, deux miroirs où se reflétaient l'éblouissement bienheureux, la joie, le coup de griffe du présent, l'épaisseur de son trait.

Il s'est sacré roi de l'instant. La seule substance dont on puisse sentir le goût sur la langue. Le passé, cette nuit, ce pays imaginaire où on ne retournera jamais plus. Le futur présomptueux, vaniteux, menteur, et seule la mort tiendra un jour sa promesse. L'instant charnu et frais comme le sein d'un tendron. L'instant, cette saison où il avait pour toujours posé son bagage.

Il s'est relevé monarque, le gamin avait été noyé, emporté par les vagues qui déferlaient à chaque fois qu'un bateau s'aventurait près de leur cachette. Il lui a semblé qu'il allait s'envoler dans la brise en sautant d'un rocher l'autre sur le chemin du retour. Les femmes seraient les écrins de son bonheur, il les pourfendrait de sa rapière et pourtant c'est elles qui lui serviraient de cuirasse.

Deux années plus tard, il rencontrait sa première femme. Une gamine de son âge, ils devraient attendre leurs vingt ans pour fonder leur petit ménage. La montée à Paris, les études, les diplômes obtenus grâce aux révisions draconiennes qu'elle lui imposait.

Toute la semaine elle montait les étages, tirait les sonnettes, proposant aux habitants de les sonder, un mot nouveau, et beaucoup reculaient, craignant qu'elle leur enfonce un tube dans l'urètre. D'assommantes enquêtes sur les détergents, l'électroménager, le dilemme cornélien dans le choix d'un dentifrice au goût de menthe ou distillant sous la brosse un subtil parfum d'anis étoilé.

Elle l'appelait plusieurs fois par jour d'une cabine afin de s'assurer qu'il piochait ses polycopiés au domicile conjugal.

– J'ai laissé sonner pendant cinq minutes.

– J'étais en cours.

– Quel cours ?

Il allumait une cigarette en essayant de changer de sujet de conversation. Elle connaissait par cœur son emploi du temps, et cet après-midi-là, il n'avait ni conférence ni TP. Il écopait d'une soirée laborieuse jusqu'à deux heures du matin.

Grâce à la sévérité de sa femme, une accumulation de diplômes obtenus à la force du poignet.

Malgré son échec à l'ENA, et faute d'intégrer l'Inspection des finances, il décroche un poste de professeur d'économie, puis de fonctionnaire à l'INSEE. Deux filles, un garçon, une vraie famille, l'ambition de connaître plus tard une certaine aisance, un statut social solide, et de rêver tout haut de grandeur quand l'épouse lui accorde une soirée de beuverie avec ses anciens camarades de faculté. Au matin, il regrette ces vantardises et se propose d'entreprendre une cure de modestie et d'eau.

Un divorce au milieu des années 1980 pour une

dirigeante d'entreprise de relations publiques qui lui donnera une fille et usera de son carnet d'adresses pour le pousser dans le monde de la politique et le propulser jusqu'à la députation.

À la fin de la décennie, c'est la rencontre avec la deuxième victime de cette affaire. L'épouse stoïque, magnanime, humiliée, qui par sa faute, celle des satellites, des réseaux, de la fibre optique, avait découvert la sublimation en devenant la plus illustre cocue de l'histoire de l'humanité. Une acolyte généreuse, payeuse, qui posait sur les épaules de ce chevalier une pelisse, une mosaïque de millions en guise de molleton. Il lui laissait la meilleure part, le sourire extatique de la martyre quand les soldats romains la retournent sur le brasier de son supplice.

Une vie en escalier. Trois épouses comme les marches d'un perron.

L'infirmière s'était éclipsée vers trois heures. Elle avait laissé le gardien en faction devant la cellule.

– Il ne faut pas qu'il ferme l'œil.

Le prisonnier piétinait. Pour tester la qualité des verres que l'administration lui avait fournis, il regardait le plafond, ses pieds dans les babouches, une fissure où reposait une fourmi morte.

Il s'asseyait à la table qu'il martelait du bout des doigts, battant la mesure d'une musique crispante que personne ne s'était jamais soucié de composer. Il finissait allongé sur le lit, paupières ouvertes, son corps agité des soubresauts de l'exaspération.

Le gardien s'est fatigué de rester debout. Il a reculé jusqu'à la guérite. Lassé du poker, il a sauté d'un programme à l'autre. Il n'a pas tardé à tomber sur les images captivantes de son *perp walk*, de son passage au tribunal, et un journaliste belge à crinière dorée qui avec un fin sourire racontait qu'il avait obtenu à la fin du siècle dernier le prix du fumeur de pipe de l'année décerné par une confrérie de maîtres pipiers. Un honneur dont il était si fier qu'il le mentionnait toujours longtemps après l'affaire dans sa biographie pourtant succincte du *Who's Who*.

L'épisode des côtes de bœuf a scandalisé le gardien.

Un couple de français infâme qui ne connaissait pas la valeur de la viande et la gâchait en se marrant comme pour se moquer du travailleur américain qui mangeait des pizzas toute la semaine pour pouvoir offrir ce festin à sa famille le dimanche.

Il est passé sur une chaîne de sport au moment des publicités. En regardant un combat de boxe thaïlandaise, il s'est demandé s'il ne ferait pas mieux d'aller en catimini chercher son téléphone aux vestiaires. Quelques clichés bien négociés lui permettraient peut-être d'acheter un quartier de bœuf, une bête entière, sait-on jamais un petit troupeau dont il mettrait des années à épuiser la chair.

Quand il est revenu avec l'appareil, le prisonnier s'était assis et lui tournait le dos. Il n'a pas osé lui demander de s'approcher. Faisant semblant d'envoyer un message, il aurait déclenché à l'instant où il serait apparu dans l'auréole blanche des néons du couloir.

Des clichés sombres, une silhouette courbée d'une couleur incertaine. Ils lui auraient sans doute valu un renvoi définitif si on les avait découverts, et il ne pouvait pas caresser l'espoir d'en tirer le moindre rôti. Il les a effacés en allant retrouver son réduit.

Le gardien ne prenait plus la peine de le surveiller. Il s'était assoupi. Le plateau de la table n'était pas moelleux, mais il avait tiédi au contact de sa joue. Une heure et demie d'un sommeil paisible brisé à cinq heures par la sirène. La cellule s'était illuminée, les néons des couloirs éblouissaient, le volet du fenestron donnant sur l'aube s'était volatilisé.

La gueule de bois après cette nuit de réminiscences dans les effluves du parfum de l'infirmière. Il retrouvait une réalité du même béton que les murs.

Il avait sur l'estomac son petit déjeuner pénitentiaire. Un nouveau gardien avait pris le relais. Un petit Noir aux étranges yeux grèges. La trentaine maigre avec tonsure et dents gâtées. Il l'appelait par son prénom comme un camarade. Si l'anglais le lui avait permis, il se serait sûrement cru autorisé à le tutoyer. Un garçon qui n'aimait guère cette femme dont on ne savait pour l'heure que la couleur.

– Bien sûr que les Français sont un peu touche-à-tout, mais les Africaines ne sont pas chatouilleuses.

Une parole philosophique qu'il a appréciée comme une douceur.

– Même un tueur de flic on le traite mieux que vous.

Il lui a raconté l'histoire d'un mafieux qui après l'assassinat d'un sergent et d'un inspecteur, s'était pavané pendant deux ans dans son ranch du Colorado avant d'être jugé à Denver, condamné à mort et exécuté une décennie plus tard.

– Cette femme de chambre, elle doit être puissante comme Al-Qaïda.

Il a ri en imaginant sa bouche reliée par une interminable trachée jusqu'au gosier de Ben Laden. Il s'est bientôt assombri, se souvenant d'une malencontreuse déclaration qu'il avait faite l'an passé contre le blanchiment des capitaux dont une part servait à financer le terrorisme. Une vengeance, la bouche de cette affreuse Parque prête à trancher net le fil de sa carrière.

Il a regardé le soleil à travers le soupirail. Il était déjà haut.

– Je n'ai pas droit à une promenade ?
– Une promenade d'une heure.
– On y va ?

– Mais aujourd'hui on vous l'a supprimée.
– Pourquoi ?
Il a haussé les épaules.
– Raisons de sécurité.
On craignait sans doute un drone au radar endommagé qui prendrait son accoutrement pour le sari d'une salafiste pakistanaise aux rondeurs levantines.

Le consul de France est arrivé avec un cabas rempli de journaux et de romans policiers. Il s'est emparé goulûment de la presse dont il avait été privé depuis son arrestation. S'y voyant traité de criminel, il s'est mis à tant vitupérer, que les lunettes mal ajustées sont tombées à terre. Étrangement, il a continué la lecture d'un article du *New York Post* où on le traitait de Pépé Le Putois, comme si pareils à des verres divergents la fureur avait la faculté de corriger la myopie.

Pour se donner une contenance, le consul installe sur la table les Arsène Lupin qu'il avait ramassés le matin dans une cantine militaire entreposée dans les réserves de la bibliothèque du consulat.

Il a brandi soudain le *New York Post*.

– Je porte plainte.

Par réflexe protocolaire, le consul lui a promis de transmettre sa consigne à l'ambassade.

– Je ne manquerai pas d'insister.

Pour lui prouver ses bonnes intentions, il en a profité pour faire signe au gardien de lui ouvrir la grille et déguerpir.

À dix-sept heures, le plus grand de ses deux avocats a fait son entrée dans la cellule.

– Vous êtes seul ?

– Mon confrère doit plaider demain à Dallas.

– Je ne le paye pas pour traîner au Texas.

– Vous avez l'air de bien vous porter.

– Vous me trouvez resplendissant dans cette tenue de désespéré ?

– C'est scandaleux.

L'avocat a disparu dans le fond du couloir. Dix minutes plus tard, il lui rapportait ses vêtements civils. Il a feuilleté un Arsène Lupin pour ne pas avoir l'air de l'observer pendant son changement de costume.

À dix-sept heures trente-cinq, il lui demandait son ordinateur pour rédiger sa lettre de démission. Quelques lignes où il parlait de sa tristesse d'en être réduit à quitter ses fonctions, de ses enfants, de sa femme qu'il aimait encore davantage, de ses collègues qu'il remerciait d'avoir en trois années seulement accompli avec lui des merveilles, de sa nouvelle vie d'innocent en route vers la rédemption.

– Qu'en pensez-vous ?

Un texte rédigé en français dont l'homme de loi ne pouvait guère saisir que la date.

– *Perfect.*

– Il faut que je la signe.

L'avocat est parti dans les bureaux mendier l'usage d'une imprimante. Il lui a rapporté sa démission sur papier blanc. Il a apposé sa signature au bas de la page.

L'avocat l'a portée le soir même au chambellan qui s'est retenu au dernier moment d'ajouter un *e* avec son stylo rouge pour corriger un accord fautif avec l'auxiliaire avoir. Il s'est résigné à la faire parvenir telle quelle au siège de l'institution le lendemain matin.

La colère d'être traîné dans la boue qui ce jour-là servait d'encre à la presse, le désœuvrement du confiné, la profonde tristesse d'en être finalement réduit à démissionner de cette institution qu'il venait de déshonorer pour la deuxième fois, et puis ces deux heures à s'exaspérer devant ce téléphone mural haut perché qui l'obligeait à sauter à chaque fois qu'il devait raccrocher pour pouvoir appeler derechef son épouse. Une journée assez éprouvante pour accepter le somnifère que lui a proposé l'infirmière en venant s'assurer du bon fonctionnement du nouvel appareil respiratoire que l'administration avait fait acheter en urgence dans une pharmacie de Brooklyn.

Une infirmière qui ne dégageait plus la même odeur. Elle avait peut-être changé de parfum, à moins que ce ne soit pas la même. Il n'a pas osé le lui demander. Du reste, elle ne s'est pas attardée. Le volet n'obturait pas encore la lucarne quand il s'est endormi.

Il s'est réveillé frais et optimiste cinq minutes avant que ne retentisse la sirène. Sa démission était déjà tombée dans le trou béant du passé, un incinérateur qu'il imaginait toujours ronflant pour réduire en cendres les instants malheureux.

Avant de rédiger la lettre, il avait eu une conversation pleine d'espérance avec son avocat. Il en ressentait les effets euphorisants aujourd'hui. La certitude d'obtenir sa liberté sous caution à l'issue de l'audience du lendemain lui procurait la même bienheureuse impatience qu'enfant l'approche des grandes vacances. Son éventuel procès ne pourrait avoir lieu avant de longs mois, une éternité, un événement trop lointain pour qu'il ne le traite pas par le plus profond mépris.

Après avoir avalé une omelette et un quart de litre d'un café clair, il s'était essayé à la lecture d'Arsène Lupin. Les romans mentaient plus encore que les maris volages. Ils regardaient le lecteur les yeux dans les yeux sans jamais les baisser ni les clore, alors que les époux les plus effrontés finissent toujours par se laisser impressionner par les menaces, les cris, les larmes qui suivent leur petit bonhomme de chemin le long des joues des épouses soupçonneuses, et apprennent à baisser les paupières le temps d'inventer un nouveau mensonge.

Son jovial gardien est entré dans la cellule alors qu'il déchirait une à une les pages de l'ouvrage avec le même plaisir qu'un gamin vicieux arrache les pattes d'un grillon.

– C'est l'heure de la promenade.

On avait dû intercepter le drone, à moins que retrouvant ses esprits il n'ait repris sa trajectoire vers le Pakistan.

Il lui a épargné les entraves. À peine une paire de menottes à longues chaînes qui ne l'empêchaient pas de gratter le bouton qui lui était poussé sur la hanche dans la nuit.

Une promenade étrange, merveilleuse. Pour la première fois depuis samedi, on ne l'emmenait nulle part. Il marchait sans but dans le vent, respirant avec délice l'air salin qu'il imaginait arriver tout droit des côtes françaises via l'estuaire et l'Atlantique.

Le gardien le suivait sans se coller à lui à la manière d'un domestique bien dressé accompagnant au bois son marquis de maître. Les stridentes mouettes lui semblaient être des escouades alliées criant leur haine de la domestique, méditant un raid sur Harlem pour l'attaquer en piqué et lui percer le visage de leur bec.

Enivré, il marchait tout droit vers les barbelés. Le gardien est intervenu.

– On ne peut pas aller plus loin.

Un grand rideau tout hérissé de lames d'acier. Mais au travers, il pouvait contempler le charroi des navires, le grand pont rectiligne où les avions auraient pu atterrir sans encombre si la piste de La Guardia avait été dynamitée par des fâcheux.

– Il ne faut pas s'approcher d'eux.

Une cohorte de prisonniers tirée au cordeau. Il se trouvait toujours un toxicomane rendu fou par le manque prêt à vous égorger pour canaliser son trop-plein d'énergie.

– La semaine dernière, on a trouvé un huit millimètres dans le matelas d'un Latino.

Le gardien s'est fait peur en évoquant cette découverte. Il lui a demandé de faire demi-tour.

Se contemplant dans le reflet du tuyau nickelé de la chasse, il a trouvé que son bronzage affecté par ses trois journées de souterrains et de lieux clos avait été revigoré par cette balade au grand air.

Vers onze heures, le même technicien qui s'était occupé de son appareil respiratoire est venu lui installer un téléviseur. Une machine antédiluvienne dont seules fonctionnaient des chaînes dédiées aux loisirs causant chasse, randonnées, cuisines intégrées et parquet flottant. La psychiatre avait exigé qu'on ligature les canaux des chaînes d'information, et de celles qui pouvaient être susceptibles d'afficher à l'occasion le fil d'une agence de presse en surimpression d'un championnat de baseball ou d'un reportage sur le vent.

Les conversations chaotiques avec son épouse furent les seuls nuages de cette journée lumineuse. Dans sa mansuétude, l'administration lui accorda trente minutes de promenade supplémentaires en fin d'après-midi.

Même le brouet du dîner lui parut acceptable. Il refusa le somnifère que lui offrit l'infirmière et son sommeil fut paisible malgré tout.

Il était si calme au matin, qu'il subit de bonne grâce les tracasseries administratives de sortie. Puis pieds et poings liés, il somnola dans le fourgon jusqu'au tribunal.

Une voiture japonaise grise dont les phares lui ont semblé bridés comme les yeux d'une Tonkinoise. Le chauffeur portait une casquette de baseball. Le policier a sauté du véhicule pour lui ouvrir la portière. Sa belle-fille avait pleuré. Elle fourrait dans son sac le mouchoir qui venait d'essuyer ses larmes. Elle s'est assise à côté d'elle. Elle a posé la main sur la sienne.

Il faisait frais, on voyait la Cinquième Avenue défiler à travers les vitres. Elle avait enlevé ses lunettes. Elle ne les remettrait pas. Elle ne serait pas une condamnée acceptant par lâcheté le bandeau que lui offre l'officier avant d'ordonner la salve.

Mata Hari avait regardé les douze fusils en face. Ils avaient eu peur d'elle, seulement trois balles avaient atteint leur cible. Elle parviendrait peut-être à détourner les objectifs. À l'image, une touffe de cheveux, le lobe d'une oreille, un ruban de cou, les agences qui essaient de recoller les morceaux, et décident en définitive de bricoler de vieux clichés.

Elle a regardé à côté d'elle la petite fille enfermée dans l'habitacle comme dans un cabinet noir. Une enfant qui désormais renifle ses larmes. La honte de pleurer, d'accorder le plaisir de les laisser voir à la

349

foule heureuse de s'attendrir, de verser son chagrin tel un crime de plus au dossier de son père.

Son affection pour l'homme au pilori. Le clan des gènes, une partie d'elle emprisonnée à Rikers qui a fauté avec cette chair dont elle détient tant de séquences jumelles dans son ADN. Les souvenirs, ces instants où il riait avec elle, la câlinait entre deux absences, sa voix dans l'appareil venue de l'autre bout du monde, même si parfois elle lui semblait pareille à la lumière d'une étoile morte.

Ces souvenirs peut-être toujours en train de se former dans l'infinité des trous noirs où ils n'ont pas encore eu lieu, où ils se produisent, où ils ont existé des milliards d'années plus tôt.

Lors de la première audience elle avait connu la misère d'un signe échangé, d'un regard, du sourire qu'on devra garder en soi faute de mieux comme une amulette.

L'homme remué à la fourche par la cour. Son silence obligé, les paroles frigides des avocats, l'animal couvert des banderilles de la loi. La bête saignante, son visage de lutteur blessé narguant la muleta, la cape doublée de rouge des médias qui croient l'ébaubir à chaque diffusion des épisodes de la corrida.

La voiture s'arrête. Un portail. Elles descendent. Une porte qui s'ouvre sur une rangée de lavabos, une dame se sèche les mains, une autre se repoudre. Le policier les pousse dans un couloir, et c'est la salle d'audience qui s'approche. Les flics en faction les laissent passer sans leur demander de montrer patte blanche.

Les caméras de la seule chaîne habilitée à prendre des images tournent déjà. Le policier les place au premier rang. Il se retire, demeure près de l'entrée, scrutant l'espace.

Les journalistes les entourent, lui tendent leur carte de visite, et sa belle-fille qui l'aide à les repousser. Ils se rassoient, pianotent sur le clavier de leur téléphone, transmettent phrase après phrase le contenu du tribunal à l'humanité appareillée.

Il leur tourne le dos. Seule la cour et la dessinatrice judiciaire peuvent voir son visage.

Les paroles vont et viennent devant elle. Une langue dont il lui semble qu'elle a seulement appris la veille les rudiments. Elle comprend un mot, un autre, mais les phrases lui échappent, elles passent trop vite pour une femme qui a perdu son anglais et qui peine à les traduire dans son français devenu gourd, plein d'opacité. Des vocables à travers lesquels elle ne voit plus rien.

Elle garde les yeux ouverts, mais elle dévale. Sa belle-fille la retient. Elle tourne vers elle son regard. La réalité de cette main vivante qui s'empare de la sienne. Elle essaie maintenant d'écouter avec attention. Les paroles des avocats retrouvent leur limpidité. Elle se laisse convaincre. La certitude de son innocence, la culpabilité de la domestique, gueule béante, babine mousseuse attendant les liasses dont on va l'empiffrer. Les Noirs méritent peut-être leur peau, l'âme de la couleur du pelage, et puis les démunis sont envieux. Le karma de la race et les vices que transmet le microbe de la pauvreté.

Le dénuement, jamais bien loin du chapardage, du mensonge, du faux témoignage qui apportera le droit à l'exemption de la corvée générale. La richesse dont on suppose que les détenteurs l'ont acquise à force d'égoïsme, d'avarice, d'exploitation d'autrui, de friponnerie, et dont on imagine qu'elle s'attribue le droit de cuissage sur les gens de peu comme les seigneurs du Moyen Âge sur leurs serves.

Tout le monde doit être sauvé. Une illumination, une épiphanie. Il ne l'a pas violée, mais elle a été violée par lui. Deux innocents face à face que la mauvaise chance a réunis. Pourquoi accuser l'aveugle de n'avoir rien vu, et la chaste femme de chambre d'avoir négligé samedi dernier de prêter sa blouse à une prostituée. Une erreur de distribution, un costume qui devait être endossé par une professionnelle. Après quelques mois d'apprentissage ces filles ne sont plus que bouche, vagin, accueillante ampoule rectale heureuse de servir d'étui au pénis des clients.

Elle se sent prête à tomber amoureuse une deuxième fois du vieux mari sacrifié.

Une interruption de séance. On l'emmène. Il tourne la tête. Sa bouche, son sourire, une fine tranche de dents blanches entre les lèvres entrouvertes. Un journaliste téléphone à haute voix. Avec un autre portable, il s'apprête à envoyer des images à sa rédaction. Deux flics s'en emparent, le jettent hors de la salle.

– Tout se passe bien.
– Bien ?
– Oui.
Sa belle-fille a toute sa tête. Son sang-froid, son cerveau de cristal qui déduit sa libération des paroles des avocats. Elle lui annonce la nouvelle qui ne tombera pourtant que vingt-cinq minutes plus tard. Elle est son intermédiaire avec le réel. Elle crochète ses doigts avec les siens, une connexion plus charnelle que la voix et les regards impalpables.

Elles se taisent. Un bloc indifférent aux folliculaires agglutinés tout autour, porcelets charmeurs toujours réclamant confidences, impressions, prêts à leur servir leurs parents débités en amuse-gueule pour une bribe d'interview.

Elles perçoivent leur espérance d'une condamnation, afin que le drame soit définitivement promu au rang de tragédie. Les délices de la traque de l'épouse, des enfants flétris. L'Amérique bénie des médias qui permet aux caméras de pénétrer dans l'intimité des cellules. L'audience galvanisée de l'entendre crier son innocence du fond du pénitencier. Tout ce papier qui sera vendu grâce aux photos du criminel dans son pyjama rayé.

Elle ne sait plus dans quel sens passe le temps. Elle ne cesse de sortir de la voiture, d'entrer dans la salle, de traverser les toilettes où cette femme n'en finit pas de se poudrer. Les journalistes reproduisent incessamment les mêmes gestes et elle voit sur leurs lèvres les mêmes mots se former.

Il est à nouveau là, les avocats à ses côtés, la cour en face de lui. On dit des paroles qu'elle voit passer comme des oiseaux. Les ongles de sa belle-fille s'enfoncent dans sa chair.

– Tu me fais mal.
– Il est libéré.
– On va l'attendre.
– Il sortira demain.
– Qu'est-ce qu'on fait ?

L'espoir peut-être qu'on vienne de construire une passerelle opaque entre le tribunal et l'hôtel, que la salle soit devenue l'annexe du lobby.

– Vous devez sortir, maintenant.
Le policier est revenu. Plus aucun journaliste, et les avocats s'en sont allés. Elle se tourne vers sa belle-fille.
– Je crois que je ne peux pas.

Elle essaie de se lever. Il lui semble qu'elle est soudée à la planète. Elle l'emporterait avec elle si elle parvenait à se redresser.

– On est obligées de sortir ?

Le policier la soulève par les épaules. Sa belle-fille à la rescousse. Ils l'emportent.

– La voiture est garée en face des escaliers.

– Il faut passer par là ?

La salle des pas perdus déserte, à part cinq ou six flics qui discutent entre eux de leur prime de risque qui vient d'être rabotée. Elle voit la porte ouverte, le grand jour l'éblouit. Elle ne distingue pas encore les objectifs ni la horde.

– Il y a trop de lumière.

Sa belle-fille fouille son sac.

– Je ne trouve pas tes lunettes.

– Je ne veux pas de lunettes.

Elle est sortie du tribunal les yeux nus. Elle portait son masque, peau figée, plissement des lèvres troussées comme un sourire. Elle entendait les rafales des appareils photo, les questions hurlées par les journalistes serrés derrière les barrières.

Elle essaie de bloquer ses paupières, qu'elles restent ouvertes, pas de clignements ridicules comme une pudique déshabillée cherchant à dissimuler sa poitrine. Braver le feu sans casque, sans armure, que les objectifs la pénètrent, prennent des clichés de sa pensée, de ses souvenirs, de sa honte debout, de son malheur sublime.

La voie est libre, ils peuvent cartographier son cerveau, que le monde la sache mieux qu'elle ne se saura jamais. Qu'elle découvre sa nature authentique au gré des réseaux, elle se reconnaîtra sans un murmure. Elle acceptera de ne plus être désormais que cette mécanique dont on lui aura montré les roues, les poulies, et ce mesquin coffret d'os qu'elle imaginait vaste comme un empire.

Elle est fourrée dans la voiture. Ses paupières, une déchirure. La chair vive de son regard dépiauté. On ne range pas son arme quand la victoire peut encore changer de camp. Il suffirait de baisser la garde pour réveiller les ennemis blessés encore assez gaillards pour s'emparer d'un fusil tombé à terre.

– L'avocat a dit que tu pourras l'appeler ce soir.

Elle ne voulait pas l'entendre, l'informer qu'elle l'accueillerait dans la carapace d'un couple mort. Le charme des plaidoiries s'était dissipé. Le tort d'être encore son épouse, de ne pouvoir décemment hurler avec la meute.

– Détends-toi.

La Cinquième en avait terminé de laisser défiler ses vitrines. La voiture se rapproche de l'hôtel, stoppe devant l'entrée. Le policier descend, scrute, pénètre à l'intérieur. Il revient, continuant à surveiller la rue d'un regard circulaire.

– Vous pouvez sortir.

Il ouvre la portière. Elle ne bronche pas.

– Ne t'inquiète pas, c'est fini.

Elle la regarde incrédule. Elle sent comme une odeur, à moins qu'elle n'entende un bruit. Elle résiste, mais aidé de sa belle-fille le policier parvient à l'extraire. Elle se sent photographiée en atteignant le trottoir. Un frisson, chaque cliché comme une bouffée de blizzard. Elle se redresse. Éviter de montrer une femme avachie, effondrée d'avoir tant peiné tout à l'heure.

Dans le lobby, elle sent un souffle dans son dos. Elle se retourne. Elle aperçoit un petit homme au crâne chauve couronné de cheveux gris. Il a dans les mains un appareil photo de supermarché. Il tremblote. Un indigent du troisième âge. L'espérance de s'enrichir en vendant sa chasse.

Le policier déjà sur lui. La carte enlevée de l'appareil. Le petit vieux jeté dehors qu'elle voit s'enfuir à quatre pattes de l'autre côté des vitres. Le garde qui lui glisse le butin dans le creux de la main.

– Je suis désolé, je ne l'avais pas vu.

Il monte avec elles. Il les abandonne devant la porte ouverte après avoir un instant hésité à entrer le premier pour fouiller la suite.

Elles se sont assises sur le canapé du salon. Deux femmes en visite. Elles semblent attendre la maîtresse de maison que la bonne est allée prévenir de leur arrivée.

Sa belle-fille avait dû partir, l'embrasser, lui dire *au revoir, courage, appelle-moi, je te téléphone ce soir, je suis là, tout va mieux, tout ira bien, j'en suis sûre maintenant.*

Elle regardait le ciel derrière la fenêtre de la chambre. Là-haut les satellites l'observaient. Ils attendaient que tombe son masque pour la mitrailler.

Elle ne voulait pas leur tourner le dos, tirer le rideau, battre en retraite dans le couloir. Désormais, elle connaissait l'étendue de son courage. Elle ne permettrait à personne d'en douter.

On oublierait sa vie de star, ses années de conjugalité avec cet homme en ascension, on ne se souviendrait même plus de l'affaire, leurs noms effacés, comme sur une pierre tombale usée. Mais son image d'aujourd'hui continuerait à filer sur les câbles, se reproduire sur les réseaux. Une femme dont on ne saurait plus rien, parfois les dieux se passent de biographie. Elle deviendrait une icône tatouée sur toutes les peaux, conjurant le mauvais sort, catastrophes, épidémies, guerres mondiales et pluies de météorites grosses comme des planètes.

Une pauvre fille de soixante-deux ans, de quinze hivers, de dix-huit mois. Les mêmes sanglots malgré les années. Elle se recroqueville sur le lit, essaie d'occuper le moins de place possible, de se recouvrir, se porter, se garder au fond d'elle, s'empêcher de naître.

Elle chasse les images qui se reforment, grimacent, l'absorbent. Elles disparaissent, elle n'est plus qu'un commentaire infini, une description, le ruban de mots encore humides de bave glissant des enceintes, tout secs sur le papier, granuleux sur les écrans, un écho persistant dans les mémoires des hommes et des machines.

Une grande fille remaquillée qui a retrouvé le canapé. Elle réfléchit, cherche une échappatoire à tête reposée. La pièce, l'hôtel, le moindre des objets du monde perpétuellement reproduit, devenu plus net, plus précis, plus riche et beaucoup plus beau à l'état d'avatar que lorsqu'il appartenait à la première génération de la réalité. Le réel périmé d'autrefois, libre de s'évaporer sans laisser de trace dans l'infini des réseaux.

Elle n'était pas plus un être privé que le reste de l'humanité. Mieux valait accepter l'exhibition inéluctable. Se laisser montrer, disséquer, archiver de bonne grâce. Collaborer, devenir complice de la destruction de son intimité, cette notion dépassée, perdue, et tout le monde de se cramponner à son lopin de for intérieur déjà dans le domaine public. L'humanité continûment autopsiée, et malgré tout demeure cette sensation d'exister à chaque instant renouvelée, différente, mouvante, fulgurante, et le temps de parvenir au cœur jumeau du monde ç'en sera déjà une myriade d'autres que l'on aura été.

Elle est descendue. Elle a donné la mémoire de l'appareil du vieux à un employé de la réception pour qu'il la décrypte et lui envoie par mail les photos. Il s'est tourné impassible vers une collègue encore dans la vingtaine. Elle a disparu par une porte, elle est revenue.

358

– C'est parti, madame.

Elle a refusé de récupérer la carte.

– Je vous la laisse en souvenir.

L'employé est intervenu.

– Nous allons immédiatement effacer son contenu.

– Ce n'est vraiment pas la peine.

Elle s'est promenée dans le lobby. Elle attrapait le regard des clients qui l'observaient à la dérobée. Elle les fixait, parvenait à les garder quelques secondes dans son orbe. Certains rougissaient avant de baisser la tête et de pivoter.

Il s'en trouvait pour monter une fable en toute hâte.

– Je vous ai prise pour la directrice financière de mon staff.

Un blanc-bec à qui son costume noir donnait un air de singe habillé a bredouillé une muflerie.

– Vous ressemblez tellement à ma grand-mère.

Elle a pris ce gnon avec le sourire. Elle avait l'habitude de ressembler. Elle était le portrait de la mère de son mari, les autres hommes de sa vie avaient tous une tante, une cousine, un oncle parfois, dont elle avait un faux air. L'un lui avait même confié un soir que sa poitrine semblait le moulage de celle de la sœur de son père qui à douze ans lui avait prématurément fauché sa virginité dans une cabine de bain de Saint-Jean-Cap-Ferrat.

Elle aurait même accepté une photo de groupe avec ce sextuor de quadragénaires à attaché-case qui assis en rang d'oignons sur une banquette la mataient comme un porno. Mais quand elle s'est dirigée vers eux, ils se sont repliés vers les toilettes.

Un verre au bar. Une clientèle compacte, avalant cul sec pour s'arracher enfin à cette journée de travail, à cette tablette devant eux qu'ils n'avaient pas l'audace d'éteindre.

Des couples déjà plongés dans la soirée, sirotant des cocktails en réservant une table pour le dîner. Des solitaires envoyant des messages aux étoiles pour se donner une contenance, visant tour à tour les trois putains du bar, leur cherchant un défaut rédhibitoire pour pouvoir décider sans pingrerie de garder dans leur poche les mille dollars de la passe, et ceux à tête floue, aux yeux comme des ronds de fumée derrière leur verre rectangulaire aux arêtes brillantes.

Tout le monde la voyait. Elle était devenue la toile de fond du bar. On ne la regardait pas davantage que le velours du mur ou les publicités pour des destinations tropicales, muettes sur un écran encastré entre deux lithographies d'un petit maître de l'abstraction décédé à Soho en 1971. Une femme devenue un impedimenta de l'actualité, elle disparaîtrait comme ces orages fabuleux de la côte Est dont la météo martelait la prévision depuis le matin.

Elle savait qu'ils n'auraient pas seulement levé un cil si elle avait dit bonjour, entamé un discours, entrepris de leur jeter des injures. Seule l'épouse en robe vert olive d'un homme au complet gris lui faisait l'honneur de la scruter. Elle devait boire un jus de fruits, l'alcoolémie des autres les empêchait de faire la part du réel.

La barmaid a quitté son comptoir pour venir lui proposer une table qui venait de se libérer au milieu de la salle. Elle s'est laissé guider, une fois installée sur le fauteuil elle a eu l'impression qu'on l'avait soulevée de terre pour l'asseoir comme un bébé sur sa chaise haute.

– Qu'est-ce qui vous ferait plaisir ?

Elle a posé son doigt au hasard sur la carte.

– Une olive dans votre martini ?

– Une olive.

Comme si c'était elle qu'elle venait de commander, la femme en robe verte s'est levée de son siège. Elle s'approchait en tournoyant pour lui laisser le temps de s'habituer à la voir arriver.

– Je suis confuse de vous déranger.

Elle a levé son masque vers elle.

– Vous avez un renseignement à me demander ?

– Je vous prie de m'excuser.

Le martini est arrivé. Elle est partie rejoindre à reculons son mari comme si l'olive l'avait effrayée.

Elle a posé les mains sur son visage. Une sensation de dureté, les muscles anesthésiés tenant en respect les rides, la bouche raide, la peau banlieue de l'os. Elle avait longtemps accepté son apparence, puis elle avait consenti à la modifier, une gouache, une fresque dont elle était le maître d'œuvre. Quand elle était de bonne humeur, elle trouvait que l'artifice se superposait à la perfection avec les photos de sa jeunesse, mais parfois elle voyait une étrangère dans son miroir, un masque vénitien.

– Drôle de carnaval.

Elle avait prononcé cette phrase en regardant la femme en vert. Elle avait dû articuler suffisamment pour qu'elle puisse lire sur ses lèvres. Un petit signe d'approbation du bout du menton. Un air de ressemblance, comme si avec le temps les femmes se rejoignaient. Les soins esthétiques, une strate unique sur tous les visages des clientes, les couches inférieures s'épuisant à laisser transparaître les origines du visage qui n'apparaît plus dans toute sa splendeur qu'à la faible lumière de la mémoire de celle qui autrefois le portait insouciante en se moquant des dames camouflant leur maturité sous le fard.

Elle est allée signer la note au comptoir. Dans l'ascenseur, elle a eu envie de caresser la joue d'un homme caché lui aussi derrière son portrait.

Elle s'est étendue sur le lit pour écouter les avocats qui se relayaient de l'autre côté de la ligne. La satisfaction du premier devoir accompli.

– Les fonds seront parvenus au tribunal demain à neuf heures. On vous le rendra avant midi. Il sera transféré directement dans le local prêté par la société de surveillance.

– Les gardes fouilleront vos bagages à votre arrivée. Tout ce que vous vous ferez livrer sera examiné.

– On passera au détecteur de métaux le moindre sushi.

– Deux détectives ont atterri ce soir à Conakry. Ils en ont profité pour interroger le personnel de l'aéroport. Personne ne se souvient l'avoir vue passer. Dix ans, c'est trop long pour se souvenir d'une émigrante qui a sûrement profité du visa d'une fille déjà installée aux États-Unis.

– Il leur faudra deux jours pour rejoindre son village. Nous aurions partie gagnée si sa famille était une bande de fanatiques. Des terroristes retranchées dans des casemates. Elle ne serait plus qu'une infiltrée. Elle aurait médité ce piège pour déstabiliser l'Occident.

– Faute de pouvoir le faire exploser.

– S'ils tombent sur un camp d'entraînement, elle sera arrêtée dès que les clichés seront parvenus au Pentagone.

– Cette fellation aura permis de déjouer une vague d'attentats sur le sol américain.

– Et elle ne compromettra plus l'élection de votre mari.

– En début de matinée, la voiture de la police viendra vous prendre à l'hôtel. Le policier montera avec vous jusqu'à l'appartement.

En raccrochant, elle s'est souvenue qu'elle avait quitté le bar avant d'avoir bu une gorgée de son martini. Elle a commandé du vin d'Espagne, de la volaille grillée et des haricots verts. Les invitations à dîner foisonnaient sur sa messagerie. Elle les a effacées.

Elle a appelé ses enfants. Des communications brèves, quelques mots rassurants et la promesse d'aller de ce pas dormir du sommeil du juste pour réparer la fatigue de la bataille.

Un dîner vorace. Des os rongés dans l'assiette, les haricots verts volatilisés, les miettes du petit pain englouties jusqu'à la dernière. La bouteille de vin à peine entamée.

– Je vous la laisse sur la table ?
– Emportez-la.

Le type du room service lui souhaite bonne nuit.

La solitude, le silence, les rideaux tirés sur New York dont on ne percevait même pas le souffle. Un lieu générique, une suite reproduite à l'identique dans tous les hôtels de la chaîne. Elle s'est assise. Plusieurs mètres la séparaient de l'écran éteint. Elle levait les yeux dans sa direction sans oser les poser sur lui.

Elle a appuyé au hasard sur une touche. Une femme en train de boire une soupe froide dans un gobelet en plastique. D'autres publicités, pour du lait, des téléphones, des garnitures périodiques doublées de duvet d'oie pour chouchouter l'hymen des vierges sages. Un show où défilaient des acteurs, un membre du Congrès venu du Kentucky, une étudiante née avec trois poumons, et l'animateur de rêver de corps à triple cœurs qui pourraient sans dommage accumuler les infarctus.

Une chaîne française. Leur couple à nouveau en train de se promener main dans la main, puis la côte de bœuf qu'ils massacraient en riant dans leur cuisine. Dans le studio, un débat badin sur les érotomanes, séducteurs, violeurs, obsédés de toute sorte. Un médecin évoque les thérapies comportementales, analytiques, les injections d'hormones femelles qui augmentent le volume du fessier et des seins tout en atrophiant les breloques. Un journaliste de la presse catholique évoque la possibilité de marier ensemble les désaxés qui sans bavure ni adultère pourraient évacuer le trop-plein dans le périmètre restreint du lit conjugal.

Elle a éteint. La toilette, un vieux tee-shirt qui lui arrivait aux genoux, le lit, la lumière de la lampe de chevet. Toute sa vie à sa portée, elle n'a qu'à isoler un événement, le piquer comme un canapé, et laisser les arômes se déployer dans sa bouche.

Elle a éprouvé du réconfort en imaginant que dans cent cinquante ans, même les bébés nés pendant l'audience auront disparu. Dans deux siècles, plus personne ne survivra dans le cerveau de personne.

Elle a posé ses mains sur ses épaules. Elle s'est serrée fort dans ses bras, l'étreinte d'une femme qui la comprenait, s'abstenait de la juger, l'adorait, et qui de toute manière lui pardonnait. La pitié bienveillante, l'abandon, la seule amoureuse à éprouver pour elle une tendresse perpétuelle sans ces à-coups, ces orages, ces moments rugueux où la passion met à vif la peau de l'autre.

Le sommeil. Des rêves rapides, le tic-tac d'une

vieille horloge. Le marchand de sable passait dans les chambres alignées sur le même fuseau horaire, il jetait des cendres dans les yeux des enfants pour qu'ils les ferment et songent. Les humains comme des mouillettes passant leur vie à voir fondre leur beurre qui finit par se désintégrer dans un œuf à la coque de néant. Le mari rare, des irruptions, et il surgissait en gouttelettes blanches aérées comme de la crème fouettée.

À trois heures du matin, elle marchait dans les rues tête basse, guère plus vite que sur le trottoir les cafards sortis de l'obscurité pour une chasse putride. Elle murmurait les numéros des rues, elle reconnaissait les buildings, il lui semblait savoir jusqu'au prénom des sans-abri dans leur hutte de carton.

Elle est revenue à l'hôtel. Elle s'est allongée sur une banquette. La réception comme une vigie, les employés en service cette nuit-là envoyant des messages avec leur téléphone. Ils n'osaient la photographier, ils donnaient des renseignements sur la robe noire et ses chaussures à talons plats, sa chevelure en bataille, ses jambes repliées, ses mollets brunis, sa bouche entrouverte articulant parfois. Un groom dépêché auprès d'elle pour leur rapporter ses paroles.

– Elle parle en français.

Un réceptionniste quadrilingue se hasarde. Il se penche sur elle, fait semblant de demander à cette cliente effondrée si elle se sent bien, tend une oreille dont le pavillon semble s'épanouir comme un cornet acoustique. Il retourne à son poste, se précipite pour alimenter les réseaux de ses propos vaseux tenus pendant son rêve.

Un portrait pointilliste se forme peu à peu dans la tête des abonnés. Un geek de Séoul parvient à en tirer une image. Un gros plan, et le réceptionniste remarque sur le cliché un cheveu blanc échappé au coiffeur qu'il n'avait remarqué tout à l'heure. Les usagers de la décrire comme si elle était étendue sur leur bureau, blottie dans un creux de leur oreiller, dans la paume de leur main comme un petit animal qui vient de naître. Un babil vite oublié, des images écrasées au matin, débris disparus des mémoires à force de n'être plus recherchés.

Elle regarde l'heure à son téléphone que le garde de la société de surveillance vient de lui rendre après l'avoir radiographié, compare ses dix heures vingt-cinq, heure de New York, avec les quatre heures dix, heure de nulle part de la montre fantasque qu'elle porte à son poignet.

Un couloir de murs sombres, de néons, de sol brut, dans cet immeuble qu'on prendrait pour une usine désaffectée à la mitan du siècle dernier s'il n'était pas haut de trente et un étages.

Le garde leur ouvre la porte du local. Elle pénètre à l'intérieur avec le policier. Un lieu rébarbatif orienté vers le nord, qui même en ce jour tiède lui fait froid dans le dos. Du soleil sur le chantier de Ground Zero, des touristes autour des fontaines du Mcmorial, des voitures qui lui font penser à des animaux asexués incapables de grimper l'un sur l'autre pour se reproduire.

Elle demande au policier où se trouve la chambre.

– Je ne suis jamais venu ici.

Un duo d'explorateurs. Il marche le premier, résistant à l'envie de brandir son arme pour descendre les ennemis tapis dans les placards. Des armoires à portes coulissantes en accordéon remplies de dossiers vidés

367

de leur substance, des cagibis garnis de tubulures en vrac, de photocopieuses ancestrales et d'ordinateurs si obsolètes qu'on les plaindrait presque comme des petits vieux au rencart.

Le bureau directorial est submergé par les plaques noirâtres du faux plafond tombé en quenouille. Derrière une double-porte une pièce aux rideaux baissés, juponnée comme un berceau d'un tissu qui cache les murs et le plafond sordides. Trônent des lits jumeaux dans le demi-jour, avec deux paires de draps neufs encore dans leur housse.

– Il faut que je fasse les lits ?

Elle avait renversé sa tête en arrière comme pour questionner le ciel. Le policier lui a proposé son aide. Elle ne se souvenait pas s'être livrée à cet exercice depuis une bonne quarantaine d'années. Elle s'est montrée si pataude qu'il lui a fait signe de s'écarter pour lui laisser le champ libre. Quand il a eu terminé, elle s'est demandé si elle devait lui donner un billet pour sa peine. Elle s'est abstenue.

– Mais où est la salle de bains ?

– Je n'en sais rien, madame.

Ils ont continué leur avancée dans le dédale. Il lui montre une enfilade de lavabos et de toilettes. Les chasses d'eau crachotent, les abattants sont fendus. Au fond, une douche au rideau effiloché. Le bac a dû être nettoyé, il rutile, un joyau au milieu de ce terrain vague en plein ciel encombré d'objets pimpants comme des ordures.

– Et la cuisine ?

Ils arrivent au bout du dernier couloir. Au-delà, plus de portes. Un mur de béton crépi, des poubelles vides, un cadavre de yorkshire desséché sous une table abandonnée. Elle pousse un cri, il la précipite dans un bureau comme pour la préserver des balles d'un tireur embusqué.

– Ne bougez pas d'ici.

Il claque la porte. Quand il revient, elle est toujours un peu pâle.

– Je l'emporterai en partant.

– Il y a d'autres cadavres d'animaux ?

– Non, j'ai tout fouillé. Il avait des traces de sang sur le museau, il a sûrement absorbé de la mort au rat.

– Mais comment il est venu jusque-là ?

– Il aura échappé à son maître. Il se sera faufilé. Un chien aussi petit on ne le voit pas passer.

Il sourit.

– J'ai trouvé la cuisine.

Dans l'open space, un réfrigérateur à deux portes du même gris que les deux armoires métalliques entre lesquelles il est niché. À l'intérieur, des boissons, de la nourriture dans des barquettes scellées, trois paquets de pain de mie, un bric-à-brac de boîtes de conserve dans le bac à légumes.

Plus loin, sur une table dont le plateau porte encore l'empreinte d'un tapis de caoutchouc qui avait dû amortir les coups de boutoir d'une machine à écrire jusqu'au début des années 1990, un micro-ondes, un percolateur alimenté en eau par un tuyau qui disparaît sous le canapé, un panier de sachets de thé, de tisane, de capsules de café de toutes les couleurs.

– Je peux vous laisser, madame ?

– Oui. Merci pour tout.

Il s'en va avec sous son bras le cadavre du chien dans une vieille boîte à dossiers. Elle attend que la porte se referme sur lui pour soupirer. Elle est presque heureuse de se retrouver enfin seule et de pouvoir installer son campement tranquille. Elle n'a pas le courage de se demander si on l'observe via les caméras de surveillance fixées dans les angles du plafond, ou de s'indigner que le tribunal ait pu juger utile de leur infliger cette humiliation supplémentaire.

Elle prend sa trousse de toilette, son sèche-cheveux de voyage, le petit sac de velours où elle range son maquillage. Un lavabo a été récuré, les autres sont pisseux sous la poussière.

Elle est prise d'un fou rire. Elle se revoit à quinze ans dans ce collège de Boston où elle avait pour meilleure amie l'épouse de l'antépénultième président des États-Unis. Un bâtiment de style colonial avec un parc, des écuries, une piscine olympique, mais une salle de bains commune avec ces points d'eau alignés où matin et soir trente jeunes filles se crémaient la figure en traquant l'acné et les comédons.

Elle n'a trouvé nulle part de penderie ni de cintres. Elle a épousseté des chaises, les a installées dans un bureau. Elle a posé ses vêtements sur les dossiers. Elle a découvert un balai dans un placard. Elle a entrepris de faire un rapide ménage. Mais la brosse s'est détachée du manche en ripant sur la mince moquette usée jusqu'à la corde.

À force de jouer les soubrettes, sa sciatique s'est réveillée. Elle est allée s'étendre dans la chambre. Elle a imaginé le nerf, elle a essayé de le persuader que ces décharges intempestives leur nuisaient à tous les deux. Elle s'est relevée, ravie que sa prière ait été entendue.

Elle s'est promenée dans l'open space. Des pas courts, lents, une tentative pour ne pas effrayer les lieux, se concilier leurs bonnes grâces, les apprivoiser, apprendre aussi à ne pas les haïr davantage qu'une décevante location de vacances où pour profiter de la prétendue vue sur la mer, il faut grimper sur des échasses dont il y a une provision sur la terrasse.

Elle s'est assise dans un fauteuil. Elle n'avait pas marché assez vite, le désespoir l'avait rattrapée. Un paysage noir de haine, sa liberté ensevelie sous les pierres des chemins, la honte comme de la bruine, et cet hippopotame qui tournerait bientôt autour d'elle, gueule ouverte, avec sa corne molle comme un concombre de mer.

Elle l'entendait échanger des propos badins avec les flics qui venaient de le charger dans le fourgon, malgré les chaînes qui le scellaient au siège et comprimaient sa bedaine. La joie d'être au monde lui était revenue. Il allait se retrouver face à la vitrine de la réalité. La ville autour de lui par les baies vitrées, les corps jouant des mollets et des cuisses pour avancer sur les trottoirs et traverser les rues, les fillettes pleines de promesses, les mamies aux corps nostalgiques de leurs décennies de fraîcheur passées.

Il devait penser à l'épouse bientôt revenue dans le creux de sa main, prothèse qu'il enverrait lui chercher les premières pêches, les journaux de France, du bon tabac. Si on lui accordait une connexion internet, il pourrait visiter le pays des merveilles de la pornographie. Une renaissance après le tombeau de l'île, il se sentait déjà des ardeurs de jeune marié.

Elle se montrerait peut-être rétive, repousserait ses avances, défendrait sa vertu toutes griffes dehors pour lui manifester sa colère de femelle vexée qu'une autre ait profité de l'appât de son mâle. Sa fierté blessée de se trouver réduite à la condition de pis-aller qu'il ne lui serait même pas venu à l'esprit de solliciter s'il avait pu se jeter sur du matériel dont ses mains auraient pu déchirer pour la première fois le conditionnement de nylon, de coton, de satin, ou dont il aurait usé gaillardement en froissant à peine le papier de soie.

Quitte à se réveiller en nage dans la nuit, elle dormirait en jeans, caparaçonnée dans un manteau boutonné jusqu'au cou. Il démonterait la serrure de la salle de bains pour l'épier, enfoncerait la porte des toilettes pour la prendre sur le siège avec volupté. Si, lassée de bouillir et de transpirer, elle s'aventurait en robe d'été dans les couloirs, il la poursuivrait de son aiguillon. Elle s'épargnerait le ridicule d'aller raconter au commissariat que son mari l'avait violentée dans les quatre murs qu'elle avait loués à prix d'or pour écourter son séjour à Rikers.

Mais il espérait sans doute qu'elle se sentirait trop coupable de l'avoir réduit à l'adultère par son inaptitude à se renouveler pour refuser ses avances. Il existait sûrement des femmes versatiles comme le vent et variables comme le temps, changeant souvent de voix, parfois de seins, de forme de fesses, recourant même à la chirurgie pour s'orner d'une verge, avant de la faire fendre l'année suivante pour retrouver une vulve tirée au cordeau.

Il aurait sans doute aimé découvrir l'homosexualité avec cet homme passager, féminin, aux doigts glabres, qu'il aurait pu renvoyer à tout moment à l'hôpital pour redevenir son étonnante chérie, rousse, noire, rosée, grosse, longue, courte, large ou étriquée, selon le coloris et le format qu'il aurait cochés la veille sur la carte collée avec des aimants sur la porte du frigo.

Mais le huis clos suffirait à la rendre désirable. Elle irait acheter des cachets, les dissimulant au garde en faction pour ne pas l'alarmer. Il attendrait que le produit lui fouette le sang pour la plaquer contre une vitre, et tout en la profanant scruter la poitrine des filles filant le long de l'immeuble d'en face.

On l'avait extrait de sa cellule à neuf heures. Il n'entendait pas le cliquetis des entraves légères comme des cordons de velours. Un gardien lui avait fait observer qu'il était interdit de chantonner durant les déplacements dans la prison. Un air de bel canto, toujours la même rengaine qu'il entonnait souvent après les ébats pour manifester son aise d'avoir joui.

On l'avait pesé, mesuré, pour pouvoir prouver le cas échéant que l'administration ne lui avait dérobé ni gramme ni centimètre, et le rendait entier à la liberté.

Il ne tenait pas compte du couperet au-dessus de sa tête, il avait retrouvé la faculté d'oublier l'avenir, ce fantasme de frustré incapable de se bâfrer sans imaginer les fins dernières du festin à l'issue de son parcours dans le tube digestif.

L'avenir, même pas du vent, autant passer sa vie à subodorer la tête qu'on fera le jour où on passera de vie à trépas. Il ne se sentait aucune affinité avec la population de ce siècle qui acceptait le collier, le harnais, les coups de cravache de la société contre la promesse de pouvoir lécher ses plaies dans le camp de vacances des retraités. La retraite, cette religion, cet opium des besogneux, cet au-delà pour les damnés de la Terre du monde du travail, incapables de réclamer le bonheur du jour.

Le psychiatre a pris des nouvelles de ses bouffées suicidaires. Il lui a jeté au visage son souffle parfumé à l'oignon du hamburger qu'on lui avait servi pour son petit déjeuner. Ses narines ont frémi, on ne lui avait pas plus enseigné à détecter l'odeur du désespoir dans l'haleine des patients qu'à goûter les urines comme les médecins du XVIIe siècle.

Une salle où il pénétrait pour la première fois. Il a dû baisser son pantalon. On lui a installé un bracelet électronique à la cheville droite.

– Pourquoi pas à la gauche ?

Le gardien a réfléchi, puis a remué la tête.

– Je plaisantais.

Il a soupiré en se demandant s'il n'allait pas raccompagner dans le bureau du psy ce potentat qui se permettait de plaisanter pieds et poings liés, comme une petite frappe du Bronx.

L'air salé de l'East River, les bateaux, les vagues, le soleil, le fourgon réjouissant comme les cars de son enfance qui reliaient Monaco aux stations de ski des Alpes-Maritimes. Une cabine de téléphérique un peu rébarbative où les moniteurs en tenue de flic vous sanglaient, mais il a souri sur le pont en s'imaginant slalomer sur les eaux devenues pentues, poudreuses de sel, fendant l'écume comme un champ de neige fraîche tombée dans la nuit.

La traversée de New York, un retour en fanfare. La clique des klaxons, des sirènes, les crissements de pneus aux feux rouges. Il tendait son cou pour essayer de voir un morceau de ville à travers les meurtrières.

S'il avait pu lever le bras, il aurait tenté d'attraper au passage un camion ou une limousine pour l'ajouter à sa collection de Dinky Toys rangée sur l'étagère de sa chambre d'Agadir, entre le vieux bilboquet que lui avait offert son grand-père et une pile d'albums de Tarzan.

L'avocat lui avait indiqué l'adresse de sa résidence provisoire. La proximité de Ground Zero lui avait donné du baume au cœur. Ces symboles de la finance mondiale pulvérisés par des pirates musulmans, et lui qui en avait été le parangon jeté au tapis par une de leurs coreligionnaires. Le World Trade Center renaissait de ses cendres. Il écraserait la putain.

Il l'écrasera du pied gauche, et en définitive cet affreux morceau négroïde lui aura porté bonheur. Il lui devra son élection triomphale, l'adoration des femmes pour ce pénis malchanceux, vilipendé, emprisonné, mais réhabilité sous les torches d'une fête nocturne où il convoquera la presse internationale désormais dithyrambique pour se faire pardonner ses vilenies passées.

Les gardes privés sont venus le chercher à la porte du fourgon en arrêt devant l'immeuble. Ils ne lui ont pas laissé le temps de se dégourdir, lui mettant aussitôt entraves et menottes.

Un couple l'avait reconnu, ils avaient fait stopper leur taxi sans se préoccuper du flot des véhicules obligé de le contourner en maugréant. Il leur a adressé un sourire de vieux cannibale prêt à dévorer le monde.

Les gardes l'ont introduit dans l'immeuble. L'un le traînait par la laisse courte accrochée aux menottes, l'autre le poussait pour le faire avancer plus vite. Il leur a intimé l'ordre de le laisser tranquille. Ils ont mis de concert la main sur l'étui de leur revolver.

– Du calme, c'est moi qui vous paye.

– Nous faisons notre travail.

L'ascenseur et son bruit de machine à laver. Le palier rébarbatif, le sbire devant la porte qui l'attendait avec son attirail. Une fouille en règle, ses habits entassés sur le béton douteux. Il doit ouvrir la bouche, se pencher et tousser, tousser plus fort, tousser encore, avant d'être autorisé à remettre ses vêtements dont on avait passé les ourlets au détecteur pour s'assurer qu'il n'avait pas trouvé le moyen de se procurer une capsule métallique de cyanure durant le transfert.

Elle allait l'accueillir avec son sourire de maman. Un baiser, un verre de scotch, ses mains fraîches fourrageant sa nuque, et ces mots de réconfort que savent trouver les mères pour consoler leur gamin injustement puni par une maîtresse jalouse de n'avoir engendré à la place de ce bel enfant, qu'un épouvantail au nez pointu comme un poinçon.

On l'a précipité dans le local comme dans un cachot. Elle ne s'est pas jetée dans ses bras. Il l'a cherchée du regard, il a fait quelques pas dans l'open space, radieux, prêt à entamer une danse de pachyderme pour la faire rire depuis sa cachette d'où elle allait surgir après cette farce. Les débuts de leur idylle revenus, quand ils se faisaient des niches pour se prouver à quel point le coup de foudre les avait rajeunis.

Son sourire peu à peu plus fragile, les dents qui disparaissent derrière les lèvres, la bouche pincée, le rictus. Il l'appelle, s'enfonce dans les méandres, visite la chambre et les lavabos, crie son nom de baptême dans le local désert.

Il s'en revient, frappe trois petits coups secs à la

porte d'entrée, tambourine jusqu'à ce que le garde l'entrouvre.

– Où est ma femme ?

Il referme sans lui répondre. Il baisse la tête, gagne le canapé d'un pas de perdant. D'un geste machinal, il tâte ses poches à la recherche d'un portable. On ne lui en avait pas rendu le moindre. Il se lève, regarde à travers les vitres. Mais l'appartement est trop haut pour qu'il puisse l'identifier dans la foule. Il s'en va tristement pisser le café lavasse qui avait arrosé le hamburger de son petit déjeuner.

Il se sent soudain fatigué. Son enthousiasme dissipé, l'épuisement comme un anxiolytique pour écraser sa tristesse. Il se souvient de la chambre, il se perd dans les corridors avant de la retrouver. Il se débarrasse de ses mocassins, il frissonne. Il se glisse sous la couette et s'endort.

Un réveil au coucher du soleil. Il l'appelle avant de sauter du lit. Il court en chaussettes jusqu'à l'open space. Elle lui tourne le dos, remuant face au percolateur un comprimé d'édulcorant dans la tasse d'eau chaude où elle vient de jeter un sachet de thé au jasmin. À ses pieds un sac Walmart où elle a fait quelques courses.

Il n'ose s'approcher d'elle.

– Tu es là ?

Il n'en est pas sûr. Le sol n'est plus ferme sous ses pieds. La réalité ne cesse de lui jouer des tours depuis son arrestation. Un léger décalage, l'idée qu'il s'en fait ne correspond plus toujours exactement avec son être-là. Si cette silhouette n'était qu'un piège, un gardien coiffé d'une perruque, une policière protégée par une tapette à souris installée dans sa vulve par un gynécologue de la CIA.

Elle s'est retournée en buvant une gorgée de thé.

– Me voilà.

Il retrouve son sourire, s'avance pour l'embrasser. Elle ne frémit ni ne recule, mais il voit bien que c'est un mur.

– La suite 2806 n'est pas disponible.

– Je l'ai réservée.

– Vous avez la 2704.

– Je suis venu de Paris pour la suite 2806.

– Elle est occupée.

– Elle sera libre quand ?

– Jeudi.

– D'accord pour jeudi.

– Elle est occupée jeudi.

– Vendredi ?

– Elle sera libre lundi.

– Je la prends pour lundi.

– Ce ne sera pas possible.

– Alors, quand ?

– Excusez-moi.

La réceptionniste de l'hôtel de New York s'éclipse. J'ai envie de broyer Albertine qui est prête à fondre en larmes.

– Tu as bien vu le mail ? *De préférence la suite 2806, si elle est disponible.* Ils m'ont juré au téléphone qu'elle était tout à fait disponible, mais que c'était une suite comme une autre, et que leur logiciel n'était pas programmé pour la garantir sur la réservation.

– On va rentrer à Paris.

J'arpente, je fais de grands gestes. Je lève le poing vers les caméras de surveillance en espérant qu'elles céderont à mes menaces. Les touristes nous heurtent, ils remplissent leur fiche et repartent en hâte avec leur clé.

– Qu'est-ce qu'elle peut bien foutre ?

Albertine est si perturbée qu'elle sort une cigarette de son sac.

– Tu veux qu'on nous envoie à Rikers Island ?

Elle remballe l'objet du délit.

Lente apparition d'un homme maigre et gris, avec un badge de directeur piqué à l'endroit du cœur. La réceptionniste le pose devant nous, et s'en retourne derrière le comptoir.

– Vous pouvez me garantir la réservation de la 2806 pour mardi ?

– Elle n'est pas libre mardi.

– Pour mercredi ? Jeudi ? Lundi en quinze ?

– Elle est réservée pour ces dates.

– Pour octobre ? Décembre ?

– Je ne sais pas si elle sera libre. À la réception, ils n'ont pas les éléments pour savoir quand on pourra vous la donner. Moi-même, je ne les ai pas pour l'instant.

– Vous les aurez quand ?

– Demain. La personne qui s'occupe de la suite présidentielle n'est pas là ce soir.

– On nous a dit que c'était une suite comme une autre.

– Justement, on ne peut pas la réserver plus qu'une autre.

– À demain.

Je lui tourne le dos. Je balance mon passeport à la réceptionniste.

– Ce n'est pas sous ce nom que vous avez réservé.

– C'est ma compagne qui s'en est chargée. Nous ne sommes pas mariés, c'est illégal ?

Je lui jette ma carte de crédit. Elle nous donne la clé.

– Est-ce que je pourrai au moins visiter la 2806 entre deux clients ?

– Entre les occupations, on fait le ménage.

– Je n'en doute pas, vos femmes de chambre sont réputées dans le monde entier.

– Je ne travaillais pas encore ici à cette époque.

Elle a rougi, comme si je l'avais accusée de s'exhiber.

– Je voudrais vraiment la visiter, même de nuit. Je suis romancier, j'écris un livre sur l'affaire.

– Si vous êtes écrivain, vous pourrez encore moins la voir.

– Vous n'aimez pas la liberté d'information ?

– Suite 2704, vingt-septième étage.

Elle sourit à un client en costume lie-de-vin qui s'impatiente dans mon dos.

Une suite de deux pièces rectangulaires séparées par une porte coulissante en bois verni. Quatre étages plus bas, une petite terrasse avec des pots de fleurs et des chaises en désordre. Même en se contorsionnant, impossible de voir la 2806 à travers les vitres scellées.

Je rejoins Albertine dans la salle de bains. Sous le pommeau de la douche, elle a l'air de pleurer de la tête aux pieds.

– Je suis vraiment désolée.

Elle sort de la cabine. Je la couvre de serviettes, je lui frotte la tête. Je prends un bain pendant qu'elle range ses affaires dans la penderie. On quitte l'hôtel sans un regard pour la réception.

Times Square est de plus en plus éblouissant d'année en année. Sa lumière attirera bientôt les extraterrestres.

– On pourrait boire un verre au dernier étage du *Marriott Marquis* ?

Je me laisse traîner. Une salle circulaire au quarante-huitième étage.

– On voit bien New York.

– C'est une ville où on n'arrête pas de voir la ville.

La salle tourne. On change de paysage en vidant son verre.

– Vous ne pourriez pas accélérer la cadence ?

La serveuse file poser ses margaritas devant un couple aux visages ronds, aux sourires béats, qui leur donnent un air de sens interdit, puis va se plaindre à son chef en me montrant du doigt.

On s'en va. Un restaurant dans la 42e Rue. Une entrecôte, un verre de rouge, et pour Albertine une salade maigre. On retrouve la suite. Le téléviseur du salon ne fonctionne pas. Elle se couche et s'endort. Je fais défiler les canaux sur l'écran de la chambre.

Albertine tombée du ciel à la sortie d'un cinéma trois jours avant l'affaire. Une sorte d'ange gardien prompt à me sermonner, me rappeler aux devoirs de l'écrivain planant au-dessus de la réalité, incapable de souiller ses ailes au contact des turpitudes contemporaines.

Elle m'a proposé de m'accompagner à la dernière minute. Une provocation, un défi, peut-être simplement la pitié. Elle m'a suivi à New York comme on accompagne au centre de soins palliatifs un amant en fin de vie.

– Ton imagination est morte.

Elle tenait à suivre le convoi funèbre.

– Et puis, pourquoi tu t'acharnes sur ce pauvre vieux ?

Un innocent roulé dans la fange. Un homme livré nu au ressentiment des perdants, à cette femme issue de la lie de l'humanité qui a raflé la mise au terme d'une bamboula médiatique.

– Tu l'aurais condamné à soixante-quinze ans de prison ?

– L'Amérique aime la prison.

Le seul pays de toute l'Histoire à l'avoir privatisée. Une industrie, les juges de remplir les pénitenciers pour préserver l'emploi, et aucune dictature au monde pour compter plus de détenus au regard la population générale.

– Tu m'aimes ?

– Bien entendu.

– Alors, oublie cette femme.

Je suis réveillé depuis longtemps quand elle émerge.

– Tu me rejoins au restaurant ?

Je croise le directeur dans l'ascenseur. Je vois à sa tête qu'il ne rêvait pas de me rencontrer dans un espace clos.

– La personne dont je vous ai parlé hier ne sera là que demain.

– Un accident ?

– Malheureusement, elle n'est pas en service aujourd'hui.

– Vous pouvez me mettre sur une liste d'attente pour l'an prochain ?

– Notre système informatique n'intègre pas les listes d'attente.

– Une réservation manuscrite ?

Il se volatilise au rez-de-chaussée.

Quand Albertine arrive, son thé a eu le temps de virer au noir.

– La soubrette a essayé de te violer ?

– J'ai appelé le Crime Victims Treatment Center au St. Luke's Roosevelt Hospital. Myriam Cantarios est en vacances jusqu'au 19 août.

– Cantarios ?

Elle soupire.

– C'est le docteur qui a reçu Nafissatou après le viol.

– Je me rappelle.

Je lui avais envoyé un mail trois jours plus tôt et j'attendais toujours sa réponse.

Une femme violée elle-même dans les années 1990. Après l'agression, elle avait gagné le dispensaire où elle travaillait pour assister à une réunion. Le soir, elle s'était douchée, avait mis tous ses vêtements dans la machine. Elle avait porté plainte le lendemain. Aucune ecchymose, les traces biologiques dispersées dans les canalisations de New York, et elle s'était révélée incapable de dresser un portrait-robot du criminel. Un dossier classé sans suites, à peine digne d'avoir été monté.

Albertine la haïssait de ne concevoir aucun doute quant à la réalité du viol de Nafissatou.

– On va aller voir là-bas.

– Avec cette chaleur ?

– Il faudrait savoir ce que tu es venu faire ici. Moi, j'exécute le programme que tu m'as fixé avant de partir.

– Je suis à tes ordres.

Si j'avais été seul, j'aurais passé la journée à boire des rafraîchissements dans des ambiances climatisées.

Un hôpital en plein Harlem sur Amsterdam Avenue, au nord-ouest de Manhattan. Le CVTC occupe un bâtiment en retrait sur la 114e Rue. Nous nous aventurons dans le petit escalier zébré de conduites et de tuyaux rouges.

On croise une femme aux yeux dans le vague qui s'arrête toutes les trois marches pour songer avant de reprendre son ascension. On nous arrête au premier étage.

– Nous cherchons le bureau de madame Cantarios.

– C'est au deuxième.

Une salle d'attente cosy, avec quatre fauteuils en faux cuir bleu. Un métis lit un magazine. Il nous jette un coup d'œil par-dessus ses lunettes demi-lune. Sur la cheminée désaffectée, une longue déclaration sous-verre sur carton bistre dont je ne connaîtrai jamais la teneur. Je la photographie ainsi que les alentours avant de suivre Albertine déjà entrée dans le bureau contigu où une jeune femme noire téléphone derrière une table encombrée d'un ordinateur antique.

Elle nous fait signé de nous asseoir sur l'unique chaise.

– Assieds-toi.

– Je t'en prie.

Je me suis assis. La femme a raccroché.

– Nous voudrions voir une personne présente le jour de l'admission de Nafissatou.

– Nafissatou ?

Elle se souvient.

– Quand on a de l'argent, on peut passer au travers de la loi.

Elle se mord les lèvres d'avoir trop parlé.

– Vous l'avez vue le jour de l'examen ?

– Beaucoup de monde passe par chez nous.

– Qui pourrait-on rencontrer ?

– Personne ne vous parlera sans l'accord de notre administration.

– Il faudrait contacter qui ?

Elle gribouille un nom et un numéro qu'elle donne à Albertine.

– Vous voulez mes coordonnées ?

– C'est plutôt vous qui m'appellerez.

Albertine les lui donne malgré tout.

– Peut-être à bientôt.

– Si vous obtenez le feu vert.

Nous quittons la pièce. Posé sur la cheminée, je remarque en passant un ours en peluche avec sur la gueule un trait de fil noir comme un sourire fatigué. On reçoit peut-être ici des enfants abusés, des jeunes filles à peine nubiles qui jouent encore à la poupée.

L'homme de la salle d'attente est sorti derrière nous. Il nous a abordés sur le boulevard.

– Je vous ai entendus. C'est une bonne idée de vous intéresser à Nafissatou.

– Vous êtes français ?

– Ma mère était malgache.

– Vous n'avez aucun accent.

– Je préfère qu'on ne parle pas ici.

Un restaurant thaïlandais sur Amsterdam Avenue. Il dédaigne la terrasse ombragée. Nous le suivons à l'intérieur. Il salue le patron en train de compter ses billets dans un renfoncement. Il nous parle, debout, devant un aquarium vide où sont rangées des serviettes.

– Son vagin était tuméfié. Il avait été pénétré. Trois doigts, comme un crochet. L'intérieur des cuisses griffées. On ne publiera jamais les photos.

– Vous les avez vues ?

– Comment j'aurais pu les voir ?

Il a souri.

– Personne ne les a vues.

– Vous connaissez quelqu'un qui pourrait nous les montrer ?

Il a sorti son téléphone de la poche de sa veste.

– Regardez.

Il a fait apparaître une image l'espace d'une seconde. Le cliché d'une plaie en plan rapproché recouvert d'une grille de cadrage avec, en abscisse et en ordonnée, des signes que je n'ai pas eu le temps de déchiffrer.

– Au revoir.

Il s'est enfui.

Je l'ai rattrapé au milieu du boulevard qu'il traversait à grandes enjambées. Il s'est retourné.

– S'il vous plaît, ne me suivez pas.

Il a disparu au coin de la 114e Rue.

Nafissatou étendue pour la première fois sur une table d'examen. Elle ne s'était jamais trouvée encore dans une position aussi indécente. Assistée par les femmes qui avaient procédé à son excision, elle avait accouché à genoux à l'écart du village dans la case où naissait toute la population de Tchiakoullé. En retrait dans l'obscurité, sa mère priait le ciel. Une mise au monde sans cris, des larmes silencieuses afin de ne pas peiner Allah.

Écartelée sur la table de la salle d'examen, elle se demandait si elle n'était pas fautive d'avoir parlé. Elle subissait peut-être la première épreuve infligée dans ce pays aux bavardes.

Pas de taxi, mais une voiture s'arrête à notre hauteur. Au volant, un type qui nous propose de nous ramener à l'hôtel pour vingt dollars. On s'engouffre. Si Albertine avait été un chien, elle aurait eu la bave aux lèvres après avoir entendu ces accusations portées par un homme qui ne nous avait même pas dit son nom.

– Ce devait être une photo de site de gynécologie.

– Probable.

– J'espère que tu n'en parleras pas dans ton livre.

– Il faudra téléphoner au numéro que la fille nous a donné.

Elle appelle. On la balade de poste en poste. Elle finit par converser avec la responsable. Un interrogatoire en règle.

– Pourquoi vous êtes allés là-bas ? D'où connaissez-vous madame Cantarios ? Comment avez-vous eu son mail ?

– Il est sur le site de l'hôpital.

– Comment savez-vous que c'est elle qui a reçu Nafissatou ? Qui vous a dit qu'elle était convaincue de la réalité du viol ?

– Elle l'a déclaré dans une interview.

– Elle n'aurait pas dû. C'est contraire à la loi. Ces informations sont strictement confidentielles. Seule Nafissatou a le droit de parler de sa visite au Centre. Pourquoi vous intéressez-vous encore à cette affaire ?

– Je suis l'assistante d'un écrivain qui veut écrire un roman.

– C'est une vieille histoire.

J'ai pris le téléphone des mains d'Albertine.

– Bonjour.

– Vous êtes l'écrivain ?

– Je voudrais le numéro de téléphone de Nafissatou.

– *No way*.

Elle a raccroché.

Albertine se renfrogne de l'autre côté de la banquette.

– Tu ferais mieux de laisser tomber.

– J'ai tenté ma chance.

– Tu n'as aucune envie de la rencontrer et lui non plus.

– Je préfère interroger leurs vestiges.

– Et moi ? Quand tu m'auras quittée, tu prendras enfin la peine de m'aimer en méditant sur les pulls que j'aurai oubliés chez toi ?

La femme rappellerait le lendemain. Une voix menaçante. Quelqu'un m'avait vu prendre des photos. J'étais passible d'une amende, d'une peine de prison.

– C'est un délit fédéral.

– On n'a pris aucune photo, je vous en donne ma parole.

– On l'a vu.

– Vous pouvez me croire.

– Si vous revenez au Centre, nous appellerons la police.

Je dormais dans la chambre. Albertine m'a réveillé.

– De toute façon, on ne serait pas retournés là-bas.

J'ai éteint la lampe de chevet. J'ai posé un oreiller sur mon visage. Je me suis rendormi. Je rêvais déjà quand j'ai entendu son cri. Elle battait l'écran de mon téléphone.

– Tu en as pris.

– Trois ou quatre.

– Efface-les avant que la police saisisse nos affaires. Où tu vas ?

– Pisser.

– Efface-les tout de suite.

– Si tu veux.

Je lui ai dit plus tard que j'aurais pu tout aussi bien m'abstenir.

– S'ils font des recherches, ils verront qu'elles sont passées par le nuage. Il doit bien en rester une copie perdue sur un serveur de Californie ou du fin fond de l'Ouzbékistan. Ils finiront par mettre la main dessus.

Le chauffeur m'a réclamé trente dollars. Je me suis aperçu qu'il avait le regard d'un drogué en manque qui a déjà tué. J'ai payé. Il a redémarré en trombe, oubliant Albertine sur la banquette. Il l'a relâchée deux blocs plus loin. Elle est revenue en courant, pâle comme un flocon.

Je lui ai fait boire un bourbon au bar.

– J'ai cru qu'il m'enlevait.

– Il avait l'air de préférer le crack au sexe.

Nous avons regagné la suite.

Il était quinze heures. On s'était couchés. Il faisait soleil dans la chambre. Deux corps parallèles. On se demandait pourquoi ils n'étaient pas plutôt dans leurs vêtements étendus sur un fauteuil et jetés sur le sol comme des haillons.

Dans ma léthargie, les pensées circulaient en rase-mottes. New York, la grosse pomme devenue déprimante comme un oursin, avec ses immeubles érigés comme des piquants.

– C'est quoi, cette histoire d'oursin ?

Ce n'était pas la première fois qu'elle m'entendait penser.

– La 2806 est juste au-dessus de notre tête.

– Elle doit être fermée.

– On va défoncer la porte.

Elle savait que je n'oserais pas.

Le vingt-huitième étage était désert. Un virage à gauche à quatre-vingt-dix degrés en sortant de l'ascenseur. Trois mètres de couloir, et grande ouverte la porte 2805-2806. Au-delà, à nouveau trois mètres meublés d'un bahut semblable à celui de notre suite et un vase posé dessus.

Deux portes closes. La 2806 avec un panneau *do not disturb* pendu à la poignée. Dans l'angle, la 2805.

Par l'œilleton, les occupants peuvent surveiller les allées et venues du client d'à côté, prendre des clichés, surgir, claquer la première porte et régler son sort à leur voisin de palier dans la boîte close du sas claquemuré.

– La 2805, comme un observatoire, une guérite pour la chasse aux canards. Un poste d'espionnage, une chambre idéale pour permettre à des paparazzis de piéger la première star venue rentrant saoule avec un amant, une maîtresse, un couple, un groupe d'immoraux, ou accueillant son dealer de cocaïne. Parfait aussi pour s'informer des entreprises dont un malheureux P.-D.G reçoit les collaborateurs et supputer l'acquisition qu'il médite avec trois mois d'avance.

Le regard dédaigneux d'Albertine. Elle me prenait pour un écrivain, elle se retrouve avec une sorte de détective de roman-photo du XXe siècle.

– Curieux qu'il ait accepté cette suite. La femme qu'il a reçue dans la nuit était peut-être mariée. L'emplacement idéal pour un mari jaloux.

– Je me demande si on n'est pas filmés.

Elle cherchait des yeux une caméra dans tous les angles du plafond.

– Il n'aurait jamais accepté de prendre un risque pareil. En plus, la direction de l'hôtel aurait pu avoir des ennuis si on l'avait assassiné dans ce piège à rat.

Je tire la première porte. On se retrouve dans un rectangle de silence absolu. Les spots du plafond nous éclairent d'une lumière de fin du monde. Mes oreilles se mettent à bourdonner entre ces portes sourdes.

Je l'embrasse, je l'enserre, je lui murmure des horreurs à l'oreille.

– Arrête, j'ai peur.

– D'habitude, dans ces cas-là tu glousses.

Elle se met à hurler, donne des coups de pied autour d'elle, et le vase titube sur le bahut.

— Calme-toi.

J'ai rouvert la porte.

— J'ai cru qu'on ne sortirait jamais.

J'essaie en vain de la prendre dans mes bras.

— On n'avait la carte d'aucune des deux portes. On aurait pu rester coincés là pendant plusieurs jours. On serait mort de soif.

— Je me doutais qu'ils avaient désactivé la serrure. En réalité, je n'avais pas pensé à ce détail.

— On va boire du champagne.

— Fous-moi la paix.

Elle s'en va. Elle me refoule quand je veux entrer avec elle dans l'ascenseur. Je descends par l'escalier de secours. Quand je suis arrivé dans la suite, elle s'était déjà enfermée dans la salle de bains.

— Qu'est-ce que tu fais ? Tu te suicides ?

Elle est revenue verte sous le masque de boue recouvrant son visage. Une façon de faire la gueule ostensiblement.

— Tu vas le garder longtemps ?

Elle me fait une grimace craquelée.

— J'ai le temps d'aller chercher l'aventure ?

— Tu crois que tout le monde rêve d'une coucherie ?

— Je trouverai bien quelqu'un, quitte à séduire une ramoneuse dans la chaufferie de l'hôtel.

— Va te faire voir.

Elle reste toujours polie, malgré tout.

Je suis descendu asticoter la réception.

— Je voudrais le plan de la suite 2806.

Le jeune homme au visage net et rose comme une frimousse de dessin animé sursaute avant de trouver la réponse dans le neurone où il avait rangé la liste établie par la cellule d'action psychologique mise en place au lendemain de l'affaire par le groupe hôtelier pour gérer la curiosité des importuns. J'ai appris plus tard, par l'indiscrétion d'un cadre du siège passé à la concurrence, que même la valse-hésitation du directeur et de son équipe relevait d'une stratégie destinée à épuiser le client à force de tergiversations et de promesses toujours remises et jamais exaucées.

– Certainement, monsieur. Nous allons faire des recherches.

– Vous trouverez quand ?

– Nous vous en enverrons une copie dans le courant de la semaine prochaine.

– Vous pouvez me montrer des photos ?

– Je crains qu'il n'existe aucune photo. C'est la suite présidentielle. Nous voulons lui conserver un certain mystère.

– Elle est très mystérieuse.

– Vous souhaitez que je vous fasse réserver une table pour ce soir ?

– La chambre 2805 fait partie de la suite 2806 ?

– Savez-vous que depuis l'an dernier nous louons des vélos ?

– Sinon, pourquoi la police n'a pas parlé d'une chambre vide jouxtant la 06 ?

Il m'a tendu un prospectus.

– Des vélos électriques, très urbains.

– Ou alors quelqu'un l'habitait ? Un témoin gênant ?

– Avec le beau temps, cet après-midi ils sont tous loués. Mais je peux vous en mettre un de côté pour demain.

– Je voudrais réserver la chambre 2805.

– Elle sera sûrement disponible bientôt.

– C'est la chambre du viol ?

– Je vous demande de m'excuser.

Il a disparu. Il n'est pas revenu, et cette fois le directeur n'est pas apparu.

Le ciel était couvert, je suis allé prendre le soleil de Times Square. La foule de dix-huit heures, des badauds sur une estrade filmés par une caméra qui les reproduisait sur un grand écran placé derrière. J'espérais voir apparaître Nafissatou, sa fille au bas de l'estrade la photographiant en même temps que son visage illu-miné sur l'écran.

La foule était centrifuge ce jour-là. Les moins volon-taires, les faibles, ceux qui marchaient sans but, avaient tendance à se retrouver plaqués contre les vitrines. Comme une bille qui finit par tomber dans un trou, j'ai passé la porte d'un magasin où les vendeuses s'agitaient pour justifier leur salaire, tandis que les clients leur demandaient le chemin des toilettes, achetaient des tee-shirts bon marché ou dissimulaient de menus articles sous leurs vêtements sans que les vigiles puissent sur tous mettre le grappin.

Dans une boutique de souvenirs, j'ai acheté des affiches de Malcom X et d'Elvis Presley pour cacher les cloques des murs de mes toilettes qui avaient subi une inondation pendant que j'étais en Afrique. J'ai profité d'une brèche dans la foule pour mettre le cap vers l'hôtel.

Je me suis trompé plusieurs fois de rue. Des rues numérotées et tirées au cordeau, mais encore faut-il connaître l'adresse de sa destination. Depuis notre arrivée, c'est Albertine qui se chargeait de la donner aux chauffeurs de taxi. Je tombais sur des passants qui n'avaient jamais entendu parler de cet endroit, et j'ai dû mon salut à un adolescent qui avait écrit un article sur l'affaire pour le journal de son lycée.

Albertine faisait les cent pas devant les ascenseurs. Une drôle de tête en train de réfléchir, ruminer, se demander pourquoi elle existait.

– On va aller au commissariat de Harlem.

Je n'avais envie que d'un mojito devant la télé.

– Il est presque vingt heures.

– Les commissariats ne ferment pas la nuit.

Elle m'entraîne vers la sortie, attrape un taxi, m'enfonce dedans.

– *451th West, 151th Street.*

Un bâtiment dans le nord de Harlem, non loin d'Amsterdam Avenue où nous nous étions rendus le matin. Une rue tranquille où rien ne circule.

À l'entrée, pendues au mur les photos de douze *cops of the month* surmontées de celle d'un homme ridé aux yeux brillants et bleus élu *cop of the year* 2012.

Il y a des bancs dans un coin, je m'assois. Sur des étagères, une vingtaine de coupes ornées de bronze en métal doré attribuées à la brigade pour des actions mémorables.

Albertine parlemente avec un policier qui a de la famille en France et sait dire *bonjour madame*. Il la prévient qu'il n'a le droit de lui communiquer aucun renseignement. Il lui signale cependant qu'ils n'ont jamais eu l'honneur de l'avoir pour client.

– Mais alors, où s'est déroulé le *perp walk* ?

Il n'en sait rien. Il a surtout entendu parler de l'affaire par des cousins de Cahors avec qui il entretient une relation mensuelle par Skype.

– Comment savoir ?

Il cherche sur son ordinateur, puis compulse un

registre aux pages couvertes de listings. Il lui donne les coordonnées de l'Office of the Deputy Commissioner Public Information qui seul pourra nous donner ce genre de renseignement.

– Viens.

Je la suis dans la rue. Elle appelle. Une promenade de bureau en bureau, et vu l'heure tardive, beaucoup ont branché leur répondeur qui lui raccroche au nez sans accepter aucun message.

– On s'en occupera demain.

– On a assez perdu de temps depuis hier.

À force d'obstination, elle parvient jusqu'à une sorte de substitut qui de guerre lasse, lui indique qu'il s'agit du poste de police 113, dans le Queens. Mais pour avoir l'autorisation d'adresser la parole au personnel des lieux, il nous faut auparavant faire une demande par mail.

– Auprès de qui ?

– *One Police Plaza. Room 1320.*

– Quelle est l'adresse mail ?

– *I can't tell you.*

Il a raccroché.

– On est bien avancés.

– Le flic va nous renseigner.

Je ne prends pas la peine de lui emboîter le pas. J'attends qu'elle ressorte dépitée. Au bout d'un moment, je me demande si elle n'est pas en train de subir une garde à vue pour atteinte à la sécurité de l'État. J'entre à mon tour dans le bâtiment en ronchonnant.

Le flic est affairé. Il compulse, questionne ses collègues, n'obtient pas le mail, mais le numéro de téléphone du Police Plaza auquel elle pourra le demander.

– Mais maintenant le bureau est fermé. Vous devrez appeler demain matin.

Elle abuse de sa patience en lui demandant dans

la foulée si le commissariat qu'on nous a indiqué est proche de notre hôtel.

– C'est vraiment loin.

En taxi nous en aurions pour une heure, alors que par le métro nous y serions en trente-cinq minutes pour beaucoup moins cher.

– Après, il vous faudra marcher.

– Je n'arrive pas bien à situer cet endroit.

Il se penche sur son écran. Il imprime le plan du Queens, trace une croix rouge sur le but du voyage. Avec un feutre bleu il lui dessine la ligne de métro, et à l'aide d'un surligneur orangé trace chaque pas que nous aurons à faire pour arriver à bon port.

– Merci pour tout.

Je m'approche pour le remercier à mon tour. On s'en va. Elle sort son portable avant même d'atteindre la rue.

– Il a dit demain. On va dîner.

Les alentours déserts. Pas de taxi, pas de métro, pas de voiture.

– On va marcher.

– Marcher ?

– Oui.

– Tu sais que j'ai mal aux pieds.

Elle démarre impitoyablement. J'avance loin derrière elle. Les blocs se succèdent de part et d'autre des trottoirs dépeuplés. La nuit tombe. J'essaie de la rattraper, mais elle s'est mise à galoper.

Peu à peu nous croisons des piétons, la circulation se fait plus dense. On tombe sur un taxi compteur éteint qui négocie un forfait pour nous ramener 45e Rue.

Du riz complet au poulet décoré de crevettes. Elle chipote les crevettes, néglige le poulet par conviction végétarienne.

Elle extirpe un tube de rouge de son sac et en applique une couche épaisse sur ses lèvres.

– Je ne savais pas que tu te maquillais.

– J'ai horreur du maquillage. Je me peins lorsque j'en ai assez de toi.

– C'est la première fois.

Elle me tend le tube déjà usé.

– Je m'en barbouille à chaque fois que je sors de chez toi.

– Il faudrait qu'on ne se voie plus.

– J'ai toujours eu besoin d'aimer quelqu'un.

– Pourquoi tu es venue ?

Elle s'est levée. Elle a posé son sac sur mes genoux.

– Je ne veux pas m'encombrer.

– Il doit peser un demi-kilo.

– Je vais marcher.

– En pleine nuit, fais quand même attention.

Elle a sorti de la poche de son jeans le petit spray lacrymogène dont elle ne se sépare jamais. Elle l'a tendu vers moi comme un doigt.

– Toi, tu ne m'aimes pas.

Une silhouette à contre-jour sous le puits de lumière artificielle qui coiffe l'entrée du restaurant. Elle devient grise sur le trottoir de la 41e Rue.

Je suis triste à boire de l'eau minérale en regardant les publicités de Fox News sur l'écran de la chambre. Minuit, une heure, deux heures du matin, et elle attend la demie pour revenir de son errance. Elle est suante, ses cheveux collent à son crâne comme une couche de cirage.

Je la retrouve à la salle de bains étendue dans la baignoire.

– Tu peux aller chercher des glaçons ?

Il y en a près du minibar dans un seau isotherme. Je le vide dans son bain.

– C'est ce que tu voulais ?

– Viens.

– Non.

Je suis allé me coucher. Je l'ai retrouvée endormie au matin sur la moquette recouverte du plaid écossais dont elle avait enrobé ses affaires dans sa valise. Je l'ai laissée dormir.

Elle n'avait pas vidé la baignoire, trois cheveux flottaient dans l'eau blanche. Un acte de rébellion, le cri d'une fille collet monté qui nargue le lave-vaisselle en rinçant les verres à la main à chaque fois qu'elle vient chez moi. Je fais le serment de lui écrire avant la fin de l'année un bout de roman épilé du moindre atome d'actualité pour l'empêcher de tomber dans la haine.

Par acquit de conscience, je suis remonté au vingt-huitième étage. Un client a surgi de la chambre 2805. Je lui ai demandé s'il avait vu quelqu'un entrer ou sortir de la suite présidentielle.

– Non, je crois qu'elle est vide.

Un grand sourire, une suite aussi célèbre que le fourneau de Landru.

– Frappez, vous verrez bien.

Il s'en va avec, à l'épaule, un luxueux sac de marin portant la griffe d'un couturier italien.

– *Good luck.*

Je frappe, je cogne, mais pas une voix, pas un bruit.

Je suis allé prendre le petit déjeuner dans un café. Une idée m'est apparue avec l'orange pressée que le serveur a posée à côté de l'assiette de bagels au sésame. Si la chambre 2805 faisait partie de la suite, alors l'hôtel louait le lieu du délit à des clients qui l'ignoraient. Si la vérité éclatait, il s'en trouverait certains pour se scandaliser d'avoir foulé de leurs pieds nus le bac à douche où l'érection funeste lui était venue en savonnant son pénis rendu hypersensible par le corps chimique, certaines pour regretter d'avoir dormi dans son lit et pour éprouver la peur rétrospective d'avoir été abusées dans leur sommeil, si comme le soutenaient certains physiciens fantasques rien n'empêchait le calendrier de convoquer un événement passé pour l'insérer dans le présent.

À mon retour, elle dormait toujours sous son plaid. J'ai pris une douche. La femme de chambre a dû frapper pendant que je me séchais.

Elle crie *ménage* dans l'entrée tandis que je surgis dans toute ma nudité.

– Désolé.

Je me replie dans la chambre. Je me fais la promesse de ne jamais raconter cet incident afin que nul ne croie que je l'ai inventé pour me moquer de sa criminelle plouquerie en pareille occurrence.

Je fais un saut pour aller saluer la réception. Ils baissent la tête sur leurs ordinateurs en m'apercevant. La jeune femme qui nous a accueillis à notre arrivée se dévoue pour se laisser narguer.

– Je prends la présidentielle pour cette nuit.

– Nous allons vous faire apporter une corbeille de fruits.

– Elle est libre ?

– C'est un oubli. Dans chaque suite, une corbeille. C'est un cadeau de bienvenue.

Je me tourne vers la porte du restaurant où je pénètre sans lui dire adieu.

J'en suis à mon troisième café quand Albertine me rejoint.

– Je t'ai cherché partout.

– Dans les caves ?

– Je n'ai pas faim.

– Tu as raison, ça fait grossir.

– J'ai appelé le Police Plaza. Ils ont refusé de nous accorder tout entretien avec les flics du commissariat. J'ai appelé le commissariat, ils ont refusé de me confirmer qu'il était passé par chez eux. Dossier confidentiel, loi fédérale.

– Qu'est-ce qu'on va faire ?

– On va au commissariat.

– Tu crois ?

Une adresse éloignée, excentrée, l'impression de quitter la ville. Traversée de l'East River par le Queensboro Bridge. Le chauffeur va trop vite. Je mets ma ceinture, boucle celle d'Albertine qui lève les yeux au ciel.

– Je ne mourrai pas dans un accident.

Elle me prend la main.

On traverse des quartiers résidentiels. Petites maisons, jardinets, villas cossues et bouts de piscine comme des bains de pieds où en ce jour de semaine pas un orteil ne s'aventure.

– Je ne t'ai vu prendre aucune note depuis qu'on est ici.

– Quand j'en prends, j'ai la flemme de les relire.

– Tu veux que j'en prenne à ta place ?

– Je ne les lirai pas non plus.

– Tu es bizarre.

– Je n'aime pas recopier.

– Tu pourrais au moins avoir un plan de travail. Si je n'étais pas là, tu te radasserais toute la journée dans l'hôtel comme un traîne-patins.

Elle me passe le bout des doigts sur le visage. Je la sens loin derrière eux, des capteurs reliés à un passé révolu. Je m'étais réveillé l'avant-veille dans la nuit, son corps à l'autre extrémité du lit à la lueur des diodes de la télé en veille. Il aurait fallu nager longtemps avant de la rejoindre, drôle de ponton ce corps qui ne se serait peut-être pas laissé aborder. Autant changer d'histoire, exalté comme un adolescent demander une autre carte au croupier dans l'espoir de rafler le grand amour.

– Je ferais mieux de me lancer dans le célibat.

– On n'a jamais été un couple.

– Tu avais envie d'un attelage ?

Elle n'a pas répondu, baissant la vitre, semblant bouche entrouverte laper le vent. Je me dis que je ne suis pas triste, on ne pleure pas quand une ampoule qui n'a jamais beaucoup brillé grésille avant de s'éteindre. Sans me demander mon avis, elle avait construit une histoire d'amour autour de moi. Une histoire de fou, et elle qui essaie de se réchauffer devant le poêle éteint.

– On n'est pas des bêtes.

Elle rit tête dans le vent.

Le taxi nous laisse devant le commissariat 113. Un bâtiment sans aspérités ni ornements posé au bord de la voie.

On tourne respectueusement autour. On traverse le parking. On s'aperçoit qu'il est interdit au public, et que quatre voitures de police y sont garées en vrac. On court jusqu'à la rue, mais personne ne nous a vus.

– Je me demande pourquoi on est venus.

– Essaie au moins de t'imprégner des lieux.

– Les photos du site du *New York Time*s sont plus détaillées.

Cette provocation ne l'amuse pas.

– J'espérais mieux.

– Regarde.

– Au moins celui-là a une vraie tête de criminel.

Un homme au regard cruel sort du commissariat menotté entre deux flics qui semblent vouloir le moudre à force de le comprimer. Ils traversent le parking, appuient sur sa tête pour qu'il ne se cogne pas au toit de la voiture qui démarre silencieusement. Une fois dans la rue, elle s'en va sirène hurlante.

Un *perp walk* sans médias, pour témoins deux touristes. Les habitants du quartier lassés depuis toujours d'apercevoir la marche d'un pauvre type en allant acheter leurs victuailles ou boire un café à la buvette coincée entre un arbre et une bouche d'incendie.

– C'est décevant.

– Tu aurais voulu qu'ils lui tirent une balle dans le pied avant de l'embarquer pour muscler un peu ton livre ?

– Il paraît que parfois le prévenu sort en pyjama de prisonnier.

– Et pourquoi pas en petite tenue pour les infos d'une chaîne porno ?

– On va rôder.

Elle s'accroche à mon bras. Elle m'oppose la force d'inertie pour m'obliger à la tracter comme Cro-Magnon sa dulcinée. Je contourne le commissariat. Derrière, une nappe de goudron avec un camion de livraison devant la réserve d'un grand supermarché plat comme une tarte.

À l'intérieur, des acheteurs abrutis versant des boîtes et des paquets dans leur chariot, des caissières obèses à force de se nourrir de produits premier prix, trois enfants avec leur surf à roulettes sous le bras qui arpentent désenchantés le rayon de jeux vidéo où ils ne trouvent pas leur bonheur.

– Tu veux acheter ?

– Pourquoi pas ?

Une bombe de mousse, un rasoir à trois lames, une pierre d'alun dans un étui de carton.

– Tu t'es rasé avant de partir.

– Je recommencerai peut-être demain.

Dix-huit dollars, les produits dans un sachet de papier brun. On ressort sous le soleil épuisant. Elle s'est détachée de moi, elle s'est mise à courir en cercle comme un poney de cirque sur le goudron luisant.

– Tu cherches à brûler des calories ?

Elle s'est arrêtée de tourner.

– Tu es toute trempée de sueur.

407

– Toi aussi. On voit les quatre poils de ton torse à travers ta chemise.

Elle s'en va. Je remarque une baraque à hamburgers sur le flanc du magasin.

– Viens.

Elle tourne la tête sans ralentir son allure.

– Quoi encore ?

Je la rejoins.

– On va déjeuner.

– Ce n'est plus l'heure.

– On boira de l'eau allégée.

Elle me tire les cheveux.

– Tu vas arrêter ?

On se carapate là-bas, réconciliés, en se tenant par la taille comme des amoureux. Aussi bien, on se serait dit *je t'aime*. Le besoin de s'accorder un armistice, une accalmie, d'éloigner à coups de pied notre futur maussade.

Je commande un cheeseburger. On accepte de lui servir des tomates sans sauce avec trois cornichons en saumure.

Il y a un flic au teint vermeil au bout de notre table. Il nous demande d'où nous venons. Il nous plaint de devoir subir un régime socialiste dont il semble prendre le président pour un arrière-neveu de Lénine. Il nous avait remarqués tout à l'heure.

– Vous avez aimé le *perp walk* ?

– Beaucoup.

Il nous parle avec lyrisme de cette coutume démocratique qui permet au public de constater l'absence d'ecchymoses sur le visage du suspect. Albertine s'insurge.

– Et quand le type est innocent ?

– On n'arrête que des coupables. Mais parfois, le *perp walk* est dangereux. Vous vous souvenez de Lee Harvey Oswald ?

Albertine est née tellement plus tard qu'elle peine à s'en souvenir.

– L'assassin de Kennedy. On l'a descendu en plein *perp walk* dans les sous-sols du commissariat de Dallas. Depuis, on évite les promenades quand la sécurité de l'État est en péril.

Il se met à se balancer sur sa chaise. Il nous observe. Il se croit soudain obligé de faire subir un bref interrogatoire à ces touristes de commissariats.

– Pourquoi vous êtes venus ?

– Pour lui.

Je lui parle de ce samedi de mai.

– Quelle année ?

– 2011.

Il n'a pas le droit de se souvenir, mais il nous accorde du bout des lèvres qu'il se remémore vaguement son passage. Un client taiseux, au regard brillant de mépris, qui baissait parfois la tête, abattu, paupières papillonnant, comme tout d'un coup vieilli.

– Aujourd'hui, votre commissariat a l'air bien tranquille.

Un jour de semaine comme les autres. Mais le week-end, on leur envoie le trop-plein de tous les commissariats de New York. Le soir de sa venue, les délinquants débarquaient en foule des fourgons surpeuplés. On avait eu le plus grand mal à le caser pour la nuit dans une pièce vide.

– *A fucking powerful man.*

Je lui ai fait part de ma déception que les lieux soient si loin du fracas de la ville.

– Vous n'êtes pas dans le centre de Manhattan.

Mais il a évoqué les rafales de vent qui apportaient peut-être ce jour-là un peu de la rumeur des zones surexcitées de New York.

– Au revoir.

Il a quitté la salle, fulgurant comme un insecte.

– Je crois qu'il avait pitié de lui.

– Moins que toi.

– Si tu le rencontres un jour, tu pourras lui dire que je suis prête à lui céder pour adoucir son sort.

– J'enverrai ta photo déshabillée à ses avocats.

De retour à l'hôtel, aucune de nos cartes ne déclenche l'ouverture de la porte de la suite. Un barbu de la réception tourne son écran vers nous.

– Vous n'avez réservé que deux nuits.

Albertine fait de petits bonds.

– Je suis passée hier soir vous dire qu'on la gardait jusqu'à vendredi.

– Aucune trace dans les fichiers.

– Vous êtes de mauvaise foi.

– Hier, je n'étais pas là.

– Donnez-nous n'importe quelle chambre.

– L'hôtel est complet.

– Et demain ?

– Vous pouvez passer vers quinze heures. Nous vous donnerons une chambre s'il y a une défection.

– On téléphonera.

– Il faudra vous présenter en personne.

Albertine danse rageusement devant le comptoir.

– Où sont nos bagages ? Nos bagages ?

Il a fait signe à un groom qui revient avec notre barda. Albertine ouvre sa valise par terre.

– Manque ma jupe à pois.

– C'est impossible.

411

Elle était dans mon sac soigneusement rangée sous mes chemises.

– Et la corbeille de fruits ? Votre collègue nous avait promis une corbeille de fruits ?

– J'aurais besoin de votre carte de crédit.

Albertine fait voler en éclats toutes les valeurs morales que les nonnes du pensionnat lui ont logées dans le crâne dix années durant.

– Puisque vous n'êtes pas corrects, nous allons partir sans payer.

J'ai réglé la note. J'ai traîné les bagages jusqu'à la rue. Albertine furieuse derrière moi se hasardant à prononcer quelques gros mots à voix si basse que je me demandais si elle ne craignait pas de les entendre.

La tournée des hôtels. Je restais dans le taxi en attendant de la voir revenir bredouille.

– New York est plein.

Nous avons trouvé refuge au *Hilton* de la 53ᵉ Rue. Un lobby comme une station de métro. On attend, massés derrière une corde de velours, de pouvoir accéder au comptoir de la réception. L'employé nous donne nos clés.

– Dix-huitième étage. Les ascenseurs sur votre gauche.

La foule cause japonais, français, allemand et d'autres langues que j'entends pour la première fois. Oreilles obturées par les écouteurs, des enfants asiatiques assis partout contre les murs le nez dans leur smartphone. Une manière inconfortable de rester chez eux où l'écran de leur chambre est beaucoup plus grand.

Le couloir des chambres, un tunnel sans fin moquetté de gris, et jusqu'à l'horizon des femmes de chambre noires et latinos poussant leur chariot.

On s'allonge sur le lit. Albertine souffle, je somnole. Elle me réveille d'une pichenette.

— Si on faisait l'amour ?

— Quelle idée ?

— Justement, pour se changer les idées.

— Tu ne veux pas plutôt boire un verre ? Il doit y avoir de l'alcool dans le minibar.

— Il n'y a pas de minibar.

Elle s'est déshabillée religieusement, pliant même sa culotte qu'elle a posée avec tous les égards sur le sous-main du bureau.

— On y va ?

— Après tout, il n'y a pas grand-chose d'autre à faire.

— Tu es galant.

— Les préservatifs sont dans la poche intérieure de mon sac.

— Il ne mettait jamais de préservatif.

Après nos ébats, elle range les affaires dans la penderie pendant que je regarde la rue. Une activité commencée au fin fond de l'enfance. À force d'imaginer ce que les passants trimballent dans leur tête, je me trimballe à leur place. De brefs voyages, des sauts d'une rue à l'autre, un instant le pied levé pour monter dans un bus, un éternuement, un regard dans une vitrine.

Elle brossait ma veste à l'écorcher.

— Tu voudrais que je t'accule pendant que tu joues les femmes de chambre ?

— L'eau à la bouche.

— Tu aimes les rustres.

— Les rustres et les fous. Il est un peu rétro, un peu sadique, toutes les femmes aiment être plaquées, secouées, crier non pour qu'on leur noie le bec.

413

Elle m'envoie ma veste à la figure.

– En tout cas, tu es aussi radin que lui. Tu as oublié de me laisser un pourboire pour ma peine.

Toujours cette histoire de souillon africaine qu'on peut flétrir pour une poignée de figues.

– Si tu avais une fille, si elle avait été à la place de Nafissatou ?

– Tu me feras des garçons.

– Je ne suis pas une banque de sperme.

On a dormi, bu du café et avalé des croissants. Je lui ai parlé de ses fesses bombées comme des dunes. Elle m'a répondu, ta tête comme la lune.

Devant l'hôtel, un écriteau *Smoking Oasis*. Dessous un grand cendrier monté sur socle, et deux petits bancs de part et d'autre. Lassé de faire partie d'une communauté opprimée, j'avais arrêté de fumer le mois dernier. Ici, c'est même devenu une activité honteuse.

Le taxi nous emmène dans le Bronx, 1410 Gerard Avenue. Un immeuble banal, un avis de la police new-yorkaise sur la façade de brique, *Operation clean halls*, les malfaisants qui se laisseraient aller à squatter sont susceptibles d'un séjour en prison. Porte vitrée, hall fraîchement repeint de blanc cassé, sol gris à bandes noires, boîtes aux lettres en aluminium alignées à droite de l'entrée. Nous nous sommes faufilés derrière une grande femme noire d'une trentaine d'années un peu boulotte. Elle porte une serviette-éponge autour du cou pour pomper sa sueur en ce jour de canicule.

– C'est ici que vivait Nafissatou ?

– Oui.

Albertine s'est arrimée à moi. Pour m'agacer, elle s'est lancée dans la traduction simultanée. Elle devine les fins de phrases de la femme qu'elle couvre de sa voix aiguë.

– Sa fille était la meilleure amie de la mienne. Je ne l'aurais jamais supporté si elle n'avait pas été une femme convenable. Elle travaillait, elle travaillait beaucoup. Quand elle est arrivée à New York, elle avait trouvé une place pas loin d'ici dans un restaurant africain au coin de l'avenue Sheridan et de la 170ᵉ Rue. Là-bas, les clients parlent souvent français. Elle a dû apprendre à dire *au revoir*, *bonjour*, quelques mots.

Elle l'envie d'avoir été embauchée dans ce grand hôtel. Le dimanche, elle donnait parfois un coup de main au restaurant pour arrondir son mois. Quand ses horaires coïncidaient, elle allait chercher sa fille à la sortie du collège de Manhattan où elle était scolarisée.

– Pour l'empêcher de vagabonder.

Elle s'éponge.

– Vous avez soif ?

– On peut vous emmener boire un verre ?

– On va monter chez moi.

Albertine ne me lâche pas. Elle me tient par la hanche, ses doigts me pincent le flanc. Elle veut monter à pied.

– Mais, j'habite au quatrième étage.

On aime bien marcher.

Elle prend l'ascenseur, tandis qu'Albertine me pousse dans l'escalier.

– J'ai vraiment mal aux pieds.

– Tu dois les remuer.

Je me débarrasse d'elle. J'attends au rez-de-chaussée que l'ascenseur revienne.

Elles sont toutes les deux sur le palier. La femme nous introduit chez elle. Les volets sont fermés, elle allume la lumière.

– L'air conditionné est en panne depuis hier. D'ici qu'ils viennent le réparer.

Un logement surchargé de sièges, de commodes sombres, de photos où elle pose avec une fillette, et dans un cadre doré une de Barack Obama. On s'assoit autour de la table ronde. Elle nous apporte de l'eau gazeuse et du jus d'orange.

– C'est ma mère qui vient de mourir. Tous ses meubles qui m'encombrent. Je ne peux pas les vendre, ils sont trop vieux. Je vais être obligée de payer pour qu'on me les enlève.

Elle tend son bras lourd vers les photos.

– J'ai un fils aussi. En ce moment, ils sont chez leur père à Denver.

Elle boit des verres de jus d'orange trempés d'eau.

– Elle allait souvent à Coney Island. Elle emmenait ma fille. Elle leur achetait des pommes d'api et des hot dogs. Elle ne se mettait jamais en maillot. Elle les regardait sauter dans les vagues. Elles savent nager, mais elle les obligeait à porter une bouée. Je ne devais dire à personne qu'elle allait là-bas. Peur d'être critiquée. Elle disait que les femmes ne doivent pas se promener devant des hommes en caleçon.

Elle rit.

– Ils sont obsédés ces gens. Ils voient le mal partout.

Elle se recouvre la tête avec la serviette tant elle sue sous les ampoules.

– Si j'ouvre, le soleil va entrer et il fera encore plus chaud.

Sa grande bouche apparaît entre les pans. Il me semble que sa voix caverneuse résonne dans cette grotte de tissu.

– Elle est trop pieuse, elle jeûnait comme une idiote. Ça fait grossir, le jeûne, quand on arrête. En passant dans le couloir, je l'entendais souvent réciter des prières avec sa fille. Les gens de la mosquée l'ont beaucoup critiquée d'avoir été violée. Ils ne savaient pas qu'elle travaillait dans un hôtel. Pour eux, c'est le déshonneur d'aller dans des chambres où des Blancs ont des rapports sexuels sans être mariés. Il y en a qui ont dit qu'elle avait cherché les ennuis. Pour eux, tous les hôtels sont des bordels. C'est ce qu'ils pensent. Vous avez chaud ?

– Pas du tout.

– C'est très supportable.

– On ne leur a rien appris à ces femmes. Le Coran ? Elle ne comprend même pas l'arabe. Elle répétait ces antiennes comme du charabia. On ne lui avait même pas appris à compter, dans son pays les chiffres sont réservés aux hommes. C'est un Camerounais qu'elle avait connu au Sénégal qui s'occupait de sa banque et de ses impôts. Un dealer, il lui racontait qu'il vendait des froufrous. Il en profitait pour faire circuler sur son compte des dizaines de milliers de dollars dont elle ne voyait pas un *cent*. Elle fréquentait surtout le milieu sénégalais. Des Peuls qui n'avaient plus aucun contact avec la Guinée.

Albertine coule en silence. J'ai vite épuisé ma réserve de mouchoirs en papier avec lesquels j'essayais d'absorber la transpiration qui ruisselle le long de mon sternum et remplit mon nombril.

– Une Blanche, il n'aurait pas osé la toucher.

Elle se lève pour mouiller sa serviette à la cuisine. Elle s'en fait un turban dégoulinant.

– Ce type est raciste.

– Je ne suis pas d'accord avec vous.

Je donne un coup de pied à Albertine sous la table.

– Avec une Blanche, il n'aurait pas osé.

– Il ne l'a pas violée.

– Vous le connaissez ?

Dans le regard d'Albertine, le chaud souvenir des

417

colonies dans la nuit des gènes, tapi sous les strates d'humanisme, les discours adulés de Martin Luther King, les bulletins dans l'urne comme des ex-voto à la mémoire des immigrés brûlés dans les hôtels vétustes où on les parque. Un air hautain de fille de planteur en vertugadin sous son ombrelle, prompte à dénoncer les insolentes à son père.

– Elle a accepté parce qu'il était Blanc.

– Qu'est-ce que vous racontez ?

Albertine dressée sur ses mocassins, visage pâle et suant.

– Elle était flattée. Vous êtes toujours flattées, et en plus vous espérez vous faire faire un mulâtre.

– Vous êtes folle ?

Albertine les poings serrés, des larmes d'enfant colère au bord des paupières prêtes à se détacher et se mêler à la suée. La femme qui se lève, toise la petite Française qui à présent rougit. Sa main noire sur la joue livide du corps sous-alimenté de la coquette nourrie de légumes bouillis au nom de la maigritude.

Elle fond en larmes. Mes excuses en anglais, en français, et je l'emporte. Une crise de nerfs dans l'escalier. J'essaie de la calmer, elle se débat. Un jeune homme remontant en courant qui me prend pour un batteur de femmes. Il cherche à m'assommer avec son sac de sport. Je lui administre le coup de pied du lâche. Je m'enfuis tandis qu'il geint sur sa paire de couilles.

Je cours sur le trottoir, je monte dans un bus scolaire perdu au milieu d'un groupe d'adolescents en train de le prendre d'assaut. Le bus démarre, les gamins me traitent en riant d'échappé d'Alcatraz.

– Il vaut mieux que tu rentres.

D'ailleurs, elle avait déjà commencé à rassembler ses frusques.

Je l'ai accompagnée jusqu'au lobby. Elle s'est perdue dans le tourbillon des touristes entretenu par les flots des entrants, des sortants, des tergiversants, et des fatigués assis sur leur sac se levant.

Elle avait décliné mon offre de lui réserver un vol. Le charter décollait samedi. Le prix d'une place pour la France dépassait le plafond de sa carte de crédit. Elle a passé deux jours à crapahuter dans Kennedy Airport. Le vol était complet, il lui fut impossible d'obtenir un siège éloigné du mien. Nous avons voyagé côte à côte jusqu'à Paris.

Le bar de l'hôtel était sombre comme un souterrain obscur à peine grisé par des quinquets d'un autre âge. Les touristes sous les lueurs comme des trous d'aiguille, leur visage blanchi par la lumière de leur portable. Un cocktail au nom bizarre, un goût d'agrumes. Tristesse de ne pouvoir en commander un autre, l'ivresse m'empêche d'écrire, et quand je ne suis pas gai l'écriture me réjouit.

Une soirée à raconter des histoires. L'ordinateur les absorbe, les range dans ses archives dont il les exhumera un jour si je les lui réclame. Une nuit à sauter du lit toutes les heures, irrité de constater que je n'ai pas réussi à m'endormir. Je me réveille à midi sur le fauteuil. Elle a oublié des ballerines rouges qui pointent sous les rideaux.

Je n'apprécie guère de voyager seul. J'aime être trimballé dans les villes étrangères comme un sac à dos. Me laisser porter comme un gamin insupportable refusant de se servir de ses jambes, abusant des bras et de la voix pour manifester sa désapprobation, son dédain des paysages et des gens.

– Rikers Island.
– Pardon ?
– La prison.
– Pourquoi voulez-vous aller là-bas ?

Le chauffeur renâcle. Il ne s'est jamais aventuré dans cette zone. D'ailleurs, il n'est pas sûr que l'île appartienne à l'État de New York. Un lieu aussi inhospitalier mériterait d'être arraché aux fonds de l'East River, et croulant de racaille de dériver au milieu de l'Atlantique, la police lui balançant les nouvelles recrues du haut d'un hélicoptère.

– Rikers Island Bridge, Bowery Bay.

Il ne me croit pas et refuse d'utiliser son GPS qui ne connaît sûrement pas un endroit pareil. On dirait qu'il a peur d'être dénoncé aux autorités par le satellite. Je lui propose l'itinéraire pêché sur le net que j'ai fait imprimer à la réception de l'hôtel. Il préfère feuilleter son vieux plan de la ville.

– C'est au bout du monde.
– Démarrez.

Il obtempère.

– Je suis romancier.

– Tant mieux pour vous.

– Un de mes personnages a vécu à Rikers.

Il grommelle que nous avons assez de voyous en France pour nous dispenser de mettre en scène des héros exotiques. Il a vu à la télévision ces hordes sauvages déboulant dans Paris à chaque match de football, qui dévalisent les Champs-Élysées et brûlent les voitures avant de s'en retourner comploter dans leurs ghettos, où en fait de conjugalité et de vie familiale, on pratique le viol et l'infanticide.

– Je suis un survivant.

– Vous êtes drôle.

Mais à son avis, les Français rient trop. Aucun dieu n'a jamais ri. Si nous étions plus religieux, imitant Mahomet, Jésus ou le gros Bouddha, nous serions plus souvent lugubres.

– Ce n'est pas drôle, Rikers Island.

Il longe l'East River sur le Franklin D. Roosevelt Drive. Il roule à tombeau ouvert. Il refuse de ralentir malgré mes jérémiades.

– C'est une voie rapide.

Puis c'est l'autoroute 275, l'Astoria boulevard, Grand Central Parkway. On longe le cimetière de St. Michael's Park, un espace vert où selon mes renseignements d'aucuns pique-niquent au printemps. J'aperçois des costumes noirs et des voilettes devant un cercueil qui chute lentement dans un trou.

On prend Hazen Street, des petites maisons avec jardins où j'imagine les barbecues du dimanche, et les maris souriants derrière leur tondeuse à gazon comme dans les films hollywoodiens.

Une inscription sinistre au bout de cette rue où l'on pourrait tourner une romance.

You're are entering RIKERS ISLAND, THE N.Y.C. JAIL COMPLEX.

Des lettres d'un bleu pimpant sur fond blanc.

– Ne prenez pas de photo, monsieur.

Sous l'intitulé de la prison, une interdiction formelle que j'étais en train de lire au moment où j'allais appuyer sur le déclencheur.

Quatre cents mètres d'une route étroite, puis devant nous le pont goudronné en pente raide qui empêche de voir l'horizon. À l'entrée, une guérite garnie d'un flic solitaire.

Le chauffeur lui demande si on peut aller plus loin. Je descends de voiture avant qu'il n'ait le temps de répondre, bien décidé à le laisser hurler dans mon dos tandis que je profiterai du panorama pénitentiaire.

– Stop.

Au ton de sa voix, je suis sûr qu'il braque une arme sur moi. Je me retourne lentement. Je reviens en décomposant chaque pas. Il n'était pas sorti de sa guérite. Pistolet au poing, il me réclame mon identité. Je lui remets mon passeport.

– Français ?

– Oui, monsieur.

Le chauffeur démarre en marche arrière.

– Arrêtez-vous.

La voiture tousse et cale. Le flic me dévisage.

– C'est un délit fédéral.

– Encore.

Mais je n'ai pas osé dire ce mot à haute voix.

– Vous êtes en état d'arrestation.

– J'écris un roman dont l'action se déroule en partie sur l'île.

Mes mobiles l'indiffèrent. Il tripote des boutons. On entend des voix confuses. Il coupe soudain la radio d'un coup d'index.

– Un pas de plus et vous alliez en prison.

– Je ne connaissais pas la loi.

– Partez.

Je boite vers la voiture comme s'il m'avait matraqué les genoux. Elle tremble en contournant la guérite.

– J'ai peur.

Le chauffeur répète cette phrase en donnant des coups de frein intempestifs, en redémarrant et se plaignant toujours d'avoir peur.

On roule. Il regarde sans cesse dans le rétroviseur. Je le rassure.

– Personne ne nous suit.

Il tourne à gauche, à droite, complètement déboussolé. Nous débouchons sur un périphérique. Une flèche jaune indique la direction de l'aéroport de La Guardia.

– Emmenez-moi là-bas.

– Oui, monsieur.

Il semble rassuré que je lui donne un ordre. Il prend la sortie. Il me demande quelle est ma destination et si je connais le numéro de la porte.

– Je voudrais voir le tarmac.

– Pourquoi ?

Pour mon livre.

– Je ne sais pas du tout où il est.

Les accès aux portes défilent. Il bifurque vers une route déserte bordée de verdure à l'abandon. Nous arrivons sur un parking.

– Je prends un ticket ?

– Oui.

Il sort de la voiture. Une femme en uniforme garde l'entrée. Elle lui dit quelque chose en remuant la tête. Il revient.

– C'est réservé aux employés de l'aéroport. Mais vous pouvez jeter un coup d'œil si vous voulez.

Je sors de la voiture. Sous un grand nuage qui leur fait de l'ombre, j'aperçois Rikers et le tarmac. On dirait un deuxième pont en cours de construction. Si les courants de l'East River n'emportaient pas les nageurs, beaucoup de prisonniers tenteraient la traversée, rêvant d'étreindre là-bas le ventre d'un Boeing pour s'envoler vers le Mexique.

La femme en uniforme s'approche de moi. Elle regarde mon visage de face et de profil. Elle me scrute de bas en haut, observe la peau de mes mains dont elle semble compter les pores. Elle recule lentement sans me quitter des yeux. Une sorte d'appareil humain. De retour à son bureau elle dardera sa langue dans une prise et j'apparaîtrai sur l'écran sous forme de damier d'images.

Elle recule toujours. Elle m'adresse la parole de loin.

– Qu'est-ce que vous cherchez ?

– Un appartement.

– Pas d'appartement dans le coin.

Je retourne m'asseoir dans le taxi.

– Où on va ?

– À Ground Zero.

Un réflexe. Vérifier les reportages. En se déplaçant, on découvre parfois que si les médias sont sincères, la réalité est un mensonge. Un pèlerinage, un lieu sanctifié par l'Occident. Certains sont allés à Lourdes et se sont aperçus que Dieu n'existait pas.

Les kilomètres. Manhattan. La procession entre les barrières. Deux bacs de béton à l'emplacement des buildings. À l'intérieur, des fontaines rectangulaires, l'eau drue, furieuse, les larmes pulsées des chagrins de l'Histoire. Levant les yeux au ciel je verse mon obole, des pleurs abondants, sanglots à la cantonade, grosses gouttes arrogantes.

Je les vois tomber là-haut. Une trombe d'humains. La guerre mondiale qui a débuté avec les premiers chasseurs, carnassiers prompts à s'entre-tuer quand le gibier manquait. Les tueries, les défaites, les victoires, résultats toujours partiels d'une démonstration éternelle courant peut-être après la théorie des nombres premiers, du néant, d'un instant d'ataraxie.

Les batailles se tiennent par la main, les croisés, les mahométans, les patriotes, les poilus, les casques à pointe, les croix gammées, les colonies, les parachutistes, et à nouveau les fous de Dieu, basanés, ou blêmes comme sur la croix leur héros. Les peaux noires, citronnées, la chair des prédateurs d'hôtel, blanche comme noix de coco.

Un gardien me demande si tout va bien.

– *All correct.*

– OK.

Il doit penser que je pleure l'infinie chute de mon père et de mes quatre enfants. Une famille hargneuse dans le ciel qui refuse de mourir et compte sur la résistance de l'air pour continuer à amortir sa chute indéfiniment.

Une femme me tient la main. Un visage sec, des yeux décolorés, le corps gracile des crustacés translucides qui escaladent les rochers dans le noir absolu du fond du lac Baïkal.

On dirait qu'on tourne autour des bassins. On vague, on s'en va. Un bar, des cafés dans des gobelets de carton. On parle anglais, français, quelques mots de chaldéen, d'arabe, de russe, et pleuvent des locutions espagnoles rouges comme des piments.

On se jette dehors. On se tient par la main comme des enfants. New York s'est aplati. On marche dans un terrain vague de verre pilé, de ferraille, et les rescapés qui s'enfuient en trottant dans leurs tenues de sport chamarrées. L'East River a fait naufrage, coulé sous le sol américain, et le feu du noyau terrestre qui la vaporise dans le coucher de soleil mêlé de nuit noire.

Ground Zero, le feu d'artifice qui a sonné le glas du premier millénaire. Ground Zero, la cheminée. Ground Zero, les fontaines. Ground Zero, l'Occident pétrifié d'avoir été traité sans plus de tendresse qu'une forêt d'Indochine. Les bureaucrates flambés comme des petits Jaunes.

Ground Zero, et il en reste encore pour n'être pas devenus fous.

J'étais sorti tranquillement du Memorial. Les yeux rouges comme si j'avais plongé tête la première dans l'eau chlorée des jets d'eau, mouchoirs souillés de pleurs séchés roulés en boule dans mes poches.

La chambre était glacée. Je me suis endormi enroulé dans la couette. Un dîner solitaire dans un restaurant italien. À côté de moi, un client me demande si les spaghettis sont *al dente*. Je le rassure, mon accent ne l'étonne pas car il me trouve une gueule de Français. Il a une drôle de tête aplatie, avec sur le crâne une pelouse pelée de cheveux teints.

– Merci.

– Je vous en prie.

J'ai avalé la dernière gorgée de mon verre de vin blanc. Je n'ai pas aimé la rue, pas davantage l'avenue qui s'en est suivie, et dans le lobby les enfants asiatiques accroupis devant leurs écrans donnaient une idée déprimante de l'éternité.

Je me suis assis devant le bureau. J'ai tergiversé dans la salle de bains. J'ai posé une chaise devant la fenêtre pour regarder le carrefour. Puis la télévision, le défilé écœurant des chaînes. J'ai tenté le lit, mais ni sommeil ni envie de rester allongé. Une de ces soirées où la vie est désœuvrement. Le lendemain dans les musées, à Central Park, dans des cafés de Greenwich Village, à tuer le temps.

New York était vide. Le taxi filait comme un train. Dans le hall de l'aéroport, davantage de chariots en file indienne ou abandonnés au beau milieu que de passagers en partance. Pas d'attente à l'enregistrement, des portiques franchis dans la plus absolue solitude, des douaniers désinvoltes, et l'avion qui décolle à l'heure comme si les États-Unis me foutaient dehors d'un coup de pied au cul.

Albertine écrasée contre le hublot. Dissimulée derrière le col relevé d'une veste d'homme trop grande que je ne lui ai jamais vu porter, elle fait semblant d'être une autre. J'attends que nous soyons en l'air pour l'interpeller d'un baiser dans le cou. Ses yeux brillants tournant leurs boules dans les orbites de crainte de toucher mon regard.

– Tu t'es remise ?

– De quoi ?

– De moi.

– Tu ne seras jamais toi.

Une de ces phrases absurdes que prononcent les livres. J'ai caressé son visage.

– Tu sens la syntaxe.

Vexée, elle a enfoncé sa tête dans le hublot.

On ne se reparlerait plus. Une voisine de travée. Quand elle trébucherait sur la passerelle quelques heures

428

plus tard, elle m'adresserait, chagrine, un hochement de tête pour me remercier de l'avoir retenue.

Mes sentiments poussifs face à la violence du butor. L'humiliation du viol, celle plus grande encore, que je ne l'ai pas un instant molestée à force de trop l'aimer. Regrets de n'être pas devenue l'égérie maltraitée, prisonnière derrière les murs d'une vie coupée du monde dont j'aurais fermé l'issue comme on claque la porte d'une suite.

Repliée sur son siège, la petite amante tristounette d'avoir même été frustrée du dernier combat. S'effondrer d'un coup de poing dans le ventre, le ravissement d'avoir enfin reçu la preuve qu'on a vécu une passion assez démesurée pour s'être achevée par la petite mort du K.-O. Au lieu de l'estourbir de crochets au foie, je l'avais traitée de grammaire en lui flattant la joue.

Je pensais à Nafissatou. Remords de n'être pas allé rôder à Coney Island. Une chance peut-être de la croiser à l'ombre mouvante de la grande roue serrant des deux mains son abécédaire en espérant un jour pouvoir lire les enseignes des marchands de chichis, déchiffrer le grand huit, et les mots de rails des circonvolutions des montagnes russes.

Elle a peut-être osé faire emplette d'un maillot. Elle se déguise en baigneuse dans la salle de bains de l'appartement acheté avec l'argent de l'agression. Elle se maquille à la lumière de bougies, retrouvant le parfum de transgression qu'elle respirait petite fille en se livrant à des coquetteries avec ses cousines dans le reflet d'une vitre noire d'obscurité en cachette de la mère, des tantes, et des garçons, quand le soleil s'était couché sur Tchiakoullé.

Elle décape sa peau au moindre bruit. Les voisins sont des esprits, ils la voient à travers les murs secrètement ajourés comme les feuillages imprimés sur les papiers peints. Ils se réunissent autour d'un milk-shake pour l'espionner. Elle rit, ses peurs sont devenues des farces.

Elle se glisse dans un bain d'eau tiède, de bulles, d'odeur de mangue. Elle voit souvent sur les écrans des femmes allongées frotter leurs jambes l'une contre l'autre avec un soupir de pâmoison. Mais elle ne peut éprouver de nostalgie pour un plaisir inconnu que son éducation vouait aux gémonies.

Elle se souvient du jour de la mutilation, l'organe écrasé entre deux pierres par les matrones, la douleur inénarrable à laquelle elle s'était abandonnée comme un noyé qui finit par accepter de se laisser couler.

Lui reviennent de troubles souvenirs d'enfance. Quand les garçons entraient en coup de vent dans la cour pour les moquer au moment où la mère les lavait à pleines calebasses, parfois l'impression au réveil d'avoir fauté dans la nuit, et l'humidité soudaine pendant les siestes d'été sous le toit chauffé à blanc.

Elle n'avait jamais fait l'amour. Comme le client de la suite, son mari s'en était servi. Elle le regardait au-dessus d'elle, son regard fixe, vague, ses yeux qui se plissaient au moment où il se mettait à geindre. Il n'avait pas besoin de la surveiller, elle ne pouvait pas s'enfuir comme les épouses bouillantes dont les hommes ne sauront jamais si elles pensent à eux dans l'extase. Certaines s'échappent, le pénis du mari devient l'instrument d'un adultère qu'elles commettent sous leurs yeux avec un amant imaginaire, un homme passé comme une furie sur sa moto un jour de marché, un parent à la peau de soie trop timide pour les courtiser, et au moment de l'orgasme une tempête de fantasmes dont les crêtes des vagues les submergent d'écume.

Son mari était croyant, scrupuleux, prude. Il ne l'avait jamais contrainte aux extravagances auxquelles se livraient parfois, hors champ, les acteurs des séries. Elle changeait aussitôt de canal pour épargner la pudeur de sa fille qui pouffait.

Il ne lui avait infligé que des rapports honnêtes, propices à la propagation de la race humaine. Même les soldats qui l'avaient violée, s'en étaient tenus à l'orifice de la génération. Ce matin de mai, elle avait reçu pour la première fois un sexe dans sa bouche, et cette gorgée de sperme qui l'obligeait encore aujourd'hui à se gaver de bonbons pour ne pas en sentir encore le goût aigre sur ses papilles.

Elle n'osera pas accepter l'opération dont lui a parlé le gynécologue à qui le médecin l'avait envoyée le mois dernier pour un examen de routine. Selon lui les racines de l'organe tranché se prolongent à l'intérieur, et l'intervention les fera sortir de leur cage. Elle n'est pas sûre de supporter la volupté, elle imagine l'orgasme violent, terrible, et la peur de devoir s'abandonner au plaisir comme autrefois à la douleur des pierres.

Elle se promène au milieu des manèges. On ne la reconnaît pas sous ses lunettes de soleil avec ce grand chapeau violet et cette robe de coton rouge. Son visage reposé achève de lui donner l'allure d'une vacancière.

Le souvenir heureux des années passées à l'hôtel. Le salaire, les pourboires que laissaient les clients sur la table en s'en allant, ces trois mille dollars qui tombaient chaque mois dans son escarcelle, et en Guinée les hommes qui recevaient une misère, les femmes moins encore quand elles ne donnaient pas leur corps aux Blancs.

L'hôtel protecteur qui remboursait les consultations, les médicaments, et indemnisait les employés malades. Le syndicat qui veillait au grain, comptait les minutes de travail pour que les heures de ménage n'excèdent jamais soixante minutes. La joie d'être embauchée, l'adoption par une entreprise respectueuse, et le respect a meilleur goût encore que l'amour.

L'anglais qu'elle apprenait petit à petit, une langue qu'elle était fière de posséder, de porter comme un vêtement chaud. Puisque dans sa langue, le mot *viol* n'existait pas, elle n'aurait pas su là-bas qu'il n'aurait pas dû. Elle aurait caché toute sa vie la honte de lui avoir servi de vase de nuit.

Elle hésite, elle donne dix dollars à la caisse. Elle s'assoit en face de deux gamins à la bouche pleine de pop-corn. Elle vient d'oser monter sur un manège. Le bruit de la sirène, la musique, elle s'envole. La plage, l'horizon, il lui semble voir dans le lointain le Bronx comme une pelletée d'immeubles. Sa maison d'autrefois, les pièces décorées de plumes, de fleurs artificielles, et toutes ces images que prenait sa fille, imprimées sur du papier brillant qui bleuissait au soleil.

Le souvenir des soirées en tête à tête, les rires, les sermons interminables qu'elle lui assénait pour l'engager à travailler plus dur encore, ses colères quand elle lui avouait une note déshonorante. Elle n'avait pas le droit d'échouer, elle n'aurait pas les moyens de lui accorder une seconde chance. Le rêve américain ne passe qu'une fois.

Le Coran condamne peut-être le vertige tout autant que l'alcool. Elle chavire, tombe, se retourne, et va se cogner la tête contre le ciel. La peur du vide comme une chatouille, le charivari des souvenirs, l'avenir qui l'éblouit et lui fait monter les larmes aux yeux.

Les soubresauts de l'atterrissage. Dans les mains des enfants les cornets vides, le pop-corn attrapé au vol par les mouettes. Elle retrouve le goudron, l'odeur de caramel, des gens qui sentent le sable et le monoï.

Elle est libre de dépenser toute sa journée et les deux cents dollars qu'elle a emportés ce matin en rougissant comme si elle commettait un larcin. Il y a des boutiques sous les arcades. Des joyaux dans les vitrines, de petits sacs à main où ne tiendrait pas une puce à genoux. Elle achète un livre coloré dont elle aperçoit dans le titre deux lettres dont elle a appris à tracer les contours.

Elle ne rampe plus, elle est en vie, et ce n'est pas seulement une douleur d'exister. L'avenir est une œuvre d'art, chaque journée une autre toile blanche. La jubilation de ne rien savoir du lendemain. Les petits bonheurs embusqués dans les replis des années en attente dans les coulisses.

Elle n'a plus besoin de promenade, de rêve. La réalité est un plaisir. Elle rentre chez elle en métro.

Elle a fait glisser dans une assiette décorée d'oiseaux bleus les trois œufs qui grésillaient sur la poêle. Le micro-ondes a tinté, elle a sorti le bol où elle avait mis à réchauffer un reste de riz. Elle a petit-déjeuné en tirant au fur et à mesure des tranches de pain grillé d'un sachet de papier kraft.

Elle ne s'occupait pas plus de la télévision que d'une gâteuse en train de radoter dans un coin. Elle n'était pas malade, sa fille se portait bien, elle ne voyait pas l'avantage qu'elle aurait eu à écouter ces interminables publicités pour des médicaments destinés aux cardiaques, des lotions vitaminées pour les chauves, des pommades pour les peaux sèches et les pieds embarrassés de durillons. Un poste neuf posé sur son carton qu'elle allumait machinalement chaque matin après avoir ouvert les rideaux.

Elle a lavé l'assiette, le bol, bu un grand verre de Coca-Cola. Une boisson qui dans son enfance apparaissait une fois par an le soir où on fêtait la fin du ramadan.

Elle est allée humer l'air à la fenêtre. Les nuages blancs n'empêcheraient pas la journée d'être ensoleillée. Une température à porter un gilet léger sous son imperméable. Revenant chez elle en milieu d'après-midi, elle le trimballerait dans son sac pour ne pas arriver en nage.

Sa montre a bipé sept heures moins le quart. À Tchiakoullé, on ne comptait pas le temps entre les *Allahu Akbar* que le muezzin lançait du haut du minaret aux heures des prières. Depuis son arrivée à New York, elle s'était soumise à la dictature des minutes.

Elle est entrée dans la salle de bains. Elle s'est douchée. Elle s'est habillée dans la pénombre de la chambre où sa fille dormait encore. Elle l'a réveillée après avoir donné un dernier coup de brosse à ses chaussures.

– *Hurry up*.

En guise de résolution de nouvel an, elle avait décidé le 1er janvier que dorénavant le peul serait proscrit à la maison. Sa fille devait prendre l'habitude de s'exprimer toujours dans la langue du pays où se déroulerait sa vie. Quand elle serait magistrate elle rendrait ses verdicts en anglais, une fois professeure elle n'enseignerait pas en peul, et le jour où elle deviendrait chirurgien elle ne transplanterait pas les cœurs dans cette langue que les médias occidentaux traiteraient plus tard de dialecte en évoquant ses origines.

Une loi domestique peu respectée. Impossible de se disputer en anglais, d'avoir une conversation intime, de rêver d'avenir radieux, ou même de causer de la moquette râpée dont il faudrait payer le remplacement, puisque l'individu qui leur sous-louait le logement refusait de financer la rénovation de ce deux-pièces usé.

Elle ne retournerait jamais à Tchiakoullé. Peur que, poussé par la mère, son frère capture sa fille le temps de la livrer aux matrones. Elle la garderait ici, entière, bonne à faire l'amour quand son union aurait été célébrée par l'imam. Mais elle sentait que cet organe la tracassait. Lui incombait la tâche de la surveiller, puisqu'elle avait choisi de lui épargner l'inéluctable mutilation qui l'aurait à jamais assagie.

Une éducation stricte. Quand, poussée à bout, elle portait la main sur elle, il se trouvait toujours des voisins pour parler d'abus et de maltraitance. Drôles de mots dont elle ne possédait pas la notion. À ses yeux, une mère qui grondait son enfant se devait à l'occasion de joindre le geste à la parole. Elle n'avait pas la voix grave et rude dont son mari, mort quand elle était bébé, aurait usé pour tuer dans l'œuf ses velléités de souiller ses quinze ans dans les bras des garçons et des hommes.

– *Hurry up, young girl.*

Elle l'a tirée par le bras. La jeune fille s'est réveillée. Pas d'école le samedi, mais Nafissatou entendait qu'elle se mette au travail malgré tout. Une journée de révision dont elle sonnerait le gong quand elle rentrerait.

Hier soir, elle avait posé sur son bureau cinq feuilles de papier quadrillé où elle avait dessiné une chèvre à tête d'homme que la gamine serait bien incapable de reproduire à l'identique. Elle devrait les lui montrer à son retour couvertes d'écriture. Elle reconnaîtrait l'animal, elle ne pourrait pas carotter sa mère en lui montrant un vieux devoir. Pour survivre, les analphabètes inventent des stratagèmes.

Elle ne l'a pas embrassée avant de partir. Juste un effleurement du front du bout des lèvres. Une génitrice doit se garder de câliner sa fille sous peine de la pousser sur la pente de la sensualité et de l'inversion. Sa mère l'avait toujours tenue à distance, et après l'âge de la puberté, ses frères encore davantage par respect pour l'arme qu'ils portaient désormais au pubis.

436

La porte avait toujours été voilée. Elle l'a claquée en partant. La tête couverte de bigoudis d'une voisine est apparue un instant dans le couloir pour la menacer d'une plainte aux autorités qui depuis l'an dernier menaient campagne contre les nuisances. Et puis, elle l'enjoignait encore une fois d'installer un long coussinet le long du seuil de son logement quand elle cuisinait du poisson dont l'odeur de friture et d'épices profitait de l'interstice pour s'en aller empuantir tout l'immeuble. Nafissatou est passée devant elle en souriant, sa tête fièrement emmanchée sur son long cou de Peule.

Au rez-de-chaussée, elle a subi l'épreuve quotidienne de la boîte aux lettres. Une facture de portable qu'elle a reconnue à son logo rouge inséré dans un cartouche d'un brun de pain d'épice. Une colonne de chiffres, un nombre inquiétant au bas de la page. L'autre courrier émanait de l'école, des petits mots noirs, d'autres plus gras couleur de sang. Par crainte de son courroux, sa fille pourrait très bien tenter de lui faire croire qu'il annonçait sa réussite à un partiel, alors qu'en réalité il s'agissait d'un blâme, d'un coup de semonce, d'une menace de renvoi.

Une vieille dame blanche à cheveux châtains est entrée dans l'immeuble. Elle cherchait un service social dont elle n'avait jamais entendu parler. Elle semblait assez aimable et honnête pour qu'elle ose lui demander de traduire la lettre en langage parlé.

– L'école sera fermée le 28 mai pour cause de changement des détecteurs de fumée.

– Merci beaucoup.

Réjouie de savoir sa fille scolarisée dans une école aussi pointilleuse sur le chapitre de la sécurité, Nafissatou est apparue souriante sur Gerard Avenue.

Un soleil vif, à droite une planète entre deux nuages. La Lune, Jupiter, à moins que ce ne soit une étoile en cendre, une station spatiale en train de chuter sur New York. Elle rebondirait sur le toit d'un building avant de se briser en mille morceaux bons à jeter à la poubelle.

Le plaisir de dépasser les piétons courts sur pattes avec ses grandes jambes qui lui semblent dévorer le trottoir à chaque pas. Le patron de la grande épicerie qui lui dit bonjour en clignant son œil valide, tandis que l'autre repose derrière ses lunettes sous un verre opaque. Un arroseur avec sa camionnette qui rigole en la voyant sautiller pour éviter le jet d'eau. Au loin, le Yankee Stadium triste et gris qu'il serait bienvenu de chamarrer à coups de pistolet à peinture pour donner un air de fête au quartier.

Elle passe le coin du boulevard et débouche sur la 161e Rue. Le grand *M* jaune du *McDonald's* est en vue, la station de métro à ses pieds. Les premiers temps, elle la croyait sponsorisée par la chaîne de fast-food.

En semaine, c'était la cohue du matin. Des hommes rasés de près à l'odeur de vétiver, des femmes fatiguées comme si elles portaient toute leur famille sur le dos, les enfants disséminés jetant leurs casquettes dans les airs comme des frisbees.

Un matin calme, elle descend l'escalier désert. Dans les couloirs, un groupe de trois femmes qui cheminent de front. Elles ne semblent pas se connaître, c'est le hasard qui les a un instant réunies. Elle remarque au bout de leurs mains veinées les ongles coupés ras que portent les femmes de chambres lassées de les casser en changeant les draps.

Des humaines solitaires qui n'éprouvent pas le besoin de se renifler. Chacune enfermée dans une vie qu'elle a aménagée de son mieux, entrouverte sur l'espérance d'atteindre l'aisance avant la mort, de voir un jour sa progéniture se pavaner sur Madison Avenue gavée de pouvoir et d'argent.

Au bout de la ligne B, c'est la plage de Coney Island. Elle se souvient de ce dimanche de mars où le vent rabattait la neige sur les visages ourlés d'un bonnet, d'une écharpe ou d'une cagoule qui enchâssait les joues des Blancs rouges comme des rubis.

Elle monte dans un wagon rempli de sièges vacants. Il faut malgré tout qu'un quinquagénaire balafré s'assoie à côté d'elle. Il chuchote à son oreille. Elle lui répond *non merci*, même si le bruit l'empêche de comprendre ses billevesées. Elle ne veut plus de mari, ils vous enfoncent des enfants dans le ventre et dépensent l'argent que vous gagnez entre deux pontes.

Elle change à la station 42e Rue. Le balafré la suit de près, lui soufflant son haleine dans le cou. Elle n'ose pas se retourner, lui faire signe de s'en aller en secouant les mains comme on envoie au diable un pigeon qui picore la tarte en train de refroidir sur le rebord de la fenêtre.

Elle le sème en traversant un groupe de mormons venus du Wyoming serrés les uns contre les autres par peur du malin qui hante les sous-sols des métropoles fornicatrices.

Il n'y a pas de place assise. Elle s'accroche à une barre en regardant dans le reflet de la vitre une femme qui bataille avec un journal dont elle ne parvient pas à discipliner les pages ébouriffées.

Elle se rappelle la bibliothèque publique de Brooklyn où elle avait effectué un remplacement quatre ans plus tôt. En passant l'aspirateur, lui était venue un matin l'idée saugrenue de braquer le tuyau vers les murs. Si d'aventure elle allait aspirer la substance des livres

alignés, les nettoyer de tous leurs caractères qui finiraient dans le sac à poussière. Mais la surveillante la
regardait à ce moment-là, elle n'en avait rien fait. Le
lendemain, en lavant les pavés de marbre de la salle
des pas perdus, elle s'est demandé si toutes les lettres
des livres d'Amérique tiendraient dans le bac où elle
trempait sa serpillière.

Cette odeur de porc. Un jeune homme qui mordait
à pleines dents un tronçon de saucisson long comme
le pouce. Au moins les Juifs ne mangeaient pas de
cochon, elle pouvait nettoyer leurs toilettes sans se
sentir souillée.

Le ramadan qui cette année tomberait au mois d'août.
Elle aurait la bouche sèche dès dix heures du matin.
Elle sucerait un vieux bouton pour tromper la soif. Les
lits sont trop bas, trop grands, il ne faudrait pas qu'elle
s'évanouisse comme l'an dernier. En août le soleil se
lève tôt, se couche si tard. Il lui faudrait se lever à cinq
heures pour la collation, et sa montre biperait l'heure
quinze fois avant qu'elle puisse rompre le jeûne. Sa
fille est désormais assez grande pour jeûner, elle devrait
faire un effort, quitte à passer la journée à paresser sur
le canapé du salon aux rideaux tirés.

Elle se demandait chaque matin si les vicissitudes du service lui laisseraient le temps de faire ses prières. Elle ne pouvait pas prendre de pauses impromptues, et puis certaines riaient sous cape en la voyant se prosterner. L'an dernier, il s'était même trouvé une Texane pour faire courir le bruit qu'elle était mariée à un terroriste. Le directeur du personnel l'avait convoquée, lui avait rappelé le premier amendement de la Constitution garantissant la liberté de culte sur le sol américain. Il l'avait obligée à lui présenter ses excuses.

Mais rien ne pouvait justifier la paresse. Aujourd'hui, elle s'était levée cinq minutes à peine avant l'heure de la prière. Juste le temps de bâcler les ablutions et de dérouler le tapis vers la Mecque. En manière de mortification, elle ne boirait pas de Coca ce soir. Avant de dîner, elle enchaînerait l'une derrière l'autre les prières que son travail l'aurait empêchée de faire au cours de la journée.

Elle plaquait sur son visage un mouchoir en papier. Les odeurs des aliments impurs sont chargées d'émanations putrides. On attrape bien des microbes à proximité d'une personne infectée, et la viande de porc est sournoise.

Le métro entre en gare. Les lettres sur l'écriteau ressemblent à des serpents morts qui se seraient recroquevillés au petit bonheur avant de crever. Elle monte l'escalier en courant. Il faut se dépêcher, la collègue qui l'avait chaperonnée les premiers temps lui avait dit qu'on n'était jamais assez à l'heure.

Elle baisse la tête, il y a trop de visages sur les publicités de Times Square. La tête est assez encombrée des regards des passants, pas la peine de se laisser en plus envahir par les yeux éblouissants des images. Ceux de la télévision sont plus ternes, moins effrontés, pas assez lumineux pour vous transpercer comme des épingles.

Elle prend la 43ᵉ Rue. En approchant de l'hôtel, elle ralentit l'allure. Si l'un de ses supérieurs la voyait courir, il déciderait qu'elle est en retard. Elle pousse la porte de l'entrée du personnel, pas âme qui vive dans le couloir. Au vestiaire, elle échange en français un *bonjour, ça va bien ?* avec une Marocaine qui travaille aux cuisines.

Elle est en avance d'une demi-heure. Un soupir de satisfaction d'avoir transcendé la ponctualité. Elle ouvre son casier, elle se déshabille en hâte de crainte d'être surprise avec ces deux paires de collants déchirés l'une sur l'autre dont par chance les trous ne concordent pas. Les autres filles sont coquettes, des bas fins, des colliers, de la lingerie de couleur, parfois ajourée comme de la dentelle. Elles se parfument, mais le savon suffit pour être propre et Allah n'exige des croyants qu'un peu d'eau pour se frotter la peau avant de l'adorer.

Elle aime cette blouse fade de la même couleur que le chiffon dont elle se sert pour épousseter les meubles. Un uniforme, et on appartient à une sorte d'armée. Les militaires qui l'avaient violée en Guinée n'auraient peut-être pas osé si elle avait porté cette cuirasse.

Un souvenir dont certaines nuits elle rêvait encore. Sa fille était restée au village avec sa mère. Son frère lui avait trouvé une place dans une boulangerie tenue par un Libanais dont la famille vivait ici depuis trois générations. Il la payait dix dollars par mois, mais elle était logée dans une petite chambre avec lavabo au-dessus du commerce.

La nuit ne tomberait que dans une heure. Il l'avait envoyée acheter des piles pour son poste de radio. Le magasin était à cinq cents mètres. Quand elle est arrivée là-bas, le patron était en train de verrouiller sa grille.

– Monsieur, s'il vous plaît ?

Il ne comprenait pas le peul. De toute façon, il était pressé. Il est monté dans sa voiture sans un regard.

Elle a marché, demandant des piles aux épiciers et aux vendeurs de tabac assis sur des caisses. Elle montrait le modèle fin comme le petit doigt que le Libanais lui avait donné. Ils n'en avaient que des rectangulaires, des carrées, de grosses rondes qui ne seraient jamais entrées dans l'appareil.

Elle avançait dans cette ville inconnue où elle avait débarqué un mois plus tôt. Les magasins fermaient en chœur, les vendeurs pliaient boutiques, tout le monde disparaissait. On allumait de pâles lumières dans les baraques, on claquait aussitôt les volets pour respecter le couvre-feu proclamé par les généraux.

Elle a essayé de revenir sur ses pas. Toutes les rues se ressemblaient. Des alignements de briques, de bois desséché, de tôle ondulée ou plate et bosselée comme une vieille casserole. Puis la nuit est devenue noire, la lune était fluette, on n'y voyait goutte.

Elle s'est accroupie derrière un tas d'ordures à ciel ouvert quand elle a entendu le bruit de godillots des soldats. L'un portait une torche dont il balayait la rue. Elle a senti le faisceau sur son visage malgré ses yeux fermés sur la prière qu'elle récitait pour supplier le prophète.

Elle n'avait pas eu la force de se lever malgré les coups de crosse. Ils l'insultaient en riant tandis que, face contre terre, elle murmurait des malédictions pour qu'ils s'enfuient poursuivis par la foudre.

Avec les cordes enroulées autour de leur taille, ils lui ont lié les mains et passé un nœud coulant autour du cou. Elle a reçu un coup de poing au visage. Elle s'est levée quand elle a senti dans sa bouche le goût du sang. Ils marchaient vite. Ils la tiraient par la bride. Elle était obligée de courir pour ne pas s'étrangler.

Elle a été éblouie par les violentes lumières qui illuminaient l'entrée d'un entrepôt désaffecté depuis le départ des Français en 1958. Un bâtiment qui servait maintenant de caserne, de centre administratif, de prison provisoire. À l'intérieur, les militaires avaient dressé des tentes rapiécées en guise de chambrées le long des parois.

Par un monte-charge exténué, ils l'ont emmenée au deuxième étage. Une grande pièce jonchée d'archives datant de l'ère coloniale dont certaines amoncelées en petits tas avaient servi à faire du feu. Des tables couvertes de bouteilles vides, d'assiettes en carton avec des restes de boustifaille, d'autres en porcelaine ébréchée avec des bougies consumées qui donnaient la lumière lorsque la centrale tombait en panne.

Ils l'ont déshabillée, l'ont obligée à débarrasser une table et à la frotter avec sa robe trempée dans un seau d'eau sale. Elle a obéi quand ils lui ont ordonné de s'allonger. Ils l'ont prise chacun à son tour comme des animaux. Elle se rappelait leur haleine chargée de whisky, leur odeur de bouc, leurs hurlements de mâle.

Ils reprenaient des forces en avalant des barres chocolatées qu'ils puisaient dans un carton entre deux rasades. Parfois, ils s'étendaient pour dormir sur un amoncellement de rembourrage de chaise recouvert de drapeaux français effilochés.

Il y en avait toujours un pour monter la garde, l'insulter machinalement, dans un élan de générosité lui donner un gobelet de flotte, mais parfois il lui enfonçait le goulot d'une bouteille jusqu'au fond de la gorge et l'étranglait avec la corde quand elle recrachait l'alcool en vomissant sa bile.

Le jour se levait lorsqu'ils l'ont libérée, trempée et sale. Avant de partir, elle avait dû déblayer les tables, balayer les cendres, les détritus, et lessiver le sol avec sa robe trempée dans le seau où ils avaient vidé trois bouteilles de whisky.

Quand elle avait quitté la boulangerie, le soleil se couchait droit devant. Elle a marché vers le levant. Mais les soldats avaient dérivé pour atteindre la caserne, et elle a échoué en bord de mer. Elle a escaladé le parapet pour laver sa robe dans les vagues, tremper ses cheveux, nettoyer son visage taché de sang séché.

Elle est arrivée à la boulangerie en début d'après-midi. Elle pleurait tant, elle était si meurtrie, que le patron l'a laissée monter à sa chambre sans un reproche. Son corps couvert d'ecchymoses, son visage gonflé, son ventre tuméfié dont elle ne cessait de savonner la blessure au-dessus d'une cuvette.

Elle a repris le travail à cinq heures. Il ne lui a posé aucune question. Elle avait honte d'avoir reçu le sexe de ces hommes, de n'avoir pas changé sa vulve en hérisson comme dans le conte qu'une vieille du village racontait aux petites filles afin de leur enseigner les milles malices de la vertu, et puis tout cet alcool qu'elle n'avait pas su assez vomir.

Elle avait préféré avouer aux services de l'immigration un viol qui n'avait pas eu lieu. On ne souffre pas à l'intérieur d'un mensonge, on le raconte comme une histoire, un conte de vieille, on joue un rôle, et puis on retourne dans sa vie sans que la mémoire vous ait salie.

Une bousculade. Elles arrivaient toutes à la fois, se précipitaient vers leur casier, se changeaient précipitamment, donnaient un dernier coup de brosse à leurs cheveux avant de se presser vers la salle où le directeur allait les briefer.

Les mêmes conversations que la veille et l'an prochain. Les dos sont douloureux, les massages avec des huiles essentielles soulagent à peine, tous ces cachets finissent par vous trouer l'estomac. Les maris sont insupportables, autant avoir un enfant supplémentaire, le dernier-né ne fait toujours pas ses nuits à sept mois. Le syndicat a obtenu de la direction une prime de vacances qui sera versée pour la première fois au début du mois de juillet, Dieu soit loué. Un bar vient d'ouvrir à deux pas. Entre midi et quinze heures on y offre un *apple pie* avec le café, rien n'empêche d'aller tout à l'heure goûter leur expresso.

– Tu as toujours mal aux dents ? Tu as essayé ma recette de flan aux carottes ? Avec tes économies, achète des pièces d'or. Les banques vont tout te perdre. Tu veux encore acheter un appartement ? Tu peux toujours courir, même dans le mauvais Harlem les prix se sont envolés. Achète-toi des robes, pars en vacances avec ta fille, et pourquoi tu ne t'offres pas un peeling pour nettoyer les cicatrices de pustules que tu as sur les joues ? C'est une dépense, mais les hommes préfèrent les peaux de bébé.

Une femme dans la quarantaine, blonde, bavarde comme les cassettes de la méthode d'anglais que sa sœur lui avait prêtée en arrivant à New York. Elle avait jeté son dévolu sur elle depuis quelques mois. Lassées de son babillage, les autres lui coupaient la parole. Nafissatou n'avait pas encore osé.

Une salle sans sièges, sans tables, avec deux fontaines d'eau de source où personne ne s'abreuvait par respect pour la cérémonie. Femmes de chambre et personnel du room service alignés à l'intérieur d'un rectangle dont tout le monde connaissait les contours sans l'avoir jamais vu.

Peu à peu, les propos échangés à voix de plus en plus basse se font rares. Quand le directeur est apparu, fusa aussitôt un *Bonjour, monsieur* qui a vibré un instant dans la pièce.

– Bonjour.

Un directeur gris mais souriant, heureux de se retrouver devant ses troupes. Il avait débuté simple soldat vingt-cinq années plus tôt, sans même oser imaginer devenir un jour général. Il porte sa main à son crâne, effleurant un képi imaginaire frappé au chiffre de la multinationale dont l'hôtel était un îlot.

Quelques propos aigres-doux sur les manquements qu'adjudants et sous-lieutenants lui ont signalés. On a trouvé un mouton sous une table de chevet de la chambre 214, et la 319 n'est pas mieux lotie avec le cheveu noir découvert au fond de la baignoire. Il ne faut pas non plus perdre de vue que les aspirateurs sont des animaux fragiles, à force de gnons hier encore l'un a succombé. Quant aux gens du room service, ils doivent perdre l'habitude de marquer un temps d'arrêt après avoir déposé le plateau en chambre. Ils sont assez bien payés pour éviter de mettre dans l'embarras les hôtes trop grippe-sou pour laisser à tout bout de champ un pourboire.

– Et maintenant, les VIP du jour.

Un écran derrière lui, où apparaissent le visage trouvé sur internet du patron d'une grande entreprise de téléphonie, d'un sénateur à grosses lunettes, du président d'une institution financière d'importance mondiale surclassé dans la suite présidentielle, puisqu'il aurait été indécent de loger un pareil maharadjah dans la chambre ordinaire retenue par son état-major. Un inconnu, une de ces personnalités obscures qui passe de temps en temps sur les chaînes d'information économique qu'aucun employé ne regarde jamais.

Après l'agression, elle le reconnaîtrait en frissonnant sur la photo que lui montraient les flics. En fin d'après-midi, elle l'apercevrait à la télévision dans le bureau du commissariat de Harlem où on l'interrogerait. Un éclair, et puis l'inspecteur changerait de chaîne.

Sa figure s'est effacée des mémoires quand le directeur a signalé le débarquement d'un joueur de basket qui occuperait la suite 08 du vingt-neuvième étage. Un Noir américain de deux mètres dix, qui l'an dernier avait fourré assez de ballons dans les paniers pour entrer dans l'Histoire.

Un murmure dans la salle, les visages qui s'éclairent dans l'espoir de tomber sur lui au détour d'un couloir. Des regards admiratifs et jaloux jetés sur la femme chargée du dernier étage, qui aurait l'honneur de changer ses draps, de polir les miroirs où resteraient des traces de son sourire d'ange, de caresser l'empreinte de ses fesses sur le canapé.

Le directeur a terminé par un avertissement adressé à une nouvelle recrue qui s'était permis de répondre à un client obsessionnel quand il lui avait demandé de laver pour la troisième fois le sol de sa salle de bains. Il n'hésiterait pas à la renvoyer sans préavis à la moindre récidive. La jeune femme a promis, la larme à l'œil, de se tenir désormais à carreau.

– Bonne journée.

– Bonne journée, monsieur.

La réunion était terminée. Le directeur s'est évaporé. Le personnel s'est égaillé, refluant vers les cuisines, la lingerie, passant devant la réception pour prendre d'assaut les ascenseurs en s'effaçant devant les clients amusés par ce ballet matinal.

Il était neuf heures moins vingt quand Nafissatou est arrivée au vingt-huitième étage.

Les policiers l'avaient déposée devant chez elle à trois heures du matin. Ils avaient attendu de la voir disparaître dans le hall d'entrée pour s'en aller. Elle s'était dirigée vers l'ascenseur d'un pas flageolant.

Parvenue au quatrième étage, elle avait fouillé son sac sans retrouver ses clés. Elle s'était assise sur une marche. Elle s'était appuyée contre le mur, elle avait fermé les yeux. Elle ne revoyait pas les événements de la journée, mais en elle une lumière blanche l'empêchait de dormir. Elle essayait de l'éteindre en pensant à la nuit.

Elle a sonné dix minutes plus tard. Sa fille somnolait sur un fauteuil. Elle est allée ouvrir.

– Qu'est-ce que tu fais tout habillée ?

– Je t'attendais.

– Dans quel état tu vas être pour aller à l'école ?

– C'est dimanche.

Nafissatou l'a prise dans ses bras. Des sanglots, et sa fille s'est mise à pleurer aussi.

L'aube grise se levait derrière les carreaux. Elles s'étaient assoupies côte à côte sur le canapé. Comme chaque matin, la folle du dessus a renversé une chaise en se traînant jusqu'à la salle de bains. Elles se sont réveillées en sursaut. Nafissatou a allumé la télé.

Le visage du client en gros plan sur Channel 7. Une voix off racontait l'incident. Puis, un duplex avec leur correspondant parisien qui évoquait la France bouleversée depuis l'arrestation de son futur président de la République.

– On va nous tuer.

Si dans son pays elle avait porté atteinte à l'honneur d'un pareil personnage, elle aurait déjà été assassinée dans les caves d'une caserne. Aux États-Unis, on prendrait la précaution de la précipiter par la fenêtre avec son enfant pour faire croire à un suicide familial.

Le téléphone de l'appartement s'est mis à sonner. Elle s'est figée, comme si elle craignait que la sonnerie se fasse maléfice et la foudroie. Son bras n'a pas répondu quand elle a voulu empêcher sa fille de décrocher.

Un journaliste à l'accent français. Un indiscret avait dû le renseigner, peut-être un policier bavard, ou un employé de l'hôtel qui avait trouvé son numéro dans la base de données et n'avait pas résisté à la tentation de renseigner un ami dont l'interview exclusive boosterait la carrière.

– Je veux parler à votre mère.

Elle lui a passé l'appareil. Elle ne comprenait pas ce qu'il disait. Elle lui a demandé pardon en peul. Sa fille lui a dit de raccrocher, et elle a raccroché à sa place.

Elles se sont levées toutes les deux sans échanger une parole. Nafissatou a mis une casserole d'eau sur la plaque, sa fille a versé en pluie un grand bol de riz au premier bouillon. Il restait deux tranches de pain grillé qu'elles ont tartinées avec du beurre de cacahuètes. Elles les ont croquées devant la casserole, leurs visages couverts de buée.

Remplir son ventre, se sentir assez vivantes pour affronter. À Tchiakoullé, les femmes préparaient une collation sitôt qu'un mourant venait de rendre l'âme. Une collation silencieuse, on attendait que le plat soit tout entier englouti pour se mettre à pleurer.

Nafissatou inclinait la casserole tandis que sa fille tenait la passoire. Elles n'ont pas servi le riz sur des assiettes. Les cuillères tintaient en se rencontrant dans la passoire. Le silence à peine un instant froissé par une moto, un camion, le chipotage de la folle du dessus dont on n'avait jamais su quels objets elle manipulait dès potron-minet.

Elles demeuraient debout. Les bouches remplies continuellement, impossible de trouver un interstice pour prononcer un mot dont elles n'avaient du reste aucune idée. Des visages parallèles, les yeux grands ouverts sur les carreaux de faïence encore embués.

On a frappé discrètement à la porte. On a insisté à ébranler le chambranle. La sonnette a accompagné le vacarme.

La cuillère de Nafissatou à mi-chemin de la passoire, la bouchée de riz en rade dans sa bouche.

Sa fille s'est approchée. Des pas de velours, mais malgré tout le bruit qu'il faisait le journaliste l'a entendue. Après avoir été éconduit au téléphone, il se permettait une visite impromptue.

– Ne vous inquiétez pas. Je suis un ami.

Nafissatou a rejoint sa fille, l'a bâillonnée de sa main. L'autre soliloquait, adoucissant sa voix qui à force de se vouloir amicale, se faisait tendre.

Il est sept heures du matin quand elles quittent l'appartement, un sac de supermarché dans chaque main, lourds de vêtements, d'affaires de toilette, de vaisselle, de nourriture.

Le journaliste est devant la porte de l'immeuble. Il leur sourit, leur demande si une femme de chambre habite bien au quatrième étage. Elles s'enfuient, mais il ne sait pas à quoi ressemble Nafissatou et il ne court pas après ces deux hallucinées qui semblent craindre les hommes comme des musulmanes effarouchées.

Le métro du dimanche matin. Elles sont seules dans le wagon, pas le moindre miséreux terré la nuit dans un galetas de Harlem partant mendier sur un trottoir de Midtown.

Sa nièce habite un entresol à Brooklyn. Elle ne l'a pas appelée, mais dans la famille on peut débarquer sans prévenir. Ses enfants déjeunent dans la cuisine, son mari est sorti acheter un journal.

Elle leur propose une tasse de café et une part de brioche, leur suggère d'aller faire du shopping avec elle cet après-midi. Elles prennent place autour de la table. Nafissatou fond en larmes en même temps que sa fille.

Son vieux portable, acheté autrefois dans une rue de Conakry, et dont ses collègues se moquaient, a sonné vers midi. La police s'inquiétait de ne pas la trouver chez elle. Elle leur a parlé du journaliste.

– Où vous êtes ?

Elle leur a donné l'adresse. Ils ont débarqué dix minutes plus tard.

La nièce est en panique depuis que Nafissatou lui a avoué le viol. Un homme pareil ne se laissera pas condamner. Ce genre de personnage ne reste jamais longtemps en prison. La France doit se sentir humiliée d'être accusée par une ressortissante de son ancienne colonie. Il lui faudra du courage, de la ténacité, pour tenir tête à ce pays furieux que l'Amérique ne voudra pas froisser.

– Je prie pour toi.

Elle les a regardées monter dans la voiture. Les policiers les ont installées dans la chambre d'un hôtel de Franklin Avenue. Elles sont tombées sur les lits et se sont endormies. Mais le quartier était trop exposé, la police a décidé qu'elles seraient plus en sécurité à l'extérieur de la ville.

Une heure plus tard, elles sont en route pour le comté de Westchester dans la banlieue de New York. Un hôtel excentré, deux chambres contiguës au dernier étage. Elles demeureraient là jusqu'au mois de septembre.

Au bout de huit jours tous les clients seraient partis, et la direction aurait reçu l'ordre de ne plus en accepter. Le bâtiment désert gardé par une dizaine de policiers en civil, quatre assis de loin en loin dans le couloir du dernier étage, les autres patrouillant jour et nuit de la cave aux combles.

À peine le temps de fermer les yeux, et un flic vient chercher Nafissatou pour l'emmener à Harlem. Il était seize heures trente quand on l'a installée derrière une glace sans tain. Des hommes alignés portant un numéro autour du cou. Elle n'a vu que lui, les autres paraissaient flous.

– Le numéro trois.

– Vous êtes sûre ?

– Oui, monsieur.

Elle a redouté d'être confrontée à lui. Peur de cet homme dont les yeux se faisaient peut-être pistolets quand il était en colère. Une bouffée de joie quand on l'a ramenée à la voiture sans lui avoir infligé cette épreuve.

455

On l'a déposée à l'hôtel à dix-huit heures. Trop tard et trop tôt pour se recoucher. Elle ordonne à sa fille de se mettre au travail. La gamine ouvre son classeur, tourne les pages, marmonne entre ses dents comme si elle apprenait sa leçon.

– Travaille.

– Je travaille.

– Écris.

Elle a soupiré, elle a déployé une copie sur la table, tracé en souplesse des phrases bleu outre-mer avec la plume plaquée or du stylo que sa mère lui avait offert en cadeau d'anniversaire. Il ne servait à rien de discuter, une élève doit écrire pour prouver qu'elle ne rêve pas. Nafissatou veut voir les lignes empilées les unes sur les autres, comme les briques du maçon lorsqu'il monte un mur.

Les policiers lui ont encore demandé dans la voiture si elle avait pris un avocat. Elle craint la dépense, ces gens pompent vos économies et vous abandonnent exsangue.

– Vous ne paierez rien, il prendra un pourcentage.

– Un pourcentage ?

Elle ne connaissait pas ce mot. Et puis, elle ne voyait pas comment l'avocat pourrait tirer un bénéfice de la peine de prison à laquelle l'homme serait condamné grâce à ses plaidoiries.

Dans l'après-midi, son portable a beaucoup sonné. Sa nièce avait dû bavarder. Des numéros familiers se sont affichés sur l'écran. Elle reconnaissait les contours de chacun. Elle a rappelé une jeune femme rencontrée à la mosquée. Une Sénégalaise de la diaspora avec qui elle pouvait parler peul.

– Ils veulent un avocat.

– Je vais demander à Black.

Un frère, un cousin, par les liens du sang ou du voisinage. Un homme assez bienveillant pour accepter de faire une recherche sur internet. Il lui prendrait rendez-vous avec un avocat spécialisé dans le droit civil qui abandonnerait rapidement la partie. Il céderait la place à deux pénalistes. Un ancien procureur roux, au teint de Britannique, spécialiste en affaires de harcèlement, et un Noir dodu, connu pour ses combats contre les discriminations raciales. Ils suivraient l'affaire jusqu'à son dénouement.

Elle n'a pas touché au chariot du dîner qu'un policier a roulé jusqu'à la chambre de sa fille, qui en a profité pour ranger sa copie.

– J'ai la fatigue dans le corps.

Nafissatou a rejoint sa chambre. Elle s'est glissée en sous-vêtements dans le lit. Un vaste lit de grand hôtel pareil à ceux dont elle changeait les draps depuis trois ans et où elle s'étendait pour la première fois.

Elle a fermé les yeux. Le souvenir de l'agression la tabassait.

Il est douze heures vingt-huit. La responsable de l'étage essaie de la rassurer.

– Même si c'est un VIP.

– Je vais perdre mon travail.

Un mantra qu'elle avait prononcé pour la première fois dans la suite une demi-heure plus tôt. Elle lui pose la main sur l'épaule, lui promettant qu'elle ne sera pas renvoyée. Elle compose le numéro du syndicat du personnel de l'hôtel. Un bref échange, elle raccroche après cinquante-cinq secondes de communication.

– S'il y avait le moindre problème, vous bénéficieriez d'un soutien juridique. Mais vous n'en aurez pas besoin.

Elle lui parle de la protection dont bénéficient les victimes aux États-Unis, des rigueurs de la loi envers les crimes sexuels.

– Il ne m'a pas tuée.

– Ne restons pas au milieu du couloir.

Elle ramène Nafissatou dans la suite 2806. À nouveau, elle a un haut-le-cœur en respirant les effluves de l'eau de toilette de l'homme et de son sperme.

La responsable appelle sa supérieure.

Elle arrive avec trois autres employés dans son sillage.

– Racontez-moi exactement ce qui s'est passé.

Elle perd son anglais, il est mêlé de peul. Une boue langagière à laquelle personne ne comprend rien. Elle lui demande de représenter la scène en reproduisant chacun des gestes du client. Elle commence la pantomime. Elle a un malaise. On l'emmène à la salle de bains. Elle crache dans le lavabo. On la tient au-dessus des toilettes, mais elle n'arrive pas à vomir.

Elle aperçoit un pansement sanglant dans la poubelle.

– Je l'ai blessé.

– Il a dû se couper en se rasant.

– Je vais perdre mon travail.

La supérieure contacte un employé de la sécurité. En arrivant, il appelle le directeur technique. Le patron de l'hôtel et son adjoint sont injoignables, en leur absence il fait office de manager.

Elle les entend parler. On ne cesse de lui demander de mimer, de mimer encore. Elle obéit, mais toujours on exige qu'elle recommence. Elle a l'impression qu'on ne la croit pas. Elle accentue chaque mouvement, s'agenouille les yeux au ciel, imite le grognement de goret qu'il produisait en jouissant.

On ne lui demande plus rien. Les gens tournent autour d'elle. Elle s'accroupit contre le mur, comme à l'école coranique quand elle était punie.

– Je ne sais pas quoi faire.

Des voix dans le brouhaha semblent lui répondre.

– Le mieux, c'est d'appeler la police.

– C'est un des hommes les plus puissants du monde.

– Il faut quand même appeler.

Elle répète son mantra.

– Je vais perdre mon travail.

Le directeur technique donne l'ordre d'évacuer le lieu du délit. La cohorte prend l'ascenseur jusqu'au rez-de-chaussée. On la fait asseoir sur un banc dans le couloir des locaux de la sécurité.

Le personnel circule, entre dans un bureau, un autre, téléphone, raccroche, tient des conciliabules. Elle regarde les écrans de surveillance. Peur de l'apercevoir débarquant furieux dans le lobby avec une brigade chargée de lui passer les menottes et de l'envoyer pourrir dans une geôle de Conakry.

La nouvelle a fini par atteindre l'adjoint du directeur. Plus d'une heure s'est écoulée. Il n'est plus temps de contacter le siège du groupe, le Quai d'Orsay, la Maison-Blanche. Un délai indécent, déjà. Tout le monde va se demander pourquoi on protège les puissants et pas les misérables.

– Appelez la police.

Le directeur technique compose le 911.

– Une de nos femmes de chambre a été agressée sexuellement.

– Vous connaissez l'identité de l'agresseur ?

– Je n'ai pas forcément le droit de vous communiquer son identité.

Pendant ce temps, l'adjoint téléphone au directeur de la sécurité du groupe. Il vient à peine de rentrer à son domicile parisien après avoir assisté à un match de football dans la tribune présidentielle. Il prévient à l'instant l'Élysée, avant d'appeler le responsable de la gestion des risques de la firme, qui malgré l'heure tardive à Paris en ce milieu de week-end, s'emploie aussitôt à mettre en place une cellule de crise.

La police débarque trente minutes plus tard, à quatorze heures passées de cinq minutes. Nafissatou tremble devant ces soldats en bleu. Quelques mois plus tôt, elle a vu à la télévision que des flics new-yorkais avaient été acquittés du viol de trois prostituées. Ils ne valent peut-être pas plus cher que les militaires de son pays.

Même s'ils l'épargnent, ils la secoueront pour qu'elle modifie la vérité. Une vérité devenue alors assez bancale pour jeter l'ombre d'un doute. Une vérité désormais si fragile, que d'un coup de pied ils la réduiront en poudre.

Le directeur technique leur raconte l'agression. On emmène Nafissatou dans une petite pièce. On ne cesse de lui poser des questions. À chaque réponse, elle craint un retour de bâton comme si elle avait mal récité une sourate.

On la remonte dans la suite. Une reconstitution interrompue par un officier qui déboule soudain pour leur interdire de continuer à polluer la scène du crime avant l'arrivée de la police scientifique.

Il est presque seize heures quand elle arrive au St. Luke's Roosevelt Hospital. À dix-sept heures quinze, elle entre, dissimulée sous un drap blanc, au commissariat de Harlem. On l'interroge en anglais devant une caméra. Puis arrive un interprète, qui traduit phrase après phrase son récit. À dix-huit heures trente, elle sort sous un grand parapluie aux côtés d'un policier portant le drap plié sous son bras.

Elle oublie le temps. Les heures ne sont pas des minutes, des jours, des années, toutes ces bornes ont disparu. À la place, une étendue sans limites où on la transbahute.

Dans une pièce, une femme n'arrête pas de lui parler d'une voix de nounou. Elle repousse un sandwich débordant de jambon. Elle trouve le café trop chaud,

461

amer, et du verre d'eau qu'on lui apporte semble monter des émanations délétères.

Elle ne le sait pas, mais il est vingt heures quand les policiers l'introduisent dans l'hôtel par l'entrée du personnel. Ils lui font paravent de leur corps quand elle traverse le lobby jusqu'aux ascenseurs. On aperçoit furtivement son visage lorsqu'on la pousse dans la cabine. Le client qui téléphone devant le miroir n'a pas le réflexe de prendre une photo.

Les techniciens de la police ont bloqué grande ouverte la porte de la suite. Deux plantons sont en faction à l'orée du petit couloir. On lui met des gants en latex, sur la tête une charlotte en plastique vert et aux pieds des couvre-chaussures de la même couleur.

Des valises de matériel sur la table de la salle de conférence, des fioles, des poches transparentes, et un ponte de la police en grande discussion avec le directeur de l'hôtel devant des tasses de thé et une assiette de mignardises.

Il vient la saluer, l'assurer de son soutien. Il cherche à l'apaiser quand elle éclate en sanglots. Il lui offre un paquet de mouchoirs en papier. Il dit au directeur qu'ils doivent laisser ses hommes travailler et l'entraîne hors de la suite.

Nafissatou a séché ses pleurs. La climatisation a été coupée, comme si on craignait de voir geler les miasmes du crime avant qu'on n'ait pu les capturer avec un filet à papillon. Elle demeure stoïque malgré le parfum d'eau de toilette plus prégnant encore que tout à l'heure, et l'odeur du sperme d'autant plus forte, qu'elle est devenue imaginaire, à présent que le morceau de moquette où elle l'avait craché se trouve entre les mains des laborantins.

Un policier en civil lui présente un Noir en uniforme qui jouera le rôle de l'agresseur. Elle n'aura qu'à lui donner ses instructions au fur à mesure pour qu'il les exécute avec la précision d'un robot.

Le civil la prend par le bras. Il recule avec elle jusque dans le couloir. Il lui demande de s'arrêter à l'endroit exact où le type du room service lui a dit que le client venait de partir.

– Peut-être ici. Ou là.

– Disons entre ici et là.

Un technicien place une balise jaune haute comme un magnum de champagne à l'angle du couloir et des ascenseurs.

– Démarrez.

Elle s'avance vers la porte les yeux fermés. Elle a dans la tête les images, les paroles, les bruits. Elle se concentre à l'ombre de ses paupières.

Elle trébuche.

– Vous êtes tombée ce matin ?

Elle fait non de la tête.

– On reprend depuis le début.

Il la replace devant la balise.

– Cette fois, ouvrez les yeux.

Les paupières écarquillées, elle ne voit plus le passé. Elle avance, elle frappe, elle entre. Le Noir est dans le couloir, souriant, emprunté. Elle aperçoit un infime fragment de papier sur la moquette. Elle se penche pour mieux voir. Il y a aussi une clé minuscule contre la plinthe, comme une clé de valise. Elle la ramasse, se retourne et la donne au civil exaspéré.

Il lui dit de revenir au point de départ.

– Tout à l'heure, je n'ai pas eu le temps de passer l'aspirateur.

Il élève la voix.

– On recommence.

– La salle de bains. Je n'ai pas nettoyé non plus la salle de bains.

Il la ramène devant la balise.

– Vous êtes prête ?

Elle lève les yeux vers lui. Un regard fixe de sourde qui n'ose faire répéter une phrase qu'elle n'a pas comprise.

– Vous faites exactement les mêmes gestes.

– D'accord.

À présent, elle revoit le souvenir tout entier. Une sorte de paysage où les instants sont des marécages qu'il faut sauter sous peine de s'y noyer. Elle avance dans sa mémoire. Elle a l'impression de la traverser en trombe, de voler au-dessus des événements sans qu'ils l'éclaboussent. Le Noir lui semble léger, aérien, il n'a pas la brusquerie de l'homme. Elle fait semblant de cracher. Un liquide dont elle ne se souvient plus du goût ni de la consistance.

Le technicien l'avait suivie comme une ombre. Il avait semé des petits cubes numérotés à chaque station du chemin de croix, tandis qu'un autre la filmait avec une caméra fine comme un bras d'enfant.

Le civil la fait asseoir dans la salle de conférence. Il lui verse un peu de thé tiède dans un gobelet. Elle le vide d'un trait.

– Vous êtes certaine qu'il ne vous a pas frappée ?

– Frappée ?

Il donne un léger coup de poing dans les airs.

– Je lui ai fait mal ?

Il a quitté la pièce en soupirant. Il a appelé le commissariat de Harlem.

– Vous aurez mon rapport avant minuit.

La reconstitution comme un évanouissement. Elle revient à elle en percevant à nouveau l'odeur du forfait. Soudain, la matinée recommence. L'instant approche, elle est inéluctable l'épreuve qui l'attend patiemment au fond du labyrinthe.

Nafissatou lisse avec sa paume le couvre-lit de la chambre 2820. D'un coup de chiffon elle nettoie la trace d'un verre sur la table de chevet. Une ombre légère, mais elle éclate sous le rayon de soleil qui vient d'entrer dans la pièce.

Elle inspecte la salle de bains. Elle essuie une goutte sur la bonde chromée du lavabo. Elle vérifie une dernière fois que les produits de toilette sont rigoureusement alignés sur l'étagère.

Elle quitte la chambre en laissant à l'intérieur son chariot de ménage. Elle rencontre le grand gaillard du room service chargé d'un plateau de petit déjeuner. Elle regarde le verre de jus d'orange à moitié bu, le croissant dont on a mordu une corne trempée de café au fond du panier. Toute cette nourriture gaspillée, sans compter les trois petits pots de confiture à peine entamés qu'on jettera à la poubelle avec le reste.

– Je sors de la 06, le type est parti.

Elle se dirige vers le petit couloir. Elle frappe à la porte.

– Ménage.

Elle entre. Il n'y a pas de bagages dans l'entrée, la salle de conférence est vide. Elle ouvre la porte en grand, la bloque. Il a dû s'en aller, mais le règlement exige malgré tout qu'elle lance une deuxième fois son cri.

– Ménage.

Alléché par la voix féminine qui vient de chatouiller son oreille au sortir de sa douche, surgit l'homme dans son costume de panse, de tissu adipeux, de poils et de cheveux blancs, l'épine dorsale en arc de cercle, la tête ployée, le pénis déployé sous les plis, ses yeux fixes et noirs braqués sur elle.

– Oh, mon Dieu. Je suis désolée.

Elle s'est déjà retournée, encore trois pas et elle aura franchi le seuil.

– Ne soyez pas désolée.

Il la rattrape, la fait pivoter. Il pose ses mains sur ses seins, les presse entre ses doigts comme des poires de klaxon. Il claque la porte de la suite.

– Vous êtes belle.

Il s'empare de ses poignets. Une grande jeune femme assez forte pour maîtriser le petit grison, mais d'ordinaire on croit toujours les clients, et en cas d'incident le renvoi est au coin de la rue. Du reste, on ne lui a jamais appris à user de sa force contre un homme.

Il la tire dans la chambre comme un animal dont on lui aurait fait cadeau.

– Arrêtez, s'il vous plaît.

Sa voix douce, ses yeux mi-clos. Elle parlait de la sorte à son père quand il l'accusait d'avoir succombé à la faim pendant un jeûne.

– Je vais perdre mon travail.

– Vous ne savez pas qui je suis ?

Un homme lointain à l'autre extrémité de l'échelle humaine où, juste au-dessus du marécage, elle tremblait sur le dernier barreau.

– Vous ne perdrez pas votre travail.

467

La chambre en désordre. La baie vitrée, New York muet, la chaîne d'information en sourdine.

Il est pressé, la dernière prise remonte à une heure du matin, un comprimé avalé en douce dans la limousine qui l'amenait à l'hôtel avec la femme blonde dont il avait fait usage plus tard dans la nuit. Une érection qui à tout instant pouvait retomber sans crier gare.

Il la jette sur le lit, la chevauche, cherche à planter son sexe entre ses lèvres serrées, et la tête de Nafissatou qui ne cesse de bouger pour éviter le gland.

Elle le repousse, il chancelle. Elle s'arrache du lit. Il est déjà debout, mais elle l'aurait aidé à se relever tant elle craint de l'avoir endommagé. Il est essoufflé, il lui semble entendre battre son cœur épuisé par le rut.

Elle lui montre du doigt le mur.

– Ma responsable est là.

– Il n'y a personne.

Un sourire, le temps de reprendre haleine.

– Personne ne peut vous entendre.

Il jette un regard inquiet vers la baie vitrée. Le building d'en face lui semble proche. Le monde est devenu un complot. En scrutant, il verrait sans doute l'objectif d'un appareil miroiter. Mieux vaut la pilonner à l'abri.

Il la pousse vers le couloir qui mène à la salle de bains sourde et aveugle. Elle résiste, il la sent lourde, dense, pleine de la force d'inertie des soumis. Loin de s'affaisser, son sexe trop rigide devient douloureux, ses testicules sont durs comme des noyaux. Un besoin pressant, impérieux, peu importe à présent qu'on le photographie pendant qu'il se soulage.

Il soulève sa blouse. Elle a peur qu'il la déchire. Sa main passe la barrière du premier collant, du deuxième, de la culotte. Elle étouffe un cri quand il empoigne son sexe. La douleur est moins forte, mais elle pense aux matrones qui l'avaient excisée.

Elle le repousse, puis regrette aussitôt de s'être laissée aller à pareille violence. Un des portables disséminés sur le bureau se met à sonner. Il la lâche un instant pour le chercher des yeux. Elle recule, croyant qu'il va l'abandonner pour prendre l'appel.

Il agrippe ses cheveux, l'agenouille, et laisse sonner. Il la pousse contre le mur, elle se cogne l'épaule. Il lui bloque la tête avec ses deux mains. Son pénis au-dessus de son visage qu'elle essaie d'éviter en vrillant son buste. Elle a l'impression qu'elle s'asphyxie. Elle ouvre la bouche afin de happer l'air. Il profite de ses lèvres entrebâillées pour la pénétrer.

– Suce ma queue.

Il ahane. Sa semence s'écoule. Elle recrache le liquide répugnant comme de la crème sure. Il lâche sa tête, halète, vacille, son sexe s'avachit la goutte au nez. Elle a peur qu'il tombe, se fracasse la tête sur l'épaisse moquette. Il s'accroche à l'applique qui éclaire le corridor.

Elle se relève sans le quitter des yeux. Elle évite les gestes brusques qui rendent furieux les fauves. Elle lui tourne le dos, s'en va, courant à petits pas, s'essuyant la bouche du revers de la manche, remontant ses collants qui l'entravent. Elle passe la porte de la chambre, elle referme celle de la suite derrière elle.

Six minutes se sont écoulées depuis son entrée dans la suite. Les derniers clients sont partis. L'étage est silencieux. Elle veut se réfugier. Elle se ratatine dans le vestibule qui jouxte la chambre 2820. Elle crache doucement par crainte de faire du bruit.

Elle a honte d'avoir subi, peur que sa mauvaise

volonté ait froissé le client. Il est peut-être un de ces fous qui hantent New York, outragent leur victime avant de revenir un jour la tuer au logis.

Elle devrait monter, ou bien descendre, se placer sous la protection d'une collègue, d'un homme du room service. Elle sent dans la poche de sa blouse le téléphone relié au réseau intérieur de l'hôtel, il lui suffirait d'appuyer sur le bouton pour appeler à l'aide. La terreur, la sidération, la paralysie de la proie en sursis.

Sa vie circule autour d'elle, une nuée. Il lui semble se voir naître, prier dans la mosquée de Tchiakoullé, s'entendre hurler le matin de la mutilation, psalmodier au-dessus de l'Atlantique dans l'avion qu'elle prend pour la première fois, et le mari qui la chevauche en silence de l'autre côté du marigot, l'homme qui grogne dans une suite en égouttant son sexe dans sa bouche.

Elle entend claquer une porte, grincer les roulettes d'une valise. Il s'avance. Elle se fige comme à l'approche du prédateur un poisson au fond de l'eau. Il l'aperçoit, incline la tête, lui accorde un coup d'œil de maître avant d'appeler l'ascenseur, de patienter, de disparaître derrière les portes qui se referment sur lui.

Elle se dit qu'il ne remontera pas. Elle doit terminer son travail, mériter la dernière paye qu'on lui versera tout à l'heure si elle est renvoyée.

Elle se remet d'aplomb, entre dans la chambre 2820. Elle récupère le chariot, se dépêche de le pousser dans le couloir. Elle entre dans la suite. L'odeur la repousse, elle abandonne le chariot dans l'embrasure de la porte.

Elle s'en va chercher des draps, des serviettes. Le temps qu'elle revienne, l'odeur aura disparu. Elle se retourne en percevant le tintement de l'ascenseur. La responsable de l'étage apparaît.

Elle est surprise de s'entendre parler.

– Est-ce que tous les clients ont le droit de faire tout ce qu'ils veulent avec nous ?

La responsable lui a répondu que non.

Seule au milieu d'elle

roman
Denoël, 1985

Les Gouttes

théâtre
Denoël, 1985

Cet extrême amour

roman
Denoël, 1986

Sur un tableau noir

roman
Gallimard, 1993

Stricte intimité

roman
Julliard, 1996
et « Folio », n° 4971

Histoire d'amour

roman
Verticales, 1998
et « Folio », n° 3186

Clémence Picot

roman
Verticales, 1999
et « Folio », n° 3443

Fragments de la vie des gens

nouvelles
Verticales, 2000
et « Folio », n° 3584

Autobiographie

roman
Verticales, 2000
et « Folio », n° 4374

Promenade

roman
Verticales, 2001
et « Folio », n° 3816

Les Jeux de plage

récits
Verticales, 2002

Univers, univers

roman
prix Décembre
Verticales, 2003
et « Folio », n° 4170

L'enfance est un rêve d'enfant

roman
Verticales, 2004
et « Folio », n° 4777

Asiles de fous

roman
prix Femina
Gallimard, 2005
et « Folio », n° 4496

Microfictions

roman
prix France Culture/Télérama
Gallimard, 2007
et « Folio », n° 4719

Lacrimosa

roman
Gallimard, 2008
et « Folio », n° 5148

Ce que c'est que l'amour
et autres microfictions

« Folio », n° 4916

Sévère

roman
Seuil, 2010
et « Points », n° P2591

Tibère et Marjorie
roman
Seuil, 2010
et « Points », n° P2785

Claustria
roman
Seuil, 2012
et « Points », n° P2950

Bravo
roman
Seuil, 2015

RÉALISATION : NORD COMPO À VILLENEUVE-D'ASCQ
IMPRESSION : CPI BRODARD ET TAUPIN À LA FLÈCHE
DÉPÔT LÉGAL : FÉVRIER 2015. N° 122616 (3008042)
IMPRIMÉ EN FRANCE